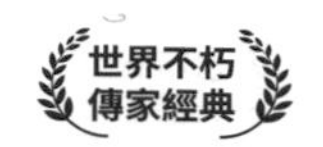

基度山恩仇記 1

Le Comte De Monte-Cristo

大仲馬 著
Alexandre Dumas

鄭克魯 譯

目次

一名家推薦一讓人熱血沸騰的地中海傳奇

紀大偉（作家、政大台文所副教授）

我在撰寫《同志文學史》的那幾年，手機底圖故意採用美國牛仔開槍決鬥的西部片劇照，用意是提醒自己時時刻刻用復仇的決心寫書，才能夠咬牙切齒把書寫完。復仇的力量超級大。後來我必須換掉手機底圖，不然一直提醒自己磨牙，牙根都要斷掉。人們說西部片的精神在於俠義，但我卻覺得在於復仇。我並不是愛記恨，而是迷戀於報仇衍生的毅力。

我也記得自己最早執迷於復仇的經驗，就是閱讀《基度山恩仇記》。當時讀這部書廢寢忘食的程度，只有後來讀金庸可比。當然，我也覺得金庸小說的精神在於復仇而不是俠義。但說起來，西部片和金庸小說，都形同《基度山恩仇記》投胎轉世——我甚至懷疑這兩個傳統恐怕都有意無意繼承了基度山的地中海傳奇。

郭箏（作家、編劇）

對於看慣了好萊塢式快節奏、強情節的現代年輕讀者來說，初讀大仲馬那個時代的小說可能會有點坐不住，但我保證，若能耐住性子看完前十頁，鐵定越看越有勁，它就像是一間陳列了千百種菜肴的自助餐廳，讀者信手就能取得各種豐盛的食物。

如今宏偉璀璨的小說之城就像一座特洛伊城，是歷經了久遠的歲月，由無數座城市層層疊疊堆造起來的，如果用考古學家的耐心慢慢往下挖，就會窺見許多知名的當代小說家的結構布局、人物塑造、情節轉折、描述手法，都是有脈絡可尋的。

今日重讀大仲馬，豁然發現屬於他的那座城堡，就是當年阿加曼農率領希臘聯軍攻擊的那一座，最為華麗奇眩，最為波瀾壯闊。遠流出版公司重新出版大仲馬的經典之作，喜愛小說的讀者們有福了。

藍祖蔚（影評人、《自由時報》副總編輯）

在二十世紀的少年時代初讀乍念大仲馬《基度山恩仇記》，一下子就被那層層環扣的人心險惡與蛻志復仇的冒險情節給唬得熱血沸騰，再難收卷。

在二十一世紀的花甲年紀重讀《基度山恩仇記》，赫然發覺愛德蒙．唐泰斯困居黑牢的那段情節，竟然可與《笑傲江湖》的任我行與令狐沖遙相呼應。原來，十九世紀的大仲馬就是那個年代，寫報紙連載小說的金庸，他拋出的仇恨與詭計種子，悄悄在百年後的金庸心中茁壯開花。

基度山伯爵該長成什麼樣子？看過四個電影版本的基度山伯爵，從尚．馬赫（Jean Marais）、李察．張伯倫（Richard Chamberlain）、傑哈．德巴狄厄（Gérard Depardieu）到吉姆．卡維佐（Jim Caviezel），傑哈．德巴狄厄一向霸氣，但我特愛李察．張伯倫的英氣，唯有人生英氣才懂得怎麼從失去的幸福中撿回寬恕的福報。初讀《基度山恩仇記》，容易迷魂；重讀《基度山恩仇記》，則是召魂了。

許榮哲（華語首席故事教練）

我個人最喜歡的電影是IMDb（Internet Movie Database，網際網路電影資料庫）影迷票選「史上最佳二五〇部電影」中的第一名《刺激一九九五》。電影改編自美國作家史蒂芬．金的小說《麗塔海華絲與蕭山克監獄的救贖》（收錄於《四季奇譚》）。故事裡的「越獄」情節，很容易讓人聯想起法國作家大仲馬的《基度山恩仇記》，身陷牢籠的主人翁愛德蒙・唐泰斯越獄之後，展開了一連串的復仇行動。

問題是——兩者真的有關嗎？

有！當讀者盛讚史蒂芬・金的原著小說時，他是這麼回應的：榮耀屬於《基度山恩仇記》！屬於大仲馬！《麗塔海華絲與蕭山克監獄的救贖》與《基度山恩仇記》確實有血緣關係，這是作者親口證實的。

看得見的越獄情節是兩部小說最相似的地方，也是最多人談及之處，所以我們就不談了，我們來聊一聊比較少人談及的——上帝。

《刺激一九九五》裡的上帝是典獄長帶來的，他是個一手拿《聖經》，一手幹壞事的傢伙，口頭禪是指著《聖經》說：「得救之道就在其中。」這句話最初是拿來訓誡監獄裡的囚犯，意思是真心悔改才能得救。然而故事到了結尾，主人翁安迪逃出監獄時，他反過來拿這句話調侃典獄長：「典獄長，你說對了，得救之道就在其中。」因為安迪不只在牆上挖出一條長長的地道，同時也在《聖經》裡挖出另一個洞，他用來挖洞逃獄的鶴嘴鋤，就藏在裡頭。

回到《基度山恩仇記》，小說與上帝的關聯更為強烈、直接。唐泰斯當年被關的地方，位於義大利與科西嘉島之間的地中海小島「Cristo」（基度山），它其實就是義大利語的「基督」。後來，唐泰斯在大牢裡巧遇一個叫法理亞的神父，因而有機會逃出監獄。逃出監獄之後，唐泰斯自稱基度山伯爵，展開一連串的復仇行動。在唐泰斯的心底，基度山伯爵就是基督，他承接了上帝的旨意，要來替天行道了。

當年，大牢裡的法理亞神父有教唐泰斯復仇嗎？

當然沒有！人類是如此的渺小，但內心的欲望卻是無窮無盡，當欲望超出人的理性，無法駕馭時，人就會自動搜尋替代物，把欲望推給對方，好讓自己安心。例如，當讀者的讚譽太大，史蒂芬・金承受不起時，他說：榮耀屬於《基度山恩仇記》！屬於大仲馬！當罪的意識過於強烈，典獄長無法承受時，他手拿《聖經》說：「得救之道就在其中。」當仇的怒火過於熾熱，唐泰斯承受不住時，他化身基度山伯爵，暗暗告訴自己，我是基督，上帝之子，我是來替天行道的。

「替天行道」表面上是殺貪官、殺污吏、殺惡徒，替老天爺在人間行使正道，然而其實行的都是自己的道，只是假借老天爺之名。人就是自己的天。換句話說，《聖經》是你自己，上帝是你自己，基督是你自己，媽祖也是你自己，但我們不能說破，不然誰來幫我們分擔痛苦？或者說，誰來幫我們完成欲望？

最後，提供一種「恩仇記」類型的寫作與教學方法。

我在小說、編劇課出過一個作業，請學員利用底下六個問題，創造出一個完整的故事。

第一題：你是誰？

第二題：為何會被關進牢房？

第三題：用什麼方法逃出牢房？

第四題：如何展開復仇行動？

第五題：最後為何放下仇恨？

第六題：宗教出現在哪個環節？

等學員都寫完之後，再請大家從《基度山恩仇記》這本書裡找答案。自己構思一遍之後，再找經典來看一遍。兩相比較之下，學員自然而然學會了一套充滿戲劇性的「恩仇記」寫法，而且是閃耀著宗教性光芒的那種恩仇記。還有、還有，學員也會因此深深的理解自己此刻與經典之間的遙遠距離。

一譯者導讀一 世界通俗小說的扛鼎之作

古往今來，世界上的通俗小說多如恆河沙數，但優秀作品寥寥無幾，其中大仲馬的《基度山恩仇記》可說是數一數二的佳作。這不僅是就其擁有的讀者數量之多，就其歷久不衰的時間之長而言，而且是就其藝術上的精湛和技巧的完美才下此論斷的。毋庸置疑，《基度山恩仇記》是通俗小說的典範作品之一。

以通俗小說而躋身於重要作家之列，在文學史上占有一席之地的作家為數不多，大仲馬就是其中之一，由此可見，他在小說創作中的成就決不可低估。但大仲馬在小說史中的地位，是到了二十世紀才日漸上升的。十九世紀的評論家對大仲馬的小說創作是頗有微詞的。朗松（Gustave Lanson, 1857-1934）的《法國文學史》就無視大仲馬的小說創作。然而，大仲馬的小說畢竟經過了時間考驗，文學史家不得不重新評估大仲馬的小說家地位。二十世紀六〇年代以後出版的幾部具權威性的法國文學史，都不同程度地給予大仲馬的小說創作以一定篇幅和肯定的評價，認為「大仲馬的長篇故事始終受到喜歡歷史的神奇性的讀者所讚賞。」[1]「作為司各特（Walter Scott, 1771-1832）的熱情讚賞者，他把傳奇性的歷史變為生動的、別致的現實，為廣大讀者所接受。[2]」在這兩句評語中，文學史家指出了讀者廣泛接受和讚揚的事實，歸因於大仲馬把歷史變為生動的現實的藝術才能。而法國評論家亨利・勒梅特爾則更進一步，認為在巴爾札克（Honoré de Balzac, 1799-1850）從事《人間喜劇》這一構成社會學總和的小說創作時，在喬治・桑（Georges Sand, 1804-1876）從事空想社會主義的小說創作時，在雨果（Victor Hugo, 1802-1885）構思《悲慘世界》時，大仲馬也在寫作「一種整體小說」[3]。所謂整體小說，是指廣泛描寫一整段歷史時期的小說。大仲馬的歷史小說從十六世紀宗教戰爭寫到十九世紀的七月王朝時期[4]，包攬的歷史畫面是廣闊的，就這一點而言，稱之為整體小說也未嘗不可。誠然，並不是說大仲馬的小說在思想意義上可以跟巴爾札克和雨果等一流大作家的小說相媲美。然而從大仲馬的歷史小說的某些方面來看，它們應該占有不低的地位，這並不是過高的評價。

《基度山恩仇記》是大仲馬的代表作之一，是當時的報刊連載小說。十九世紀初期，報紙如雨後春筍般發展起來，報刊連載小說也應運而生，這是報紙吸引讀者訂戶的重要手段。一部吸引人的報刊連載小說有時能使報紙的訂數激增，數以十萬計。寫報刊連載小說的作家除了大仲馬，還有歐仁・蘇（Joseph Marie Eugène Sue, 1804-1857）等人，他們獲得了極大的成功，直接影響了巴爾札克、雨果、喬治・桑等作家，這些大作家汲取了大仲馬等人的藝術手法，以豐富自己的創作。更重要的是，報刊連載小說「在這一革命中起了重大作用：它在整個浪漫主義時代深深地改變了文學與讀者之間的關係，也極大地促使十九世紀成為小說的黃金時代。[5]」報刊連載小說為十九世紀法國小說的空前繁榮並達到巔峰做出了貢獻，它具有不可磨滅的歷史功績。從這個大背景來考察《基度山恩仇記》，才能給這部小說以恰如其分的地位。

把《基度山恩仇記》看作通俗小說的典範作品是確當的，因為這部小說具備了優秀的通俗小說的一些基本特點，這些特點對於一般的小說創作無疑也有借鑑作用。

1 P・布呂奈爾等《法國文學史》第二卷，四七六—四七七頁，博爾達斯出版社，巴黎，一九七二。

2 卡斯泰等《法國文學史》，六六五頁，阿金特出版社，巴黎，一九八一。

3 勒梅特爾《法國文學史》，第三卷，二四一頁，博爾達斯—拉封出版社，比利時版，一九七二。

4 如寫宗教戰爭時期的小說《瑪歌王后》、《蒙梭羅夫人》、《四十五人》等；寫路易十三時期的小說《三劍客》、《二十年後》、《布拉日洛納子爵》等；寫路易十五至大革命時期的小說《約瑟夫・巴爾薩莫》、《王后的項鍊》、《昂日・皮圖》、《沙爾尼伯爵夫人》等。

5 勒梅特爾《法國文學史》，第三卷，二三九頁。

藝術特點之一：情節曲折、安排合理

大凡成功的通俗小說，無不是情節曲折，波瀾起伏的。《基度山恩仇記》在這一點上堪稱典範。小說一開卷就緊緊吸引住讀者。主人公唐泰斯遠航歸來，準備結婚；他年輕有為，做了代理船長，前程似錦。可是，他的才幹受到船上會計唐格拉爾的嫉恨，在唐格拉爾的策劃下，他的情敵費爾南向當局告密，誣陷他是拿破崙黨人。於是飛來一場橫禍，在舉行訂婚儀式時，他被當局逮捕。恰巧他的案件牽連到檢察官維勒福的父親，維勒福為了保護自身利益，毫不留情地將唐泰斯打入死牢。這一富於戲劇性的開場正是「一石激起千重浪」，為下文跌宕起伏的情節打下了合理的基礎。

緊接著唐泰斯在黑牢裡的經歷更是寫得有聲有色，這是全書最精彩的部分之一。唐泰斯在獄中一度滿懷希望，以為維勒福會公正地釋放他，隨後希望破滅，他起了輕生的念頭。他在牢裡巧遇法理亞神父，通過地道互相往來，這段奇遇極富傳奇意味。法理亞不幸中風死去，唐泰斯心生一計，鑽進包裹法理亞屍體的麻袋，終於逃出虎口。看到這裡，誰都會屏住呼吸，為作者的巧妙構思拍案叫絕。這只是小說的序幕。小說正文是寫唐泰斯的報恩和復仇經過。唐泰斯根據法理亞的指點，發現了寶庫，成了億萬富翁，改名為基度山伯爵。他得知摩雷爾船主曾為營救他出獄真心誠意地出過力，並資助過他父親，是他的恩人。在船主處於破產境地、準備開槍自盡時，他及時地伸出援手，為船主還清債務，並送給船主一條嶄新的帆船。

小說著重寫基度山伯爵的復仇經過，大仲馬匠心獨運之處，在於把三次復仇寫得互不相同，各異其趣，但又與三個仇人的職業和罪惡性質互有關連。莫爾賽夫奪人之妻，出賣恩人，結局是妻子離他而去；他身敗名裂，兒子為他感到羞恥，不願為他而決鬥，他只得以自殺告終。維勒福落井下石，害人利己，又企圖活埋私生子，結局是自己的犯罪面目被揭露，妻子和兒子雙雙服毒死去，面對窮途末路，他發了瘋。唐格拉爾是陷害唐泰斯的主謀，又逼得唐泰斯的父親貧病餓死。他靠投資起家，基度山以其人之道還治其人之身，讓他受騙，終至破產，並讓他忍受饑餓之苦，他被迫把拐騙的錢全數還出。這樣不同的結果使復仇情節不致呆板，而是富有變化。讀者料想不到會是如此結局，讀完之後，掩卷再思，又會覺得這樣的結局再好不過，不能不擊節嘆賞作者的巧於安排。

大仲馬並不滿足於基本情節的離奇曲折，因為小說篇幅很長，只有這樣單純的情節仍會顯得單調。於是他在其中穿插了不少驚險緊張的場面，例如卡德魯斯在風雨之夜謀財害命，殺死珠寶商，奪取了五萬法郎。在羅馬近郊神出鬼沒的綠林好漢，利用狂歡節進行綁架行動。維勒福的私生子安德烈亞從苦役監踏入上流社會，最後事情敗露，再次被捕入獄。卡德魯斯夜入基度山伯爵府邸偷盜，竟被安德烈亞刺殺。維勒福夫人為了奪取遺產，下毒害人，但基度山伯爵暗中保護瓦朗蒂娜……。這些次要情節險象環生，具有奇峰突起，迂迴曲折，大起大落的藝術效果，而又不游離於主要情節之外。這種大故事套小故事的寫法運用得恰到好處，每一個小插曲都寫得很緊湊、很精彩，但又不致喧賓奪主，相反，是為主要情節服務的，或者說，是主要情節中的一環。因為它們都與主人公有關，大多數還是他直接操縱的，所以小說情節繁複而不散漫，讀來只覺得描寫精彩紛呈，而無冗長拖遝之感。

從小說的創作經過，也可以看出大仲馬這種善於編織故事的傑出才能。大仲馬在一次到地中海作狩獵航行時，在厄爾巴島附近發現了基度山這個小島，他被島名所吸引，產生了要以此作為他下一部小說書名的念頭。機會來了，一八四三年，出版商要他寫一部《巴黎遊覽印象》。大仲馬從一則真實的社會新聞得到啟發。這則新聞的材料來自一八三〇至一八三八年間的巴黎警察局檔案，由雅克·皮伽特（Jacques Peuchet）

撰寫成書。大仲馬從中發現了F.皮科的故事。皮科被錯判為英國奸細，關押了七年，於一八一四年出獄。一個名叫法理亞的神父遺贈給他一筆財產，他依靠這筆財產來復仇，殺死了三個仇人，最後，那個提供他內情的揭露者又被他暗殺了，揭露者臨死前做了告解[6]。皮科是唐泰斯的原型。這個真實的故事與《基度山恩仇記》只能說大致相似，經過大仲馬的藝術加工後（據研究，小說由馬蓋和菲奧朗蒂寫出初稿，再由大仲馬加工和定稿），小說才成為真正的藝術品。

大仲馬對原來真實故事的改動，有幾處是值得注意的。其一是時代的改動，原來發生在一八〇七年至一八一四年之間，即第一帝國時期。小說改為一八一五年之後，也就是說在復辟王朝時期（關在黑牢裡）和七月王朝時期，把揭露的矛頭對準了復辟王朝的黑暗腐敗，而不是抨擊拿破崙政權。其二，小說主人公在獄中待了十四年而不是七年，用以加強主人公遭遇的悲慘，為他的復仇的合理性增加分量。其三，小說主人公不是期滿釋放，而是逃出來的，潛逃過程顯示了作家的豐富想像力。其四，基度山伯爵的財產不是由法理亞神父遺贈的，而是在神父指點下發現的，而且數目大得不可比擬，這樣寫能增加小說的傳奇性。其五，基度山是根據法理亞神父的分析瞭解到自己的仇人是誰，並經過自己的證實，他的復仇經過完全是作家杜撰出來的，最後，他根本沒有親手殺死仇人，否則難以脫身。其他次要情節也是作家虛構的。上述幾個方面的改動，顯示了大仲馬如何成功地將生活中的原型和故事進行藝術加工，《基度山恩仇記》是一個出色的範例。

可是，在進行藝術虛構時決不能違反生活真實，否則就會流於荒唐無稽，導致藝術上的失敗。大仲馬是非常注意情節安排的合理可信的。以唐泰斯在黑牢中的經歷為例，這座紫杉堡監獄陰森可怕，作者的描述異常具體細緻，讀者彷彿身臨其境，看到主人公如何在他的牢房裡生活。為了描寫這一環境，大仲馬曾經遊歷這個地方。他說過：「有一件事我是不會貿然去做的，那就是我沒有見過的地方，我不會寫進我的小說和戲劇裡……。為了寫作《基度山恩仇記》，我又去過加泰隆尼亞和紫杉堡。」從這句話可以看出大仲馬嚴謹的寫作態度。

環境的真實是藝術真實的第一步。藝術需要虛構，但虛構也要符合真實。後者似乎需要更多的藝術匠心。這裡面，細節的真實具有舉足輕重的意義。一個細節的疏忽往往導致整個情節的失實。《基度山恩仇記》在描寫挖地道這個細節上就處理非常得妥貼。試想，挖地道所出的土是相當可觀的，這些土倒在一個廢置不用的小房間裡，等填滿了，就搗碎土塊，一點點從窗口拋灑出去，隨風送到遠處，灑落在海裡，不留下任何痕跡。這兩處交代是頗有說服力的，足以解除讀者心裡的疑問。另外一個細節也寫得很有分寸，唐泰斯要經過長途游泳才能逃離監獄，然而，他在牢裡待了十四年，一個沒有活動的人不可能有足夠體力游完這段距離。作者當然考慮到這一點，他留下了幾處伏筆，寫唐泰斯半時如何鍛鍊體力，其中挖地道也是一種方式，加上他是一個熟練的水手，深諳水性。這樣，當寫到他在海裡游泳逃脫時，就合情合理，使讀者感到真實可信。再舉一個例子，唐泰斯成為基度山伯爵之後，他需要富有教養，否則就不能出入交際場所。作者也事先交代了他向法理亞學習各種知識的細節，並把復仇時機推延到若干年後，這時基度山已完全擺脫底層人物的談吐舉止，並掌握了各種復仇本領，如他是擊劍和射擊能手。這樣就避免了不合理的描寫。大仲馬對細節的處理大半是相當巧妙的，毫不讓人感到勉強。

6 見J. P.德．博馬舍等《文學辭典》第一卷，六九八頁，博爾達斯出版社，巴黎，一九八四。

藝術特點之二：光怪陸離，熔於一爐

這部小說觸及的社會生活面極其廣闊，上至路易十八的宮廷、上流社會的燈紅酒綠，下至監獄的陰森可怕和犯人的陰暗心理、綠林強盜的綁架和仗義疏財，也有市民清貧的生活，這些全都有精細的描繪。

小說對各個社會階層的描寫具絢麗的色彩，不是浮光掠影式的掃描，而是有一定深度的寫照。在描寫宮廷時，作者用揶揄的筆觸對待路易十八。這個經歷二十多年流亡生活，如今登上寶座的國王，地位風雨飄搖。雖然他竭力保持國王的威嚴，但一遇突發事件便驚慌失措。平時他手捧古典著作，以顯示博學和哲學頭腦，其實他相當麻木不仁，不知腳下的火山即將爆發，十分昏聵。作者寥寥幾筆就寫出路易十八本人的特點和他的宮廷風尚。小說對上流社會的描繪是豐富多采的。大型舞會和豪華婚禮場面令人眩目，尤其婚禮儀式上的簽名透露了時代的風俗。宴會上「水陸羅八珍」，其奢華和耗費異常驚人。價格高昂的駿馬在貴族生活中占有舉足輕重的地位，往往用來炫耀主人的富有，而遊山玩水、觀看歌劇演出又是公子哥兒不可或缺的消遣活動。金碧輝煌的客廳和名畫的陳設是顯露財富的一種手段，實際上他們缺乏慧眼，藝術鑑賞力庸俗不堪。為了爭奪財產，連檢察官的夫人也不惜屢次下毒，謀財害命。最具特色的是關於金融投資的描寫，這方面的刻畫似乎在同時代作家中也不多見。唐格拉爾的金融活動以及唐格拉爾夫人和德布雷的合夥投資，揭示了銀行家跟政府當局暗中勾結的內幕。他們竊取了重要的政治情報，及時購買或拋出公債券和國庫券，從而賺取了數十萬法郎乃至百萬法郎的鉅款。他們之間彼此利用，必要時可以妻子為釣餌，丈夫且容忍妻子的偷情行為。合作的一方一旦無利可圖，也就毫不容情地與情婦一刀兩斷，各奔東西。小說對上流社會的描繪是淋漓盡致的。

在描繪底層社會方面，同樣有獨到之處。小說對牢獄生活的描寫精細入微，將一般讀者一無所知的犯人生活展示出來。小說中關於苦役犯搖身一變，企圖通過婚姻改變社會地位的描寫，也不是毫無根據的。巴爾札克筆下的伏脫冷當上了公安機關的處長，確實是一種社會現象，拿破崙三世就是依靠一批地痞流氓和社會邊緣人物爬上去的。值得注意的是，大仲馬把綠林大盜跟一般盜賊嚴格區分開來。羅馬近郊綠林好漢的首領瓦姆帕是牧童出身，善惡分明，往往只打劫為富不仁的豪紳。他平時喜愛閱讀凱撒（Gaius Iulius Caesar, 100B.C.-44B.C.）的《高盧戰記》和普魯塔克（Plutarchus, 46-125）的《希臘羅馬名人傳》，展現他的志趣和文化修養。同是底層人物，他和他的手下跟安德烈亞、卡德魯斯等苦役監逃犯迥然不同。此外，小說對一般百姓和公職人員也有入木三分的描繪。諸如失去兒子之後寧願餓死的唐泰斯老父親，電報站中熱衷於園藝的發報老頭，知足常樂的愛馬紐埃爾夫婦，收養安德烈亞的科西嘉人貝爾圖喬及其善良的嫂子等等，都是有代表性的小人物。《基度山恩仇記》雖然說不上對社會百態有全面的寫照，卻也是關於復辟王朝、尤其是七月王朝時期的一幅社會風俗畫卷。

還應指出，《基度山恩仇記》富有地方色彩和異國情調。作為浪漫派作家，大仲馬異常熱衷於描寫法國和外國的風土人情。地中海沿岸走私客東躲西藏的生活，他們以大海和小島作為活動據點，與沿岸各地有密如絲網的聯繫，他們甚至與綠林好漢勾結，他們豪爽的性格與飄泊不定的生活是分不開的。科西嘉島民強悍的復仇意識與善良本質的奇異融合，也構成了地方色彩中具魅力的一面。貝爾圖喬為哥哥復仇，一路追殺維勒福，而他的嫂子像親生兒子一樣撫養安德烈亞，百依百順，就是一例。另外，保持西班牙風俗的加泰隆尼亞以漁業為生的寧靜日子，展現了這個少數民族與法蘭西人民不同的生活風貌。至於異國情調，在這部小說中更是突出。羅馬狂歡節車水馬龍、萬頭攢動的瘋狂場面。面具和奇裝異服的盛大展覽更是五彩繽紛，讓人目不暇給。狂歡節開始前的處決犯人則不可思議，富神祕色彩。羅馬競技場上的優美夜景和綠林好漢古怪的接頭方式也令人神往和不可捉摸。再如希臘戰爭中這一段富浪漫色彩的插曲，阿里．泰貝林被出賣和慘遭殺害，他的妻子和幼女被叛徒費爾南賣給了奴隸販子。這段插曲把當時吸引歐洲人注意的希臘戰爭寫進小說。此外，基度山伯爵的僕人阿里曾因觸犯蘇丹禁令被割去舌頭的殘酷刑罰，也勾勒了一筆北非的風俗。

五光十色的社會生活和斑斕奪目的地方色彩、異國情調有機地結合在一起，表現出大仲馬能將廣闊的視野與浪漫主義的藝術趣味熔於一爐的傑出技巧，這種特點是與小說的傳奇性緊密相連的。將上層與底層社會生活結合起來描寫，目的之一是為了製造傳奇性。這歐仁．蘇在小說《巴黎的祕密》中已經嘗試過，但《巴黎的祕密》對社會底層的描寫很難說是暴露社會的黑暗面，小說中對流氓、匪徒、妓女、苦役監犯人的描寫帶著濃厚的獵奇意味，作者明顯站在維護社會秩序的上流人士立場上，居高臨下、鄙夷不屑地對待處於社會底層的人。大仲馬則不同，他對綠林好漢、走私者有好感，因此，他對底層人物的描寫比較符合生活真實。更不用說他插入了對政治仇恨和金錢作用的描寫，在思想上略高一籌。更重要的是，大仲馬這種全景式的描寫以豐富多采的色調作為點綴，能滿足不同階層讀者的興趣，這是《基度山恩仇記》能贏得廣大讀者的一個重要原因。

藝術特點之三：結構完整，一氣呵成

多卷本的長篇小說有各種各樣的寫法。有的支線繁多，像一棵大樹，枝繁葉茂；又如一座花園，曲徑通幽，四通八達。那些力圖反映一個歷史時期社會生活的長篇小說，往往採用這種手法，例如《紅樓夢》和《戰爭與和平》。但這種手法如果處理不當，就會顯得枝蔓太多，七零八碎，而導致結構上的失敗。還有一種是先寫主要人物，隨著他的經歷逐漸引出其他人物，其他人物與主要人物的活動密切相關，構成了一個整體。這種寫法頗為常見，其優點是脈絡清楚，重點突出，敘述自然。如羅曼・羅蘭（Romain Rolland, 1866-1944）《約翰・克利斯朵夫》、挪威女作家溫塞特（Sigrid Undset, 1882-1949）的《克麗絲汀的一生》就屬於這一類。近代有的多卷本長篇小說，則採用倒敘手法，如普魯斯特（Marcel Proust, 1871-1922）的《追憶似水年華》長達三百多萬字，由主人公醒來後躺在床上回憶的往事組成。《基度山恩仇記》的結構類似第二種，但又不盡相同。它一開卷就引出幾個主要人物，他們之間的矛盾鬥爭構成了小說的全部內容，前面四分之一的篇幅寫主人公被陷害的經過，後面四分之三寫主人公如何復仇。

這種結構非常清楚明晰。前面部分只能算是楔子。正是這個楔子引出了後來的復仇情節，前者為後者的基礎，因而兩者是緊緊銜接在一起的。至於復仇情節，雖然分成三條線索，但彼此交叉進行，又不顯混亂，敘述有條不紊，每條線索保持一定的獨立性，最後才匯合，寫來環環相扣，步步深入。

問題在於，作者在組織基本情節的時候，是怎樣處理大量的插入情節的？因為處理不好的話，基本情節就會被插入情節所淹沒。尤其《基度山恩仇記》是一部報刊連載小說，這類小說往往會為了吸引讀者而插入一些游離於主題和基本情節之外的枝節，從而破壞了作品的完整性。難能可貴的是，《基度山恩仇記》避免了這種弊病。在大仲馬筆下，大量的次要情節都與主要情節有密不可分的聯繫，或者說，次要情節被有機地組織到主要情節的基幹中。例如，從三十一章到三十八章，小說突然變換了環境，轉到義大利羅馬，描寫利用狂歡節進行活動的綠林好漢。乍看似乎離開了基本情節，再看下去，小說引出了基度山伯爵的仇人莫爾賽夫的兒子阿爾貝。阿爾貝被綁架事件成為基度山伯爵返回巴黎、進入上流社會的一條導引線。僅此一點，這段情節還不能說是十分必要的。直到故事末尾，唐格拉爾席捲鉅款潛逃到義大利，落到這群綠林好漢之手，他們用一餐飯付十萬法郎的辦法迫使唐格拉爾吐出全部贓款。至此，前面那段插曲便成為不可缺少的情節，與基本情節有機地結合起來。再舉一個插入情節的例子，唐泰斯出獄並尋得大筆財寶之後，曾尋訪卡德魯斯以證實唐格拉爾和莫爾賽夫寫告密信的經過。卡德魯斯這時是小旅店老闆，他的再出現有了溝通上下情節的作用，並透過他的口，說明一些角色的經歷，簡化了交代過程。從卡德魯斯那裡又引出一個人物——安德烈亞。基度山把他從苦役監弄出來，作為他復仇的工具。安德烈亞成了義大利的貴族子弟，出入巴黎上流社會。處於拮据狀態的唐格拉爾想招他為女婿，以擺脫困境。他敗露身分後，在法庭上揭露了維勒福的醜惡面目。卡德魯斯和安德烈亞的故事寫得很吸引人，同時與唐格拉爾、維勒福等主要人物的經歷緊密交織在一起，成為主要情節發展的紐帶。由於次要情節安排得當，所以這部小說能始終保持酣暢，前後一貫。

作品結構關係到作家怎麼集中概括現實生活，並以何種形式展現。《基度山恩仇記》由於做到了結構的嚴密、緊湊、清晰，產生了一氣呵成的藝術效果。

藝術特點之四：擅寫對話，戲劇性強

大仲馬十分擅長寫人物對話，全書十分之八的篇幅都由對話組成。對話寫得流暢、生動自不必說，仔細琢磨，還有如下幾個值得注意的地方。

其一，小說人物的思想和性格往往是透過對話表現的。維勒福審問唐泰斯的場面是一個很好的例證。當時，維勒福志得意滿，他攀上了一門親事，前程似錦。他的未婚妻得知他要審理一個緊急案件時，囑咐他要仁慈寬大，他也準備滿足未婚妻的願望。他初見唐泰斯，先詢問唐泰斯的政見。唐泰斯回答，他從來沒有什麼政見，只是代替老船長去過一次厄爾巴島，為巴黎的一個人帶一封信，維勒福便問他是什麼信。當維勒福看到信是寫給他父親的時候，他大吃一驚，臉色轉成蒼白。唐泰斯問他是不是認識收信者，他這樣回答：「國王的忠僕是不認識叛徒的。」叛徒指他的父親努瓦蒂埃，因為努瓦蒂埃信奉共和，是拿破崙黨人；他為了忠於王室，把他的父親斥為叛徒。這句答話將維勒福醜惡的嘴臉暴露得相當清楚。維勒福雖然臉色發白，額頭冒汗，但並沒有慌張。他問過唐泰斯，知道唐泰斯並不瞭解信的內容，而且誰也不知道這封信之後，馬上做出決定。他佯稱唐泰斯有嚴重嫌疑，不能馬上恢復自由，然而他自稱對唐泰斯是友好的，要設法縮短拘留他的時間。維勒福把這封信投到壁爐裡燒掉，說是為唐泰斯消滅主要罪證，並吩咐唐泰斯不要洩漏一個字。唐泰斯真以為他是個好人，發誓答應了。這一場面全是用對話寫出的，維勒福的奸滑陰險、隨機應變躍然紙上。唐泰斯被警官帶出去之後，維勒福因精疲力竭，支持不住，倒在椅子裡。突然，他腦海裡閃過一個念頭，嘴角浮上了微笑，他要把唐泰斯打入大牢，然後連夜趕到巴黎，向路易十八告密。拿破崙即將返回大陸。他自言自語，要從這封本來會讓他完蛋的信，得到飛黃騰達的機會。這個人物惡毒卑劣的心靈如實道出了。維勒福的思想和性格在這場短短對話中被初步塑造出來。

其二，《基度山恩仇記》幾乎不用敘述的方法，而是用人物對話來展開情節，甚至交代往事。例如，維勒福企圖在夜深人靜的時候埋掉他與唐格拉爾夫人的私生子，這是維勒福的隱私，也是導致他身敗名裂的一樁罪行。這一情節是由貝爾圖喬敘述出來的。貝爾圖喬雖然很不願意，還是按照基度山伯爵的吩咐，買下了一座無人居住的郊區住宅。他陪基度山伯爵來到花園一棵大樹下。貝爾圖喬指出這裡曾經發生過一樁案件。原來，當年貝爾圖喬為了復仇，曾企圖在這裡刺殺維勒福。他親眼看到維勒福活埋私生子的情景，並把事情本末告訴基度山伯爵。看到這裡，讀者明白了基度山伯爵種種安排的用意，這一情節又為後面的發展埋下了伏筆。作者省去了另闢章節補敘維勒福這段過往經歷，小說情節也不致於中斷。插入的這一段既有解釋，又有推動情節發展的作用。大仲馬十分喜愛這種相當經濟的手法，努瓦蒂埃與政敵的決鬥、海蒂公主的身世、基度山寶藏的發現等等，都是這樣口述出來的。

大仲馬有時還採用了頗為別致的對話寫法。努瓦蒂埃後來全身癱瘓，不能說話，只能以眼睛示意。他閉上右眼表示要孫女瓦朗蒂娜過來，閉上左眼要僕人過來；眼睛眨幾下表示不同意，眨一下表示許可；他想表達想法時就舉目望天；為了表達更複雜的想法，可以拿一本字典輔助。當他看到所要表達的詞的字母時，就以眼睛示意，讓人明白。他眼睛的動作與別人的理解配合成一場巧妙的「對答」，既增加了情節的趣味，也豐富了行文的變化。

與這種對話體相配合的，是大仲馬採用了短段落的寫法。有時一句話就是一段，小說中幾乎找不到超過一頁的段落。短段落有易於閱讀、行文流暢的效果。因此，如果翻譯時認為敘述的段落過多，顯得零碎，而把數段合併成一個大段，那麼就會有損於原文如滔滔流水的氣勢和閱讀效果，違背了作者的原意。這種短段落的寫法已為金庸、古龍、梁羽生等當代通俗小說家所承襲，可見這是一種行之有效的敘述手段。

從上述可以看到，《基度山恩仇記》的對話寫得富有戲劇性。讀者如果稍加注意就會發現，無論兩個人、三個人，還是許多人的對話，都寫得像戲劇場面那樣，其中充滿了矛盾衝突，起伏變化。大仲馬最初是作為浪漫派劇作家而登上文壇的，他在一八二〇、三〇年代創作了一系列劇作，其中一八二九年的《亨利三世及其宮廷》很成功，預示了以雨果為首的新一代浪漫派的勝利。小說引起轟動後，他還陸續改編成戲劇上演。毫無疑問，他也將戲劇創作的經驗搬到小說中，因而有的評論家說，大仲馬寫作小說時仍然是一個戲劇家。這個評語頗有道理。大仲馬確實是把小說寫成無數個連接起來的戲劇場面，所以對話在他的小說中占據了大部分篇幅，而且充滿了戲劇性。這是大仲馬小說一個相當重要的特點。他小說的魅力在很大程度上也得之於此。這就是在平易順暢的對話中展現激烈動盪的感情、尖銳曲折的衝突。對話接近日常生活的口語，通俗曉暢；而激烈動盪的感情和尖銳曲折的衝突是對現實生活的提煉和概括，使內容變得複雜而生動。這兩方面的成功結合也堪稱範例。

藝術特點之五：形象鮮明、個性突出

誠然，在人物形象的塑造方面，《基度山恩仇記》雖然不能說非常出色，但在同類小說中還是屬於佼佼者之列。

首先，作者能從時代變遷去刻劃人物思想的變化和性格的形成。唐泰斯一開始是一個正直單純的水手，對生活的複雜頗為無知。他獲得財富之後，閱歷漸深，變得老謀深算。雖然他嫉惡如仇，保持早年正直的品格，但他已失去單純的一面，變得鐵面無情，手段兇狠。作為大富豪，他的變化是很合乎邏輯的。唐格拉爾和莫爾賽夫在小說開頭一個是陰鷙之徒，一個是無賴小人。後來，唐格拉爾鑽營有方，當上了銀行家，他不擇手段、唯利是圖的本質充分表露。而莫爾賽夫的背信棄義、卑鄙無恥又有進一步發展。他們的變化，側面反映了七月王朝「精英」人物的崛起過程，具有一定的典型意義。

《基度山恩仇記》中，不只主要人物，次要人物也寫得相當生動。愛錢貪財的卡德魯斯夫婦，作惡成性的安德烈亞，淫蕩無行的唐格拉爾夫人，毒辣陰險的維勒福夫人，堅定高尚的努瓦蒂埃，熱情善良的摩雷爾，正直純真的馬克西米利安，熱烈誠摯的瓦朗蒂娜，軟弱和善的梅爾塞苔絲，耿直單純的阿爾貝，博學多識的法理亞，都給讀者留下鮮明的印象。還有那個我行我素、厭惡男人、個性強硬的歐仁妮，她把父親叫到客廳中談判那一幕，真是把一個高傲任性的少女寫得呼之欲出。但她畢竟不如唐格拉爾那麼老辣，在唐格拉爾把即將宣告破產的底牌亮出來之後，她只能委屈求全。一部長篇小說，連次要人物也寫得活靈活現，這是它在藝術上成功的鮮明標誌。

大仲馬塑造人物的功力還表現在他對同類人物的思想和性格做出細緻的區分。三個主要反派角色莫爾賽夫、唐格拉爾和維勒福，分別代表七月王朝時期政治界、金融界和司法界的大人物，在身分上明顯不同。同樣醜惡的靈魂，也各有特點，而且不同之處寫得細膩。唐格拉爾和維勒福同是狡猾陰險，但唐格拉爾較為外顯，維勒福則老奸巨猾。在陷害唐泰斯這一點上，唐格拉爾雖然假手於人，但畢竟還是親手動筆，在場還有第三者，落下把柄。維勒福則燒掉罪證，擺脫干係，而且讓唐泰斯存有幻想，陷害了別人還讓被害人感激自己。另外，他明明知道自己的妻子下毒，卻佯裝不知，直至可能危及自身，才露出凶相，要妻子自盡，把她甩掉。他的毒如蛇蠍寫得何等出色。莫爾賽夫比起他們則較為赤裸裸，具有流氓習氣。他的發跡與這種習氣不無聯繫。再拿維勒福夫人和唐格拉爾夫人來說，兩人都貪婪。維勒福夫人心狠手毒，不惜連續下毒，而唐格拉爾夫人卑瑣猥褻，出賣色相以謀取錢財。又如摩雷爾船主和努瓦蒂埃，兩人有相近的政治信仰，而且都心地正直，但摩雷爾熱誠，努瓦蒂埃剛烈。細微的不同讓讀者不致於混同。因此評論家認為大仲馬塑造了「令人難忘的人物」[7]，這是深中肯綮的評語。

注重人物性格刻畫是在法國十九世紀初期興起的，以巴爾扎克、司湯達（Marie-Henri Beyle, 1783-1842）為代表的批判現實主義作家，在現實主義文學傳統基礎上發展的藝術主張，由恩格斯（Friedrich Engels, 1820-1895）總結為「典型環境中的典型人物」的現實主義原則。這一主張推動法國文學的新發展。批判現實主義的潮流不能不影響到浪漫派劇作家大仲馬。他在人物塑造上也注意從社會環境的角度刻畫人物性格。大仲馬這種寫法，為「斗篷加長劍」、「黑小說」等極盡詭譎怪誕、離奇恐怖內容的通俗小說注入了新生命。過去的通俗小說只注意情節的詭奇，甚至到了荒誕的地步，而不著意於描繪人物性格，因此，長期以來不登大雅之堂。大仲馬則開始注意刻畫人物性格，這無異於對通俗小說進行革新，提高藝術價值，讓通俗小說登堂入室，進入文學領域，這是大仲馬在法國小說史上的一大貢獻。

《基度山恩仇記》在藝術上並非盡善盡美。例如，擅寫對話固然是一大優點，但描述自有它的功能，完全用對話代替描述，不免對環境和人物的勾畫有所影響。與同時代大作家相較，大仲馬筆下的人物描寫還顯不足，談不上塑造了傑出典型。在心理描寫方面，大仲馬運用得還不夠純熟。然而瑕不掩瑜，這些缺點無損於《基度山恩仇記》成為世界上通俗小說中的扛鼎之作。

鄭克魯

一九九一年七月八日於上海

7《作家辭典》，第二卷，六九頁，羅貝爾—拉豐出版社，巴黎，一九五二。

基度山恩仇記1 主要角色簡介

愛德蒙．唐泰斯

小說主角。法老號的大副，是性格正直、行事磊落的優秀水手。在原來船長過世後，有望被船主摩雷爾拔擢為新任船長。與情人梅爾塞苔絲兩情相悅，正準備訂婚。在前途光明之際，卻因遭人妒恨、誣陷，瞬間墜入黑暗深淵。

摩雷爾

法老號的船主。性格敦厚大度，甚為賞識唐泰斯，在其被捕入獄後，極力奔走營救，並救濟老唐泰斯。經營船公司多年，在馬賽商界擁有顯赫地位，育有一子馬克西米利安與一女朱麗。

唐格拉爾

法老號船上的會計。為人狡猾陰沉，不得人緣。對唐泰斯即將晉升為船長一事尤其心懷妒忌，因此策動不為人知的告密計畫。西班牙內戰期間發戰爭財，進而投資成功，變身為著名銀行家，且被封為男爵。

卡德魯斯

唐泰斯的鄰居，以裁縫為業。性情魯直，原對唐泰斯父子有所關切，然未能阻止發生在眼前的構陷計畫。之後與多病妻子經營一家生意清淡的旅店。

費爾南

加泰隆尼亞年輕漁夫，梅爾塞苔絲的表哥。對梅爾塞苔絲一往情深，因此對唐泰斯十分憤恨。在唐格拉爾慫恿下誣陷計畫得逞。徵召入伍後，因緣際會加上投機性格，一路扶搖直上，晉升為有權有勢的貴族院議員、將軍，並受封為伯爵。

梅爾塞苔絲

居住在加泰隆尼亞人村子的孤女。黑髮美目，明麗動人，對英挺水手唐泰斯情有獨鍾。卻在訂婚前夕，遭逢變故。之後意圖營救情人，然徒勞無功。在表哥費爾南入伍後，更是陷入孤單絕望之中。

維勒福

意興風發的代理檢察官。負責審理唐泰斯一案，卻因為個人利害關係，欺瞞拐騙唐泰斯，燒毀唯一證據並強押入獄。之後迎娶顯貴德．聖梅朗之女，在司法領域的仕途更是一帆風順，擁有崇高的名聲與地位。

老唐泰斯

愛德蒙的父親。獨居於梅朗巷，老成持重，自尊自傲。在唐泰斯下落不明後，傷心消沉，自棄自絕，終於撒手人寰。

法理亞神父

唐泰斯獄友。被關押在紫杉堡多年，是知識廣博的神職人員，熟稔各種領域知識與多國語言；然因屢屢言及神祕寶藏，被視為瘋癲。後與唐泰斯結為莫逆，傾力傳授畢生所知所聞，告知寶藏所在，並一同籌謀越獄計畫。

1 抵達馬賽

一八一五年二月二十八日，保安警察隊所屬的「聖母」瞭望塔發出信號，來自斯米爾納[1]，途經特列埃斯特[2]和拿波里[3]的三桅帆船「法老號」駛近了。

跟往常一樣，一名領港員隨即從港口出發，在摩爾吉榮海角和里雍島之間靠近了這艘帆船。

也跟往常一樣，聖約翰堡的平台上立即擠滿了看熱鬧的人。尤其因為像法老號這樣一艘船，在「弗凱亞人的古城」[4]的船塢上建造，裝配帆纜索具和裝載好貨物，船主又是本城人，它的抵達總是一件盛事。

帆船向前航行，安然越過了那個在卡拉紮雷涅島和雅羅斯島之間，經幾次火山爆發形成的海峽。船繞過波梅格，扯起三面中層的方帆、大三角帆和後桅帆，繼續前行。可是，它駛得非常緩慢，外表又這樣淒淒慘慘，出於洞悉不幸的本能，看熱鬧的人尋思船上出了什麼事。然而，航海方面的行家一清二楚，如果發生事故，也不會是船的本身。因為這艘船駕駛得完美無缺，它的錨浸在水中，艏斜桅的側支索已經放下來。領港員已準備好引導法老號通過馬賽港的狹窄入口，他的身旁站著一個年輕人，迅速打著手勢，眼觀四方，監視著帆船的每段運行，重複著領港員的每個命令。

瀰漫在人群中的不安情緒，特別感染了聖約翰瞭望台上的一個觀眾，以致他等不及帆船駛進港口，便跳進一艘小艇，下令迎著法老號划去，在雷澤夫小海灣的對面趕上了帆船。

看到這個人到來，年輕船員離開他在領港員身邊的崗位，手裡拿著帽子，走來倚在船幫上。

這是一個十八至二十歲的年輕人，身材高眺頎長，一雙漂亮的黑眼睛，頭髮烏黑，渾身流露出從孩提時代就習慣跟危險搏鬥的人所特有的鎮定和堅毅神態。

「啊，是您，唐泰斯！」坐在小艇上的那個人喊道：「究竟出了什麼事，為什麼您的船上一片悲哀景象？」

「大禍降臨，摩雷爾先生。」年輕人回答：「尤其對我來說，是大禍降臨。在契維塔韋基亞[5]附近，我們失去了耿直的船長勒克萊爾。」

「貨呢？」船主急迫地問。

「貨平安抵達，摩雷爾先生，我相信在這方面您會滿意的。可是那個可憐的勒克萊爾船長……」

「他究竟出了什麼事？」船主帶著明顯鬆了一口氣的神態問：「那個耿直的船長究竟出了什麼事？」

「他死了。」

「掉到海裡了嗎？」

「不，先生，他是得了腦膜炎死的，臨終時痛苦萬分。」

然後他轉過身對船員喊道：「喂，各就各位，準備下錨！」

全體船員服從命令。船上共有八到十個水手，有的立即奔向下後角索，有的奔向轉桁索，有的待在吊索旁，有的待在三角帆的絞索旁，還有的待在絞帆索旁。

---

1 土耳其海港，即今日的伊茲密爾。
2 義大利北部港口。
3 義大利海港，臨第勒尼安海。
4 弗凱亞為中亞古代地區，由弗凱亞人和雅典人建於西元前十世紀。「弗凱亞人的古城」指馬賽。
5 義大利港口，在羅馬北邊。

年輕水手對操作準備隨意地瞥了一眼，看到他的命令即將被執行，便又回過頭來。

「這件不幸的事究竟怎麼發生的？」船主重拾剛才年輕水手丟開他而中斷的話題，繼續說。

「天哪，先生，萬萬料想不到。勒克萊爾船長在離開拿波里之前，跟港務長談了很久，離港時非常激動。二十四小時之後，他開始發燒。三天後，他就死了……

「我們按慣例為他舉行了葬禮，他體面地裹在吊床裡，腳和頭上各捆上一支三十六斤重的鐵球，葬在埃爾吉格里奧島附近。我們把他的榮譽勳位十字獎章和他的佩劍帶回來給他的遺孀。他真沒有虛度一生。」年輕人愁慘地笑了笑，繼續說：「跟英國人打了十年仗，到頭來仍像大家一樣死在床上。」

「天哪！有什麼辦法呢，愛德蒙先生。」船主顯得越來越放心，接著說：「人總有一死，老一輩總要讓位給新一代，否則，就不會有晉升了。你剛向我保證，貨物……」

「完整無損，摩雷爾先生，我向您擔保。對於這次航行，我建議您估算盈利決不要低於二萬五千法郎。」

這時，船剛剛越過圓塔，年輕水手喊道：「開始絞方帆、三角帆和後桅帆！要慢慢行駛！」

命令得到迅速執行，如同在戰艦上一樣。

「統統落帆和捲帆！」

聽到最後一聲命令，所有的帆都降落下來，帆船以幾乎察覺不到的速度前進，只靠早先的推動力行駛。

「現在請您上船，摩雷爾先生。」唐泰斯看到船主急不可耐的樣子，說道：「這是您的會計唐格拉爾，他會把您想知道的所有情況都告訴您。至於我，我還得照看下錨和給這艘船掛喪。」

船主不等他說第二遍。他抓住唐泰斯扔給他的一條纜繩，以海員引以為榮的敏捷，爬上釘在帆船圓鼓鼓的船壁上的階梯，而唐泰斯回到大副的崗位上，讓他剛才稱作唐格拉爾的那個人去和船主談話。唐格拉爾走出船艙之後，果真迎著船主走去。

來者二十五、六歲，臉色陰沉，一副諂上欺下的模樣。因此，除了他的會計頭銜總是引起水手的厭惡，他受到全體船員普遍的憎恨，正如愛德蒙・唐泰斯受到他們喜愛那樣。

「啊，摩雷爾先生，」唐格拉爾說：「您知道船上的不幸，是嗎？」

「是的，是的，可憐的勒克萊爾船長，那是一個耿直的正派人！」

「尤其是一個出色的海員，在大海長天中變得衰老，他多麼適合承擔像摩雷爾父子這樣重要公司的利益重任啊。」唐格拉爾回答。

「可是，」船主說，目光同時追蹤照看下錨的唐泰斯，「我覺得，唐格拉爾，要熟悉本行，用不著您所說的那樣的老海員，您看我們的朋友愛德蒙，在我看來，他不需要請教任何人也很稱職。」

「是的，」唐格拉爾說，一面朝唐泰斯斜了一眼，眼中閃射出仇恨的光芒，「是的，他很年輕，這是毫無疑義的。船長一斷氣，他就發號施令，也不徵詢別人，而且他讓我們在厄爾巴島耽擱了一天半，而不是直接返回馬賽。」

「說到擔當指揮這艘船，」船主說：「這是他作為大副的責任。至於在厄爾巴島耽擱了一天半，他做得不對，除非這艘船需要修理。」

「這艘船像我的身體，也像我希望您的身體那樣情況良好，摩雷爾先生。那一天半純粹是出於心血來潮，為了上岸遊玩而浪費掉的，如此而已。」

「唐泰斯，」船主轉過身去喊那個年輕人：「到這兒來一下！」

「對不起，先生，」唐泰斯說：「過一會兒我就來。」

然後他對全體船員喊道：「拋錨！」

鐵錨立刻落入水中，鐵鏈落下時發出叮噹的響聲。儘管領港員在場，唐泰斯還是恪盡職守，直到這項最後的操作結束。然後他又喊：「把小旗下到桅杆的一半，把公司的旗降半旗，將橫桁疊成交叉！」

「您看，」唐格拉爾說：「他已經自以為是船長了，我發誓。」

「他確實就是船長。」船主說。

「是的，但還缺少您和您的合夥人的簽字，摩雷爾先生。」

「當然，為什麼我們不讓他走馬上任呢？」船主說：「他很年輕，我一清二楚，但是我覺得他萬事俱備，而且他經驗非常豐富。」

一片烏雲掠過唐格拉爾的額頭。

「對不起，摩雷爾先生，」唐泰斯走過來說：「帆船已經拋錨，我靜候您的吩咐。剛才您在叫我，是嗎？」

唐格拉爾後退一步。

「我想問您為什麼在厄爾巴島停泊？」

「我不知道原因，先生。這是為了執行勒克萊爾船長的最後一道命令，他臨終時要我將一包東西交給傑出的貝特朗元帥[6]。」

「您見到了他嗎，愛德蒙？」

「誰？」

「傑出的元帥？」

「是的。」

摩雷爾環顧四周，將唐泰斯拉到一邊。

「陛下[7]怎麼樣？」他急促地問。

「據我看，很好。」

「所以您也見到陛下了？」

「他走進元帥房裡時，我正在那裡。」

「您和他說過話嗎？」

「事實上是他跟我說話，先生。」唐泰斯微笑著說。

「他對您說了些什麼？」

「他問了我一些問題，關於這艘船，什麼時候開到馬賽，經過什麼路線，裝載什麼貨物。我相信，如果船上沒有裝貨，而我又能作主，他的意思是要買下這艘船。但我告訴他，我只不過是大副，船是屬於摩雷爾父子公司的。『哦！哦！』他說：『我知道這家公司。摩雷爾家世代都是船主，當我鎮守巴倫西亞[8]的時候，有一個摩雷爾也和我在同一個團隊裡服役。』」

「千真萬確！」船主興高采烈地喊道：「那是我的叔叔波利卡爾．摩雷爾，他當過連長。唐泰斯，您去對我叔叔說，陛下記起了他，您會看到這個老軍人掉淚。好，好。」船主親切地拍拍年輕人的肩膀，繼續說：

6 貝特朗（一七七三—一八四四），一個忠於拿破崙的將軍，伴隨拿破崙來到厄爾巴島和聖赫勒拿島，一八四〇年護送拿破崙的骨灰隆重返回法國。

7 指拿破崙。

8 西班牙東部港口。

「唐泰斯，您遵照勒克萊爾船長的吩咐去做，在厄爾巴島停靠，做得非常好，只不過，一旦有人知道您把一包東西轉交給元帥，並且和陛下談過話，就會連累您。」

「先生，這會連累我，您有什麼根據呢？」唐泰斯說：「我連帶什麼東西都不知道，而且陛下問我的，只是他對來客提出的問題。對不起，」唐泰斯又說：「衛生檢疫和海關人員向我們走來了，對不起。」

「忙吧，忙吧，親愛的唐泰斯。」

年輕人一走開，唐格拉爾就挨近過來。

「那麼，」他問：「看來停泊在費拉約港[9]的理由，他已經向您充分說明了？」

「出色的理由，親愛的唐格拉爾先生。」

「啊，好極了。」唐格拉爾回答：「因為看到一個同事失職總是很難受的。」

「唐泰斯盡心盡職，」船主回答：「不用多說了。是勒克萊爾船長吩咐他到那個島上耽擱一下的。」

「說到勒克萊爾船長，他沒有把船長的一封信轉交給您嗎？」

「他指誰？」

「唐泰斯。」

「給我？沒有！他有一封信嗎？」

「我相信，除了那包東西，勒克萊爾船長還交托給他一封信。」

「您說的是哪一包東西，唐格拉爾？」

「就是唐泰斯在費拉約港順便留下的那包東西。」

「您怎麼知道他有包東西要在費拉約港留下呢？」

唐格拉爾的臉漲得通紅。

「船長的門半掩著，我從門口經過，我看到他把那包東西和那封信交給唐泰斯。」

「他絲毫沒有對我提起過，」船主說：「如果有信，他會交給我的。」

唐格拉爾沉吟了一會兒。

「那麼，摩雷爾先生，我求您，」他說：「對唐泰斯絕對不要提這件事，我可能搞錯了。」

這時，年輕人回來了，唐格拉爾抽身走開。

「喂，親愛的唐泰斯，您有空嗎？」船主問。

「有的，先生。」

「辦事時間並不長。」

「是不長，我把貨物單給了海關人員。並將商船委託代理書交給領港員與同行者。」

「那麼您在這裡沒有事要辦了吧？」

唐泰斯迅速環顧四周。

「沒有了，一切都已辦妥。」

「那麼您能與我們一起吃晚飯嗎？」

「請原諒，摩雷爾先生，請原諒，對不起，我要先去看看我的父親。但我仍然很感激您對我的盛情。」

---

9 厄爾巴島上的港口。

「做得對，唐泰斯，做得對，我知道您是個孝子。」

「那……」唐泰斯有些遲疑不決地問：「據您所知，我的父親身體好嗎？」

「我相信很好，親愛的愛德蒙，儘管我沒有見到他的面。」

「是的，他把自己關在小臥室裡。」

「這至少證明，您外出期間，他什麼也不缺。」

唐泰斯微微一笑。

「我的父親十分倨傲，先生，即使他樣樣欠缺，我懷疑除了上帝以外，他不會向世上任何人企求什麼。」

「那麼，您先去看望一下，我們就等著您來吃飯。」

「還得請您原諒，摩雷爾先生。這次看望之後，我還要做第二家的拜訪，我對這次拜訪同樣看重。」

「啊！沒錯，唐泰斯，我忘了在加泰隆尼亞[10]，有一個人大概與您的父親一樣焦急地等待著您，那就是漂亮的梅爾塞苔絲。」

唐泰斯莞爾一笑。

「哈！哈！」船主說：「她來過三次，向我打聽法老號的消息，我對這件事毫不奇怪。喲！愛德蒙，您沒有什麼可抱怨的，您有一個漂亮的情人哪！」

「不是我的情人，先生。」年輕海員莊重地說：「她是我的未婚妻。」

「有時兩者是一回事。」船主笑著說。

「對我們來說可不是，先生。」唐泰斯回答。

「好了，好了，親愛的愛德蒙。」船主繼續說：「我不留您了，您替我辦事相當出色，所以我讓您自由自在去辦您的事。您需要錢嗎？」

「不需要，先生。出海所有的工錢都在我手裡，是將近三個月的薪水。」

「您是一個規規矩矩的小伙子，愛德蒙。」

「再說我有一個貧苦的父親，摩雷爾先生。」

「是的，是的，我知道您是一個孝子。去看您的父親吧。我若有一個兒子，要是他航海三個月之後回來，有人要留住他，離我遠遠的，我可要責怪他了。」

「那麼，對不起了！」年輕人一邊行禮一邊說。

「好的，如果你沒有別的事要對我說。」

「沒有了。」

「勒克萊爾船長臨終時沒有交給您一封寫給我的信嗎？」

「那時他已不能寫信，先生。但是，這倒使我想起一件事，我要向您請半個月的假。」

「為了結婚嗎？」

「首先是結婚，然後要到巴黎。」

「好，好！您想請這段時間的假，完全照准，唐泰斯。船上的貨要卸六個星期，再過三個月才能再出海，只要三個月之內您回來就可以了。法老號，」船主拍拍年輕海員的肩膀，繼續說：「沒有船長是不能再出航

10 加泰隆尼亞位於西班牙東北部地區。

的。」

「沒有船長！」唐泰斯眼裡閃耀著快樂的光芒，大聲說：「請注意您所說的話，先生，因為您剛才滿足了我心底最隱祕的希望。您的意思是要任命我為法老號的船長嗎？」

「如果我是獨資老闆，我就會伸手拍板，親愛的唐泰斯，我會對您說：『一言為定。』但我有一個合夥人，而您知道義大利有句諺語：『誰有了一個合夥人，就有了一個老闆。』不過，至少這件事已成了一半，因為在兩票之中您已經有了一票。請相信我會替您拿到另一票，我將盡力而為。」

「喔，摩雷爾先生。」年輕海員熱淚盈眶，抓住船主的雙手，大聲說：「摩雷爾先生，我以我父親和梅爾塞苔絲的名義感謝您。」

「很好，很好，愛德蒙，上天保護老實人！去看你的父親吧，去看梅爾塞苔絲吧，然後再回來找我。」

「您不要我送您上岸嗎？」

「不，謝謝。我還要跟唐格拉爾結帳。航行期間您對他滿意嗎？」

「那得看您這個問題是指哪一方面，先生。如果指好同事，那麼不是，我們有過一次小爭執，後來，我犯傻向他提議在基度山島停泊十分鐘，以解決這個爭執。可我覺得從這天之後，他就不喜歡我了。我不該向他提出這個建議，而他加以拒絕是對的。如果您對我提出這個問題是指他當會計，我想我無話可說，您會滿意他完成工作的方式。」

「不過，」船主問道：「喂，唐泰斯，如果您做法老號的船長，您樂意留下唐格拉爾嗎？」

「摩雷爾先生，無論做船長還是大副，」唐泰斯回答：「凡是能得到我的船主信任的人，我對他們總是另眼相看的。」

「好了，好了，唐泰斯，我看您各個方面都是一個耿直的小伙子。我不再拖住您啦，走吧，我看您像熱鍋上的螞蟻啦。」

「那麼我告辭了？」唐泰斯問。

「走吧，我再說一遍。」

「您願意讓我用您的小艇嗎？」

「用吧。」

「再見，摩雷爾先生，不勝感謝。」

「再見，親愛的愛德蒙，祝您好運！」

年輕海員跳進小艇裡，坐到船尾，吩咐在卡納比埃爾街靠岸。兩個水手馬上划起槳來，小艇如離弦之箭，在堵塞著上千隻小船的狹窄通道間飛快地穿行。這條通道從港口的入口處一直通到奧爾良碼頭，夾在兩排海船中間。

船主含著笑容，目送他抵岸，看到他跳上碼頭的石板，旋即消失在五顏六色的人群間。從清早五點鐘直到晚上九點鐘，這條著名的卡納比埃爾街擠滿了人群，現代的弗凱亞人[11]對這條街引以為豪，他們一本正經而又斬釘截鐵地說：「如果巴黎有條卡納比埃爾街，巴黎就會成為一個小馬賽。」

船主轉過身來，看到唐格拉爾在自己身後，唐格拉爾表面上看來似乎在等待他的吩咐，而實際上也跟他一

11 即指馬賽人，同時參見註4。

樣目送著那個年輕海員。

不過，這兩個人目送同一個人的目光、神情是截然不同的。

2 父與子

我們暫且撇下唐格拉爾，他正在跟仇恨的精靈搏鬥，竭力在船主的耳邊進他同事的讒言。再說唐泰斯穿過卡納比埃爾整條街，踏入諾阿伊街，走進位於梅朗巷左邊的一座小房子裡，急促地爬上樓梯幽暗的四層樓，一隻手抓住欄杆，另一隻手按住心跳，在一扇半掩的門前停了下來，這扇門能讓人一眼看到小房間的盡頭。

這個房間就住著唐泰斯的父親。

法老號抵港的消息還沒有傳到老人那裡，他正踩在椅子上，專心地用顫巍巍的手綁紮幾株旱金蓮，中間還夾雜著鐵線蓮一類的植物，這些植物沿著窗柵，越爬越高。

突然，老人覺得自己被人攔腰抱住，一個非常熟悉的聲音在他身後喊道：「父親，我的好父親！」

老人叫了一聲，轉過身來，隨即看到他的兒子，他渾身哆嗦，臉色煞白地倒在兒子懷裡。

「您怎麼啦，父親？」年輕人惴惴不安地問道：「您大概生病了吧？」

「不，不，親愛的愛德蒙，我的孩子，我的兒啊，沒有。我沒料到你會來，這樣冷不防又看到你，快樂和激動……啊！我的天！我覺得我快要死了！」

「那麼，父親，振作起來！這是我，確實是我！俗話說，高興不傷身，所以我冷不防地走進來。好啦，朝我露出笑容吧，不要這樣驚魂未定地盯著我。我回來了，我們就要闔家幸福了。」

「啊！好極了，孩子！」老人接著說：「不過，我們怎麼就要闔家幸福呢？你不再離開我了嗎？好了，告訴我，你交了什麼好運！」

「但願上帝饒恕我，」年輕人說：「用另一家人的舉喪換來我的幸福。但上天知道我並不期待這種幸福。幸福從天而降，而我沒有力量傷心難過。正直的勒克萊爾船長去世了，父親，我很可能得到摩雷爾先生的保薦，接替他的位置。您明白了嗎，父親？二十歲就當了船長，薪水一百路易[12]還可以分紅。像我這樣可憐的海員，這不是以前連想都不敢想的嗎？」

「是的，我的孩子，當真是的，」老人說：「確是好運。」

「因此，我想用我領到的第一筆錢給您買一幢小房子，有個花園，讓您去種鐵線蓮、旱金蓮和金銀花……不過，您究竟怎麼了，父親，據說您身體不好？」

「耐心點，耐心點！就會過去的。」

老人由於體力不濟，往後倒了下去。

「來！來！」年輕人說：「喝一杯酒，爸爸，這會使您恢復過來，您的酒放在哪裡？」

「不，謝謝，不用找了。我不需要喝酒。」老人說，想拉住他的兒子。

「需要的，需要的，父親，告訴我放在哪裡。」

他打開了兩三個櫃子。

「你是白找……」老人說：「沒有酒了。」

「怎麼，沒有酒了！」唐泰斯說，這回輪到他臉色變白，交替端詳老人深陷、蒼白的臉頰和空空的櫃子：「沒有酒了，您大概一直缺錢吧，父親？」

「我什麼也不曾缺過，因為你在跟前。」老人說。

「可是，」唐泰斯抹了抹從額頭上流下來的汗水，囁嚅著說：「可是三個月前我出發時留給您二百法郎呀。」

「是的，是的，愛德蒙，確實如此，但你走時忘了還欠鄰居卡德魯斯一小筆債呢。他跟我提到這筆債，對我說，如果我不替你還債，他就會去向摩雷爾先生討還。於是，你明白，我生怕要連累你……」

「所以呢？」

「所以我還了錢。」

「可是，」唐泰斯大聲說：「我只欠卡德魯斯一百四十法郎。」

「是的。」老人期期艾艾地說。

「而您就用我留給您的二百法郎還他嗎？」

老人點頭稱是。

「所以，您就靠六十法郎過了三個月！」年輕人喃喃地說。

「你知道我清心寡欲。」老人說。

「哦！我的上帝，我的上帝，請饒恕我！」愛德蒙大聲說，一面撲倒在地，跪在老人面前。

「你這是幹什麼？」

「啊！您真是太讓我心酸了。」

「啊！你回來了，」老人微笑著說：「現在，把往事都忘掉吧，因為什麼都好了。」

12 法國金幣，上面有路易十三等國王的頭像。

「是的，我回來了，」年輕人說：「我帶著錦繡前程和一點錢回來了。看，父親。」他說：「拿著，拿著，馬上叫人去買點東西。」

他倒空口袋，將大約十二枚金幣，五、六枚面值五法郎的埃居[13]和一些零錢撒在桌上。

唐泰斯老人的臉豁然開朗。

「這是誰的？」他問。

「是我的！……是您的！……是我們的！……拿著，去買些吃的東西，開開心心，明天會有更多的錢。」

「輕點，輕點，」老人微笑著說：「得到你的允許，我花你的錢會有節制的。如果別人看到我一下子大量採購，會以為我買這些東西，是不得不等你回家。」

「隨您高興吧。但當務之急是雇一個女傭，父親，我希望您不再孤伶伶一個人。我有一些偷運的咖啡和上等菸草，放在船上的小箱裡，明天拿來給您，噓，有人來了。」

「是卡德魯斯，他大概知道你回來了，一定是來向你祝賀勝利歸來。」

「好啊，他仍然口是心非。」愛德蒙咕噥著說：「不過，無所謂，一個從前為我們出過力的鄰居，他還是受歡迎的。」

在愛德蒙低聲說完這句話的當下，卡德魯斯黑蒼蒼、滿是鬍鬚的臉果真出現在門邊。他約莫二十五、六歲，他是裁縫，手裡拿著一塊布，準備拿來做衣服襯裡。

「咦！你回來啦，愛德蒙？」他帶著濃重的馬賽口音說，咧嘴一笑，露出白得如同象牙一樣的牙齒。

「正像您看到的那樣，我們的鄰居卡德魯斯，我正準備討您喜歡，不管做什麼事。」唐泰斯回答，在表示效勞的客套下，仍然掩飾不了他的冷淡。

「謝謝，謝謝。幸虧我一無所需，甚至有時是別人需要我幫忙。（唐泰斯做了一個手勢。）我不是指你，小伙子。我曾借錢給你，你已經還我了。好鄰居才這樣，我們兩清了。」

「對於那些幫過我們的人，我們永遠還不了情分。」唐泰斯說：「因為我們即使不再欠他們的錢，卻還欠他們人情。」

「何必提這個呢！過去的就讓它過去。我們來談談你勝利歸來的事吧，小伙子。我剛才到碼頭去配一塊栗色布，碰到了朋友唐格拉爾。

「『你在馬賽？』」

「『可不是。』他回答我。

「『我還以為你在斯米爾納呢。』

「『我是可能在那裡，但現在回來了。』

「『愛德蒙呢，小傢伙在哪裡？』

「『準是在他父親那裡。』唐格拉爾回答。

「於是我就來了。」卡德魯斯繼續說：「為了跟朋友握手言歡。」

「這個好心的卡德魯斯。」老人說：「他對我們愛護備至。」

「當然，我熱愛你們，敬重你們，因為忠厚人難得！看來你發財了，小伙子？」裁縫繼續說，斜睨了一眼

13 古幣名，每枚值六法郎或三法郎，常用的是值三法郎的一種。

唐泰斯放在桌上的那把金幣和銀幣。

年輕人注意到鄰居的黑眼珠閃爍出貪婪光芒。

「唉！我的天！」他漫不經心地說：「這些錢不是我的。剛才我向父親表示，生怕他在我離開時缺吃少穿，為了使我放心，他才把錢都倒在桌子上，好了，父親，」唐泰斯繼續說：「把這些錢都收回去吧，除非我們的鄰居卡德魯斯也需要錢，那麼他一定會得到解囊相助。」

「不，小伙子，」卡德魯斯說：「我一無所需，而且上天保佑，我的職業自給自足。保存好你的錢吧，存好吧，錢永遠不嫌多。這並不妨礙我感激你的好意，就像我已經受惠了。」

「我是真心誠意的。」唐泰斯說。

「我不懷疑。那麼，現在你跟摩雷爾先生相處融洽，受到寵愛囉？」

「摩雷爾先生對我始終很厚愛。」唐泰斯回答。

「這樣的話，你不該拒絕他請你吃晚飯。」

「什麼，拒絕邀請？」老唐泰斯接口說：「他邀請你吃晚飯了？」

「是的，父親。」愛德蒙回答，對由於兒子獲得榮耀而深感驚訝的父親展現微笑。

「你為什麼拒絕了呢，孩子？」老人問。

「為了早些回到您的身邊，父親。」年輕人回答：「我急著要看到您。」

「這會讓好心的摩雷爾先生不高興的。」卡德魯斯接口說：「要是想當船長，卻讓船主不高興，那是錯誤的。」

「我向他解釋了拒絕的原因，」唐泰斯說：「我希望他已經理解了。」

「啊！要當船長，就必須逢迎老闆一點。」

「我希望不逢迎也能當船長。」唐泰斯回答。

「那太好了，太好了！這件事會讓所有的老朋友喜氣洋洋，我知道聖尼古拉堡那裡有個人，聽了這個消息也不會不高興。」

「梅爾塞苔絲嗎？」老人說。

「是的，父親。」唐泰斯回答：「既然我已經見到您，知道您身體健康，且有了必須的一切，我請您允許我到加泰隆尼亞人那裡去看看她。」

「去吧，我的孩子。」老唐泰斯說：「但願上帝保佑你的妻子，就像祂過去保佑我的兒子一樣。」

「他的妻子！」卡德魯斯說：「您說得過火了吧，唐泰斯老爹！我看她還沒有做他的妻子呢！」

「還沒有，不過，」愛德蒙回答：「她很快就會是了。」

「沒關係，沒關係。」卡德魯斯說：「只是您得加緊腳步啊，小伙了。」

「你為什麼這樣說？」

「因為梅爾塞苔絲是個漂亮的女孩，而漂亮女孩不缺少情人。尤其是她，有成打的人追她呢。」

「沒錯。」愛德蒙微笑著說，但微笑之中卻透露出些許不安。

「哦！是的。」卡德魯斯又說：「而且是多好的婚姻對象啊。不過，你明白，你就要做船長了，絕對不會有人拒絕你！」

「你的意思是說，」唐泰斯接著說，但微笑掩飾不了他的不安，「如果我不是船長的話……」

「呃，呃！」卡德魯斯囁嚅著。

「好了，好了。」年輕人說：「一般而言，我對女人的看法比您精準，尤其是對梅爾塞苔絲，我有把握，不管我是不是船長，她都會對我忠貞不渝。」

「好極了，好極了！」卡德魯斯說：「即將結婚時，充滿信心總是好事。但沒關係，小伙子，請相信我，別浪費時間，快去告訴她，你回來了，而且滿懷希望。」

「我這就去。」愛德蒙說。

他擁抱了自己的父親，揮手向卡德魯斯告辭，走了出去。

卡德魯斯還待了一會兒，然後他向老唐泰斯告辭，也下了樓，去見唐格拉爾，後者在賽納克街的街角等候他。

「怎麼，」唐格拉爾說：「你見到他了嗎？」

「我剛與他道別。」卡德魯斯說。

「他提到希望當船長嗎？」

「他說起來就像已經是船長似的。」

「別急！」唐格拉爾說：「我看他有點操之過急了。」

「我看也是，看來摩雷爾先生已經答應他了。」

「所以他興高采烈囉？」

「不如說是趾高氣揚。他已經表示可以幫我的忙，彷彿他已是個大人物。他主動提出借錢給我，好像自己是個銀行家似的。」

「您拒絕了嗎？」

「一口拒絕。儘管我完全可以接受，因為他摸到的頭幾枚白花花的銀幣，還是我放到他手裡的。但眼下唐泰斯先生再也不需要任何人，他就要當船長了。」

「呸！」唐格拉爾說：「他還不是呢。」

「說實話，最好他不是。」卡德魯斯說：「否則要跟他說話就門兒都沒有了。」

「只要我們設法，」唐格拉爾說：「他就仍會是老樣子，或許比現在還不如呢。」

「你的話是什麼意思？」

「沒什麼意思，我在自言自語。他始終愛著那個漂亮的加泰隆尼亞女孩嗎？」

「愛得發瘋。但是，要嘛我看錯了，要嘛在這方面他有些不稱心的事。」

「你說明白些。」

「何必呢？」

「這比你所想的更重要。你不喜歡唐泰斯吧？」

「我不喜歡狂妄自大的人。」

「那麼好吧，把你所知的有關加泰隆尼亞女孩的事都告訴我。」

「確切的情況我一無所知，我僅僅看到一些事，那些事使我相信我剛才對你說過的一句話：這位未來的船長在老診療所街附近會遇到麻煩。」

「你看見什麼來著？好了，說吧。」

「好吧，我看見梅爾塞苔絲每次進城，總有一個高大的加泰隆尼亞男子陪著她，他有一雙黑眼睛，紅紅的皮膚，褐色頭髮，非常容易激動，她稱他為『我的』表哥。」

「啊！沒錯！你認為這個表哥在追求她嗎？」

「我猜想是。一個二十一歲魁梧的小伙子，對一個十七歲的漂亮女孩還能幹出什麼好事？」

「你說唐泰斯到加泰隆尼亞人那裡去了嗎？」

「他在我下來之前就走了。」

「我們也往那條路上走，在『儲備』酒店那裡停下來，一邊喝杯瑪爾格葡萄酒，一邊等候消息。」

「誰給我們傳遞消息？」

「我們候在路上，從唐泰斯的臉上會看到所出的事。」

「好吧。」卡德魯斯說：「但是由你付帳。」

「當然。」唐格拉爾回答。

兩人邁著急匆匆的步伐奔向說好的地點。到了那裡，他們要了一瓶酒和兩隻杯子。

十分鐘前，龐菲勒老爹看到唐泰斯從這兒經過。

確信唐泰斯在加泰隆尼亞人那裡之後，他們坐在梧桐樹和埃及無花果樹新吐出的嫩葉下，一群快樂的小鳥在枝頭詠唱著春日的明麗。

3 加泰隆尼亞人

這兩個朋友注視著天際，豎起耳朵，暢飲著冒泡的拉瑪爾格葡萄酒。離他們百步以外的地方，在一座光禿禿的、被太陽和密斯特哈風[14]剝蝕的小丘後面，聳立著加泰隆尼亞人的村莊。

從前，一群神祕的移民從西班牙出發，在這狹長的半島靠岸，至今還在那裡生活。這些移民不知來自哪裡，講一種陌生的語言。其中有一位首領聽得懂普羅旺斯方言，他要求馬賽市政府把這塊荒蕪貧瘠的海岬賜給他們，他們就像古代的航海者一樣，把海船拖到海岬上居住。這個要求獲准了，三個月後，十多艘載來這些海上漂泊者的海船周圍，建起了一個小村莊。

這個以古怪而別致的方式建造起來的村莊，半是摩爾式，半是西班牙式，如今住著那些人的後裔，他們說著先輩的語言。三、四個世紀以來，他們依然忠實地依附於這個小海岬，好似一群海鳥棲息在上面。他們不跟馬賽居民混合，族內通婚，保持他們祖國的風俗習慣和服裝，正如保持故鄉的語言一樣。

讀者有必要跟隨我們穿過這個小村莊唯一的一條街，走進其中一間屋子。陽光將屋外染上當地古蹟特有的枯葉顏色，而屋內，則粉刷上一層石灰，這種白色成為西班牙鄉間小屋舍唯一的裝飾。

一個黑髮似烏玉、秀目似羚羊般溫柔的俏麗少女站在那裡，背倚板壁，纖細而古典的手指正揉搓著一朵純

14 法國南部及地中海上乾寒而強烈的西北風或北風。

納斯女神的手臂鑄造出來的，此時正由於某種焦躁不安而顫動著。她柔軟而富有曲線美的腳拍打著地面，以致隱約可見她那套著有灰色和藍色標記的紅線襪，大膽而值得自豪的大腿。

潔的歐石南，她摘下一片片花瓣，落英滿地。她曬成褐色的手臂，裸露到手肘處，彷彿是按阿爾勒[15]的維納斯女神的手臂鑄造出來的，此時正由於某種焦躁不安而顫動著。她柔軟而富有曲線美的腳拍打著地面，以致隱約可見她那套著有灰色和藍色標記的紅線襪，大膽而值得自豪的大腿。

離她三步遠的地方，一個二十到二十二歲的高大小伙子，坐在一把椅子上，以短促的節奏搖晃著椅子，手肘支在一件被蟲蛀蝕的舊家具上，用交纏著忐忑不安和怨恨的目光盯著她。他用眼神詢問，但少女堅定而專注的目光卻控制著他。

「啊，梅爾塞苔絲，」年輕人說：「復活節又快到了，這是舉行婚禮的好時機，你答應吧！」

「我已經對您說過上百次，費爾南，說實話，你再問我真是自尋煩惱！」

「那麼，再重複一遍，我求您，再重複一遍，我才會相信。請第一百遍告訴我，您拒絕我的愛情，但您的母親是贊成的。請對我說個明白，您無視我的幸福，我的生死對您無所謂。啊，我的天，我的天！十年來夢想著做您的丈夫，梅爾塞苔絲，卻失去了希望，這希望是我生活中唯一的目標啊！」

「至少不是我鼓勵您抱著這個希望的，費爾南。」梅爾塞苔絲回答：「您也絕對不能責怪我跟您調情。我一直對您說：『我愛您像愛一個哥哥，除了這兄妹情誼，決不要對我有所苛求，因為我的心屬於另一個人。』我總是這樣對您說的吧，費爾南？」

「是的，我一清二楚，梅爾塞苔絲。」年輕人回答：「是的，您對我坦率，是很殘酷的優點。但您忘了，同族通婚是加泰隆尼亞人的一條神聖法則嗎？」

「您錯了，費爾南，這不是一條法則，這是一種習慣，如此而已。請相信我，不要引用這種習慣來支持您自己。您已到服兵役的年齡，費爾南，您現在自由自在，只是因為他們有所通融，您隨時都會應召入伍。一旦當了兵，您要怎樣安排我？我是一個可憐的孤女，身世淒涼，沒有財產，全部家當只有一間東倒西歪的小屋，裡面掛著幾張舊漁網，就這麼點我父親傳給我母親，又由我母親傳給我的可憐兮兮的遺產。我母親去世一年以來，費爾南，您想想，我幾乎靠社會救濟過日子。有時您假裝我對您有用，為的是能夠與我分享您捕到的魚。我接受了，費爾南，因為您是我伯父的兒子，因為我們一起長大，更因為如果我拒絕您的好意，會使您非常難過。但我深深感到，我賣掉魚，換了錢，再去買麻來紡織漁網，費爾南，這是一種施捨。」

「沒關係，梅爾塞苔絲，不管您多麼貧窮、孤苦，您比最傲慢的船主或者馬賽最有錢的銀行家的女兒更配得上我。對我們這些人來說，需要的是什麼呢？需要一個正派的女人和一個好主婦。在這兩方面，我到哪裡去找到一個比您更稱心的女孩呢？」

「費爾南，」梅爾塞苔絲搖搖頭回答：「一個女人要是不愛她丈夫，而是愛另一個男人，就會變成一個壞主婦，更無法保證會一直是個正派女人。您就滿足於我的友誼吧。我再說一遍，這便是我所能答應您的，我只答應我有把握的事。」

「是的，我明白，」費爾南說：「您能耐著性子受苦受累，但您卻怕我受苦受累。好吧，梅爾塞苔絲，要是得到您的愛，我會去找發財致富的途徑。您會帶給我好運，我會變得有錢，我會從漁民身分往上爬，可以進商行當雇員，也可以變成商人！」

「您根本沒有機會去闖一闖，費爾南。您是一個待役士兵，您待在加泰隆尼亞人的村子裡，那是因為現在

---

15 法國古城，有不少古代遺跡。

沒有戰爭。就當個漁民吧，決不要去夢想，夢想會使您覺得現實可怕，您就滿足於我的友誼吧，因為我不能給您別的東西。」

「好吧，梅爾塞苔絲，您說得對，我會當水手。我不穿您所蔑視的我們先輩的服裝，我要戴一頂上過漆的帽子，穿一件條紋襯衫和一件鈕釦上有鐵錨的藍色外衣。這樣穿戴總該讓您喜歡了吧？」

「您這是什麼意思？」梅爾塞苔絲問道，並投射出威嚴的目光，「您這是什麼意思？我不明白您的話。」

「梅爾塞苔絲，我的意思是，您之所以對我這樣殘酷無情，是因為您在等待一個這樣穿戴的人。但您等待的人或許朝三暮四，即使他始終不渝，大海對他也不是這樣。」

「費爾南，」梅爾塞苔絲叫道：「我原以為您心地善良，我錯了！費爾南，您呼籲上帝的憤怒來幫助您的嫉妒，心腸真是太壞了！那麼，是的，我不隱瞞，我在等待和愛著您所說的那個人，如果他回不來，我非但不指責他朝三暮四，反而會像您所說的那樣，說他至死都愛著我。」

年輕的加泰隆尼亞男子做了一個憤怒的手勢。

「我理解您，費爾南。您怨恨他是由於我不愛您，您會用您的加泰隆尼亞人的短刀去跟他的匕首格鬥！這對您會有什麼好處呢？如果您打敗了，會失去我的友誼，如果您打贏了，會看到我的友誼變成仇恨。請相信我，向一個男人尋釁鬧事來討好愛這個男人的女人，這不是一個高明的辦法。不，費爾南，您決不能這樣任憑自己的壞心思去作怪。既然不能娶我做您的妻子，您就以我是個朋友和妹妹為滿足吧。況且，」她接著說，熱淚盈眶模糊了視線，「等待吧，等待吧，費爾南。您剛才說過，大海是忘恩負義的，他出海已經四個月了，這四個月中我算算總有幾次風暴吧！」

費爾南無動於衷，他不想擦去在梅爾賽苔絲臉上流淌的眼淚。對於這每一滴眼淚，他願意付出一杯鮮血去替換，但這些眼淚是為另一個人而拋灑的。

他站了起來，在小屋裡轉了一圈，目光陰鬱，緊握拳頭，在梅爾塞苔絲面前站住了腳。

「啊，梅爾塞苔絲，」他說：「再回答一次，下定決心了嗎？」

「我愛愛德蒙·唐泰斯。」少女冷冷地說：「除了愛德蒙，誰都不能做我丈夫。」

「您永遠愛他嗎？」

「只要我活著。」

費爾南像洩了氣一樣垂下頭，發出一聲嘆息，活像一聲呻吟，然後猛地抬起頭，咬緊牙，鼻孔微張：「如果他死了呢？」

「如果他死了，我也跟著死。」

「如果他忘掉您呢？」

「梅爾塞苔絲！」一個歡快的聲音在屋外叫道：「梅爾塞苔絲！」

「啊！」少女喊道，快樂得面孔緋紅，在愛情的驅動下一躍而起，「你看，他沒有忘掉我，他來了！」

她衝向門口，打開門，大聲說：「愛德蒙是屬於我的！我在這兒！」

費爾南臉色慘白，渾身哆嗦，往後退去，彷彿旅行者看見一條蛇那樣，撞上了他身後的椅子，跌坐在上面。

愛德蒙和梅爾塞苔絲互相投入懷抱。馬賽的驕陽從打開的門口斜射進來，使他們渾身沐浴著光華。起初，他們絲毫不顧周圍的一切。無邊的幸福把他們跟世界分隔開來，他們只能斷斷續續地說話，這極度歡樂的象徵，看來倒像痛苦的表露。

突然，愛德蒙瞥見費爾南陰沉的面孔，它顯現在黑暗中，蒼白而咄咄逼人。加泰隆尼亞青年不自覺地用手去按插在腰間的刀。

「啊！對不起，」唐泰斯皺起眉頭說：「我沒有注意到這裡有第三個人。」

然後他轉過身對著梅爾塞苔絲，問道：「這位先生是誰？」

「這位先生將是你最好的朋友，唐泰斯，因為這是我的朋友，他是我的堂兄，我的哥哥，這是費爾南。就是說除了您以外，愛德蒙，他是我在世界上最喜歡的人，您不認得他了嗎？」

「啊！認得。」愛德蒙說。

他沒有鬆開梅爾塞苔絲，而是緊緊握著她的一隻手，又熱情地把另一隻手伸向加泰隆尼亞青年。

但費爾南非但不理會這友好的舉動，反而像尊雕像似的默不作聲，一動不動。

於是愛德蒙用探究的目光，從激動和哆嗦著的梅爾塞苔絲身上，掃到陰沉和咄咄逼人的費爾南身上。

僅僅一瞥，他就全明白了。

憤怒直衝他的腦際。

「我匆匆忙忙來到您家，梅爾塞苔絲，不料碰到一個敵人。」

「一個敵人！」梅爾塞苔絲叫道，用憤怒的目光掃向她的堂兄，「你說我家有一個敵人，愛德蒙！如果我也這麼認為，那我就會挽起你的手臂，離開家，永遠不再回來。」

費爾南的眼睛噴射出一道怒火。

「如果你遭到不幸，我的愛德蒙，」她依然冷靜而又毫不寬容地繼續說，這向費爾南表明，這個少女已看到了他不祥念頭的最深處，「如果你遭到不幸，我會登上摩爾吉榮海角，頭朝下撞在懸崖上。」

費爾南臉色變得慘白，煞是可怕。

「你搞錯了，愛德蒙，」她繼續說：「你在這裡根本沒有敵人，只有我的哥哥費爾南，他會握住你的手，就像對待一個至交那樣。」

說完這番話，少女以威嚴的面孔對著加泰隆尼亞青年，他彷彿受到她目光的迷惑，慢慢走近愛德蒙，伸出手去。

他的仇恨猶如一股看似來勢洶洶，實則軟弱無力的浪頭，撞在那個女孩對他施加的影響上面，被擊得粉碎。

只是，他剛剛碰到愛德蒙的手，便感到他已盡力而為了，於是衝出了屋子。

「哦！」他喊道，像瘋子一樣奔跑，雙手插入頭髮，「哦！誰能讓我擺脫這個人呢？我太不幸了！我太不幸了！」

「喂，加泰隆尼亞人！喂，費爾南！你往哪裡跑？」一個聲音說道。

年輕人猛地停了下來，環顧四周，看到卡德魯斯與唐格拉爾圍桌坐在樹蔭下。

「喂，」卡德魯斯說：「你為什麼不過來？這樣匆匆忙忙，竟沒有時間向朋友問聲好嗎？」

「何況他們面前還有一瓶幾乎滿滿的酒。」唐格拉爾補充說。

費爾南呆呆地望著這兩個人，一聲不吭。

「他好像很尷尬。」唐格拉爾用膝蓋頂一頂卡德魯斯，說道：「難道我們搞錯了，跟我們預料的相反，唐泰斯勝利了？」

「啊！可得弄個明白。」卡德魯斯說。

他轉過身對著年輕人，問道：「喂，好了，加泰隆尼亞人，做出決定了嗎？」

費爾南擦去從額頭往下淌的汗水，慢吞吞地走入涼棚，裡面的蔭涼似乎使他的激動平靜了些，涼爽的氣息為他疲憊的身體注入些許舒適。

「你們好，」他說：「你們叫我嗎？」

與其說他坐在桌子四周的一個座位上，還不如說他倒在上面。

「我叫住你是因為你像瘋子一樣奔跑，我擔心你要去跳海。」卡德魯斯笑著說：「見鬼！一個人有了朋友，不僅要請他們喝杯酒，還要阻止他們去喝三、四品脫[16]的海水。」

費爾南像嗚咽似的發出一聲呻吟，讓頭伏在兩隻手腕上，手腕則交叉疊放在桌子上面。

「咦，你要我對你說什麼好，費爾南。」卡德魯斯又說，帶著平民百姓的粗魯開始了這場談話，而好奇心往往讓他們忘記了一切外交辭令，「咦，你的神態好像一個被打敗了的情人！」

伴隨這句玩笑話的，是一陣哈哈大笑。

「唔！」唐格拉爾說：「這樣塊頭魁梧的小伙子，是不會情場失意的。你在嘲弄人，卡德魯斯。」

「不，」卡德魯斯接著說：「你聽聽他在唉聲嘆氣呢。好了，好了，費爾南。」卡德魯斯說：「抬起頭來，回答我們的話。朋友們關心彼此的健康情況，你不答覆可是不友好的呀。」

「我身體很好。」費爾南緊握拳頭說，但沒有抬起頭來。

「啊！你看，唐格拉爾，」卡德魯斯對他的朋友擠眉弄眼，說道：「情況是這樣，你眼前的這位費爾南是個善良正直的加泰隆尼亞人，馬賽最出色的漁民之一，他愛上了一位名叫梅爾塞苔絲的漂亮女孩，但不幸的是，這位漂亮女孩卻愛著法老號的大副。法老號就在今天進港，你明白其中奧妙了吧？」

「不，我不明白。」唐格拉爾說。

「可憐的費爾南可要閒著啦。」卡德魯斯繼續說。

「那又怎麼樣？」費爾南說，抬起了頭，盯著卡德魯斯，那模樣像是要找人洩憤似的，「梅爾塞苔絲不依附於任何人，對吧？她要愛誰就愛誰。」

「啊！如果你這樣看待的話，」卡德魯斯說：「那就又另當別論。我呢，我一直認為你是一個加泰隆尼亞人。有人告訴我，加泰隆尼亞人是不會被情敵取代的。甚至還有人說，費爾南報起仇來是尤其可怕的。」

費爾南苦笑著。他說：「情人決不會是可怕的。」

「可憐的小伙子！」唐格拉爾接著說，佯裝從心底裡為年輕人打抱不平，「你說怎麼辦？他沒有料到唐泰斯冷不防回來了。他或許以為唐泰斯死掉了，變心了，誰知道呢？這種事突如其來，尤其令人受不了。」

「啊！確實，無論如何，」卡德魯斯一邊喝酒，一邊說話，喝了使人頭昏的拉瑪爾格葡萄酒開始對他起作用了，「無論如何，唐泰斯交了好運回來，受打擊的不止費爾南一個人，是嗎，唐格拉爾？」

「是的，你說得沒錯，我幾乎敢斷言，這也會給他帶來不幸。」

「沒關係，」卡德魯斯又說，倒了一杯酒給費爾南，又為自己斟上第八杯或者第十杯酒，而唐格拉爾僅僅抿一抿而已，「沒關係，暫且讓他娶梅爾塞苔絲，美麗的梅爾塞苔絲，至少，他就是為此回來的。」

這段時間，唐格拉爾用洞察入微的目光盯著年輕人，卡德魯斯的話像熔解的鉛一樣注入青年的心裡。

16 法國舊時液體容量單位，約〇．九三升。

「什麼時候舉行婚禮？」他問。

「哦！還沒有定局！」費爾南咕嚕著說。

「不，要舉行的。」卡德魯斯說：「就像唐泰斯要做法老號的船長一樣千真萬確，是嗎，唐格拉爾？」

聽到這意外的打擊，唐格拉爾顫抖了一下，轉向卡德魯斯，這回他細細察看著卡德魯斯的臉，想看看這一擊是不是預謀的，但他在這張已經醉意醺醺的臉上只看到豔羨。

「那麼，」他斟滿三隻酒杯說：「我們為美麗的加泰隆尼亞女孩的丈夫、愛德蒙．唐泰斯船長乾杯！」

卡德魯斯用不靈便的手將酒杯舉到嘴邊，一飲而盡。費爾南拿起他的酒杯，往地下擲得粉碎。

「咦！咦！咦！」卡德魯斯說：「那邊，在小丘之頂，加泰隆尼亞人村子那個方向，我看見什麼來著？看啊，費爾南，你的眼力比我好，我想我視力開始模糊了，你知道，酒是騙人的東西。那彷彿是一對情人肩並肩、手拉手，往前走著。上帝原諒我，他們沒有察覺到我們在看他們，看，他們在擁抱！」

唐格拉爾不放過費爾南的苦惱不安，眼看著費爾南臉色大變。

「您認得他們嗎，費爾南先生？」唐格拉爾問。

「是的，」費爾南用微弱的聲音回答：「是愛德蒙先生和梅爾塞苔絲小姐。」

「啊！您看！」卡德魯斯說：「我可認不出他們了！喂！唐泰斯！喂！漂亮的女孩！到這兒來一下，告訴我們什麼時候舉行婚禮，因為費爾南先生非常固執，不肯告訴我們。」

「你住嘴好不好！」唐格拉爾說，假裝阻止卡德魯斯，卡德魯斯帶著醉漢的倔勁，從涼棚探身出去，「好好坐穩了，讓有情人安安心心戀愛吧。瞧，你看費爾南先生，學學他的樣，他多麼理智。」

或許費爾南被唐格拉爾逼到絕路，就像被投槍鬥牛士刺中的公牛一樣，他終於暴跳起來。因為他已經起身，彷彿忍無可忍，準備撲向他的對手。可是梅爾塞苔絲笑聲朗朗，十分坦率，抬起俏麗的臉龐，發出明亮的目光。這使得費爾南想起她的威脅，如果愛德蒙死去，她也不活了。他洩氣地又跌坐在椅子上。

唐格拉爾相繼打量著這兩個人，一個醉得犯傻，另一個被愛情主宰了。

「我在這些傻瓜身上會一無所獲。」他喃喃地說：「我真怕待在一個醉鬼和一個懦夫之間。這個嫉妒成性的傢伙喝得酩酊大醉，而他本該醉心於怨恨。至於這個大傻瓜，別人剛剛從他鼻子底下搶走他的戀人，他卻一味哭泣，像個孩子一樣叫苦不迭。然而，這傢伙的眼睛閃閃發光，像善於報仇雪恨的西班牙人、西西里人和卡拉布利亞人一樣。他氣得握緊的拳頭，像屠夫的大鐵鎚那樣能穩穩當當地砸碎牛頭。愛德蒙的命運準會獲勝，他會娶到漂亮的女孩，他會當上船長，嘲笑我們，除非……」一絲陰險的微笑浮現在唐格拉爾的嘴唇上。「除非我插手。」他補上一句。

「喂！」卡德魯斯繼續喊道，拳頭撐在桌上，半抬起身，「喂！愛德蒙！你居然看不見朋友，還是你已經驕傲得不屑跟他們說話呢？」

「不，親愛的卡德魯斯，」唐泰斯回答：「我並不是驕傲，我是太快樂，我想，幸福比驕傲更加使人視而不見。」

「好極了！倒是一種解釋。」卡德魯斯說：「你好，唐泰斯夫人。」

梅爾塞苔絲莊重地鞠躬致意，她說：「我還沒有冠這個姓，在我的家鄉，據說，在女孩的未婚夫還沒有成為丈夫之前，就用未婚夫的姓稱呼她，是會帶來不幸的。因此，請您叫我梅爾塞苔絲。」

「必須原諒這個好鄰居卡德魯斯，」唐泰斯說：「他說的差別不大。」

「如此說來，婚禮就要馬上舉行囉，唐泰斯先生？」唐格拉爾說，一邊向兩個年輕人致意。

「盡早舉行，唐格拉爾先生。今天在我父親那裡談妥了，明天，最遲後天，就在這裡的『儲備』酒店舉行訂婚晚宴。我希望朋友們都來參加，您在受邀之列，唐格拉爾先生。您也是，卡德魯斯。」

「費爾南呢？」卡德魯斯嘿嘿地笑了幾聲說：「費爾南也算一位嗎？」

「我妻子的哥哥就是我的哥哥，」唐泰斯說：「要是在這種場合他躲開我們，梅爾塞苔絲和我會感到遺憾的。」

費爾南張嘴想回答，但聲音在喉嚨裡消失了，他連一個字也說不出來。

「今天談妥，明天或後天訂婚……。您真夠匆忙的，船長。」

「唐格拉爾，」愛德蒙微笑著說：「就像梅爾塞苔絲剛才對卡德魯斯所說的那樣，我要對您說：請不要給我還不屬於我的頭銜，這會給我帶來不幸。」

「對不起，」唐格拉爾回答：「我只不過說，您顯得匆匆忙忙，我們有的是時間，法老號三個月內是不會再出海的。」

「人總是急於得到幸福的，唐格拉爾先生，因為長時間忍受痛苦之後，很難相信能獲得幸福。但促使我這樣做的，不僅僅是為了自己，我必須去巴黎一趟。」

「啊！沒錯！到巴黎去。您是第一次上那兒吧，唐泰斯？」

「是的。」

「您要去辦事？」

「不是我自己的事，要完成我們可憐的勒克萊爾船長的最後一個委託。您明白，唐格拉爾，這是神聖的。而且，請放心，我去去就回。」

「是的，是的，我明白，」唐格拉爾大聲說。

然後放低聲音：「到巴黎一定是為了按地址去送那個元帥給他的信。沒錯！那封信使我心生一個念頭，一個絕妙的主意！啊！唐泰斯，我的朋友，你還沒排在法老號名單第一號的位置上呢。」

然後轉身對著已經走開的愛德蒙，叫道：「一路順風！」

「謝謝。」愛德蒙轉過頭來回答，伴隨著一個友好的手勢。

然後，這對情人宛如兩個要升天的選民那樣平靜而快樂，繼續走他們的路。

4 陰謀

唐格拉爾目送愛德蒙和梅爾塞苔絲，直至這對情人消失在聖尼古拉堡的一個屋角後面。然後他轉過身，看到費爾南臉色發白，渾身顫抖，倒在椅子裡，而卡德魯斯在結結巴巴地唱著一首飲酒歌。

「啊，親愛的先生，」唐格拉爾對費爾南說：「我覺得這門婚姻不能讓大家都高興！」

「它讓我絕望。」費爾南說。

「您一直愛著梅爾塞苔絲嗎？」

「我一直深深愛著她。」

「很久了嗎？」

「從我們認識開始，我始終愛她。」

「可是你卻待在這兒扯頭髮，而不去找挽救的辦法！真是的，我想不到你們加泰隆尼亞人會這樣窩囊！」

「您叫我如何是好？」費爾南問。

「我怎麼知道？這關我的事嗎？愛上梅爾塞苔絲的又不是我，而是您。《福音書》上說：找吧，您就會找到的。」

「我已經找到了。」

「找到什麼？」

「我想捅死那個男的，可是那個女的對我說，要是她的未婚夫遭到不幸，她就會自殺。」

「啊！說說而已，決不會去做的。」

「您根本不瞭解梅爾塞苔絲，先生。一旦她說出口，她會去做的。」

「傻瓜！」唐格拉爾咕噥著說：「只要唐泰斯當不了船長，她自殺不自殺，我可不在乎。」

「梅爾塞苔絲死去之前，」費爾南又說，語調中透出不可變更的決心，「我會先死。」

「這就是愛情！」卡德魯斯說，聲音顯出醉意更濃，「這就是愛情，要不，就是我對愛情一竅不通！」

「唔，」唐格拉爾說：「我看您是一個可愛的小伙子，我真是見鬼了，願意幫您擺脫困境，但是……」

「好呀！」卡德魯斯說：「好呀。」

「親愛的，」唐格拉爾又說：「你已經有七、八分醉了，喝完這瓶酒，你就酩酊大醉了。喝吧，別參與我們的事，我們要做的事需要頭腦完全清醒。」

「我喝醉了？」卡德魯斯說：「哪裡會！我能再喝四瓶，你這種酒瓶並不比科隆香水瓶大！龐菲勒老爹，來酒！」

為了證明他的提議是確實的，卡德魯斯用酒杯敲起桌子來。

「您說什麼來著，先生？」費爾南說，熱切地等待被打斷的話題的下文。

「我說什麼來著？我想不起來了，卡德魯斯這個酒鬼打斷了我的思路。」

「酒鬼就酒鬼，那些怕喝酒的人算了吧，因為他們有壞心思，所以擔心酒後吐真言。」

卡德魯斯開始唱起一首當時非常流行的歌曲的最後兩句：

凡是壞蛋都不愛喝酒，滔天洪水已經證明。

「您剛才說，先生，」費爾南說道：「您願意幫我擺脫困境，您又說：『但是……』」

「是的，我補充說了『但是……』為了讓您擺脫困境，只要使唐泰斯娶不到您所愛的女孩就行了。依我看，這門婚事可以夭折，而唐泰斯卻未必死於非命。」

「只有死才能拆開他們。」費爾南說。

「您推論起來沒頭沒腦的，我的朋友，」卡德魯斯說：「這是唐格拉爾，他詭計多端，善於故弄玄虛，他馬上可以證明是您錯了。證明給他看，唐格拉爾。我給你做擔保。告訴他，唐泰斯不必死於非命，況且唐泰斯死了倒令人遺憾。他是一個很好的小伙子，我喜歡唐泰斯。祝你健康，唐泰斯。」

費爾南不耐煩地站起來。

「讓他說吧，」唐格拉爾拉住年輕人說：「再說，他雖然喝醉了，倒沒有大錯。分離跟死亡一樣能拆散他們，請設想在愛德蒙和梅爾塞苔絲之間隔著重重的牢牆，他們相互分離，正如天人永隔一樣。」

「沒錯，但是總要出獄呀，」卡德魯斯說，他憑著僅存的一點理解力，想抓住這段談話的意涵，「一旦出獄，又是像愛德蒙·唐泰斯這樣的人，一定會報仇。」

「沒關係！」費爾南喃喃地說。

「再說，」卡德魯斯又說：「憑什麼把唐泰斯關到牢裡？他既沒有偷竊，又沒有殺人和害人。」

「住嘴。」唐格拉爾說。

「我不想沉默，」卡德魯斯說：「我想知道憑什麼把唐泰斯關到牢裡。我呀，我喜歡唐泰斯。祝你健康，唐泰斯！」

他又喝乾一杯酒。

唐格拉爾從裁縫遲鈍的眼神中看到他醉得越來越厲害了，便轉身對著費爾南說：「所以，您明白用不著殺死他了嗎？」

「當然用不著，如果像您剛才所說的那樣，有辦法把唐泰斯抓起來。但您有辦法嗎？」

「好好想，就能找到辦法。不過，」唐格拉爾繼續說：「我見鬼才插手呢，這跟我有什麼相干？」

「我不知道這是否與您相干，」費爾南抓住他的手臂說：「但我所知的是，您對唐泰斯有某種私怨，懷恨在心的人不會搞錯別人的情感。」

「我對唐泰斯有某種私怨？決沒有，我發誓。看到您遭逢不幸，讓我關心，如此而已。既然您以為我是在謀取私利，那麼再會，我親愛的朋友，您自己盡力擺脫困境吧。」

唐格拉爾佯裝站起來要走。

「不，」費爾南拉住他說：「別走！說到底，您恨不恨唐泰斯與我關係不大。我恨他，我大聲承認。您找到辦法，我來幹，只要不死人，因為梅爾塞苔絲說過，如果有人殺死唐泰斯，她就會自殺。」

卡德魯斯本來把頭伏在桌上，這時抬起頭來，用遲鈍呆滯的目光望著費爾南和唐格拉爾，說道：「殺死唐泰斯！誰在這裡說要殺死唐泰斯？我不讓別人殺死他，他是我的朋友。今天早上他曾提出借錢給我，就像我借錢給他一樣，我不讓別人殺死唐泰斯。」

「誰對你說要殺死他，傻瓜！」唐格拉爾接口道：「開開玩笑罷了，為他的健康乾杯吧。」他補上一句，同時斟滿卡德魯斯的酒杯，「別來打攪我們。」

「好，好，為唐泰斯的健康乾杯！」卡德魯斯說，一飲而盡，「祝他健康……祝他健康……」

「但是辦法呢？辦法呢？」費爾南問。

「您還沒有找到嗎？」

「沒有，辦法由您來找。」

「沒錯，」唐格拉爾說：「法國人這方面比西班牙人強，西班牙人愛苦思冥想，而法國人善於創造。」

「那麼您創造吧。」費爾南心急火燎地說。

「夥計，」唐格拉爾說：「把筆墨紙張拿來！」

「筆墨紙張！」費爾南咕噥地說。

「是的，我是會計，筆墨紙張是我的工具，沒有工具我什麼事也做不成。」

「把筆墨紙張拿來！」輪到費爾南喊道。

「您要的都在那桌子上。」夥計指著文具說。

「那麼給我們拿過來。」

夥計拿起筆墨紙張，放到涼棚下的桌子上。

卡德魯斯把手按在紙上說：「要想想，用這些東西殺人，比等在樹林的角落裡謀財害命還要牢靠啊！我向來害怕筆墨紙張，超過害怕刀劍手槍。」

「這傢伙還不像表面看去那樣酩酊大醉。」唐格拉爾說：「斟酒給他，費爾南。」

費爾南斟滿卡德魯斯的酒杯，後者確實是個酒鬼，他把手從紙上挪開，抓著酒杯。

加泰隆尼亞青年盯著他的動作，直到卡德魯斯幾乎被這新的攻勢征服，放下酒杯，或者更確切的說，讓杯子掉在桌上。

「好了？」加泰隆尼亞人看到卡德魯斯的最後一點理智在剛才那杯酒的作用下開始消失時，這樣說。

「好了，譬如說，」唐格拉爾接著說：「像唐泰斯剛出航歸來那樣，他途中到過拿波里和厄爾巴島，如果有人向檢察官告發他是拿破崙黨的代理人……」

「我會告發他！」年輕人急促地說。

「是的，但這樣當局就會讓您在告發書上簽名，要您和被告對質。我會提供給您告發的材料，對此我一清二楚。但是，唐泰斯不會永遠待在牢裡，有朝一日他會出獄，那時，讓他入獄的人就要倒楣了！」

「哦！我只求一點，」費爾南說：「巴不得他來找我吵架！」

「是的，可是梅爾塞苔絲呢？只要您不小心碰破她心上人愛德蒙的一層皮，梅爾塞苔絲便會對您恨之入骨！」

「說得對。」費爾南說。

「不行，不行，」唐格拉爾接著說：「一旦決定做這種事，您看，最好簡單點，像我這樣做，拿這支筆蘸蘸這瓶墨水，用左手寫字，讓筆跡認不出來，一封短短的告密信就大功告成了。」

唐格拉爾一邊教導一邊示範，用左手寫出歪歪扭扭的字，與他平常的字體迥然不同，他把寫好的幾行字遞給費爾南，費爾南小聲念道：

檢察官閣下，在下乃王室及教會之友，茲報告有一名為愛德蒙．唐泰斯者，係法老號帆船之大副，今晨自斯米爾納抵埠，中途曾停靠拿波里及費拉約港。此人受繆拉[17]之託，送信予篡權者，旋又受命於篡權者，送信予巴黎拿破崙黨委員會。

罪證於將其擒獲時即可取得，該函若不在其身上，則必在其父寓中，或在法老號船艙內。

「好極了。」唐格拉爾接著說：「這樣，您的報仇方法就合乎常理了，因為無論如何您不會受到報復，事情會進展順利。只要像我這樣把這封信折疊起來，寫上：『檢察長閣下親啟』，一切就辦妥了。」

唐格拉爾用假筆跡寫好地址。

「是的，一切就辦妥了。」卡德魯斯喊道，他憑著最後一點理解力，聽完信的內容，本能地意識到這樣一封告發信會招來不幸後果，「是的，一切都妥了，不過，這樣做太卑鄙。」

他伸長手臂，想拿那封信。

「因此，」唐格拉爾說，把信挪開，使他的手搆不著，「因此，我所說和所做的都是開玩笑。唐泰斯，要是這個善良的唐泰斯出事的話，我第一個會火冒三丈！因此，你看……」

他拿起了信，揉成一團，扔在涼棚的一個角落裡。

「很好，」卡德魯斯說：「唐泰斯是我的朋友，我不希望對他使壞。」

「嗨！哪一個鬼東西想對他使壞！既不是我，也不是費爾南！」唐格拉爾站起來說，盯著坐在那裡的年輕人，年輕人的目光斜睨著那封扔在角落裡的告密信。

「這樣的話，」卡德魯斯接著說：「給我們倒點酒，我要為愛德蒙和美麗的梅爾塞苔絲乾杯。」

「你已經喝得爛醉了，酒鬼。」唐格拉爾說：「如果你再喝，就不得不睡在這裡，因為你再也無法站直。」

「我呀，」卡德魯斯帶著醉漢的自負站起來說：「我呀，無法站直！我打賭，我能爬上阿庫爾的鐘樓，不會搖搖晃晃！」

「好的，」唐格拉爾說：「我跟你打賭，但明天再說吧。現在該回家了，把手臂給我，我們回去吧。」

「我們回去吧，」卡德魯斯說：「但我用不著你扶。你走嗎，費爾南？你與我們一起回馬賽嗎？」

「不，」費爾南說：「我回加泰隆尼亞人的村子。」

「你錯了，跟我們到馬賽，走吧。」

「我在馬賽沒有事，我根本不想去。」

「你怎麼這樣說？你不想去，我的好好先生！好吧，隨你便，人人有自由。來吧，唐格拉爾，既然他願意這樣，就讓這位先生回加泰隆尼亞人的村子去。」

唐格拉爾趁卡德魯斯頭腦還算清醒，拖著他往馬賽那邊走。不過，為了給費爾南敞開一條更短、更便捷的路，他沒有從新岸碼頭回去，而是走聖維克托門。卡德魯斯攀著他的手臂，踉踉蹌蹌地跟隨著他。

走了二十幾步之後，唐格拉爾轉過身來，看到費爾南撲向那封信，塞進衣袋裡。年輕人旋即衝出涼棚，朝皮隆方向轉過身體。

「咦，他究竟想幹什麼？」卡德魯斯說：「他對我們撒謊，他說要回加泰隆尼亞人的村子，可卻上城裡去。喂！費爾南！你走錯了，小伙子！」

「你真糊塗了，」唐格拉爾說：「他沒走錯路啊。」

「是嗎？」卡德魯斯說：「呃，我明明看到，他朝右邊走。酒真是騙人的東西。」

「好了，好了，」唐格拉爾喃喃地說：「我相信這個頭開得不錯，只需要讓它順利發展了。」

---

17 繆拉（一七六七—一八一五），拿破崙麾下大將，滑鐵盧戰役後避居科西嘉島，企圖在卡拉布林登陸而被俘，判處槍斃。

5 訂婚喜宴

翌日是個豔陽天。太陽昇起來了，澄澈燦爛，紅豔豔的朝霞為冒著泡沫的浪尖嵌上了紅寶石，色彩斑斕。

喜宴就設在這家「儲備」酒店的二樓，我們已經熟悉這個酒店的涼棚了。這是一個大廳，有五、六扇窗戶採光，每扇窗上面鐫刻著一個法國大城市的名字（只能用怪現象來解釋）。沿著這些窗戶，一個跟樓房一樣長的木欄杆露台居高臨下。

儘管喜宴訂在正午，但從上午十一點鐘開始，木欄杆露台已擠滿了心急的來客，都是法老號交了好運的水手和幾個士兵——他們是唐泰斯的朋友。為了給這對有情人賀喜，所有人都盛裝打扮。

客人間傳說法老號的幾位船主也將出席，給大副的婚宴增添光彩，可是沒有人相信船主們會給唐泰斯這麼大的面子。

但與卡德魯斯一起到達的唐格拉爾證實了這個消息。早上他見到了摩雷爾先生，摩雷爾先生說他要來參加「儲備」酒店的喜宴。

果然，過了一會兒，摩雷爾先生走了進來，法老號的水手齊聲向他鼓掌致意。船主的蒞臨對他們來說不啻證實了這個傳聞：唐泰斯要被任命為船長。由於唐泰斯在船上深受愛戴，一旦船主的選擇與這些正直的人的願望不謀而合，他們便對船主充滿謝意。摩雷爾先生一走進來，大家便催促唐格拉爾和卡德魯斯快去通知那位未婚夫，請他趕緊準備迎接這位一露面便滿場歡騰的重要人物。

唐格拉爾和卡德魯斯跑著離開，但他們沒走幾步，就在香粉店附近，看到了一小群人走過來。

唐泰斯、梅爾塞苔絲和前往參加喜宴的一行人。

那群人是梅爾塞苔絲的四個女友，她們也是加泰隆尼亞人，陪伴挽著手的未婚夫婦。她挽著愛德蒙，唐泰斯的父親走在她旁邊，他們身後跟著費爾南，他臉上掛著惡毒的苦笑。

無論梅爾塞苔絲還是愛德蒙都沒有看到費爾南惡毒的苦笑。這對可憐的孩子多麼幸福，他們只看到自己和為他們祝福的明媚天空。

唐格拉爾和卡德魯斯完成了他們的使命，隨後跟愛德蒙使勁、友好地握過手，唐格拉爾走在費爾南旁邊，卡德魯斯與唐泰斯老爹並肩而行，老爹成了大家注目的焦點。

這個老人身穿菱紋塔夫綢的漂亮上衣，有一排塑成多角形的大鋼鈕釦。他那細瘦然而矯健有力的腳上穿著有斑點的華麗紗襪，一望而知是英國走私貨。他的三角帽垂下一束藍白兩色的彩帶。還有，他拄著一根上端酷似古代彎頭牧杖那樣彎曲的木頭手杖。簡直可以說，這是一個一七九六年在重新開放的盧森堡公園和杜樂麗花園裡自我炫耀的花花公子。

上文已經說過，卡德魯斯悄悄地走在他身旁，希望飽餐一頓能使自己跟唐泰斯父子重修舊好，他腦子裡還留下昨天發生的事的模糊記憶，正如一早醒來在腦海裡只找到睡眠時夢的影子。

唐格拉爾走近費爾南，意味深長的看了那個垂頭喪氣的有情人。費爾南走在那對未婚夫婦後面，完全被梅爾塞苔絲置諸腦後。愛情是自私的，然而充滿了迷人的活力，因而她只看著她的愛德蒙。費爾南臉色一陣紅一陣白。他不時望著馬賽那邊，這時神經質的、不由自主的顫抖傳遍他的四肢。費爾南彷彿在等待、或者至少預見到有大事發生。

唐泰斯穿著簡樸。由於他屬於商船界，所以他身穿一套介於軍服和便服之間的服裝。穿上這套服裝，他善良的面孔在快樂氛圍和未婚妻美貌的激發下，更加光彩奕奕，完美無缺。

梅爾塞苔絲楚楚動人，宛如塞浦路斯或塞奧斯的希臘美女，眼瞳烏黑，嘴唇豔紅。她用阿爾勒女孩和安達盧西亞女孩那種自由奔放的步伐走路。城裡的女孩或許會竭力把快樂掩蓋在面紗之下，或者至少在濃密的睫毛之下，但梅爾塞苔絲卻微笑著，左顧右盼，她的笑容和目光非常坦率，彷彿在說：「如果你們是我的朋友，請跟我一起歡樂吧，因為，我真的非常幸福！」

未婚夫婦和伴隨在側的幾個人一出現在「儲備」酒店的視線內時，摩雷爾先生便下樓迎上前去，水手和他身旁的士兵尾隨在後，他對水手和士兵重複了一遍對唐泰斯許下的諾言：唐泰斯要接替勒克萊爾船長。看到船主迎上前來，愛德蒙鬆開未婚妻的手臂，挽住摩雷爾先生的手臂。船主和少女於是率先登上木頭樓梯，走向擺好宴席的大廳，樓梯在眾賓客的腳步下響了五分鐘之久。

「父親，」梅爾塞苔絲在長桌中間站住說：「請您坐在我右邊，至於我左邊，我要安排我視為哥哥的那個人。」她溫柔的話像匕首的一擊，刺入費爾南心臟的最深處。

他的嘴唇全無血色，在他茶褐色剛強的臉下，可以再一次看到血液慢慢退去，湧回心臟。

這時，唐泰斯也做了安排，他讓摩雷爾先生坐在他右邊，讓唐格拉爾坐在他左邊，然後他用手示意大家隨意就坐。

大家沿桌傳遞香噴噴的褐色阿爾勒臘腸，表殼閃光耀目的龍蝦，粉紅殼的大蝦，像毛栗似的、表皮有刺的海膽，南方的美食家認為更勝一籌、可以替代北方牡蠣的蛤蜊。還有各式各樣的精緻冷盤，由浪濤沖上沙灘，讓識貨的漁夫稱之為「海果」一類的食物。

「真是鴉雀無聲！」老人說，品嘗著像黃玉一樣晶瑩的酒，那是龐菲勒老爹親自擺在梅爾塞苔絲面前的。「可以說，這裡有三十個人樂不可支。」

「唉！丈夫並不總是快樂的。」卡德魯斯說。

「事實是，」唐泰斯說：「現在我太幸福了，所以快樂不起來。如果您指的是這個意思，我的鄰居，那麼您說得對，快樂有時產生一種古怪的效果，它像痛苦一樣使人壓抑。」

唐格拉爾觀察費爾南，後者容易激動的本性吸入又反射出每種感情。

「咦，」他說：「您擔心什麼？相反的，我看您一切都稱心如意。」

「正是這個使我惶惶不安。」唐泰斯說：「在我看來，人生向來不會這樣輕而易舉獲得幸福。幸福就像那些魔島中的宮殿，由巨龍把守著門口。必須鬥爭才能得到幸福，而我呢，說真的，我不知道我憑什麼獲得當梅爾塞苔絲丈夫的幸福。」

「丈夫，丈夫，」卡德魯斯笑著說：「還沒有呢，我的船長，你試一下做丈夫，就會看到得到什麼對待。」

梅爾塞苔絲漲紅了臉。

費爾南在椅子上躁動不安，一聽到聲響便哆嗦起來，不時擦拭滲出額頭的大片汗珠，彷彿暴雨之前最初的雨點。

「真的，」唐泰斯說：「我的鄰居卡德魯斯，根本用不著我反駁。梅爾塞苔絲還不是我的妻子，這沒錯。」

他掏出懷錶，接者說：「但是，再過一個半鐘頭，她就是了！」

每個人都驚叫一聲，除了唐泰斯老爹，他哈哈大笑，露出仍然堅實的牙齒。梅爾塞苔絲莞爾一笑，不再臉紅。費爾南痙攣地握住他的刀把。

「過一個鐘頭！」唐格拉爾說，臉色也變得蒼白起來，「怎麼回事？」

「是的，我的朋友們，」唐泰斯回答：「我的父親是我在世上受惠最多的人，在他之後就是摩雷爾先生，由於他的信任，一切困難都已經克服了。我們已經付了結婚告示的錢，兩點半，馬賽市長在市政廳等候我們。但現在剛過一點一刻，我說再過一個半鐘頭梅爾塞苔絲將成為唐泰斯夫人，我想這並沒有錯[18]。」

費爾南閉上眼睛，他感到像有一片火燒炙著他的眼皮，他倚靠在桌上以免支撐不住。儘管他竭盡全力，還是禁不住發出輕微的呻吟，只是那聲音淹沒在嘈雜的歡笑和祝賀聲中。

「幹得真出色，嗯，」唐泰斯老爹說：「這能算浪費時間嗎？昨天早晨到達，今天三點結婚，水手辦事真俐落啊。」

「可是，其他手續，」唐格拉爾膽怯地提出異議，「婚約、文書呢？」

「婚約，」唐泰斯笑著說：「婚約已辦妥了，梅爾塞苔絲一無所有，我也一無所有，我們按夫妻共有財產制結婚，就是這樣。這花不了多少時間書寫，錢也花得不多。」

這些玩笑話又激起一陣快樂和讚賞的喊聲。

「因此，我們原以為是訂婚喜宴，」唐格拉爾說：「說實話是一場婚宴。」

「不，」唐泰斯說：「您不會有什麼損失，請放心。明天早上，我動身到巴黎去。去要四天，回來要四天，完成我受託的差事要一天，三月九日我就回來了，隔天，舉行真正的婚宴。」

賓客聽到還有一場盛宴，歡樂氣氛倍增，以致本來在宴會開始時埋怨靜悄悄的唐泰斯老爹，如今在一片嘈雜聲中，想對準夫婦表示祝賀，簡直是白費力氣。

唐泰斯看出父親的想法，報以充滿熱愛的微笑。梅爾塞苔絲看了看大廳掛鐘上的時間，對愛德蒙做了一個小小的手勢。

宴席上瀰漫著吵吵嚷嚷、無拘無束的快活氣氛，這是底層老百姓在宴會終了時特有的情景。覺得座位不稱心的人站起身來，去找別的位子。大家爭相說話，都顧不得回答對方的話，而僅僅自顧自的說著自己的想法。

費爾南蒼白的臉色幾乎傳染到唐格拉爾的臉頰上。至於費爾南，他的生命似乎已經不存在，活像一個在火海裡的罪人。他是最早離席的人之一，在大廳裡踱來踱去，竭力堵住耳朵，不聽喧鬧的歌聲和碰杯聲。

他看來在躲避唐格拉爾，正當唐格拉爾在大廳一角趕上他時，卡德魯斯也走近了。

「說實話，」卡德魯斯說，唐泰斯意外的幸運本來在他心裡投下了仇恨的幼芽，但唐泰斯客客氣氣，尤其龐菲勒老爹的好酒已經打消了所有的仇恨，「說實話，唐泰斯是一個可愛的小伙子，當我看到他坐在他未婚妻身旁的時候，我心想，對他來一場惡作劇，像你們昨天策劃的那樣，真是太不應該了。」

「因此，」唐格拉爾說：「你已看到，事情沒有下文。可憐的費爾南坐立不安，起初叫我難受。可是，一

18 指在這間酒店舉行過訂婚儀式後，立即完成結婚手續。

旦他拿定了主意，擔任情敵的伴郎，就沒有什麼可說三道四的了。」

卡德魯斯望著費爾南，他臉色煞白。

「犧牲真大。」唐格拉爾繼續說：「因為說實話，女孩非常漂亮。啊！我那未來的船長是個幸運的傢伙，我真想當個半天的唐泰斯。」

「我們動身吧？」梅爾塞苔絲用甜蜜的聲音問道：「兩點的鐘敲過了，我們該在兩點一刻到達市政廳。」

「好，好，動身吧！」唐泰斯趕緊站起來說。

「動身吧！」全體賓客齊聲附和。

與此同時，目不轉睛地盯著坐在窗沿的費爾南的唐格拉爾，看見他睜著驚惶不安的眼睛，彷彿出於痙攣的動作，站了起來，又跌坐在窗沿上。幾乎在同一時間，樓梯上響起嘈雜的聲音，沉重的腳步聲，模糊不清的說話聲，夾雜著武器碰撞聲，蓋過賓客的鬧嚷聲，吸引了大家的注意，大家旋即忐忑不安的寂靜下來。

嘈雜聲越來越近，門上響起三下叩擊聲，大家驚訝地面面相覷。

「以法律的名義！」一個響亮的聲音喊道，誰也沒有應聲。

門隨即打開，一個佩著肩帶的警官走進大廳，後面跟著四個士兵，由一個下士率領著。

不安變成了恐慌。

「怎麼了？」船主迎著他認識的警官走去，問道：「毫無疑問，先生，有什麼誤會了。」

「如果有誤會，摩雷爾先生，」警官回答：「請相信會迅速得到澄清。我有逮捕令在身，執行此任務不無遺憾，但仍然不得不完成，諸位，誰是愛德蒙．唐泰斯？」

大家的目光都轉向那個年輕人，他激動異常，但保持尊嚴，往前走了一步，以堅定的聲音說道：「是我，先生，您找我有什麼事？」

「愛德蒙．唐泰斯，」警官說：「我以法律的名義逮捕你！」

「您逮捕我！」愛德蒙說，臉色有點發白：「您為什麼逮捕我？」

「我不知道，先生，但一審問你就知道了。」

摩雷爾先生明白，事情無法改變，沒有必要抗拒，一個佩著肩帶的警官不再是一個人，而是一尊代表法律的、又聾又啞的冷酷雕像。

相反的，那位唐泰斯老爹撲向警官。世上有些事是做父親或做母親的心永遠不瞭解的。他苦苦哀求，眼淚和祈求毫無用處。但他的絕望那麼巨大，警官為之動容。

「先生，」他說：「請鎮定下來，或許您的兒子忽略了一些海關或檢疫手續，一旦從他那裡獲得需要瞭解的情況，他很可能就會獲釋。」

「啊！這是怎麼回事？」卡德魯斯皺起眉頭問唐格拉爾，後者故作驚訝。

「我怎麼知道？」唐格拉爾說：「我跟你一樣，對眼前發生的事莫名其妙，摸不著頭腦。」

卡德魯斯四顧尋找費爾南，他已不見蹤影。

於是，昨天那一幕可怕而又清晰地呈現在他的腦海裡。

可以說，倏然而至的災難揭開了昨天酒醉時在他的記憶中蒙上的紗幕。

「哦！」他用嘶啞的聲音說：「難道這是您昨天所開的玩笑的結果嗎，唐格拉爾？若果真如此，開這種玩笑的人真該死，這種玩笑太卑鄙了。」

「我決沒有幹！」唐格拉爾大聲說：「相反的，你明明知道我撕掉了那封信。」

「你沒有撕掉，」卡德魯斯說：「你只不過扔在角落裡罷了。」

「住嘴，你什麼也沒有看見，你那時喝醉了。」

「費爾南在哪裡？」卡德魯斯問。

「我怎麼知道！」唐格拉爾回答：「大概忙自己的事去了，但我們別管這個，還是去照顧一下那些難過的可憐人吧。」

在他們談話的時候，唐泰斯微笑著跟所有朋友握手，準備束手就擒，他說：「大家放心，這一錯誤會馬上得到解釋，我想還不至於入獄吧。」

「哦！當然，我可以保證。」唐格拉爾說，這時，他走進人群。

唐泰斯走下樓，前面走著警察分局局長，由士兵們簇擁著。一輛車門敞開的馬車等在門口，他上了車，兩個士兵和警察分局局長隨後跟上。車門關上，馬車踏上往馬賽的路。

「再見，唐泰斯！再見，愛德蒙！」梅爾塞苔絲衝向欄杆，大聲喊道。

被抓去的人聽到這最後的喊聲，彷彿是從他的未婚妻被撕碎的心裡發出的一陣嗚咽。他從車門探出頭來，叫道：「再見，梅爾塞苔絲！」便消失在聖尼古拉堡的一個轉角處。

「你們在這兒等著我，」船主說：「我去搭能找到的第一輛馬車，趕到馬賽，再把消息帶回來。」

「去吧！」大家異口同聲地說：「去吧！快回來！」

他跟著動身之後，所有留下來的人一時呆若木雞。

老人和梅爾塞苔絲顯得孤伶伶的，各自沉浸在痛苦之中。過了一會兒他們的目光終於相遇了，就像遭受同一打擊的受害者一眼認出對方一樣，撲到彼此的懷裡。

這時候費爾南回來了，斟了一杯水喝掉，然後坐在一把椅子上。

湊巧，梅爾塞苔絲離開老人的懷抱，跌坐在他旁邊的椅子上。

費爾南出於本能，把他的椅子往後挪一點。

「是他幹的。」卡德魯斯對唐格拉爾說，他的目光沒有離開過加泰隆尼亞青年。

「我不相信。」唐格拉爾回答：「他太蠢了。無論如何，多行不義必自斃。」

「你就是不提那個獻計策劃的人。」卡德魯斯說。

「啊！這麼說的話，」唐格拉爾說：「但願都能對隨口說出的話負責！」

「是的，隨口說出的話會變成尖刺落下來。」

這時，賓客們群聚在一起，紛紛議論這次的逮捕行動。

「您呢，唐格拉爾，」有個人問：「您怎麼看待這件事？」

「我嗎？」唐格拉爾說：「我想他可能夾帶幾包違禁品。」

「如果是這樣，您應該知道，唐格拉爾，您是會計啊。」

「沒錯，但會計只知道報上來的包裹，我知道船上裝載著棉花，如此而已。我們在亞歷山大港[19]帕斯特雷先生的倉庫和斯米爾納港帕斯卡爾先生的倉庫裡進貨，別的情況就不要問我了。」

「哦！我想起來了，」可憐的父親喃喃地說，抓住一絲記憶，「昨天他告訴我，他給我捎來一箱咖啡和一

19 埃及港口，位於地中海沿岸。

箱菸草。」

「您看，」唐格拉爾說：「正是這個，我們離開時，海關人員可能上船檢查法老號，發現了祕密。」

梅爾塞苔絲完全不相信這一切，她的鬱悶一直壓抑著，這時突然放聲大哭。

「別哭，別哭，要抱著希望！」唐泰斯老爹說，卻不知所云。

「要抱希望！」唐格拉爾重複說。

「要抱希望。」費爾南竭力囁嚅著說。

但是這句話鯁住了，他的嘴唇嚅動，卻發不出聲音。

「諸位先生，」一個待在欄杆旁瞭望的來賓叫道：「諸位先生，來了一輛馬車！啊！是摩雷爾先生！他一定為我們捎來了好消息。」

梅爾塞苔絲和老父親衝出門去迎接船主，在門口遇上了他。摩雷爾先生面如土色。

「怎麼樣？」大家異口同聲地問。

「朋友們，」船主搖著頭回答：「事情比我們想像的要嚴重。」

「哦！先生，」梅爾塞苔絲大聲說：「他是無辜的！」

「我相信如此，」摩雷爾先生回答：「但有人指控他……」

「指控他什麼？」老唐泰斯問。

「指控他是拿破崙黨代理人。」

凡是在這個故事發生的時代生活過的讀者，一定會明白摩雷爾先生提到的指控在當時有多可怕。

梅爾塞苔絲驚叫一聲，老人跌坐在椅子裡。

「啊！」卡德魯斯輕聲說：「您騙了我，唐格拉爾，玩笑還是開了。我不想讓這個老人和這個女孩痛不欲生，我要全盤說出。」

「住嘴，混蛋！」唐格拉爾叫道，抓住卡德魯斯的手，「否則我不管你的安全！誰告訴你，唐泰斯真是無罪呢？帆船在厄爾巴島靠過岸，他上了岸，他在費拉約港待了一整天。如果在他身上找到牽連他的信，幫他說過話的人會被視為同謀。」

卡德魯斯出於自私的本能，馬上明白這番議論無懈可擊。他帶著因恐懼和難過而顯露出的驚慌眼神，望著唐格拉爾，他先進一步再退兩步。「我們等等吧。」他喃喃地說。

「是的，我們等等。」唐格拉爾說：「如果他是無辜的，就會釋放他；如果他有罪，就犯不著為一個密謀者連累自己。」

「那麼我們走吧，我在這兒待不下去了。」

「好的，來吧，」唐格拉爾說，很高興能找到一個一起退走的同伴，「來吧，讓他們各自找機會退走吧。」

他們倆抽身走了，費爾南重新成為女孩的靠山，拉住梅爾塞苔絲的手，把她帶回加泰隆尼亞人的村子。唐泰斯的朋友們則把那個幾乎昏倒的老人送回了梅朗巷。

不久，唐泰斯因拿破崙黨人的罪名而被捕的消息在全城不脛而走。

「您相信這是真的嗎，親愛的唐格拉爾？」摩雷爾先生趕上他的會計和卡德魯斯問道，因此時他急於到城裡去，想透過代理檢察長德．維勒福先生，直接獲得關於愛德蒙的消息，他與代理檢察長有一面之交。「您相信這是真的嗎？」

「當然，先生。」唐格拉爾回答：「我對您說過，唐泰斯無緣無故在厄爾巴島靠岸，您知道，這樣靠岸我覺得可疑。」

「除了我以外，您對別人提起過您的懷疑嗎？」

「我十分謹言慎行，先生，」唐格拉爾輕輕地又說：「您知道，您的叔叔波利卡．摩雷爾在前朝效力過，而且不隱瞞自己的思想，由於他的緣故，有人懷疑您支持拿破崙。我很擔心連累愛德蒙，然後是您。告訴船主這種事，又對別人守口如瓶，這是一個下屬的責任。」

「很好，唐格拉爾，很好，」船主說：「您是一個正直的人。本來，即使這個可憐的唐泰斯當了法老號的船長，我也曾想到您。」

「這是怎麼回事，先生？」

「是的，我事先問過唐泰斯，他對您有什麼看法，他是否不大願意讓您留任。因為不知怎麼的，我注意到你們之間關係有些冷淡。」

「他怎麼回答您的？」

「他說，他確實認為得罪過您，在什麼場合他沒有對我說。但他說，凡是得到船主信任的人他都任用。」

「偽君子！」唐格拉爾咕噥著說。

「可憐的唐泰斯，」卡德魯斯說：「這個事實說明他是一個出色的小伙子。」

「是的，不過在這期間，」摩雷爾先生說：「法老號沒有船長了。」

「哦！」唐格拉爾說：「既然我們再過三個月才能再次出海，但願到那時候，唐泰斯會獲釋。」

「毫無疑問，但要一直等到那時候？」

「那麼，一直到那時候有我在，摩雷爾先生。」唐格拉爾說：「您知道，我能駕馭一艘船，不亞於第一流的遠洋輪船長。您任用我，甚至會為您帶來方便，因為愛德蒙一旦獲釋，您不需要感謝任何人：他官復原職，我也重操舊業，如此而已。」

「謝謝，唐格拉爾，」船主說：「這個辦法能把一切擺平。那您就來掌管吧，我授權給您，您來監督卸貨，不管個人飛來什麼橫禍，業務絕不應受損害。」

「放心吧，先生。但我們至少可以去探望善良的愛德蒙吧？」

「回頭我會把情況告訴您，唐格拉爾。我要設法跟德．維勒福先生談談，在他面前為犯人說情。我深知他是個狂熱的保王黨徒，但是見鬼！即使他是個保王黨徒和檢察官，他畢竟還是人，我想他不至於是個壞人。」

「不是的。」唐格拉爾說：「但我聽說他野心勃勃，這與壞人就相差不多了。」

「總之，」摩雷爾嘆了口氣說：「再看看吧。您到船上去，我隨後去找您。」

他離開了這對朋友，走上往法院的路。

「你看，」唐格拉爾對卡德魯斯說：「事情起了變化。現在您還想維護唐泰斯嗎？」

「當然不。可是，一場玩笑造成這樣的結果，真是件可怕的事。」

「啊！是誰開的玩笑？既不是你，也不是我，對嗎？是費爾南。你明明知道的。至於我，我把信扔到角落裡去了，我甚至認為已經撕碎了。」

「沒有，沒有。」卡德魯斯說：「哦，這一點，我可有把握。我看到那封信揉成一團扔在涼棚的角落，我甚至希望信還留在我看見的地方。」

「你想幹什麼？費爾南一定撿走了，謄寫一遍，或者叫人抄寫，費爾南或許甚至不想費這個勁。我想到一點，我的天！或許他把我的信發出去了！幸虧我改變了筆跡。」

「這麼說您早就知道唐泰斯參加密謀嗎？」

「我嘛，我一無所知。正像我說過的，我想開一個玩笑，而不是別的。像阿勒金[20]一樣，看來我在說笑中道出了真言。」

「不管怎樣，」卡德魯斯又說：「我寧肯花再大代價也不願讓這件事發生，或者至少不去插手。你看吧，這件事會帶給我們不幸，唐格拉爾！」

「如果這件事要給人帶來不幸，那是給真正的罪魁禍首，而真正的罪魁禍首是費爾南，而不是我們。我們會遭到什麼不幸呢？我們只要保持鎮定，絕口不提，風暴就會過去，雷霆不會劈下來。」

「阿門！」卡德魯斯說，向唐格拉爾做了個再會的手勢，朝梅朗巷走去，一邊搖著頭，自言自語，心裡有事的人都有這種習慣。

「好！」唐格拉爾說：「事情朝我預料的方向發展，現在我是代理船長，如果卡德魯斯這個傻瓜能保持沉默，船長就做定了。萬一司法機關把唐泰斯釋放了呢？哦！但是，」他含笑補充了一句：「司法機關是司法機關，我相信它。」

說到這裡，他跳進一艘小船，吩咐船夫搖到法老號去，讀者記得，船主曾約他在這艘船上相見。

6 代理檢察官

在同一天，同一時辰，在大行市街，美杜莎[21]噴泉對面一座由皮熱[22]建造的，古老而氣派的貴族宅邸裡，也正在慶祝訂婚喜宴。

只不過這一場景的人物不是平民百姓、水手和士兵，他們屬於馬賽的上流社會人物。這是一些舊行政官員，他們在拿破崙統治下辭職賦閒；有年老的軍官，他們離開帝國軍隊，加入孔岱[23]的隊伍；還有年輕人，他們由依然擔心他們生命安全的家庭扶養長大，儘管家裡已為他們支付了四、五個兵役替身的錢。他們憎恨拿破崙，五年的流放生活本該把此人變成一個殉道者，但十五年的王政復辟生涯卻使他變成神靈。

宴會仍在進行，談話熱烈，充滿激情，當時的激情在法國南部尤其顯得可怕、活躍而劇烈，因為五百年來，那裡的宗教仇恨助長了政治仇恨。

拿破崙皇帝曾經統治過世界的一部分，聽過一億二千萬臣民用十種不同語言高呼「拿破崙萬歲！」如今他是厄爾巴島之王，只統治五、六千人，他被這宴會上的人視為永遠失去了法國和皇座。那些文官指出他的政治錯誤；武官提到莫斯科和萊比錫戰役[24]；婦女們議論他和約瑟芬[25]的離婚案。保王黨圈子興高采烈和得

20 義大利喜劇中的著名小丑，義大利原名為阿勒吉諾，十七世紀初傳入歐洲各國。
21 希臘神話中的蛇髮女怪，被其目光觸及者即化為石頭。
22 皮熱（一六二〇—一六九四），法國建築家、畫家、雕塑家。
23 孔岱（一七三六—一八一八），法國親王，自一七九二年起，與共和軍對抗，至一八〇一年。

意洋洋的不是由於一個人的垮台，而是一種原則的消滅。在他們看來，生活已重新開始，他們已擺脫了惡夢。

一個佩戴聖路易十字勳章的老人站起來，向賓客提議為路易十八[26]國王的健康乾杯。他是德．聖梅朗侯爵。

這一祝酒使人同時想起哈特威爾的流亡者，以及法國這位起調解作用的國王，人聲鼎沸，酒杯按英國方式舉起，婦女們取下身上的花朵，疊放在桌布上。這是近乎詩意的熱情。

「如果他們在這裡，他們也會承認，」德．聖梅朗侯爵夫人說，這個女人目光冷酷無情，薄嘴唇，一派高雅的貴族風度，雖然她已經五十歲了。「所有這些曾經趕走我們的革命黨人，他們在恐怖時期用一塊麵包買走了這些古堡，如今輪到我們讓他們安安心心地在我們的古堡裡密謀造反。他們也會承認，真正的忠誠是在我們這方，因為我們依附一個行將沒落的王朝，而他們則禮讚旭日，當我們傾家蕩產時，他們卻發財致富。他們也會承認，我們的國王是真正受萬民擁戴的路易，而他們的篡權者是該詛咒的拿破崙。對嗎，德．維勒福？」

「您說什麼來著，侯爵夫人？請原諒，我沒有聽您講話。」

「唉！別管這些孩子，侯爵夫人，」舉杯祝酒的那個老人說道，「這些孩子置身在婚宴上，他們自然而然談別的事，而不是政治。」

「請您原諒，母親，」一個金黃頭髮，雙眸如珠光閃耀靈動的漂亮少女說：「我剛才纏住了德．維勒福先生，現在我把他還給您。德．維勒福先生，我母親在跟您說話呢。」

「如果夫人肯重複一遍我沒聽清楚的問題，我已準備好回答。」德．維勒福先生說。

「我原諒你，蕾內，」侯爵夫人說，露出溫柔的微笑，在這張死板的臉上看到綻出這個微笑是令人吃驚的。但女人的心就是這樣生成的，不管在偏見的薰陶和禮儀的要求下這顆心變得多麼冷漠，裡面總有肥沃的、秀麗的一角，這是上帝為母愛創造的一角。「我原諒你了。維勒福，剛才我說，拿破崙分子既沒有我們的信念，也沒有我們的熱情和忠誠。」

「哦！夫人，他們至少有某種東西代替這一切：那就是狂熱崇拜。拿破崙是西方的穆罕默德，對那些庸碌無能但野心勃勃的人來說，這不僅是一個立法者和領袖，而且是一個象徵，平等的象徵。」

「平等的象徵！」侯爵夫人叫道：「拿破崙是平等的象徵！那麼您怎麼看待德．羅伯斯比[27]先生呢？我覺得您竊取了他的位置，拿來送給了那個科西嘉人。可是依我看，篡權的稱號對他已經夠了。」

「不，夫人，」維勒福說：「我讓他們倆各自待在自己的位置上：羅伯斯比是在路易十五廣場的斷頭台上，拿破崙是在旺多姆廣場的廊柱上[28]。差別在於，前一個貶低人的平等，另一個提高人的平等。前一個把國王降低到上斷頭台，後一個把人民抬高到王位。這並非意味著，」維勒福笑著補充說：「這兩個人都不是卑劣的革命黨人。熱月九日[29]和一八一四年四月四日[30]對法國來說不是兩個吉日，不值得讓秩序和君主

24 一八一二年六月至十二月，拿破崙遠征俄國，莫斯科燃起的大火迫使法軍撤退。一八一三年十月，拿破崙在與聯軍作戰中敗北。
25 約瑟芬（一七六三—一八一四），法國皇后，一七九六年三月九日與拿破崙結婚，因與拿破崙無子而被迫離婚。
26 路易十八（一七五五—一八二四），法國國王（一八一四—一八二四）。
27 羅伯斯比（一七五八—一七九四），法國大革命時期雅各賓黨的領袖，後上斷頭台。
28 旺多姆廣場豎立著一座柱子紀念碑，上有拿破崙的銅像，後被推倒。
29 吉倫特黨在這一天（一七九四年七月二十七日，法國革命曆的共和國二年熱月九日）發動政變，羅伯斯比下台。
30 拿破崙在這一天宣佈退位。

政體的朋友們一視同仁地慶祝，但是這也說明了，拿破崙雖然倒下再也爬不起來——但願如此，但他怎麼還擁有他的狂熱信徒。您怎麼看，侯爵夫人？克倫威爾[31]雖然只及得上拿破崙的一半，也有他的狂熱信徒呢！」

「您知道您所說的話散發出強烈的革命氣味嗎，維勒福？但我原諒您，一個吉倫特黨[32]人的兒子不能不保留原有的觀點。」

維勒福滿臉漲得通紅。

「沒錯，我的父親是吉倫特黨人，夫人。」他說：「但我的父親沒有投票贊成處死國王。恐怖政策放逐了您，也放逐了我的父親，您父親的頭落在斷頭台上，我父親的頭也差一點落在那上面。」

「是的，」侯爵夫人說，這血淋淋的回憶絲毫沒有改變她的面容，「不過，他們倆登上斷頭台卻是為了截然不同的原則，證據是我全家追隨流亡的王室成員，而您的父親卻迫不及待地加入新政府，努瓦蒂埃公民是吉倫特黨人，然後努瓦蒂埃伯爵成了參議員。」

「母親，」蕾內說：「您知道大家早已約定，不再重提這些不快的往事。」

「夫人，」維勒福回答：「我贊同德．聖梅朗小姐的意見，恭而敬之地懇求您忘卻往事。何必去非難連上帝也無能為力的事情呢？上帝可以改變未來，但不能改變過去。我們即使不能否認過去，至少要在上面覆蓋一塊帷幕。拿我來說，我不僅與我父親的觀點相悖，而且與他的名字一刀兩斷。我的父親曾經是，或許現在仍然是拿破崙黨人，名叫努瓦蒂埃；我呢，是保王黨人，名叫德．維勒福。讓流著革命汁液的殘枝在老樹幹上枯萎吧，夫人，只要看到脫離這樹幹的新苗，雖然它不能，我想說的是，它幾乎無法與這樹幹完全分離。」

「好極了，維勒福，」侯爵說：「好極了，回答得妙！我也總是勸告侯爵夫人忘卻往事，但不能如願以償。我希望您的運氣比我好。」

「是的，沒錯，」侯爵夫人說：「讓我們忘掉過去吧，一言為定。希望維勒福您將來也一定不能動搖信念，別忘了我們已在陛下面前為您擔保，陛下在我們的建議下（她伸出手讓他吻一下），也很想忘掉過去，就像我在您的懇求下忘卻往事一樣。不過，如果有密謀犯落到您的手裡，您要想到眾目睽睽，因為眾所周知，您出自一個可能與密謀者有聯繫的家庭。」

「唉！夫人，」維勒福說：「我的職業，尤其我們所處的時代，都要求我嚴厲無情。我會這樣做的。我已經有幾件政治案子要進行辯護了，在這方面，我有良好表現。不幸的是，我們現在還沒有查出究竟。」

「您認為這樣？」侯爵夫人問。

「我很擔心。困在厄爾巴島上的拿破崙與法國近在咫尺，幾乎從我們的海岸就能看到他的存在，這讓他的擁護者懷抱希望。馬賽到處有領取半餉的軍官，他們動輒向保王黨人尋釁，以至於上流階層的人們常常決鬥，老百姓則常發生暗殺事件。」

「是的，」德．薩爾維厄伯爵說，他是德．聖梅朗先生的朋友和德．阿爾托瓦伯爵[33]的侍從長，「是的，您知道，神聖同盟[34]想讓他從島上搬走呢。」

---

31 克倫威爾（一五九九—一六五八），英國資產階級革命的領導者。
32 法國大革命時期代表大工商業資產階級的政黨。
33 阿爾托瓦伯爵（一七五七—一八三六），路易十八的弟弟，即查理十世（一八二四—一八三〇）。
34 一八一五年九月二十六日，俄、奧、普的統治者締結「神聖同盟」，一八一五年十一月二十日英國也加入。

「是的，我們離開巴黎的時候，正在談論這件事。」德．聖梅朗先生說：「把他遣送到哪裡？」

「遣送到聖赫勒拿島！」

「到聖赫勒拿島，那是什麼地方？」侯爵夫人問。

「離這裡兩千法里[35]，過了赤道的一個海島。」伯爵回答。

「好極了！正像維勒福所說的，讓這樣一個人待在他出生的科西嘉島和他妹夫所統治的拿波里之間，面對著他一直想讓他兒子建立王國的義大利，這真是荒唐透頂。」

「不幸的是，」維勒福說：「我們簽訂了一八一四年的條約，不能動拿破崙，不然就違反這個條約。」

「那麼我們會違反的。」德．薩爾維厄先生說：「當他下令槍斃不幸的德．昂甘公爵[36]時，曾經仔細考慮過嗎？」

「是的，」侯爵夫人說：「就這樣定了，神聖同盟讓歐洲擺脫了拿破崙，而維勒福讓馬賽擺脫他的追隨者。國王要嘛大權獨攬，要嘛大權旁落，如果他坐穩王位，他的政府應該是強有力的，他的大臣則是嚴厲無情的，這是預防不測的方法。」

「不幸的是，夫人，」維勒福微笑著說：「一個代理檢察官總是在禍事出現之後才趕到的。」

「那麼，要由他來做彌補工作。」

「我還要對您說，夫人，我們不會去彌補，我們要報復。如此而已。」

「哦！德．維勒福先生，」一個漂亮的女孩說。她是德．薩爾維厄伯爵之女和德．聖梅朗小姐的女友。

「趁我們在馬賽的時候，想辦法接手一個大案。我從來沒見過重罪法庭，據說很有意思。」

「的確很有意思，小姐，」代理檢察官說：「因為這不是一齣虛構的悲劇，而是一幕真正的慘劇，這不是扮演的痛苦，是真正的痛苦。你在那裡看到的犯人，在布幕落下之後，不會回到家裡，與家人共進晚餐，安然入睡，以便第二天重新上台演出。而是回到牢獄，見到的是劊子手。您知道，對於尋找刺激、神經過敏的人來說，沒有什麼比得上這種場面。放心吧，小姐，一有機會，我會讓您去看看的。」

「您的話讓我們發抖，而您卻在笑。」蕾內臉色煞白地說。

「您要我怎麼辦呢……這是一場決鬥……我已經要求判決過五、六個政治犯和其他罪犯的死刑……誰知道眼下有多少人在暗中磨刀霍霍，或者已經要對我下手呢？」

「哦！我的天！」蕾內說，臉上越來越烏雲密布，「您此話當真嗎，德．維勒福先生？」

「再認真不過了，小姐。」年輕的法官回答道，嘴上帶著笑容，「小姐為了滿足好奇心，想看審理大案，而我呢，為了滿足我的奢望，想審理這些大案，那麼，審理時只會變得更加劍拔弩張。拿破崙的士兵都習慣於盲目地衝向敵人，您認為他們點著藥筒或者端起刺刀向前衝時會思索嗎？他們殺死一個有私仇的人，比殺死一個素昧平生的俄國人、奧地利人或匈牙利人，考慮得更多嗎？再說，您看，也必須如此，否則我們的職業就毫無存在的必要了。我呢，當我看到被告眼中閃耀出狂熱的光芒時，我就勇氣倍增，亢奮起來。這不再是一場訴訟，而是一場戰鬥。我攻擊他，他予以還擊，我再次攻擊，像一切戰鬥一樣，這場戰鬥以勝利或敗北結束。這就是所謂訴訟，正是危險激發出雄辯。如果在我反駁之後被告向我微笑，我便會認為我笨嘴笨舌，我所說的話蒼白無力，不夠分量。一個檢察官若看到犯人在證據的重壓和雄辯的炮火下臉色蒼白、垂頭

35 指古法里，一古法里約四公里。

36 德．昂甘公爵（一七七二—一八〇四），拿破崙懷疑他參與陰謀，將他逮捕送交軍事法庭，於一八〇四年三月二十一日槍決，此事震動了歐洲。

喪氣，進而深信被告有罪，請您想想，這時他會多麼得意洋洋！而那顆頭低垂下來，不久就會落地。」

蕾內發出一聲輕輕的呼喊。

「真有口才。」有個來賓說。

「像我們這樣的時代正需要這種人才！」另一個來賓說。

第三個來賓說：「上次那件案子您辦得真出色，親愛的維勒福。您知道，那個人謀害了他的父親。說實在的，劊子手還沒有碰他，您就已經殺死他了。」

「哦！對於殺父的人，」蕾內說：「我嗤之以鼻，對於這種人，再重的酷刑也不為過。但是對於不幸的政治犯來說……」

「這更是大逆不道，蕾內，因為君為民父，想推翻或殺死國王，就是想殺害三千二百萬人的父親。」

「哦！不管怎樣，德．維勒福先生，」蕾內說：「您答應我寬恕那些我為他們求情的人嗎？」

「放心吧，」維勒福帶著更迷人的笑容說：「我們共同起草判決書好了。」

「我的寶貝，」侯爵夫人說：「就管你的蜂鳥、西班牙種獵犬和衣服吧，讓你未來的丈夫履行他的職責。於今，武器入庫，長袍吃香。關於這一點，有一句含義深刻的拉丁話。」

「Cedant arma togae.[37]」維勒福躬身說道。

「我一向不敢說拉丁語。」侯爵夫人回答。

「我想我寧願您是醫生，」蕾內又說：「毀人的天使，即使還是天使，總是令我非常害怕。」

「善良的蕾內！」維勒福喃喃地說，用深情的目光注視少女。

「我的孩子，」侯爵說：「德．維勒福先生將成為這一省道德上和政治上的醫生。請相信我，這是一個引人注目的角色。」

「而且這也能讓人忘掉他父親的所作所為。」固執己見的侯爵夫人說道。

「夫人，」維勒福苦笑著說：「我已經榮幸地對您說過，至少我希望，我的父親已放棄過去的錯誤觀點，變成教會和秩序的熱情朋友，以及像我一樣堅定的保王黨人，因為他是懷著悔恨的，而我只是出於一腔熱血。」

說過這句文謅謅的話後，維勒福為了判斷他口若懸河的效果，環顧賓客，正如他說完類似的一句話後，要觀察檢察院裡的聽眾一樣。

「親愛的維勒福，」德‧薩爾維厄伯爵說：「前天我在杜樂麗宮正是這樣回答王室總管的，他要我評論奇特的聯姻：一個吉倫特黨人的兒子何以跟孔岱麾下一個軍官的女兒結合，對此總管理解得很透徹。這種聯姻方式正是路易十八的妙法。我們沒有注意到，王上在傾聽我們的談話，他打斷我們說：『維勒福，』——請注意，陛下沒有說努瓦蒂埃這個姓，相反的，卻強調維勒福這個姓——『維勒福，』陛下說：『會青雲直上。這是一個已經成熟的年輕人，我把他看作我的人。我高興地看到德‧聖梅朗侯爵夫婦要招他為女婿，即使他們沒有先來徵求我的同意，我也會建議他們這樣聯姻的。』」

「陛下這樣說的嗎，伯爵？」維勒福喜出望外的大聲問道。

「我照搬他的話，如果侯爵肯開誠佈公，他會承認這些話的。與半年前他跟陛下提起他的女兒和您的婚事

---

37 拉丁文：武官讓位於文官。

時，陛下對他所說的話也是一樣的。」

「真的。」侯爵說。

「哦！這位高貴的國王對我真是恩深義重。我為他肝腦塗地也在所不辭！」

「好極了，」侯爵夫人說：「現在我實在喜歡您，此時此刻但願出現一個反賊，我們正等著他呢。」

「而我呢，母親，」蕾內說：「我祈求上帝決不要聽您的話，只給德．維勒福先生送去小奸小惡的人、弱小的走私客和膽小的騙子，這樣，我才可以安然入睡。」

「這就等於，」維勒福笑著說：「您希望醫生只碰到偏頭痛、痲疹和被胡蜂螫咬，這樣只傷及表皮的病痛。如果您希望看到我是個稱職的檢察官，您要期望我接觸可怕的疾病，治好這些病能使醫生聲譽鵲起。」

這時，彷彿就為了讓維勒福如願以償似的，一個僕人進來在他耳畔說了幾句話。維勒福馬上離席，並表示歉意，過了一會兒又返回，臉上喜笑顏開。

蕾內含情脈脈地望著他，因為此刻他的容貌配上藍眼睛、深膚色和黑色絡腮鬍，真正是一個風度翩翩的年輕漂亮男子。女孩的全副精神似乎都集中在他的嘴唇上，等待他解釋方才出去一會兒的原因。

「好了，」維勒福說：「小姐，剛才您盼望丈夫是個醫生，至少我跟埃斯庫拉普[38]的弟子們（一八一五年人們還這樣稱呼）這點是相像的。時間永遠不歸我支配，甚至當我坐在您身邊，在我的訂婚喜宴上，還是有人來打擾我。」

「出於什麼理由打擾您，先生？」漂亮的女孩帶著輕微的不安問。

「唉！如果必須相信剛才旁人告訴我的話，是因為有一個垂危的病人，這次情況嚴重，是要上斷頭台的病。」

「哦，天哪！」蕾內臉色蒼白地喊道。

「當真！」所有的人異口同聲地說。

「據說剛剛發現了拿破崙黨人的一個小陰謀。」

「可能嗎？」侯爵夫人說。

「這是告密信。」

維勒福念了起來：

檢察官閣下，在下乃王室及教會之友，茲報告有一名為愛德蒙．唐泰斯者，係法老號帆船之大副，今晨自斯米爾納抵埠，中途曾停靠拿波里及費拉約港。此人受繆拉之託，送信予篡權者，旋又受命於篡權者，送信予巴黎拿破崙黨委員會。

罪證於將其擒獲時即可取得，該函若不在其身上，則必在其父寓中，或在法老號船艙內。

「但是，」蕾內說：「這只不過是封匿名信，是寫給檢察官先生，而不是寫給您的。」

「沒錯，可是檢察官不在。他不在時，函件轉到他的祕書那裡，祕書負責拆信，於是他打開這封信，派人來找我，由於找不到我，他已下達逮捕令。」

38 羅馬神話中的醫神。

「這樣，罪犯被抓住了。」侯爵夫人說。

「就是說被告。」蕾內接著說。

「是的，夫人。」維勒福說：「正如我剛才榮幸地告訴蕾內小姐的那樣，如果找到了那封信，那個病人就病入膏肓了。」

「這個不幸的人在哪裡？」蕾內問。

「他在我家裡。」

「去吧，我的朋友。」侯爵說：「不要因為跟我們待在一起而失職，國王給您的職責在別的地方等待著您，快到那裡去吧。」

「哦！德・維勒福先生，」蕾內合起雙手說：「要寬宏大量，這是您訂婚的日子！」

維勒福繞著桌子轉過去，走到女孩的椅子旁邊，倚在她的椅背上：「為了避免您不安，」他說：「我將盡力而為，親愛的蕾內，但是，如果犯罪形跡確鑿可信，如果指控能夠成立，那就必須剪除這把拿破崙黨的莠草。」

聽到「剪除」二字，蕾內哆嗦一下，因為所謂要剪除的草是一顆腦袋。

「啊！啊！」侯爵夫人說：「別聽這個小女孩的，維勒福，她會習慣的。」

侯爵夫人向維勒福伸出一隻乾枯的手，他一面吻一面望著蕾內，用眼睛對她說：「我吻的是您的手，或者，至少現在我想吻您的手。」

「不祥之兆！」蕾內小聲說。

「說真的，小姐，」侯爵夫人說：「你是天真得叫人乾瞪眼，我倒要問你，國家的命運與你感情的任性和心軟怎麼聯繫得上。」

「哦！母親！」蕾內低聲說。

「請饒恕這個思想不純的女保王黨人，侯爵夫人。」德・維勒福說：「我答應您一定自覺履行代理檢察官的職責，也就是說鐵面無情。」

但維勒福對侯爵夫人說這些話的同時，身為未婚夫，他偷偷地向未婚妻使了個眼色，彷彿在說：「放心吧，蕾內，為了得到您的愛情，我會寬宏大量的。」

蕾內對這眼色報以甜蜜的微笑，於是維勒福出去時心裡樂得像來到天堂。

7 審問

德·維勒福一離開餐廳，便脫下快樂的假面具，擺出一副掌握別人生殺大權的嚴肅面孔。雖然他的臉色說變就變，而且這個代理檢察官就像一個靈活的演員該做的那樣，不止一次面對鏡子細細研究過，但這一回他要皺眉蹙額和鐵青著臉可得花一番功夫。他父親遵循的政治路線，如果他沒有完全拒之千里之外，就會耽誤他的前程。確實，除了回憶起這件不如意的事之外，眼下熱拉爾·德·維勒福真是享盡人間幸福了。他靠自己奮鬥已經很富有，二十七歲時就取得一個高級法官職位，將娶一個年輕漂亮的女人，他愛得並不熱烈，而是懷著理智，就像一個代理檢察官所能愛的那樣。除了風姿綽約的美貌以外，他的未婚妻德·聖梅朗小姐又是屬於當時宮廷裡最顯赫的家族中的一個。她的父母沒有其他孩子，能夠用他們的全部政治影響來培植他們的女婿。除了這種影響，她還給丈夫帶來一筆五萬埃居的嫁妝。用婚姻介紹人創造的一個惡劣的詞來說，這筆嫁奩有朝一日還可能增加五十萬法郎的遺產。

因此，對維勒福來說，這一切因素湊在一起，構成了令人眼花撩亂的無上幸福，以致他用心靈的目光長久觀察自己的內心生活時，彷彿看到了太陽上的黑子。

在門口，他看到在等待他的警察分局局長。看到這位黑衣人馬上使他從三重天又掉到我們行走的地面上來。他又裝出上文說過的那種神情，走近那個警官：「我來了，先生，」他說：「我看了信，您逮捕這個人做得很對。現在請告訴我，您所搜集到的有關他及謀反行動的一切細節。」

「關於謀反，先生，我們還一無所知。在他身上搜出的所有文件都封成一捆，放在您的辦公桌上。至於犯人，您從告密信上已經得知，名叫愛德蒙．唐泰斯，是三桅帆船法老號上的大副，這條船開到亞歷山大和斯米爾納做棉花生意，屬於馬賽的摩雷爾父子公司。」

「在商船上做事之前，他在海軍服過役嗎？」

「哦！沒有，先生，他非常年輕。」

「多大年齡？」

「最多十九歲或二十歲。」

維勒福沿著大道街走到議會街的轉角，有一個人似乎是特地候著他，這時向他走過來，那是摩雷爾先生。

「啊！德．維勒福先生！」那個忠厚長者看見代理檢察官，大聲說：「我很高興碰到您。請想想，有個最古怪、最駭人聽聞的誤會，竟把我船上的大副愛德蒙．唐泰斯抓了起來。」

「我知道這件事，先生，」維勒福說：「我就是去審問他的。」

「哦！先生，」摩雷爾先生繼續說，他對年輕人的友誼使他求情心切，「您不瞭解受到指控的那個人，而我瞭解他，請相信他是最溫柔最誠實的人，我幾乎敢斷言，在整個商船界裡，他最熟悉業務。哦，德．維勒福先生，我真心誠意地向您保舉他。」

讀者已經知道，維勒福屬於城裡的貴族一派，而摩雷爾屬於平民一派；前者是個極端保王黨人，後者則被懷疑是個暗地裡的拿破崙黨人。維勒福輕蔑地望著摩雷爾，冷冷地回答他：「先生，您知道，一個人可以在私生活中溫柔，在商務往來中誠實，熟悉業務，但從政治上來說，仍然可以是一個罪大惡極的人。是不是，先生？」

法官強調最後一句，彷彿他想應用在船主本人身上，而他探究的目光似乎想穿透船主的內心深處，這個人本該瞭解他本人也需要饒恕，卻膽大包天，為別人說情。

摩雷爾漲紅了臉，他感到自己在政治觀點方面也不是問心無愧的。況且，關於與元帥會面和陛下對他所說的話，唐泰斯都悄悄對摩雷爾說過，這有點攪亂了他的心緒。但他還是用關懷備至的語氣回答：「求求您，德‧維勒福先生，要主持公道，秉公執法，像您一向那樣仁慈，早點把可憐的唐泰斯還給我們！」

「還給我們」這幾個字在代理檢察官的耳裡敲起了革命的鐘聲。

「嘿！嘿！」他低聲地自言自語：「還給我們……這個唐泰斯難道加入了燒炭黨[39]，以致他的保護人不假思索，這樣使用多數人稱的表達方式？警察分局局長告訴我，我也相信，他是在一間酒店被逮捕的，在場有許多人。」他補上一句：「這大概是燒炭黨人的祕密集會。」

然後他大聲說：「先生，」他回答：「您完全可以放心，如果犯人是冤枉的，那麼我一定會秉公處理。可是如果相反，他是有罪的，以我們正生活在困難時期，先生，不受懲罰等於是開了一個會帶來不良後果的先例，因此，我不得不盡職。」

說到這裡，由於他已走到背靠法院的家門口，便冷若冰霜然而彬彬有禮地向船主行了一個禮，大模大樣地走進家門，留下船主呆立在維勒福離開他的地方。

候見室擠滿了憲兵和警察，犯人平靜地、一動不動地站在他們中間，被閃爍著仇視的目光包圍著，嚴加看管。

維勒福穿過候見室，斜睨了唐泰斯一眼，接過一個警察交給他的一捆東西，邊說邊跨進裡面的門：「把犯人帶進來。」

那一瞥雖然飛快，維勒福已足以對那個他即將審問的人有了一個看法：他從那飽滿開闊的天庭看出了睿智，從專注的目光和蹙起的眉頭看出了勇敢，從半張的、露出兩排象牙一般的皓齒厚唇看出了坦率。第一個印象對唐泰斯是有利的，但維勒福常常聽人說起這麼一句老謀深算的話：切勿相信最初的念頭。既然這是個好印象，他便把這句格言用於自己的印象中，卻不考慮印象與念頭這兩個詞的差別。因此他壓下善意的直覺，這種直覺竭力滲入他的心頭，再向他的頭腦發起攻擊。他在鏡子前擺好一副一本正經的面孔，然後陰沉地、咄咄逼人地坐到辦公桌前。

過了一會兒，唐泰斯進來了。

年輕人始終臉色蒼白，但很鎮靜，面帶笑容。他落落大方地向法官行禮，然後用目光尋找座位，彷彿他是在摩雷爾船主的客廳裡。

只是在這時他才接觸到維勒福黯淡的目光，那是從事法律的人所特有的目光，他們不希望別人看到他們的思路，把他們的眼睛變成磨砂玻璃。那目光告訴唐泰斯，他正站在行事陰沉的司法機關前。

「您是誰？叫什麼名字？」維勒福問道，一面翻閱警察在他回來時交給他的那些卷宗，一個小時以來這些卷宗已變成厚厚一大摞，苛政惡吏是多麼快地撲向所謂犯人的不幸人身啊！

「我的姓名叫作愛德蒙．唐泰斯，先生，」年輕人用沉靜而響亮的聲音回答：「我是法老號船上的大副，這條船屬於摩雷爾父子。」

「多大年齡？」維勒福繼續問。

---

39 燒炭黨原是十九世紀初在拿波里王國建立的一個祕密政治組織。在法國，這個組織由拉法耶特領導，反對復辟王朝。

「十九歲。」唐泰斯回答。

「您被捕時在幹什麼？」

「我在舉行訂婚喜宴，先生，」唐泰斯用有點激動的嗓音說，這歡樂的時刻與這要履行的死氣沉沉的程序形成多麼令人痛苦的對照啊，德·維勒福先生陰沉的臉使梅爾塞苔絲喜氣洋洋的臉顯得越發光彩照人。

「您在舉行訂婚喜宴？」代理檢察官不由自主地哆嗦一下說。

「是的，先生，我就要娶一個我愛了三年的女孩。」

維勒福儘管通常是冷漠無情的，卻對這個巧合吃了一驚，在幸福之中猝然被捕的唐泰斯激動的嗓音，就要喚醒他心靈深處一根同情的神經。他也在舉行訂婚宴，他也處在幸福之中，別人前來擾亂他的幸福，是要讓他致力於破壞一個像他一樣已經觸到幸福的人的歡樂。

他想，這種哲理比較，在我回到德·聖梅朗先生的客廳裡時，將會產生強烈效果。正當唐泰斯等待他新的提問的時候，他事先在腦子裡整理著對比的詞句，演說家總是依靠這些詞句來造出博得滿場掌聲的句子，這些句子有時使人相信演說家確實雄辯。

等他在心裡安排好一小篇談話之後，維勒福想到了它的效果，露出笑容，然後回到唐泰斯身上：「說下去，先生，」他說。

「您要我往下說什麼？」

「讓司法機關知道真相。」

「司法機關想知道哪些情況，我會和盤托出的。不過，」輪到他微笑著補充說：「我得事先說，我所知不多。」

「您在篡權者手下做過事嗎？」

「他垮台時我正要編入海軍。」

「據說您的政見很狂熱。」維勒福說，沒有人向他透露過這一點，但他樂於像提出指控一樣提出這個問題。

「我的政見，先生？唉！說起來真叫人慚愧，我從來沒有什麼政見，我剛滿十九歲，我剛才有幸對您說過了，我一無所知，我生來不是要叱吒風雲的。眼下我地位低微，將來也不過如此，如果有人給予我巴望得到的位置，那全靠摩雷爾先生的栽培。因此，我的一切見解，我不說政見，而說個人見解，只限於這三點：我愛我的父親，我尊敬摩雷爾先生，我深深愛著梅爾塞苔絲。先生，這就是我向司法機關和盤托出的話。您看，它並不令人感興趣。」

唐泰斯說話時，維勒福凝視著他既柔和又開朗的面孔，不覺記起蕾內的話，蕾內雖然不認識他，卻為這個犯人求情。根據代理檢察官對犯罪和犯人累積的經驗，他從唐泰斯的每句話中看到了無辜的證明。確實，這個年輕人，幾乎可以說這個孩子，單純、樸實，那滔滔不絕的話語是從心底發出的，是強求不來的。他與人為善，因為他很幸福，而幸福會使惡人也變得善良。他把從心裡滿溢而出的和藹可親也流瀉到法官身上，儘管維勒福粗暴嚴厲。愛德蒙對審問他的人依然表現出溫情和善意。

「沒錯，」維勒福尋思：「這是一個可愛的小伙子，我希望，完成了蕾內對我的第一次囑託，我就不難得到她的歡心，我能在大庭廣眾中緊握她的手，在角落裡美妙地親吻她一下。」

想到這甜蜜的希望，維勒福的臉上笑逐顏開。當他的注意力回到唐泰斯身上時，一直注視著法官面容變化的唐泰斯，也隨之微笑起來。

「先生，」維勒福說：「您知道自己有仇人嗎？」

「我有仇人？」唐泰斯說：「幸虧我地位低微，不至於樹敵。至於我的性格，或許有點急躁，我始終竭力對下屬和藹一點。我手下有十到十二個水手，可以去問問他們，先生，他們會告訴您，他們喜歡我，尊敬我，不是把我當作父親，我還太年輕，而是把我當做兄長。」

「但即使沒有仇人，或許有人嫉妒您，您才十九歲便要被任命為船長，在您的職業中，這是一個高級職務；您就要娶一個愛您的漂亮女孩為妻，這對人世間各種地位的人都是罕見的幸福。命運對您的雙重偏愛足以引起別人對您的嫉妒。」

「是的，您說得對。您比我更瞭解人情世故，這是可能的。但是，即使這些嫉恨的人是我的朋友，不瞞您說，我也寧願不知道他們，免得要去憎恨他們。」

「您錯了，先生。必須始終盡可能地眼明心亮。說實話，我覺得您是一個非常高尚的年輕人，因此我會為您破例，把慣常的司法規則撇在一邊，幫助您查明情況。告訴您何以有人告發，把您帶到我的面前，這是告發信，您認得筆跡嗎？」

維勒福從口袋裡掏出信來，遞給唐泰斯。唐泰斯讀了信，又辨認了一會兒。一片疑雲浮上他的額頭，他說：「不認得，先生，我不認得這筆跡，這是偽造的，但相當灑脫。無論如何，書寫的人手法熟練。我很高興，」他感激地望著維勒福又說：「跟一個像您這樣的人打交道，因為嫉妒我的人確實是一個真正的仇人。」

看到這個年輕人說這番話時眼中掠過的閃光，維勒福看到了表面溫柔下隱藏著可怕的毅力。

「現在，」代理檢察官說：「您坦率地回答我，先生，不要像一個犯人回答法官那樣，而要像一個受委屈的人回答一個關心他的人那樣，這封匿名的告發信有多少實情？」

維勒福把唐泰斯剛還給他的信不屑地扔在桌上。

「看似實情，但根本不是。先生，我以我水手的名譽，以我對梅爾塞苔絲的愛情，以我父親的生命發誓，我即將說的都是實話。」

「都說出來，先生。」維勒福大聲說。

然後他喃喃自語：「要是蕾內能看到現在的我，我想她會對我滿意的，不會再說我是一個劊子手！」

「好吧，在離開拿波里的時候，勒克萊爾船長得了腦膜炎病倒了。由於船上沒有醫生，他又急於前往厄爾巴島，不願在任何港口靠岸，他的病惡化了，拖到第三天，他感到即將離世，便把我叫到他身邊。

「『親愛的唐泰斯，』他對我說：『以您的名譽發誓，按我告訴您的話去做，這是牽涉到最高利益的大事。』

「『我對您發誓，船長。』我回答他。

「『那麼，由於我死後這艘船的指揮權就屬於您，作為大副，您要負起這指揮權，朝厄爾巴島駛去，在費拉約港上岸，求見元帥，交給他這封信，或許他們會交給您另一封信，委託您完成某項使命。這項使命本來是留給我的，唐泰斯，您要代我去完成，由此獲得的一切榮譽也將歸於您。』

「『我會照辦，船長，但是，或許不像您所以為的那樣，能輕而易舉地見到元帥。』

「『這兒有一只戒指，您拿著它去求見。』船長說：『一切困難都會迎刃而解。』

「說完，他交給我一只戒指。

「此事說得非常及時，兩小時以後，他陷入彌留狀態，第二大就與世長辭了。」

「這時您怎麼辦？」

「先生，我要做的事，不論誰在我的地位都會做的。無論如何，病危的人的祈求是神聖的；而對於水手來說，上司的請求則是命令，必須完成。於是我揚帆開往厄爾巴島，第二天便抵達，我下令大家留在船上，獨自上岸。正像我所預料的那樣，他們設置了種種障礙，不讓我去見元帥。但我叫人送上戒指，這枚戒指為我打通關節，於是我通行無阻。他接待了我，問我關於不幸的勒克萊爾臨終時的情況，正像勒克萊爾預料的那樣，他交給我一封信，委託我親自帶到巴黎。我答應了，因為這是完成我的船長的遺願。我在馬賽上岸之後，迅速了結船上的一切事務。然後我趕快去看我的未婚妻，我看到她比先前更漂亮更情意綿綿。多虧了摩雷爾先生，我們繞過了教會方面的一切麻煩，最後，先生，就像剛才我對您說的，我舉行了訂婚喜宴，過一小時我就要結婚。我打算明天動身到巴黎去，而這時我被捕了，就因為這封告密信，現在看來，您跟我一樣對它不屑一顧。」

「是的，是的，」維勒福喃喃地說：「我覺得這一切都是實情，如果您有罪，也只是不謹慎。而這種不謹慎是來自您執行船長的命令，因而是合理的。請把他們在厄爾巴島上交給您的信交出來，並許諾我，一起訴您就出庭，現在您回到朋友們那裡去吧。」

「這麼說我自由了，先生！」唐泰斯欣喜萬分地喊道。

「是的，不過把那封信交給我。」

「那封信應該就擺在您面前，先生。因為已經跟我的其他文件一起，從我身上搜走了，在這捆東西裡我認得出幾份。」

「等等，」代理檢察官對唐泰斯說，他正拿起手套和帽子，「等等，信是寫給誰的？」

「寫給巴黎雞鷺街的努瓦蒂埃先生。」

即使雷霆落在維勒福的身上，也決不會打得如此不及掩耳和出乎意料之外。他跌坐在扶手椅上，他半站起來去拿從唐泰斯身上搜到的那捆文件，迅速翻閱起來，抽出那封要命的信，投以充滿難以形容的恐懼的目光。

「努瓦蒂埃先生，雞鷺街十三號。」他小聲念道，臉色變得越來越蒼白。

「是的，先生，」唐泰斯吃驚地回答：「您認識他嗎？」

「不！」維勒福趕緊回答：「國王的忠僕是不認識叛徒的。」

「這牽涉到謀反嗎？」唐泰斯問，他自以為獲得自由以後，開始比先前更加惶悚不安。「無論如何，先生，我已對您說過，我完全不知道我攜帶的這封急信的內容。」

「沒錯，」維勒福輕聲說：「但您知道收信人的名字！」

「為了將信送到他手裡，先生，我必須知道他的名字。」

「您沒有讓別人見過這封信吧？」維勒福說，他一面看信，臉色變得更加蒼白。

「絕沒有，先生，以我的名譽做擔保！」

「沒有人知道您從厄爾巴島帶回來一封寫給努瓦蒂埃先生的信嗎？」

「沒有人知道，先生，除了交給我這封信的人。」

「太成問題了，仍然太成問題了！」維勒福喃喃地說。

隨著摸清底細，維勒福的腦門越來越烏雲密佈。他蒼白的嘴唇、顫抖的雙手、火熱的目光使唐泰斯的腦際閃過最難以忍受的恐懼。

看完信後，維勒福用雙手捧著頭，有一會兒痛苦難熬。

「哦，我的天！怎麼了，先生？」唐泰斯膽怯地問。

維勒福一聲不吭，過了一會兒，他抬起蒼白的、容貌大變的臉，又讀了一遍信。

「您說您不知道這封信的內容，是嗎？」維勒福又問。

「以我的名譽做擔保，我再說一遍，先生，」唐泰斯說：「我不知道內容。您怎麼了，我的天！您看來不舒服，您要我拉鈴叫人嗎？」

「不，先生，」維勒福趕緊站起來說：「別動，別多嘴，這裡發號施令的是我，不是您。」

「先生，」受了傷害的唐泰斯說：「我是叫人來照顧您，僅此而已。」

「我什麼也不需要，一時頭昏眼花，如此而已，您管好自己吧，別管我，回答我的問話。」

唐泰斯等待著隨後的審問，但沒等到，維勒福又跌坐在扶手椅裡，用一隻冰涼的手去抹冷汗涔涔的額頭，他第三次開始看信。

「哦！如果他知道這封信的內容，」他咕噥著說：「而且一旦知道努瓦蒂埃是維勒福的父親，我就完了，永遠完了！」

他不時瞧瞧愛德蒙，彷彿他的目光能穿透這道看不見的壁壘，它圍住守口如瓶、藏在心中的祕密。

「哦！不用再疑心了！」他突然叫道。

「以上天的名義，先生，」不幸的年輕人大聲說：「如果您懷疑我，如果您不相信我，那麼審問我吧，我準備好了回答您。」

維勒福花了極大的努力克制自己，用竭力堅定的口吻說：「先生，這次審問的結果，您牽涉到最嚴重的罪行，因此我不能做主，像我原先所希望的那樣，馬上恢復您的自由。在採取同樣措施之前，我應該徵詢一下預審法官的意見。這段時間，您已經看到我是如何對待您的。」

「哦！是的，先生，」唐泰斯高聲說：「謝謝您，因為您待我寧可說是個朋友，而不是法官。」

「那麼，先生，我要再拘留您一段時間，盡可能短。對您不利的最主要罪狀，就是這封信，您看……」

維勒福走近壁爐，把信投到火裡，一直到信化為灰燼。

「您看，」他又說：「我將信化為烏有了。」

「哦！」唐泰斯大聲說：「先生，您超越了公道，您實在仁慈！」

「不過，您聽我說，」維勒福又說道：「經過這樣的場面之後，您明白您可以信賴我，是嗎？」

「哦，先生！請吩咐吧，我一定服從。」

「不，」維勒福走近年輕人說：「不，我想給您的不是命令，而是忠告。」

「說吧，我一定順從，就像服從您的命令一樣。」

「我要把您拘留在法院，直到傍晚。或許不是我，而是由另一個人審問您，您就把對我說過的統統說出來，但隻字不提這封信。」

「我答應您，先生。」

懇求的人好像是維勒福，而犯人倒要法官放寬心。

「您明白，」維勒福說，瞥了一眼灰燼，灰燼還保存著紙的形狀，在火焰之上飄飛，「現在，這封信化為烏有了，只有您和我知道有過這封信，今後絕不會有人再向您出示這封信，如果有人提起，您就否認，大膽否認，這樣您就有救了。」

「我會否認的，先生，放心吧。」唐泰斯說。

「好，好！」維勒福說，一面將手擱在拉鈴的細繩上。

正當要拉鈴的時候，他停下了，說道：「您只有這一封信？」

「是的。」

「您要發誓。」

唐泰斯伸出手說：「我發誓。」

維勒福拉鈴。警察分局局長走了進來。

維勒福走近警官，在他耳畔說了幾句話，警官點頭回應。

「您跟著這位先生走。」維勒福對唐泰斯說。

唐泰斯鞠了一躬，最後向維勒福投了一瞥感激的目光，走了出去。

門一關上，維勒福就沒了力氣，幾乎暈倒在扶手椅裡。

過了一會兒，他喃喃地說：「哦，我的天！生命和前程繫於千鈞一髮！如果檢察官在馬賽，如果剛才叫的是預審法官而不是我，我就完了。這封信，這封該死的信會把我推向深淵。啊！我的父親，我的父親，您總是我在世上獲得幸福的一個障礙，我要永遠跟您的過去抗爭嗎？」

突然，一道意外的光芒閃過他的腦海，使他的臉神采奕奕。一道笑容浮現在他仍然扭曲的嘴唇上，他驚恐的目光變得專注起來，似乎盤桓在一個想法上。

「是這樣，」他說：「是的，這封本來要使我身敗名裂的信也許會讓我飛黃騰達。好，維勒福，付諸行動！」

確認犯人已經不在候見室，代理檢察官便走了出來，急急忙忙朝未婚妻的宅邸走去。

8 紫杉堡

警察分局局長穿過候見室時，向兩個憲兵示意，他們分別站在唐泰斯的左右兩邊。一扇從檢察官的套房通向法院的門打開了，他們沿著一條陰暗的寬大走廊向前走，這種走廊讓從中經過的人毛骨悚然，莫名的顫抖。

維勒福的套房與法院相通，而法院則與監獄相通，監獄是座陰森森的龐然大物，通過監獄所有的鐵窗，可以看見正面矗立著阿庫勒教堂的鐘樓。

唐泰斯沿著走廊繞了許多個彎之後，看到一扇帶有鐵窗的大門。警察分局局長朝鐵門敲了三下，對唐泰斯來說，這三下彷彿敲在他的心口。大門打開了，兩個憲兵輕輕推著犯人，他還在游移不定。唐泰斯越過可怕的門口，大門在他身後咿咿呀呀地又關上了。他呼吸到另一種空氣，一種惡臭的、沉濁的空氣，他來到了監獄。

他被帶到還算乾淨，但有鐵柵、門上了鎖的房間。他的居室的外表不怎麼使他害怕，況且，代理檢察官的話讓唐泰斯覺得充滿關切，有如充滿希望的美好諾言縈繞在他的耳邊。

唐泰斯來到他的牢房時，已經下午四點了。正如上文所述，這一天是三月一日，因此犯人不久就陷入黑夜之中。

由於視覺失去作用，聽覺在他身上增強了。一聽到直達他身邊的輕微聲響，以為要來釋放他，他便趕緊站起來，往門口邁出一步。但不久聲響遠去了，消失在另一個方向，唐泰斯又倒在他的矮凳上。

最後，將近晚上十點鐘，正當唐泰斯開始失去希望的時候，又傳來一陣聲響，這一回，他覺得是朝他的房間走來，果然，走廊裡響起腳步聲，在他的門口停住。一把鑰匙在鎖孔裡轉動，門閂吱嘎作響，橡木大門打開了，兩支火把耀眼的光芒突然射進黑漆漆的牢房。

藉著這兩支火把的亮光，唐泰斯看到四個憲兵的軍刀和火槍閃閃發亮。

他已向前走了兩步，看到這增加的武力，他停下來一動不動。

「你們是來找我的嗎？」唐泰斯問。

「是的。」有個憲兵回答。

「是奉代理檢察官先生的命令嗎？」

「我想是的。」

「好，」唐泰斯說：「我已準備好跟你們走。」

既相信他們是德．維勒福先生派來的，這不幸的年輕人的驚恐便都消除了，於是他邁步向前，腦子平靜，無拘無束，自動走在他的護送隊中間。

一輛馬車在門口等候著，車伕坐在座位上，一個下級警官坐在車伕旁邊。

「這輛馬車停在那裡，是為我準備的嗎？」唐泰斯問。

「是為您準備的，」有個憲兵回答：「上車吧。」

唐泰斯想提出異議，但車門打開了，他感到有人在推他。他既不可能也不想抗拒，他隨即坐進馬車，待在兩個憲兵中間。另外兩個憲兵則坐在前面的座席上，沉重的馬車開始滾動起來，發出令人感到恐怖的聲音。

犯人看看車窗，車窗裝著鐵柵，他只不過換了個會滾動的監獄而已，並且把他載往未知的目的地。通過密得只能伸出手去的鐵柵，唐泰斯還是認出馬車沿著箱子工廠街向前走，穿過聖洛朗街和塔拉米街，向碼頭奔馳。

不久，他透過馬車和附近建築物的鐵柵，看到行李寄存處的燈光在閃耀著。

馬車停下來，下級警官下了車，走向警衛室。十幾個士兵走出來，排好隊。藉著碼頭的路燈，唐泰斯看到他們的槍閃閃發光。

「難道是衝著我來的？」他尋思，「要佈置這麼強的武裝力量？」

下級警官打開上鎖的車門，儘管一聲不吭，卻回答了這個問題，因為唐泰斯看到士兵組成了兩道人牆，從馬車到港口為他留出了一條路。

坐在前面座席上的那兩個憲兵首先下車，然後輪到他下車，坐在他兩旁的憲兵尾隨著他。他們走向一艘小船，一個海關的船員用一根鐵鏈把小船繫在碼頭旁邊。士兵們用驚異和好奇的目光看著唐泰斯走過。轉眼間他被安頓在船尾，始終夾在那四個憲兵中間，而下級警官坐在船頭。小船一陣劇烈的晃動，離開了岸邊，四個槳手有力地划向皮隆那邊。聽到船上發出的喊聲，封閉港口的鐵鏈垂了下來，唐泰斯便置身於叫作弗里烏爾的地方，也就是在港口之外。

犯人來到戶外，先是產生一股快樂的衝動。空氣，這近乎是自由。於是他深深呼吸這充滿生命力的和風，風兒在它的翅膀上負載著夜與海的各種神祕芳香。但不久，他發出一聲嘆息。他正從「儲備」酒店前面經過，今天早上，在他被捕之前，他在那裡是多麼幸福啊。從兩個敞開的窗口傳來了舞會歡樂的聲音。

唐泰斯合起他的雙手，仰望天空，祈禱起來。

小船繼續向前，它越過「死神之頭」，面對法羅小海灣，它就要繞過炮台，對這樣的航行路線，唐泰斯大惑不解。

「你們究竟要把我帶到哪裡去？」他問其中一個憲兵。

「待會兒您就知道了。」

「可是……」

「我們奉命不得向您做任何解釋。」

唐泰斯也可算是半個士兵，向奉命不得回答的下屬提問題，在他看來是荒唐的事，於是他沉默不語了。

隨後，稀奇古怪的想法閃過他的腦海。坐上這樣一條小船無法做長途航行，而他們前往的大海方向沒有任何船隻停泊，他思忖，他們要將他送到一個遠離岸邊的地方，再對他說他自由了。他沒有被綁著，他們也不想給他上手銬腳鐐，他覺得這是個好徵兆。而且，代理檢察官待他那麼好，不是對他說過，只要他不吐出努瓦蒂埃這個要命的名字，他就絲毫不用擔心嗎？維勒福不是當著他的面毀掉了那封危險的信，那個對他不利的唯一證據嗎？

因此他等待著，緘口不語，沉思默想，用對黑暗訓練有素和習慣於遼闊空間的水手的銳利目光，竭力穿透茫茫黑夜。

拉托諾島已被撇在右邊，島上一座燈塔閃爍著。他們幾乎沿著海岸前進，到達了加泰隆尼亞人小海灣的附近。犯人的目光迸發出熱情的火花，梅爾塞苔絲就在那裡，每時每刻他都好像看到一個女子模糊不清的身影顯現在黝暗的海岸上。

梅爾塞苔絲怎麼沒有預感，她的情人正經過離她三百步的地方呢？

在加泰隆尼亞人的村子裡，只有一盞燈閃爍著。唐泰斯觀察燈光的位置，認出燈光照亮的正是他未婚妻的房間。在整個小小的移民區，唯有梅爾塞苔絲在守夜。年輕人如果大叫一聲，是能讓他的未婚妻聽到的。沒有根據的羞愧感阻止了他。盯著他的這些人聽到他像一個瘋子似的喊叫，會做何想法呢？於是他保持沉默，雙眼盯住那燈光。

這時，小船繼續向前，但犯人不再惦記著小船，他想念著梅爾塞苔絲。

一片隆起的高地擋住了燈光。唐泰斯轉過身來，發覺小船已來到洋面上。

正當他沉浸在苦思冥想中，向前凝望時，士兵們已經扯起風帆，不再划槳了，小船此刻在風力的推動下向前駛去。

儘管唐泰斯按捺住自己不向憲兵提出新的問題，但他還是挨近憲兵，握住憲兵的一隻手。

「朋友，」他說：「以您良心的名義和士兵身分做擔保，我懇求您可憐我，回答我的話。我是唐泰斯船長，善良正直的法國人，儘管被指控犯有連我也莫名其妙的謀反，要將我押到哪裡去，說呀，我以水手的身分擔保，我一定履行我的職責，聽天由命。」

憲兵抓耳撓腮，望著他的同伴。他的同伴做了一個動作，像是說：我看已到這一步，說出來也無妨。於是那憲兵轉身對著唐泰斯說：「您是馬賽人，又是水手，您卻問我，我們要去什麼地方？」

「是的，我以我的名譽保證，我不知道。」

「您猜測不到嗎？」

「一點也猜測不到。」

「這不可能。」

「我以我在世上最神聖的東西向您發誓我不知道。回答我呀，求求您！」

「可是禁令呢？」

「禁令並沒有不准您告訴我再過十分鐘、半小時，也許一小時我就會知道的事。只不過您避免我被蒙在鼓裡，像要熬幾百年一樣。我求您，您像我的朋友一般，您看，我既不想反抗，也不想逃跑，再說我也無能為力，我們要到哪裡去？」

「除非您蒙住了眼睛，或者從來沒有出過馬賽港，否則您應該猜出您要到哪裡去吧？」

「猜不出。」

「那麼看看四周。」

唐泰斯站了起來，目光自然而然投去小船隱約駛向的那一點，在他前方兩百公尺左右的地方，矗立著一座暗黑的、險峻的危岩，陰沉沉的紫杉堡有如層層相疊的燧石，聳立其上。

外觀怪異的紫杉堡籠罩著陰森恐怖的氣氛。

這外觀怪異的監獄，它周圍籠罩著陰森恐怖的氣氛。這座堡壘，三百年來讓馬賽流傳著悲慘的傳說，如今猛然呈現在唐泰斯面前，他根本沒想到它，給他的印象如同一個死囚看到了斷頭台。

「啊！我的天！」他喊道：「紫杉堡！我們到那裡去幹什麼？」

憲兵露出微笑。

「該不是押我到那裡關起來吧？」唐泰斯又說：「紫杉堡是座國家監獄，只用來關押政治要犯。我根本沒有犯罪。紫杉堡有預審法官和別的法官嗎？」

「我想，」憲兵說：「只有一個典獄長，一些獄卒，一隊衛兵和厚厚的牆壁。好了，好了，朋友，別這樣故作驚訝了。否則，您會讓我以為，您是要用嘲笑來感謝我的好意。」

唐泰斯握緊憲兵的手，像要把它捏碎似的。

「所以您認為，」他說：「是要把我押到紫杉堡關起來嗎？」

「可能是吧，」憲兵說：「但無論如何，朋友，把我握得這樣緊是沒有用的。」

「沒有其他預審，沒有其他手續？」年輕人問。

「手續已經辦過，預審也進行過了。」

「這樣的話，不管德．維勒福先生的承諾了嗎？」

「我不知道德．維勒福先生對您承諾過，」憲兵說：「我知道的是，我們要到紫杉堡。那麼，您究竟想幹什麼？喂！大家來幫幫我！」

唐泰斯像閃電似的向前迅速一躍，想投身海裡，但憲兵老練的眼睛已經預見到了。正當唐泰斯的雙腳要離開艙板時，四隻有力的手抓住了他。

他又摔倒在小船裡，發狂地吼叫。

「好啊！」憲兵大聲說，用一隻膝蓋抵住他的胸脯，「好啊！您就是這樣遵守水手的諾言的。您去相信甜言蜜語的人吧！好，現在，親愛的朋友，您再動一動，我就叫您的腦袋吃一顆槍子兒。我違背了一次禁令，不過，我向您擔保，我不會再違背第二次。」

他果然用短槍朝下對準唐泰斯，唐泰斯感到槍口頂著他的太陽穴。

一瞬間，他想不顧警告，拚命掙扎，就此轟轟烈烈地了結落到他身上的意外不幸，這不幸就像禿鷲的爪子突然抓住了他。但是，正因為這不幸是逆料不到的，唐泰斯心想，它不會持久。而且，德．維勒福先生的諾言又回到他的腦海。還有，老實說，在船艙裡死於一個憲兵之手，他覺得太難看太丟臉了。

於是他又倒在小船的艙板上，狂叫了一聲，狠狠地咬自己的手。

幾乎同時，劇烈的撞擊使小船晃動起來。船頭剛接觸到岩石，一個船夫便跳了上去，滑輪轉出一條繩索，吱扭扭地響，唐泰斯明白，他們到達目的地了，船夫正在繫住小船。

看守他的憲兵同時抓住他的手臂和衣領，迫使他站起來，硬要他上岸，把他拖到通往堡門的石級，而下級警官拿著一支上了刺刀的火槍，尾隨其後。

而且，唐泰斯決不做無謂的抗拒。他的慢吞吞可說是疲軟無力，而不是反抗。他像一個喝醉的人那樣昏昏沉沉，腳步踉蹌。他又看到士兵在急坡排列成行。他感到階梯在腳下，不得不抬起腿。他發覺越過一道門，這道門又在他身後關上，但這一切都是機械地進行的，彷彿穿過濃霧，一點也分辨不清楚存在的東西。他連海也看不見了，對囚犯來說，大海是一片無邊的痛苦，他們望著那片空間，心裡萬分痛苦，因為他們無法越過那片空間。

他們停留了一會兒，他竭力聚精會神。他環顧四周，他來到一個四方的院子裡，院子被四堵高牆圍住。只聽到哨兵緩慢均勻的腳步聲，城堡裡點燃的兩三盞燈在牆上映出兩、三塊反光，每當哨兵從反光前面走過時，便能看見他們的槍口閃閃發光。

他們等了大約十分鐘，確信唐泰斯無法再逃跑之後，憲兵鬆開了他。好像在等待命令。命令終於下達了。

「犯人在哪裡？」有個聲音問。

「在這裡。」憲兵回答。

「叫他跟著我，我帶他到他的房間裡去。」

「走。」憲兵推著唐泰斯說。

囚犯跟著帶路的人，後者果然把他帶到一個幾乎像地下室的廳裡，光禿禿、冒著水的牆壁彷彿浸透了一層淚水。矮凳上放著一盞小油燈，燈芯浸在發臭的油脂裡，燈火照亮了這個可怕的牆壁，讓唐泰斯看清楚他的帶路人，這是個低級獄卒，衣衫蹩腳，面孔卑瑣。

「這是您今夜的房間，」他說：「已經很晚了，典獄長先生已經睡下。明天，待他醒來，他會瞭解關於您的命令，也許他會給您換房間。暫且這樣，這是麵包，罐裡有水，角落裡有麥桿，一個囚犯就只能有這些了。晚安。」

唐泰斯還沒來得及張嘴回答，也沒有注意獄卒將麵包放在哪裡，沒有意識到陶罐擱在何處，沒有轉頭去看當作床鋪的麥桿放在哪個角落，獄卒已經拿起小油燈，重新關上房門，奪走了給犯人照明的昏黃的光，這燈光剛才像電光一樣，照出牢房淌水的牆壁。

於是他孤伶伶待在黑暗和寂靜裡，像頭上陰沉沉的拱頂一樣啞口無言，他感到拱頂的寒氣直逼他發燙的頭頂。

等曙光給這岩洞同樣的地方帶來一點光亮時，又出現的獄卒帶來命令：讓犯人待在原地。唐泰斯根本沒有挪動過。似乎有隻鐵手把他釘在昨夜他站定的地方，不過，他深邃的目光隱藏在哭腫的眼皮下。他紋絲不動，注視著地下。

他這樣站著度過了一整夜，一刻也沒有睡過。

獄卒走近他，繞著他轉了一圈，但唐泰斯好像沒看到他。

他拍拍唐泰斯的肩膀，唐泰斯哆嗦了一下，搖搖頭。

「您沒有睡覺嗎？」獄卒問。

「我不知道，」唐泰斯回答。

獄卒驚愕地注視他，又說：「您不餓？」

「我不知道。」唐泰斯仍然這樣回答。

「你想要什麼嗎？」

「我想見典獄長。」

獄卒聳聳肩，走了出去。

唐泰斯目送著他，向半開的門伸出雙手，但門又關上了。

於是，他的胸膛好像撕心裂肺似地發出長久的嗚咽。淚如雨下，他的額頭撞在地上，他長時間祈禱著，腦子裡將他以往的生活過了一遍，捫心自問他今生今世犯了什麼罪，年紀輕輕，就受到這樣殘酷的懲罰。

白天就這樣過去了。他僅僅吃了幾口麵包，喝了幾滴水。他時而坐下來，陷入沉思，時而繞著牢房轉圈，猶如關在鐵籠裡的野獸轉個不停。

尤其有個想法使他一跳而起：那就是，這次過海，他雖然茫然不知要被送到什麼地方，卻那麼安之若素地待著，他本來有十次機會投身海裡，一旦下手，憑著嫻熟的游泳本領，憑著他成為馬賽最靈巧的潛水員的水性，他能潛入水底，擺脫看守的人，游到岸上逃走，躲在荒無人煙的小海灣裡，等待熱那亞或者加泰隆尼亞人的船隻路過，便可以到達義大利或者西班牙，再從那裡寫信給梅爾塞苔絲，讓她趕來會面。至於他的生活，他完全不用擔心，到處都缺好海員。他講義大利語就像托斯卡尼[40]人一樣，講西班牙語就像卡斯提亞[41]人的孩子一樣。他會生活得自由自在，跟梅爾塞苔絲還有父親在一起過著幸福美滿的日子，因為他父親也會來跟他相聚。而現在他成了囚犯，關在紫杉堡裡，待在這座不可逾越的牢獄中，不知道父親和梅爾塞苔絲境況怎麼樣了，這一切都是因為他輕信了維勒福的話，這真叫人氣得發瘋，唐泰斯恨得在獄卒捧來的新鮮麥桿上打滾。

第二天，在同一時刻，獄卒又來了。

「怎麼，」獄卒問他：「今天您比昨天理智些了吧？」

唐泰斯緘口不言。

「好了，」獄卒說：「打起精神！您想要點什麼我能辦到的東西嗎？好了，說吧。」

「我想跟典獄長說話。」

「唉！」獄卒不耐煩地說：「我已經告訴過您，這是不可能的。」

「為什麼不可能？」

「因為按照獄裡的規定，犯人決不允許提出這種要求。」

「這裡究竟允許什麼呢？」唐泰斯問。

「能付錢，讓飲食好一些，散散步，有時可以看點書。」

40 義大利北部地區。
41 西班牙中部地區。

「我不需要書，我根本不想散步，我感到飲食很好。我只希望一件事，就是見典獄長。」

「如果您總是拿這件事來糾纏我，」獄卒說：「我就再也不給您端吃的來。」

「那麼，」唐泰斯說：「如果你不再給我端吃的來，我就餓死，不就結了。」

唐泰斯說這句話的語氣，向獄卒表明了：犯人寧願一死。算下來一個囚犯每天約莫要給獄卒進帳十個蘇，因此，唐泰斯的獄卒要考慮的是，犯人死去將會使他的收入少一筆，他用軟下來的語氣說：「聽著，您所要求的事是辦不到的，因此不要再進一步要求。典獄長應犯人要求來巡視牢房，是從來沒有先例的。不過，若您聽話，就會允許您散步，或許有一天，您在散步的時候，典獄長正好經過，您便可以問他，至於他是否肯回答您，就要看他了。」

「但是，」唐泰斯說：「我要等多長時間，才會湊巧出現這種情況？」

「啊！」獄卒說：「一個月，三個月，半年，也許一年。」

「太長了，」唐泰斯說：「我想馬上見他。」

「啊！」獄卒說：「不要這樣沉浸在一個不可能實現的願望裡，不出半個月您就會發瘋的。」

「啊！你以為會這樣？」唐泰斯說。

「是的，會發瘋的。瘋癲總是這樣開始的。這裡有過一個例子：在您之前有個神父住在這個房間裡，他不斷提出要給典獄長一百萬，如果他被釋放的話。他的腦子出了毛病。」

「他離開這個房間有多久了？」

「兩年。」

「把他釋放了嗎？」

「沒有，把他關到黑牢裡。」

「聽著，」唐泰斯說：「我不是神父，也不是瘋子。或許我會發瘋，不幸的是，眼下我的理智非常健全，我要對你提出另外一個建議。」

「什麼建議？」

「我不會給你一百萬，因為我給不起。但是如果你願意，我會給你一百埃居，只要你下次到馬賽去，一直走到加泰隆尼亞人的村子裡，交給一個名叫梅爾塞苔絲的女孩一封信，甚至不是一封信，僅僅兩行字。」

「如果我帶走這兩行字，而且被發現了，那麼我會丟掉飯碗，每年有一千利佛爾呢，還不算各種好處和飲食。您明白，為了掙三百利佛爾，卻冒險丟掉一千利佛爾，我豈不是一個大傻瓜。」

「那麼，」唐泰斯說：「聽好並且記住：如果你拒絕給梅爾塞苔絲送去兩行字，或者至少告訴她我在這裡，有朝一日，我會躲在門後等你，你進來的時候，我會用這張矮凳砸碎你的腦袋。」

「恐嚇我！」獄卒喊道，往後退一步，準備自衛：「您肯定昏了頭。神父開始時也像您一樣，再過三天您就會像他一樣瘋得要捆起來。幸虧紫杉堡有黑牢。」

唐泰斯抓起矮凳，在頭上揮舞著。

「好！好！」獄卒說：「好，既然您一意孤行，我就去通知典獄長。」

「好極了！」唐泰斯說，放下了矮凳，坐在上面，低著頭，目光兇狠，彷彿他真的瘋了。

獄卒走了出去，過了一會兒，跟四個士兵、一個下士一起又回來了。

「奉典獄長的命令，」他說：「將犯人押到下面一層去。」

「是押到黑牢嗎？」下士說。

「是押到黑牢，必須把瘋子關在一起。」

四個士兵抓住唐泰斯，他陷於衰弱無力的狀態，順從地跟著走。

士兵押著他下了十五級樓梯，然後打開一個黑牢的門，他走進去時喃喃地說：「他說得對，必須把瘋子關在一起。」

門又關上了，唐泰斯往前走去，直至伸出的手碰到了牆壁。於是他坐在一個角落裡，一動不動，而他的眼睛逐漸習慣了黑暗，開始看清楚東西。

獄卒說得對，唐泰斯差不多要發瘋了。

9 訂婚之夜

正如上文所述，維勒福又踏上往大行市廣場的路，走進德．聖梅朗夫人的邸宅時，他看到原先還在進餐的賓客已移步客廳喝咖啡了。

蕾內和所有其他的人都焦急地等待著他。因此，他的出現受到一致的歡呼。

「喂，劊子手，國家的支柱，保王黨的布魯圖斯[42]，」有人喊道：「究竟怎麼一回事？」

「喂，我們受到新的恐怖政體的威脅嗎？」另一個人問。

「科西嘉魔王從他的岩洞中逃出來了嗎？」第三個人問。

「侯爵夫人，」維勒福走近未來的岳母說：「我是來請您原諒我的，我不得不這樣向您告辭。侯爵先生，我有榮幸能私下跟您說兩句話嗎？」

「啊！這件事很嚴重嗎？」侯爵夫人問，她注意到維勒福的額頭上烏雲密佈。

「非常嚴重，以致我不得不向您告辭幾天。因此，」他轉身對著蕾內繼續說：「這樣您也看得出事情是不是真的很嚴重了。」

「您要走，先生？」蕾內叫道，無法掩飾這個意外的消息對她引起的激動。

---

42 布魯圖斯（西元前八十五—西元前四十二），羅馬帝國政治家，凱撒的繼子，製造陰謀導致凱撒之死，後自殺。

「唉！是的，小姐，」維勒福回答：「必須如此。」

「您究竟要到哪裡？」侯爵夫人問。

「這是司法機關的祕密，夫人。然而，如果這裡有人要到巴黎辦事，我倒有一位朋友今晚要走，他樂意代勞。」

大家面面相覷。

「您要和我單獨談一談？」侯爵問。

「是的，我們到您的書房去吧。」

侯爵挽起維勒福的手臂，跟他一起出去了。

「怎麼，」侯爵來到書房以後，問道：「究竟發生了什麼事？說吧。」

「我認為此事重大，需要我馬上動身前往巴黎。侯爵，請原諒我的冒昧，您有國家公債嗎？」

「我全部的財產都投進去了，大約六、七十萬法郎。」

「那麼，賣掉，侯爵，賣掉，否則您就破產了。」

「但我在這裡怎麼賣掉呢？」

「您有一個經理人，是嗎？」

「是的。」

「寫一封信讓我帶去，告訴他賣掉，一分一秒也不要耽擱，也許我趕到時為時已晚。」

「見鬼！」侯爵說：「我們別浪費時間。」

於是他坐在桌前，給他的經理人寫了一封信，他在信裡吩咐經理人不計任何價錢賣掉公債。

「既然我有了這封信，」維勒福說，仔細地將信夾入他的公事包，「我還需要另外一封。」

「給誰的？」

「給國王的。」

「給國王的？」

「是的。」

「但我不敢貿然這樣寫信給陛下。」

「我決不是要求您寫信給陛下，我是讓您請德・薩爾維厄先生寫這封信。他必須替我寫一封信，靠這封信，我才能謁見陛下，而免去謁見請求的一切程序。否則會使我失去寶貴的時間。」

「但您不是認識司法大臣嗎？他可以直接進入杜樂麗宮，透過他，您可以不分晝夜謁見國王。」

「當然是的，不過，我用不著跟別人平分我捎去的消息所得到的功勞。您明白嗎？司法大臣自然而然會將我降到第二順位，奪走全部好處。我只告訴您一件事，侯爵，如果我第一個進入杜樂麗宮，我的前程就有保障了，因為我為國王效勞的，他是不會忘記的。」

「這樣的話，親愛的，您去準備行裝吧，我去叫德・薩爾維厄，請他寫一封信，讓您當作通行證。」

「好，別浪費時間，因為再過一刻鐘我必須搭上驛車。」

「叫馬車停在門口。」

「當然。請代我在侯爵夫人跟前道個歉，好嗎？也對德・聖梅朗小姐道個歉，我在這樣的日子裡懷著深深的遺憾離開她的身邊。」

「您會在我的書房裡看到她們的，您可以與她們道別。」

「不勝感謝。我那封信就勞煩您費心了。」

侯爵拉鈴，一個僕人出現了。

「告訴德．薩爾維厄伯爵，我在等他……現在您走吧。」侯爵又對維勒福說。

「好，我快去快回。」

維勒福邁著急步走了出去，但在門口，他思忖，一個代理檢察官被人看到走路這樣急匆匆，怕會讓全城慌亂不安。於是他恢復平時的步態，和法官的氣派。

來到家門，他看到黑暗中彷彿有一個白色的幽靈，一動不動地站在那裡等待他。

那是漂亮的加泰隆尼亞女孩，由於沒有愛德蒙的消息，夜幕降臨時，她從法羅跑了出來，想親自瞭解她的情人被捕的原因。

看到維勒福走近，她從倚身的牆邊走出來，攔住了他的去路。唐泰斯曾對代理檢察官談起過他的未婚妻，所以梅爾塞苔絲用不著通名報姓，維勒福就認出了她。他對這個女子的美貌和高貴儀態感到吃驚。當她問他，她的情人下落的時候，他覺得自己是被告，而她是法官。

「您所說的那個人，」維勒福急切地說：「是一個要犯，我無法助他一臂之力，小姐。」

梅爾塞苔絲發出一聲嗚咽，維勒福想強行通過，她再次攔住他。

「至少告訴我，他在什麼地方？」她問道：「我可以探聽他是死是活。」

「我不知道，他已經不歸我管轄了。」維勒福回答。

他被那機智的目光和哀求的態度弄得很尷尬，便推開梅爾塞苔絲，閃入門內，並趕緊關上門，彷彿要把別人帶來的痛苦留在門外似的。

但痛苦不會這樣任人驅逐。如同維吉爾[43]所說的命運之箭一樣，受傷的人永遠隨身帶著它。維勒福閃入門內，關上了門，但來到客廳時雙腿就支撐不住了，他發出一聲像嗚咽的嘆息，跌坐在一把扶手椅裡。

於是，在這顆有病的心裡，滋生出致命潰瘍的最初徵兆。那個由於他的野心而被他犧牲的人，那個代他父親受過的無辜者，出現在他面前，臉色蒼白，咄咄逼人，由他的未婚妻挽著，她像他一樣臉色蒼白。他給維勒福帶來了內疚，不是古代命運觀念讓有心病的人暴跳如雷的那種內疚，而是無聲的、令人痛苦的打擊，它不時敲在心上，每當想起往日的行為就使心臟損傷，那種針扎似的疼痛使疾病每況愈下，直至死亡。

這個人的心裡還有一絲猶豫不決。他已經好幾次要求對犯人判處死刑，這樣做除了造成法官與被告的鬥爭激動，對他沒有留下任何影響。他以吸引法官或陪審團的、讓人震懾的雄辯給犯人判了罪，那些甚至沒有在他的額頭留下愁雲，因為他們是有罪的，或者至少維勒福如此認為。

但這次完全是另外一回事，他剛給一個無辜的人判了無期徒刑，這個無辜的人本來即將獲得幸福，他不僅毀了這個人的自由，而且毀了他的幸福。這回他不再是法官，他是劊子手。

想到這點，他感到上文描寫過的，至今他還沒有體驗過的沉重心跳，這心跳在胸膛內回響著，使之充滿了隱約的恐懼。受傷的人就是這樣通過本能的劇痛而知道自己受傷的。在傷口還未癒合之前，用手指去接觸裂開流血的傷口時總要抖抖索索。

但維勒福所受的傷是不會癒合的，或者一癒合，傷口又會重新綻開，比之前更加血淋淋、更加痛苦。

43 維吉爾（西元前七〇—西元前十九），古羅馬詩人，著有《牧歌》、《農事詩》、《埃涅阿斯紀》等。

這時，如果蕾內溫柔的聲音在他耳畔響起，請他寬大為懷；如果美麗的梅爾塞苔絲走進來對他說：「以洞察和評判我們的上帝的名義，把我的未婚夫還給我。」他那不得已半垂下來的頭會完全低垂著，哪怕冒著不堪設想的後果，他也會用冰冷的手簽署釋放唐泰斯的命令。但是，在寂靜中沒有響起任何聲音，門打開了，進來的卻是維勒福的隨身男僕，他來對主人說，驛馬已經套上四輪敞篷馬車。

維勒福站起身來，或者不如說像一個內心鬥爭勝利的人那樣一躍而起，奔向他的書桌，將一個抽屜裡的金幣統統倒進他的口袋，驚慌失措地在房裡轉了一會兒，手扶著額頭，說著一些不連貫的話。最後，感到隨身男僕將大衣披在他的肩上，他便走了出去，衝進馬車，用生硬的口氣吩咐趕到大行市街德·聖梅朗先生的府上。

不幸的唐泰斯被判定了要受監禁。

正如德·聖梅朗先生所允諾的，維勒福在書房裡看到了侯爵夫人和蕾內。一看見蕾內，維勒福哆嗦了一下，因為他以為她要重新請求他釋放唐泰斯。但是，唉！應該說私心多麼可恥，漂亮的少女只惦記著一件事：維勒福要動身了。

她愛維勒福，而維勒福卻在正要成為她丈夫的時刻出遠門。維勒福說不出什麼時候返回，蕾內不但不替唐泰斯求情，反而詛咒那個自己犯了罪卻讓她和她的情人分離的人。

梅爾塞苔絲無言以對啊！

可憐的梅爾塞苔絲在包廂街的轉角碰到了費爾南，他一直尾隨著她。她回到加泰隆尼亞人的村子裡，半死不活，絕望地撲在床上。費爾南跪在床前，握緊她冰冷的手，梅爾塞苔絲沒想到要抽回來，他熱烈地吻遍了她的手，而梅爾塞苔絲卻感覺不到。

她這樣度過了一夜。燈油點光，燈才熄滅。她看不見光明，也看不見黑暗。白天返回，她卻看不到白天。痛苦在她眼睛上綁了一條帶子，只讓她看到愛德蒙。

「啊！您在這裡！」她終於說，一邊轉向費爾南。

「從昨天起我就沒有離開過您。」費爾南回答，心疼地嘆息一聲。

摩雷爾先生不承認失敗了，他獲悉，審問之後，唐泰斯被押到監獄裡。於是他跑遍朋友們的家，登門拜訪馬賽有勢力的人士，但是有流言傳出，年輕人是作為拿破崙黨代理人被捕的。由於當時連最大膽的人也把拿破崙想東山再起的企圖看作瘋狂的夢想，所以他到處碰壁，他絕望地回到家裡，承認局面嚴重，無能為力。

至於卡德魯斯，他憂心忡忡，坐臥不安。他不像摩雷爾先生那樣四出活動，也沒有設法援救唐泰斯，況且他無能為力，他關在家裡對著兩瓶黑醋栗酒，想借酒澆愁。但他那種思想狀態，兩瓶黑醋栗酒是不足以麻痹他的判斷力的。但他醉得無法去找別的酒，也還沒有醉到忘掉往事，於是對著兩個空酒瓶，手肘支在一張放不穩的桌子上，在長燭芯的燭光下，看到的盡是仿如霍夫曼[44]那被潘趣酒沾濕的手稿上，佈滿了精靈鬼怪，像是一層怪誕的黑色塵埃在跳舞。

只有唐格拉爾既沒有煩惱，也沒有不安。唐格拉爾甚至很高興，因為他報復了一個仇敵，保住了在法老號上的位置，他擔心會丟掉這個位置。唐格拉爾是一個工於心計的人，他生來耳後夾了一支筆，心裡藏著一瓶墨水。對他來說，世上的一切只是加減乘除而已，一筆數目在他看來比一個人寶貴得多，尤其當去除那個人

44 霍夫曼（一七七六—一八二二），德國作家，著有《金瓶》、《公貓摩爾的人生觀》等，想像奇特。

可以使他財富增加的時候。

唐格拉爾按時上床睡覺，而且睡得很安穩。

維勒福拿到德・薩爾維厄先生的信後，吻了蕾內的雙頰，又吻了德・聖梅朗夫人的手，握過侯爵的手，然後啟程走在前往埃克斯[45]的路上。

唐泰斯老爹因痛苦和焦慮不安而痛不欲生。

至於愛德蒙，我們已經知道他的境況了。

10 杜樂麗宮的小書房

暫且不表維勒福奔馳在前往巴黎的路途上，由於他支付了三倍的車費，馬車星馳電閃般趕路。且讓我們穿過兩三間客廳，再進入杜樂麗宮那間小書房，書房有拱形的窗戶，因為曾經是拿破崙和路易十八喜愛的書房，且現在是路易・菲力浦[46]的書房而聞名遐邇。

國王路易十八正坐在書房裡一張胡桃木桌子前，這張桌子是他從哈特威爾帶回來的，出於大人物特有的嗜好，他特別喜歡這張桌子。他在漫不經心地傾聽一個五十到五十五歲之間、頭髮花白、臉上一副貴族氣派、衣著一絲不苟的人說話，同時一邊在賀拉斯[47]一部作品的空白處寫下點什麼。這部作品是格里菲烏斯的版本，儘管備受重視，實則錯誤百出，然而王上那充滿機智哲理的見解卻從中獲益匪淺。

「先生，您說……？」國王說。

「我說我極其不安，陛下。」

「當真？您在夢中見到七隻肥牛和七隻瘦牛嗎？」

「不，陛下，因為這只向我們預示七年豐收和七年饑饉，而且有一位像陛下這樣深謀遠慮的國王，饑饉並

45 位於馬賽北部的城市。

46 路易・菲力浦（一七七三—一八五〇），法國國王（一八三〇—一八四八），一八四八年革命時流亡英國，客死他鄉。

47 賀拉斯（西元前六五—西元前八），古羅馬詩人，作品有《歌集》、《詩藝》等。

不可怕。」

「那麼指的是哪一種災禍呢，親愛的布拉卡斯？」

「陛下，我認為，我有充分理由認為在南方一帶正醞釀著一場風暴。」

「那麼，親愛的公爵，」路易十八回答：「我認為您情報不實，相反的，我知道那邊晴空萬里。」

路易十八是個風趣的人，愛隨便開玩笑。

「陛下，」德．布拉卡斯先生說：「就算是讓一個忠僕放心，陛下能不能派可靠的人到朗格多克省、普羅旺斯省和多菲內省，為您帶回來關於這三個省的民情報告呢？」

「Conimus surdis.[48]」國王回答，一面繼續評點賀拉斯的作品。

「陛下，」朝臣笑著回答，顯得理解這個維努西亞[49]詩人的半句詩，「陛下信賴法蘭西完全是對的，但我認為提防某些亡命之徒的企圖也不見得全是錯的。」

「誰有這種企圖？」

「拿破崙或者至少是他的同黨。」

「親愛的布拉卡斯，」國王說：「您這樣惶恐不安使我不能工作了。」

「而我呢，陛下，您這樣高枕無憂使我不能安睡。」

「等等，親愛的，等等，我在Pastor q`um traheret[50]這一首詩想到一條中肯的注釋。等等，待會兒您再繼續說下去。」

談話中斷了一會兒，這時，路易十八用盡可能小的字體在賀拉斯詩集的空白處寫上一條新的注釋。寫完之後，他說：「繼續說下去，親愛的公爵。」他就像評點別人的思想時以為自己也很有見地的人那樣，帶著滿意的神情抬起頭來，「繼續說下去，我側耳傾聽。」

「陛下，」布拉卡斯說，他一度想把維勒福的功勞據為己有，「我不得不告訴您，使我忐忑不安的決不是毫無根據的流言，無稽之談的消息。我派了一個有正統觀念、值得充分信任的人去監視南方（公爵說出這幾個字時遲疑了一下），他坐驛車趕來告訴我：巨大災難正威脅著國王。於是我跑來了，陛下。」

「Mala ducis avi domum.[51]」路易十八一邊注釋，一邊說。

「陛下命令我不再談這個話題嗎？」

「不，親愛的公爵，請伸出手來。」

「哪一隻？」

「隨您便，那邊，左手。」

「這邊嗎？陛下？」

「我對您說左手，而您卻在右手找。我是說在我的左手，那邊。您找著了，您應該找到警務大臣昨天的報告。瞧，唐德雷先生本人來了。您說是唐德雷先生嗎？」路易十八中斷話題，對前來通報警務大臣到來的傳達官說起話來。

「是的，陛下，正是唐德雷男爵先生。」傳達官說。

---

48 拉丁文：我們低聲歌唱。
49 賀拉斯的出生地，義大利南部的小鎮，現名為韋諾薩（Venosa）。
50 拉丁文：當牧童往前走時。
51 拉丁文：首領不可放權。

「真巧，男爵，」路易十八帶著難以察覺的微笑說：「進來吧，男爵，請告訴公爵您所知道的關於拿破崙先生的最新動向。絲毫不要對我們隱瞞，不管局勢有多麼嚴重。啊，厄爾巴島是一座火山嗎？那裡會爆發出火光四射的、怒火沖天的戰爭嗎？bella, horrida bella[52]？」

唐德雷先生雙手撐在扶手椅背上，非常優雅地搖晃著說：「陛下想必看過了昨天的報告吧？」

「是的，是的，不過您親自對公爵講講，他找不到這份報告，不知道報告的內容呢。把篡權者在島上所做的事詳細告訴他吧。」

「閣下，」男爵對公爵說：「陛下所有的臣僕聽到我們從厄爾巴島得到的最新消息，都應該歡欣鼓舞。拿破崙……」

唐德雷先生望著路易十八，國王專心致志，在寫一條注釋，連頭都不抬起來。

「拿破崙，」男爵繼續說：「百無聊賴，他整天在看隆戈納港的礦工幹活。」

「而且他在搔癢取樂。」國王說。

「他在搔癢？」公爵問：「陛下這句話是什麼意思？」

「是的，親愛的公爵，您忘了這個偉人，這個英雄，這個半神，患了一種癢得要死的皮膚病prurigo[53]嗎？」

「還有呢，公爵閣下，」警務大臣繼續說：「我們幾乎十拿九穩，不久篡權者就會發瘋。」

「發瘋？」

「瘋到要捆起來，他的頭腦日漸衰弱，有時他痛哭流涕，有時他放聲大笑。有的時候，他一連好幾小時在海岸上往海裡扔石子，石子打了五、六個水漂時，他就像又打了一次馬倫哥[54]或奧斯特利茨[55]的勝仗一樣滿意。您得承認，這就是發瘋的徵兆。」

「或者是明智的徵兆，男爵閣下，或者是明智的徵兆。」路易十八笑著說：「古代的偉大統帥都是以朝海裡扔石子取樂的。請看看普魯塔克[56]的《非洲人西皮奧傳》。」

德．布拉卡斯先生對他們兩人的無憂無慮沉思了一番。維勒福不願對他和盤托出，唯恐別人奪走這個祕密帶來的所有好處，但對他透露的情況又足以使他惶恐不安。

「好了，好了，唐德雷，」路易十八說：「布拉卡斯仍然聽不進去。再說一說篡權者的轉變。」

警務大臣鞠了一躬。

「篡權者的轉變！」公爵喃喃地說，望著國王和唐德雷，他們像維吉爾牧歌中的兩個牧童那樣一唱一和，「篡權者轉變了？」

「絕對是的，親愛的公爵。」

「變得循規蹈矩了。男爵，解釋給他聽。」

「事情是這樣的，公爵閣下，」警務大臣一本正經地說：「最近拿破崙做了一次視察，由於有兩三個他的所謂老兵表達要返回法國的願望，他便辭退了他們，並勸說他們要為好國王效勞。這是他的原話，公爵閣

---

52 拉丁文：戰爭，可怕的戰爭！
53 癢疹。
54 義大利地名，一八〇〇年六月十四日，拿破崙在此小勝奧地利人，但公報說成大獲全勝。
55 捷克地名，一八〇五年十二月二日，拿破崙在此大勝俄奧聯軍。
56 普魯塔克（四六—一一九），古羅馬作家，著有《希臘羅馬名人傳》等。

下，我深信不疑。」

「那麼，布拉卡斯，您覺得怎樣？」國王得意洋洋地說，暫時停止閱讀那攤在他面前的厚厚一大本繁瑣的考證作品。

「陛下，我說，警務大臣先生和我，我們兩人肯定有一人錯了。但由於錯的不可能是警務大臣，因為他守衛著陛下的安全和榮譽，所以錯的可能是我。然而，陛下，如果我處在您的位子上，我會盤問我對您提到的那個人，我甚至堅持陛下給他這份光榮。」

「好的，公爵，在您的推舉下，我接見您想提攜的人。但我希望他帶著貴族紋章來見我。大臣閣下，您有比這個更新的報告嗎？因為這個報告是二月二十日的，而今天是三月三日！」

「沒有，陛下，但我時刻等待著。我一早就出來了，或許我離開時報告又到了。」

「到警察廳去吧，如果沒有報告，那麼，那麼，」路易十八笑著繼續說：「編一個好了，不是常常這樣做嗎？」

「哦！陛下！」警務大臣說：「上帝保佑，在這方面，絲毫用不著編造。每天最詳盡的告密信堆滿了我們的辦公桌，這些告密信都是來自一大群可憐的人，他們並沒有效勞，卻希望得到一點感謝，不過他們很想效勞。他們指望運氣，希望有朝一日發生意外事件，使他們的預想成真。」

「很好，閣下，您走吧，」路易十八說：「記住我在等您。」

「我去去就來，陛下，過十分鐘我就回來了。」

「我呢，陛下，」德．布拉卡斯先生說：「我去找我的報信人。」

「等等，等等，」路易十八說：「說實話，布拉卡斯，我必須換掉您的紋章，我要給您一隻兩翼張開的老鷹，它的爪子裡抓著一隻獵物，這獵物徒勞地想掙脫，鷹徽上有這個銘言：Tenax[57]。」

「陛下，我聽明白了。」德·布拉卡斯先生說，他不耐煩得握緊了拳頭。

「我想跟您商討這句話：Molli fugiens anhelitu[58]。您知道，這是指一隻被狼追趕的鹿。您不是一個狩獵行家和王室捕狼主獵官嗎？您有這雙重頭銜，是如何理解molli anhelitu[59]呢？」

「好極了，陛下。但我的報信人就像您所說的那頭鹿，因為他坐驛車趕了二百二十法里的路，只用了三天時間。」

「那一定非常疲憊和焦慮不安，親愛的公爵，眼下我們有了電報，只要三、四小時，他連氣也不用喘一下。」

「啊，陛下，您對這個可憐的年輕人賞罰不明，他從老遠跑來，而且抱著滿腔熱忱，為的是給陛下提供有用的情報。德·薩爾維厄先生把他推薦給我，哪怕是為了德·薩爾維厄先生，我也請求您接見他。」

「我弟弟的侍從長德·薩爾維厄先生嗎？」

「正是他。」

「他確實在馬賽。」

「他就是從那裡給我寫信的。」

57 拉丁文：固執己見。
58 拉丁文：軟弱無力和氣喘吁吁的逃跑者。
59 拉丁文：軟弱無力和氣喘吁吁。

「他也對您提起這次謀反嗎？」

「沒有，但他向我推薦德．維勒福先生，委託我把他引薦給陛下。」

「德．維勒福先生？」國王叫道：「這個報信人名叫德．維勒福先生？」

「是的，陛下。」

「從馬賽來的就是他？」

「親自趕來的。」

「您為什麼不馬上說出他的名字！」國王說，他的臉上開始透露出不安的神色。

「陛下，我還以為陛下不知道這個名字。」

「不，不，布拉卡斯。這個人思想嚴正，見解高明，尤其雄心勃勃。當然囉，您知道他父親姓什麼。」

「他父親？」

「是的，努瓦蒂埃。」

「吉倫特黨人努瓦蒂埃？參議員努瓦蒂埃？」

「正是他。」

「而陛下任用這樣一個人的兒子？」

「布拉卡斯，我的朋友，您對此一竅不通。我對您說過，維勒福雄心勃勃，為了向上爬，維勒福會犧牲一切，甚至他的父親。」

「那麼，陛下，我該帶他進來了？」

「馬上帶他進來，公爵。他在哪裡？」

「他應該在底下我的馬車裡等我。」

「去把他找來。」

「我馬上去。」

公爵帶著年輕人的活力出去了，由於對王室赤膽忠心的熱情，使他年輕了二十歲。

剩下路易十八一個人，他把目光轉向半打開的賀拉斯詩集上，喃喃地念道：「Justum et tenacem propositi virum.[60]」

德．布拉卡斯先生以與下樓時同樣的速度上樓，但在候見廳裡，他不得不請求國王准予謁見。維勒福風塵僕僕的衣服裝束根本不符合宮廷對服裝的要求，這引起了德．布雷澤先生的懷疑，他對這個年輕人這樣穿著來謁見國王大為驚異。但公爵用「奉陛下之命」這幾個字排除了一切麻煩。儘管司儀官繼續挑剔，維護律令的尊嚴，維勒福還是被引進了。

國王仍然坐在公爵離開時的那個座位上。一打開門，維勒福正好面對著他，年輕法官的第一個動作便是停下腳步。

「進來，德．維勒福先生，」國王說：「進來吧。」

維勒福行了禮，往前走了幾步，等待國王問他。

「德．維勒福先生，」路易十八繼續說：「德．布拉卡斯公爵認為您有重要的情況要報告。」

60 拉丁文：正直而行動執著的人。

維勒福赴杜樂麗宮拜見國王路易十八。

「陛下，公爵說得對，我希望陛下會同意這個說法。」

「首先，先生，依您看，禍患真有要我相信的那麼嚴重嗎？」

「陛下，我相信迫在眉睫。但是，由於我一路上快馬加鞭，我想還不至於無法挽救。」

「您盡量詳細地說吧，先生。」國王說，他也開始禁不住激動起來，這份激動剛才使德．布拉卡斯先生面容大變，也使維勒福的聲音變樣，「說吧，從頭開始。我喜歡一切有條不紊。」

「陛下，」維勒福說：「我會對陛下一五一十地報告，但請陛下原諒我，假使我現在因心情紊亂而說不清楚的話。」

說完這繞圈子的開場白之後，維勒福朝國王瞥了一眼，確認那位在傾聽的尊貴之人是和顏悅色的，他便繼續說：「陛下，我盡可能快地趕到巴黎，是為了報告陛下，我在我的職權範圍內發現了一起不是普通的、無足輕重的陰謀，就像每天在老百姓和軍隊底層中所策畫的，而是一起真正的密謀，一場就要威脅到陛下寶座的風暴。陛下，篡權者武裝了三條船，他在醞釀某個計劃，也許是瘋狂的，然而瘋狂的計劃或許也是可怕的。現在，他大約已經離開厄爾巴島，可是開到哪裡去呢？我不知道，但肯定是想登陸，要嘛在拿波里，要嘛在托斯卡尼沿岸，甚至在法國。陛下不是不知道，厄爾巴島的主人跟義大利和法國保持著聯繫。」

「是的，先生，我知道，」國王非常激動地說：「最近還有情報說，在聖雅克街召開了拿破崙黨人的會議。請您繼續說下去，您怎麼獲得這些詳情的？」

「陛下，這些詳情來自一次審問，我審訊了一個馬賽人，很久以來我就監視他，我動身那一天逮捕了他。這個人是個不安分的水手，我一直懷疑他是個拿破崙分子，他曾經祕密地到過厄爾巴島，在那裡見過元帥，元帥交給他一個口頭任務，通知巴黎的一個拿破崙黨人。但我審問不出那個拿破崙黨人的名字。這個任務是叫那個拿破崙黨人要鼓動人心，準備捲土重來——審訊紀錄是這樣說的，陛下——這捲土重來為時不會很久了。」

「這個人在哪裡？」路易十八問。

「在監獄裡，陛下。」

「您覺得這件事很嚴重嗎？」

「非常嚴重，陛下。這件大事落到我身上的時候，我正在家宴，就在我訂婚那一天，我離開了未婚妻和朋友們，把一切都擱下，改日再辦，為的是趕到陛下跟前，訴說我心中的惶恐不安，表明我的耿耿忠心。」

「沒錯，」路易十八說：「您和德·聖梅朗小姐不是準備締結良緣嗎？」

「正是陛下忠僕之一的女兒。」

「是的，是的。但言歸正傳，談談這個陰謀吧，德·維勒福先生。」

「陛下，我擔心這不只是一個陰謀，我擔心這是一次謀反。」

「此時要謀反，」國王微笑著說：「設想很容易，達到目的就難了，因為我們剛剛重新登上先輩的王位，我們睜大眼睛同時注視著過去、現在和未來。十個月來，我們的大臣備加警惕，地中海沿海把守嚴密。倘若拿破崙在拿波里登陸，全體聯軍將整裝待命，他還來不及到達皮翁比諾[61]呢。倘若他在托斯卡尼登陸，他便踏上敵人的領土。倘若他在法國登陸，那麼就只剩下一小撮人。像他那樣受到民眾的痛恨，我們會輕而易舉取得勝利的。因此，您放心吧，先生。不過，請您仍然相信我們王室的深切謝意。」

「啊！唐德雷閣下來了！」德．布拉卡斯公爵叫道。

這時，警務大臣確實出現在門口，他臉色蒼白，渾身顫抖，目光游移不定，彷彿感到天旋地轉一般。

維勒福走了一步，準備告退。但德．布拉卡斯一把抓住他，將他拖住。

11 科西嘉魔王

路易十八一看到這張神色大變的臉，猛然推開他面前的桌子。

「您怎麼了，男爵閣下？」他喊道：「您看來惶恐不安，這種慌亂，這種躊躇不定，跟德・布拉卡斯閣下所說的，又經德・維勒福先生所證實的情況有關嗎？」

德・布拉卡斯先生則趕緊走近男爵，但那警務大臣的恐懼不容許這位政治家的得意顯露出來。說實在的，在這樣的情況下，受到警務大臣的侮辱比他在同一件事上侮辱警務大臣，對他更為有利。

「陛下……」男爵結結巴巴地說。

「怎麼了！」路易十八說。

警務大臣這時被絕望壓倒了，撲在路易十八的腳下，國王後退一步，皺起了眉頭。

「您說不說呀？」他說。

「哦！陛下，大禍臨頭呀！我還有什麼可申辯的？我永遠不能饒恕我自己！」

「閣下，」路易十八說：「我命令您快說。」

「好吧，陛下，篡權者二月二十八日已離開了厄爾巴島，於三月一日登陸。」

---

61 位於義大利西部，與厄爾巴島遙遙相對。

「在哪裡登陸？」國王著急地問。

「在法國，陛下，在儒昂海灣靠近翁提布的一個小港口。」

「篡權者三月一日在法國的儒昂海灣靠近翁提布的地方登陸，離巴黎二百五十法里，而您直到今天三月三日才知道這個消息！唉！閣下，您告訴我的情況是不可能發生的，若不是別人給您造了一個假報告，就是您發瘋了。」

「唉！陛下，這是千真萬確的！」

路易十八做了一個難以形容的憤怒和驚惶的手勢，站得筆直，彷彿猝不及防的一擊同時打在他的心上和臉上。

「在法國！」他叫道：「篡權者在法國！他們沒有看住這個人嗎？但誰知道呢？他們和他串通一氣了？」

「哦！陛下，」德．布拉卡斯公爵大聲說：「像唐德雷閣下這樣的人是不能指責他叛國的。陛下，我們都瞎了眼了，警務大臣也像大家一樣瞎了眼，如此而已。」

「但是……」維勒福說，然後他突然住口：「啊！對不起，對不起，陛下，」他一邊說一邊鞠了一躬：「我的激情使我情不自禁，但願陛下能原諒我。」

「說吧，先生，大膽說吧。」國王說：「只有您事先報告我們災禍臨頭，請幫助我們尋找救急的藥方吧。」

「陛下，」維勒福說：「篡權者在南方受到憎恨，我看，如果他在南方鋌而走險，我們很容易發動普羅旺斯省和隆格多克省起來反對他。」

「當然沒錯，」警務大臣說：「但是他會通過加普和西斯特隆向前挺進。」

「挺進，挺進，」路易十八說：「那麼他向巴黎挺進囉？」

警務大臣一聲不響，這等於完全默認。

「而多菲內省呢，先生，」國王問維勒福：「您認為也能像普羅旺斯省那樣發動起來嗎？」

「陛下，我很遺憾地告訴陛下一個殘酷的事實真相，多菲內省的民情遠不如普羅旺斯省和隆格多克省。山裡人是拿破崙分子，陛下。」

「好的，」路易十八喃喃地說：「他對情況瞭若指掌。他帶著多少人馬？」

「陛下，我不知道。」警務大臣說。

「怎麼，您不知道！您忘了去瞭解這個情況？沒錯，這個情況毫不重要。」他帶著慘然的微笑補充說。

「陛下，我無法瞭解，電報只提到篡權者登陸和所採取的路線。」

「這份電報是怎麼送到您那裡的？」國王問。

警務大臣低垂著頭，額上泛出一片紅潮。

「是通過電波訊號送來的，陛下。」他吞吞吐吐地說。

路易十八向前跨了一步，交叉雙臂，像拿破崙那樣。他氣得臉色發白地說：「七國聯軍推翻了這個人，上天顯示奇蹟，在我過了二十五年流亡生活之後，把我重新扶上列祖列宗的王位。在這二十五年中，我分析、研究、探索降我大任的這個法國的人和事，而當實現我全部心願之後，我掌握在手中的力量卻爆炸開來，把我擊得粉碎！」

「陛下，這是天意。」警務大臣喃喃地說，他感到，國王這一番話的重量對命運來說輕如鴻毛，卻足以壓垮一個人。

「那麼，難道我們的敵人評論我們的話是沒錯的：什麼都沒有學到，什麼都沒有忘記？如果我也像他那樣被出賣了，那麼我還可以聊以自慰。這些人由我晉升到尊貴的地位，他們本該更好地維護我，而不是他們自己，因為我的命運就是他們的命運，在我登位之前，他們毫無地位，在我遜位之後，他們也將失去一切，因為無能和愚蠢而悲慘地死去！啊！是的，閣下，您說得很對，這是天意。」

警務大臣在這可怕的詛咒之下佝僂著背。

德．布拉卡斯先生擦拭滿頭汗珠，維勒福心裡暗笑，因為他感到自己的重要性擴大了。

「垮台，」路易十八繼續說，他第一眼便揣度出君主政體即將墜下的深淵，「垮台，而且是透過電報知道垮台！啊！我寧願登上我的堂兄路易十六的斷頭台，而不願這樣被滑稽可笑的人趕走，走下杜樂麗宮的樓梯。滑稽可笑的人，閣下，您不知道在法國這會是誰，可是您應該是知道的。」

「陛下，陛下，」警務大臣喃喃地說：「開恩吧！」

「您過來，德．維勒福先生。」國王又對年輕人說，維勒福一動不動地站在後面，觀察著這場談話的進行，一個王國的命運就在其中飄盪著，「您過來，對大臣閣下說，他不知道的情況是可以事先知道的。」

「陛下，這個人能掩人耳目，實際上不可能猜出他的計劃。」

「實際上不可能！是的，真是了不起的字眼，閣下。不幸的是，有了不起的字眼，也有了不起的人，我都衡量過。一個大臣有一個機構，許多辦公室、警察、密探、間諜和十五萬法郎的祕密基金，他想知道離法國海岸六十法里的地方發生的事，實際上卻不可能！那麼，看吧，這位先生絲毫沒有這些條件供他使用，卻比您和您全部的警察機構知道得更多，如果他像您一樣有權領導電報的工作，就能挽救我的王冠。」

警務大臣的目光懷著深深的怨恨，轉向維勒福，後者帶著勝利後的謙遜低著頭。

「我指的不是您，布拉卡斯，」路易十八繼續說：「因為您即使沒有發現什麼，至少您很理智，堅持您的懷疑。換了另一個人，或許會把德·維勒福先生的發現看成毫無意義，或者是想貪功。」

這番話是影射警務大臣一小時前自以為是說出的見解。

維勒福明白國王的用意。換了一個人，或許會陶醉於這番讚揚，但他擔心自己會成為警務大臣的死敵，雖然他感到這一位已無可挽回地完蛋了。事實上，警務大臣大權在握時儘管未能洞悉拿破崙的祕密，但在垂死掙扎中，卻可能揭穿維勒福的祕密，因為他只要審問唐泰斯就行了。於是，他要來援助警務大臣，而不是落井下石。

「陛下，」維勒福說：「事件發展迅速，足以向陛下表明，唯有上帝才能掀起一場風暴來阻止事件發展，陛下讚臣有先見之明，其實純粹出於偶然。身為忠臣，我只是利用了這個偶然而已。對我不必過譽，陛下，免得改變您對我最初的看法。」

警務大臣以含有深意的一瞥感謝年輕人，維勒福於是明白他的計策獲得成功，這表示，他沒有失去國王的感激之情，又剛剛交上了一個朋友，必要時他可以依靠這個朋友。

「很好！」國王說：「現在，諸位，」他轉過身來對著德·布拉卡斯先生和警務大臣，繼續說：「我不再需要你們了，你們可以告退，餘下的事由陸軍大臣來辦理。」

「陛下，」德·布拉卡斯先生說：「幸虧我們可以依靠軍隊。陛下知道，所有報告都向我們表明軍隊忠於您的政府。」

「不要向我提起報告了，現在，公爵，我知道對它們該給予幾分信任。唉！說到報告，男爵閣下，您知道聖雅克街那件事有什麼新情況嗎？」

「聖雅克街那件事！」維勒福禁不住發出一聲驚呼。

但他突然住口：「對不起，陛下，」他說：「我對陛下的忠誠使我不斷忘記，倒不是忘記我對您的尊敬，這份尊敬已極為深刻地銘刻在我的心裡，而是忘記禮儀。」

「不要拘束，先生，」路易十八說：「今天您有權提問。」

「陛下，」警務大臣回答：「今天我正是來送交陛下我所蒐集到關於這件事的新情報，當時陛下的注意力被海灣可怕的災難轉移了。現在，陛下對這些情報不會再有任何興味了。」

「相反，閣下，正相反，」路易十八說：「我覺得這件事和我們所關注的事有直接關聯，凱斯奈爾將軍之死或許能讓我們探觸到一個龐大的內部陰謀。」

聽到凱斯奈爾將軍的名字，維勒福不寒而慄。

「事實上，陛下，」警務大臣又說：「一切都叫人相信，他的死不是像人們早先認為的那樣是自盡，而是暗殺的結果。凱斯奈爾將軍似乎是從一個拿破崙黨人的俱樂部出來後失蹤的。當天早晨，有個陌生人來找他，約他在聖雅克街見面。將軍的隨身男僕在陌生人走進書房時正在為將軍梳頭，他清楚聽見陌生人提到聖雅克街，可惜沒有記住門牌號碼。」

隨著警務大臣向路易十八彙報這些情報，全神貫注地傾聽的維勒福臉紅一陣白一陣。

國王轉向他那一邊。

「德．維勒福先生，人們以為凱斯奈爾將軍投靠了篡權者，其實他完全忠於我，我認為他是因拿破崙黨人的伏擊而罹難的，您也是這種看法嗎？」

「這是可能的，陛下，」維勒福回答：「但所知的僅僅這些嗎？」

「警察正在追蹤和將軍見面的那個人。」

「警察正在追蹤他嗎？」維勒福問。

「是的，那個僕人說出了他的相貌特徵：這個人五十歲到五十二歲，褐色皮膚，黑眼睛，濃眉毛，留著髭鬚。他身穿一件藍色的禮服，鈕釦孔上別著榮譽勳位的玫瑰花形軍官徽章。昨天，密探跟蹤一個人，他的相貌特徵跟我剛才提到的那個人一模一樣，但在儒西安納街和雞鷺街的轉角失去了他的蹤影。」

維勒福倚在一把扶手椅的靠背上，因為警務大臣講述的時候，他感到雙腿發軟，但當他聽到陌生人擺脫了密探的追蹤時，他才鬆了口氣。

「繼續追蹤這個人，閣下，」國王對警務大臣說：「由於一切都令我相信，眼下對我們非常有用的凱斯奈爾將軍要是成了一樁暗殺的犧牲品，不管兇手是不是拿破崙黨人，都應該受到嚴厲懲處。」

維勒福需要竭力保持鎮定，才不至於流露出國王的吩咐使他產生恐懼。

「真是怪事！」國王惱怒地繼續說：「當警方說出一件謀殺案時，便以為道出真相，當警方補充說正在追蹤罪犯時，便以為大功告成。」

「陛下，我想陛下至少對繼續追蹤這一點是滿意的。」

「好，再看看吧，我不再留您了，男爵，德．維勒福先生，您長途跋涉一定疲憊了，去歇息吧。您應該在您父親家裡下榻吧？」

維勒福感到一陣頭昏目眩。

「不，陛下，」他說：「我下榻在圖爾農街的馬德里飯店。」

「您見過他了？」

「陛下，我一來就讓馬車直駛德．布拉卡斯公爵府上。」

「但您至少要見他一面吧？」

「我不想見他，陛下。」

「啊！對了，」路易十八微笑著說，為的是表明他一再提出這些問題都是順便：「我忘了您與努瓦蒂埃先生關係冷淡，這是忠於王室的另一個犧牲，我應該對您有所補償。」

「陛下，您對我的仁慈遠遠超出我所奢望的報償，我對陛下已別無所求了。」

「沒關係，先生，我們不會忘記您的，放心吧。暫且（國王摘下榮譽勳位十字章，他通常別在藍色上衣上，靠近聖路易十字勳章，在卡梅爾峰聖母院勳章和聖拉撒路勳章之上，他把這枚勳章給了維勒福），暫且，」他說：「您就接受這枚十字勳章吧。」

「陛下，」維勒福說：「陛下弄錯了，這枚十字勳章是給軍官的。」

「沒錯，先生，」路易十八說：「就這樣拿著吧，我沒有時間再訂製另一枚。布拉卡斯，您要記得，給德．維勒福先生頒發證書。」

維勒福由於自豪和快樂而熱淚盈眶，他接過十字勳章，吻了一下。

「現在，」他問：「陛下賞恩，還有要向我下達什麼命令嗎？」

「您需要休息，去休息吧。記住，即使不能在巴黎為我效力，您在馬賽對我也大有用處。」

「陛下，」維勒福鞠躬回答：「再過一小時我就會離開巴黎。」

「去吧，先生。」國王說：「即使我忘了您（當國王的記憶力是很差的），也別害怕喚起我的記憶。男爵閣下，傳令叫陸軍大臣來。布拉卡斯，您留下。」

「啊！先生，」警務大臣走出杜樂麗宮時對維勒福說：「您做事光明正大，前程似錦。」

「會不會道路漫長呢？」維勒福喃喃地說，向大臣鞠了一躬，這個大臣的政治生涯已經結束，他用目光尋找馬車回家。

一輛出租馬車經過沿河馬路[62]，維勒福做了個手勢，出租馬車駛近。維勒福說出地址，坐到馬車的最裡頭，沉浸在野心勃勃的夢想中。十分鐘後，維勒福回到住處，他吩咐兩小時後備好馬，並為他端上飯菜。

他正要進餐時，鈴聲響起，是無拘無束而又堅定的手拉鈴聲。隨身男僕前去開門，維勒福聽到一個聲音說出他的名字。

「誰知道我在這裡呢？」年輕人感到納悶。

這時，隨身男僕返身回來。

「喂，」維勒福說：「什麼事？誰拉鈴？誰要見我？」

「一個陌生人，他不願說出姓名。」

「什麼！一個不願說出姓名的陌生人？他想找我幹什麼？」

「他想跟先生說話。」

「跟我說話？」

「是的。」

「他說了我的姓名？」

62 杜樂麗宮靠近塞納河。

「一點沒錯。」

「這個陌生人外表如何？」

「先生，這個人五十幾歲。」

「矮個？高個？」

「跟先生的身材差不多。」

「皮膚褐色還是金黃色？」

「褐色，深褐色，黑頭髮，黑眼睛，黑眉毛。」

「衣著呢？」維勒福趕緊問：「穿什麼衣服？」

「穿一件寬大的藍色長禮服，從上到下一排鈕釦，胸佩榮譽勳位勳章。」

「是他。」維勒福臉色蒼白地小聲說。

「當然！」上文已經兩次描寫過他相貌特徵的人出現在門口說：「手續真多啊，兒子讓父親等候，這是馬賽的習俗嗎？」

「父親！」維勒福喊道：「我沒有弄錯，我就猜是您。」

「那麼，如果您猜到是我，」來客又說，他一邊將手杖放在角落，把帽子放在椅子上，「請允許我對你說，親愛的熱拉爾，讓我久等就不太像話了。」

「你出去，熱爾曼。」維勒福說。

僕人明顯表示驚訝，走了出去。

12 父與子

努瓦蒂埃先生——剛進來的人確實就是他——目送僕人出去並關上了門。接著，無疑生怕他在穿堂偷聽，又走過去再打開門，小心謹慎並非無用，熱爾曼師傅抽身退走的迅速，顯示他未能改掉使我們的先祖墮落的原罪[63]。努瓦蒂埃先生於是不憚麻煩，親自去關上穿堂的門，再回來關上臥室的門，推上門栓，然後把手伸向維勒福。維勒福吃驚地注視他這些動作，還沒有回過神來呢。

「啊！親愛的熱拉爾，」努瓦蒂埃先生帶著難以名狀的微笑，對年輕人說：「看來你似乎不高興看到我？」

「不，父親，」維勒福說：「我很高興，但我根本沒想到您會來，所以我有點吃驚。」

「親愛的朋友，」努瓦蒂埃坐下又說：「我覺得我也要對您說同樣的話。怎麼，您通知我二月二十八日在馬賽舉行訂婚典禮，而三月一日您卻已在巴黎？」

「我來了，父親，」熱拉爾挨近努瓦蒂埃先生說：「您不要埋怨，因為我是為您而來的，這趟或許能救您一命。」

「當真！」努瓦蒂埃先生說，他懶洋洋地斜躺在扶手椅裡：「若當真！那麼說給我聽聽，法官先生，這應是饒有趣味的。」

---

63 指亞當和夏娃因好奇偷吃禁果，此處影射熱爾曼在門外偷聽。

「父親，您聽說過一個設立在聖雅克街的拿破崙黨人俱樂部嗎？」

「在五十三號，是的，我是俱樂部的副主席。」

「父親，您的鎮靜使我毛骨悚然。」

「有什麼辦法呢，親愛的？一個人被山嶽黨[64]放逐，躲在運送乾草的車裡逃出巴黎，在波爾多[65]的荒原受到羅伯斯比的密探圍捕，他已經百煉成鋼了。你繼續說，在聖雅克街的這個俱樂部出了什麼事？」

「他們誘騙凱斯奈爾將軍到俱樂部去，凱斯奈爾將軍晚上九點從家裡出門，第二天才在塞納河裡被發現。」

「誰告訴您這個動聽的故事？」

「國王本人，先生。」

「那麼，我呢，為了投桃報李，」努瓦蒂埃又說：「我也告訴您一個消息。」

「父親，我相信已經知道您要告訴我的事。」

「啊！您知道皇上登陸了嗎？」

「小聲點，父親，我求您，先是為您，然後是為我。是的，我已知道這個消息，我甚至比您先知道，因為三天來我十萬火急，從馬賽趕到巴黎，恨不得把困擾著我的想法一下子送到二百法里之外去。」

「三天前！您瘋了嗎？三天前，皇上還沒有登陸呢。」

「那又怎樣，我知道這個計劃。」

「怎麼會呢？」

「透過一封從厄爾巴島寫給您的信獲悉的。」

「給我的信？」

「給您的信，我在送信人的皮夾裡截獲的。如果這封信落到別人手裡，父親，眼下您或許被槍決了。」

維勒福的父親笑了起來。

「好了，好了，」他說：「看來復辟王朝從帝國那裡學會了果斷速決的辦事方式。被槍決？親愛的，您說過頭了吧！這封信在哪裡呢？我太瞭解您了，所以不擔心您會耽誤這封信。」

「我燒掉了，生怕留下隻字片語，因為這封信就是您的判決書。」

「而且會斷送您的前程，」努瓦蒂埃冷冷地回答：「是的，這點我明白，但我絲毫不擔心，因為您保護著我。」

「我做得更進一步，先生，我救了您。」

「啊！見鬼！這更具戲劇性了，請解釋一下。」

「先生，我還得重提聖雅克街的這個俱樂部。」

「看來這個俱樂部一直掛在警方的心上。為什麼他們沒有仔細搜索呢？他們會找到它的。」

「他們沒有找到，但他們正在追蹤。」

「這是習慣用語，我一清二楚，當警方一籌莫展時，就說正在追蹤，當局因此安心等待，直到警方垂頭喪氣地跑來說，線索斷了。」

「沒錯，但警察找到了一具屍體，凱斯奈爾將軍被害，在世界各國這都叫作謀殺。」

---

64 法國大革命時期的革命民主派，因位於國民公會會議大廳的最高處得名。

65 法國西南部重鎮。

「您說是謀殺嗎？但毫無證據表明這位將軍遭到謀害，塞納河天天都撈到人，或者是輕生自盡的，或者是不會游泳淹死的。」

「父親，您明明知道將軍不是輕生跳河的，而且一月裡不能在塞納河洗澡。不，不，不要弄錯，他的死已確定為謀殺。」

「誰這樣確定的？」

「國王本人。」

「國王！我一直以為他很有哲學頭腦，懂得在政治上沒有所謂謀殺。在政治上，親愛的，您和我一樣清楚知道，沒有人，只有觀點，沒有感情，只有利害。在政治上，不是殺死一個人，而是去掉一個障礙，如此而已。您想知道實際的情況嗎？那麼，我告訴您。我們原以為可以信賴凱斯奈爾將軍，是厄爾巴島那邊把他推薦給我們的。我們的一個人到他家裡，請他參加聖雅克街的集會。他來了，大家把整個計劃告訴他，包括離開厄爾巴島、登陸計劃等等。等他全部聽完後，他說他是個保王黨人。這時大家面面相覷，叫他發誓，他就發了誓，但非常勉強。叫他這樣發誓，等於是測驗老天是否靈驗。不管怎樣，大家讓將軍自由離開，完全自由。他沒有回家，我有什麼辦法？親愛的？他從俱樂部出去，可能走錯路了，如此而已。謀殺！說實話，您讓我吃驚，維勒福，您身為代理檢察官，竟依據不可靠的證據定罪。當初，您為保王黨服務，下令砍掉我們一個同伴的頭時，難道我大膽地對您說：『孩子，您犯了謀殺罪！』不，我說：『很好，先生，您戰勝了。但日後是會報復的。』」

「但是，父親，要小心，如果我們要報復，那是很可怕的。」

「我不明白您的意思。」

「您指望篡權者捲土重來嗎？」

「正是。」

「您錯了，父親，他在法國境內走不到十法里，就會像一隻野獸那樣遭到追逐、圍捕、擒捉。」

「親愛的朋友，現在皇上在前往格禾諾伯勒[66]的路上，十日或十二日他將到達里昂[67]，二十日或二十五日到達巴黎。」

「民眾會揭竿而起……」

「為了迎接他。」

「追隨他的人寥寥無幾，而當局會派出大軍迎擊他。」

「大軍會護送他返回首都。說實話，親愛的熱拉爾，您還只是個孩子，您自以為消息靈通，因為登陸之後三天，一份電報告訴您：『篡權者攜隨從數人在戛納[68]登陸，我方正追逐之。』但他在哪裡？他在幹什麼？您一無所知。正在追逐他，您所知道的僅此而已。好吧，就這樣追逐他，直到巴黎，不用發一槍一彈。」

「格禾諾伯勒和里昂是兩個忠於王室的城市，會拉起一道不可逾越的障壁阻止他。」

「格禾諾伯勒會熱情地為他打開城門，全里昂的人都會迎接他。請相信我，我們跟你一樣消息靈通，我們的警署能與你們的媲美，您需要證據嗎？這就是，您原想對我隱瞞這次赴京之行，但是您進城半小時後我就

66 法國東南部城市，在馬賽正北方。
67 法國第二大城，在格禾諾伯勒的西北方向。
68 地中海沿岸城市。

知道了。您只將地址告訴車伕，而我卻知道您的住處。以及，當您就座進餐時，我正抵達。請拉鈴吧，再要一份餐具，我們一起用餐吧。」

「確實，」維勒福回答，驚愕地望著他的父親：「確實，我看您消息靈通。」

「嗨！我的天，事情再簡單不過。你們這些掌權的人，你們只有金錢賦予的手段。而我們這些在野的人，卻有忠誠賦予的手段。」

「忠誠？」維勒福笑著說。

「是的，忠誠。用恰當的詞來說，就是所謂雄心壯志。」

維勒福的父親自己伸出手去拉鈴繩，要把他兒子不肯叫喚的僕人召來。

維勒福拉住他的手臂。

「等一下，父親，」年輕人說：「還有一句話。」

「說吧。」

「不管保王黨的警方多麼無能，他們卻知道一件可怕的事。」

「什麼事？」

「就是在凱斯奈爾將軍失蹤那天早上，拜訪過他的那個人的相貌特徵。」

「啊！警方知道這個，真夠精明的，那是什麼樣的相貌特徵呢？」

「皮膚褐色，頭髮、眼睛和鬍子都是黑色，藍色禮服，鈕釦一直扣到下巴，鈕釦孔上掛著榮譽勳位的玫瑰花形軍官徽章，寬邊帽，白藤手杖。」

「啊！啊！警方知道這個？」努瓦蒂埃說：「那麼，既然如此，為什麼不抓住這個人呢？」

「因為昨天或者前天，在雞鷺街的轉角讓他跑掉了。」

「我不是對您說過你們的警方是草包嗎？」

「沒錯，但終究會抓到他的。」

「是的，」努瓦蒂埃若無其事地環顧四周說：「是的，如果這個人缺乏經驗的話，可是他經驗豐富。」他微笑著補充說：「他會改變面容和服裝。」

說著說著，他站起來，脫下禮服和領帶，走到他兒子擺著各種梳理用品的桌旁，拿起一把剃刀，臉上塗上肥皂沫，極其果斷地刮掉了會連累他的頰髯，因為頰髯提供警方非常寶貴的標記。

維勒福又惶恐又讚賞地看著他這樣做。

頰髯刮掉之後，努瓦蒂埃把頭髮梳成另一種樣式。他不戴黑領帶，繫了一條花領帶，這條領帶就放在一個打開的行李箱上。他不穿那件有排鈕的藍色禮服，而換上維勒福傘狀的栗色禮服。他在鏡子前面試戴他兒子的捲邊帽，對自己的新模樣十分滿意。他沒有去取剛才放在壁爐角落的白藤手杖，而是拿起一根竹手杖，在空氣中舞得虎虎生風。優雅的代理檢察官走路時持著這根手杖，平添了瀟灑姿態，這是他的主要特質之一。

「怎麼，」當他改變了模樣時，轉身對著發呆的兒子說：「怎麼，你認為你的警方現在還認得出我嗎？」

「認不出，父親，」維勒福結結巴巴地說：「至少我希望認不出。」

「現在，親愛的熱拉爾，」努瓦蒂埃繼續說：「我相信你會小心謹慎，毀掉我留下來讓你處理的東西。」

「哦！放心吧，父親。」維勒福說。

「是的，是的！現在我相信你說得對，你確實救了我的命。不過，你放心，不久我會還你人情的。」

維勒福搖搖頭。

「你不相信？」

「至少我希望您估計錯了。」

「你還見得到國王嗎？」

「或許見得到。」

「你想在他眼裡成為一個預言家嗎？」

「預言禍事的預言家在宮廷是不受歡迎的，父親。」

「是的，但總有一天會公正對待他們的。假設有第二個復辟王朝，那時你就會成為一個大人物。」

「我究竟要對國王說什麼話呢？」

「對他說：『陛下，關於法國的預防措施、城市的輿論、軍隊的情緒，您受騙了。您在巴黎稱之為科西嘉魔王的那個人，在內維[69]還叫作篡權者，但在里昂已經叫拿破崙，而在格禾諾伯勒則稱為皇上了。您認為他受到圍捕、追逐，四處逃竄，他卻像他的獵鷹那樣飛快前進。您以為餓死、累垮、準備做逃兵的戰士，會像滾下來的雪球那樣迅速增加。陛下，快走吧，把法國丟給它真正的主人，丟給那個不是買下它而是征服它的人。快走吧，陛下，並非您會經歷什麼危險，您的對手十分強大，是會饒恕您的，而是因為對一個聖路易[70]的子孫來說，被阿爾科爾[71]、馬倫哥和奧斯特利茨戰役的勝利者饒了性命，是要羞愧難當的。』對他這樣說，熱拉爾，或者不如什麼也別對他說。隱瞞你這次的赴京之行，不要吹噓你到巴黎來是幹什麼或已經幹了什麼。如果你是日夜兼程地趕來，那麼你就快馬加鞭地趕回去。在夜裡進入馬賽，從後門踅進家中，舒舒服服、謙恭有禮、神不知鬼不覺地待在那裡，尤其不要張牙舞爪，因為這一回，我對你發誓，我們是強大有力的，是在認清敵人之後才採取行動的。走吧，我的孩子，走吧，親愛的熱拉爾，只要聽從父親的吩咐，或者您更喜歡說成是尊重朋友的勸告也好，我們會讓您留在原來的職位上。這將是，」努瓦蒂埃微笑著補充說：「您再次搭救我的一個交換手段，如果政治的蹺蹺板有朝一日反轉，把您置於上方，而把我置於下方的話。再見，親愛的熱拉爾。您下次再來，請在我那裡下榻。」

努瓦蒂埃在這場非常棘手的交談中始終泰然自若，說完這番話，他同樣平靜地走了出去。

維勒福臉色蒼白，激動異常，奔到窗口，撩開一點窗簾，看見父親鎮定自如地從兩三個面目猙獰，埋伏在屋角和街口的人當中走過，那些人待在那裡或許是為了抓住那個留著黑頰髯，穿藍色禮服、戴寬邊帽的人。

維勒福站在那裡，提心吊膽，直到他的父親消失在比西街十字路口。於是他衝向父親留下來的東西，將黑領帶和藍色禮服塞進箱底，把帽子擰成一團，塞進一個大櫃下層，戴上一頂旅行用的鴨舌帽，叫來他的隨身男僕，用目光阻止他說出他想提出的千百個問題，跟飯店結了帳，跳上了已經套好馬等候著他的馬車。他在里昂獲悉拿破崙剛進入格禾諾伯勒，沿途心緒不寧。到達馬賽時，他心中恐懼不安，同時野心勃勃，回味著初嘗的榮譽滋味。

69 法國中部城市，在巴黎與里昂中間。

70 聖路易（一二一四—一二七〇），即路易九世，被視為一個完美的基督徒。

71 義大利城市，一七九六年十一月十七日，拿破崙在此擊敗奧地利人。

13 百日時期[72]

努瓦蒂埃先生是一個出色的預言家，政局就像他所說的那樣，發展迅速。現在人人都瞭解從厄爾巴島捲土重來的那位將名垂青史，這次奇蹟一般的捲土重來史無前例，將來也可能再無來者。

路易十八僅僅軟弱無力地企圖躲過這摧枯拉朽的一擊，他用人多疑，對事態缺乏信心。王權，或者不如說由他剛剛重建的君主政體，在還不穩固的基礎上搖搖欲墜。皇帝僅僅一揮手，這整座由舊偏見和新觀念不調和地混合而成的建築就倒塌下來。因此，維勒福從國王那裡只得到感激（這種感激眼下不僅無用，甚至是危險的），還有那枚榮譽勳位的十字勳章，他小心謹慎地不佩戴，儘管德·布拉卡斯先生遵照國王吩咐，細心地派人寄來了證書。

當然，要是沒有努瓦蒂埃的保護，拿破崙早就把維勒福革職了。在百日時期的宮廷，努瓦蒂埃權傾一時，這是由於他冒過九死一生的危險和功勞卓著。因此，正如他答應過的那樣，這個一七九三年的吉倫特黨人和一八〇六年的參議員保護著不久之前保護過他的那個人。

這樣，在帝國還魂期間，維勒福的全部權力只限於用來封住唐泰斯幾乎要洩露的祕密。再者，很容易預見帝國的第二次覆滅。

只有檢察官被免職，因為他被懷疑對拿破崙帝國不冷不熱。

但是，帝國政權一旦重新建立，也就是說，皇帝一住進路易十八剛剛離開的杜樂麗宮，他便從維勒福曾走進的那個小書房發出無數道矛盾百出的命令。在那張胡桃木桌子上，他還找到半盒敞開的路易十八的鼻菸。

馬賽人不管官員們的態度如何，開始感到在南部始終沒有熄滅的內戰餘火又重新燃起。人們的報復沒有超出把保王黨人堵在他們家中加以嘲弄，和對敢於外出的保王黨人公開侮辱的範圍。

那個高潔的船主，上文已經指出他屬於民眾一邊，由於自然而然的力量轉換，這時雖然還不能說很有勢力（因為摩雷爾先生是一個謹小慎微的人，就像靠勤奮慢慢積累商業財富的人那樣，他被狂熱的拿破崙黨人說成是穩健派，觀點過時。）但還能振臂一呼，讓人傾聽他的要求。這個要求，讀者很容易猜到，是與唐泰斯有關的。

儘管上司垮台了，維勒福卻仍在其位，他的婚事雖然已經確定，卻推遲到更有利的時機。如果皇帝保住帝位，熱拉爾就需要另一種聯姻，他的父親會負責為他物色到的。如果第二次王政復辟把路易十八送回法國，德·聖梅朗先生的影響就像他的影響一樣倍增，那麼這一結合就比先前更加實惠了。

代理檢察官暫時成為馬賽的首席法官，一天早晨，他的房門打開，僕人通報摩雷爾先生來訪。換了別人會忙不迭去迎接船主，這樣的殷勤反倒顯示自身的軟弱。但維勒福是一個很高明的人，他對許多事情雖然沒有實際經驗，卻有善於處置的本能。他讓摩雷爾先生等候一下，就像他在復辟時期所做的那樣，即使他並沒有客人。理由很簡單，代理檢察官習慣讓人等候。這段時間，他用來閱讀兩三份政治色彩不同的報紙。過了一刻鐘，才吩咐把船主帶進來。

摩雷爾先生原以為維勒福委靡不振，但他看見維勒福就像六個星期以前那樣，安寧、堅定、冷漠而彬彬有

72 指拿破崙第二次統治時期，從一八一五年三月二十日至一八一五年六月二十二日。

禮，這是上等人和下等人之間最難以逾越的鴻溝。

他已走進維勒福的書房，原以為這個法官一看到他就會發抖。恰恰相反，面對這個手肘支在辦公桌上等候他的、準備審問的人，他反倒瑟縮發抖，萬分激動。

他停在門口。維勒福望著他，彷彿好不容易才認出他來。最後，經過幾秒鐘的審視和沉默，可敬的船主一邊把他的帽子翻過來又轉過去。

「我想是摩雷爾先生吧？」維勒福說。

「是的，先生，是我本人。」船主回答。

「請進來，」法官又說，用手做了一個犒賞的姿態，「請告訴我怎麼有幸接待您的來訪。」

「您一點都猜想不到嗎，先生？」摩雷爾問。

「對，一點都猜想不到，這並不妨礙我時時準備為您服務，如果我能力所及的話。」

「這件事完全取決於您，先生。」摩雷爾說。

「那麼請您說明白一點。」

「先生，」船主繼續說，他一邊說話一邊恢復了自信，而且由於這不白之冤的立場而變得堅定起來，「您記得，就在大家獲悉皇上登陸的前幾天，我來要求您寬恕一個不幸的年輕人，一個海員，我的三桅帆船的大副。如果您想起來的話，他被指控與厄爾巴島勾結，這在當時是一樁罪行，今日則是光榮。當時您為路易十八效勞，沒有輕饒他，先生，這是您的職責。今天，您為拿破崙效勞，您應該保護他，這也是您的職責。因此我來瞭解他的情形。」

維勒福竭力克制著自己。

「這個人叫什麼名字？」他問：「勞煩對我說出他的名字。」

「愛德蒙・唐泰斯。」

顯然，維勒福寧願在一場決鬥中遭到二十五步開外的對手的槍擊，也不願面對面這樣聽人說出這個名字。然而，他連眉頭也不皺一下。

「這樣，」維勒福心裡尋思，「別人決不能指控我純粹出於個人利害關係，逮捕這個年輕人。」

「唐泰斯？」他重複說：「您是說愛德蒙・唐泰斯？」

「是的，先生。」

維勒福於是翻開放在書架上的一本厚厚的登記簿，又跑到一張桌子旁，再從桌子走到卷宗那裡，然後轉身對船主說：「您有把握沒搞錯嗎，先生？」他的神態極其自然。

如果摩雷爾更加精明，或者對這種事更有經驗，他便會對代理檢察官肯回答這些與他的職權完全無關的問題感到奇怪。他會尋思，為什麼維勒福不打發他去查詢入獄登記簿，或向典獄長和省長打聽。但由於摩雷爾在維勒福身上感覺不到恐懼不安，他只看到對方屈尊降紆的模樣。維勒福正中下懷。

「沒搞錯，先生，」摩雷爾說：「我沒有搞錯。況且，我認識這個可憐的小伙子十年了，他為我服務已有四年。我來過，您記得嗎？六個星期以前，來請您開恩，就像我今天來請您對那可憐的小伙子主持公道一樣。您那時甚至對我相當不客氣，很不高興地回答我。啊！因為那時保王黨人對拿破崙黨人是很粗暴的。」

「先生，」維勒福回答，他以平常所具有的靈活鎮靜招架住了，「那時我是保王黨人，我不僅認為波旁王室是王位的合法繼承人，而且是民族所擁戴的。但我們目睹奇蹟般的捲土重來，這證明我搞錯了。拿破崙的天才戰勝了，他是受人民愛戴的合法君王。」

「好極了！」摩雷爾心直口快地喊道：「您這樣說我很高興，從您的話裡我預測愛德蒙有好運。」

「等等，」維勒福一邊翻閱另一本登記簿一邊又說：「我找到了，這是一個海員，是嗎？他要娶一個加泰隆尼亞女孩？是的，是的。哦！我想起來了，這個案子十分嚴重。」

「怎麼一回事？」

「您知道，他離開我這裡之後，被押到法院的監獄裡了。」

「是嗎？」

「我向巴黎當局報告了這件事，寄去了在他身上搜到的文件。這是我的職責，我有什麼辦法呢。一星期之後，他就被帶走了。」

「被帶走了！」摩雷爾喊道：「他們會怎麼處置那可憐的小伙子呢？」

「哦！您放心吧。他會被遣送到弗內斯特雷爾、皮內羅洛[73]、聖瑪格麗特群島，這就是所謂流放，用的是行政術語。有朝一日，某個大清早，您會看到他回來掌管帆船的。」

「不管他什麼時候回來，他的職位都為他保留著。但他怎麼還不回來呢？依我看，拿破崙政權的司法機構首先關切的，應是釋放被保王黨人司法機構關押的人。」

「不要肆無忌憚亂指責，親愛的摩雷爾先生，」維勒福回答：「凡事必須依法進行。關押令來自高層，也必須由高層下達釋放令。然而，拿破崙返回剛半個月，廢除令大概也剛剛寄出。」

「可是，」摩雷爾問：「既然我們勝利了，難道沒有辦法加速這些程序嗎？我有幾個朋友，也有一些威望，我能獲得一道撤銷逮捕令。」

「並沒有逮捕令。」

「那麼就在入獄登記簿上註銷他的名字。」

「政治犯是不登記的，歷代政府都是從自身利益出發，讓一個人失蹤而不留下過往痕跡，若登記就提供線索了。」

「波旁王朝統治時或許是這樣的，但現在……」

「任何時代都一樣，親愛的摩雷爾先生。政權交替，都一模一樣。路易十四[74]時代的懲戒機器今日還在運轉，巴士底獄[75]除外。皇帝對於獄政一直比偉大的國王[76]更加嚴格，未登記的關押犯不計其數。」

這樣合情合理的解釋，改變了摩雷爾原來的想法，他甚至沒有懷疑。

「最後，德．維勒福先生，」他說：「您有什麼建議，可以讓可憐的唐泰斯快點回來？」

「只有一個建議，先生，向司法大臣遞交訴願狀。」

「哦！先生，我們知道訴願狀是怎麼回事，大臣每天收到兩百封，而他根本看不到四封。」

「是的，」維勒福又說：「但他會看由我發出、批示並直接轉達的訴願狀。」

「您願意親自負責送達這份訴願狀嗎，先生？」

「非常願意。當時唐泰斯可能是有罪的，但如今他是清白無辜的，監禁他和釋放他同樣是我的責任。」

維勒福就這樣避免了追究調查的危險，追究調查的機率很小，卻是可能的，那會徹底地毀掉他。

---

73 義大利北部城市。
74 路易十四（一六三八—一七一五），法國國王（一六四三—一七一五），在他統治下封建王朝達到鼎盛時期。
75 巴士底獄建於一三七〇年，原為堡壘，在黎世留時期改為監獄，大革命爆發時作為舊制度的象徵被攻陷，一七九〇年被夷平。
76 指路易十四。

「但怎麼給大臣寫訴願狀呢？」

「坐在這裡，摩雷爾先生，」維勒福說，一邊讓座給船主，「我來口述。」

「您有這番好意？」

「當然。別浪費時間，我們已經浪費得太多了。」

「是的，先生，那可憐的小伙子正在受罪，他也許絕望了。」

維勒福一想到這個犯人正在寂靜和黑暗中詛咒他，便不寒而慄。但他已經捲入太多，無法後退，唐泰斯將被他野心的齒輪碾得粉碎。

「我準備好了，先生。」船主坐在維勒福的扶手椅裡，手上握著筆，說道。

維勒福於是口述了一份訴願狀，在這份訴願狀裡，他出於善意，誇大了唐泰斯的愛國心和對拿破崙事業立下的功勞。在這份訴願狀裡，唐泰斯變成了為拿破崙捲土重來最盡心盡力的活動分子。顯而易見，看到這樣一份陳情書，大臣會立即秉公辦理，為他雪冤。

寫完以後，維勒福高聲再念一遍。

「就這樣，」他說：「現在就包在我身上了。」

「訴願狀馬上發出去嗎，先生？」

「今天就發出去。」

「您做批示？」

「我盡量美言，先生，批示能證明您在這份訴願狀中所說的句句屬實。」

維勒福又坐在他的位子上，在訴願狀的一角做了批示。

「現在，先生，還要做什麼事？」摩雷爾問。

「等著吧，」維勒福說：「一切由我負責。」

這個保證給了摩雷爾希望，他離開了代理檢察官，去告訴唐泰斯的老父親，他很快就可以看到兒子了。

至於維勒福，他非但沒有將這份訴願狀寄往巴黎，反而極其細心地珍藏好。這份請求目前能搭救唐泰斯，將來卻會對他大大不利。歐洲的局勢和事態已經讓人設想第二次王朝復辟了。

因此，唐泰斯仍然是囚犯，他身陷黑牢深處，絲毫聽不到路易十八王位傾覆的絕好消息，以及帝國崩潰這個更為可怕的傳聞。

但維勒福用警覺的目光注視一切，側耳傾聽動靜。在這史稱百日王朝的帝國曇花一現期間，摩雷爾又兩度提出請求，堅持釋放唐泰斯，每一次維勒福都以承諾和希望使他平靜下來。最後，滑鐵盧戰役[77]發生了。摩雷爾不再出現在維勒福府邸，船主已為他的年輕朋友竭盡所能，在第二次王政復辟時想做新的努力，也只是於事無補地連累自己。

路易十八重登王位。對維勒福來說，馬賽充滿了使他愧疚的回憶，於是他請求並獲得了土魯茲[78]空缺的檢察官位置。在他遷入新居半個月後，他娶了蕾內·德·聖梅朗小姐，她的父親在宮廷比先前更受寵信。

唐泰斯在百日王朝和滑鐵盧戰役之後，仍然如此這般地囚禁獄中，如果不是被人們遺忘，至少是被上帝遺忘了。

77 滑鐵盧位於比利時，離布魯塞爾十八公里，一八一五年六月十八日，拿破崙在此被英、普聯軍擊敗。
78 法國南部城市，位於馬賽西面約三百公里處。

唐格拉爾看到拿破崙返回法國時，充分理解他給予唐泰斯致命一擊的力道：他告發的時機恰到好處。正像所有做賊心虛，又不時耍點小聰明的人那樣，他把這奇怪的巧合稱之為「天意」。

但當拿破崙回到巴黎，他威嚴有力的聲音重新震響時，唐格拉爾膽顫心驚了。他無時無刻等待著唐泰斯再度出現，唐泰斯知道一切，咄咄逼人，十分強大，可以用各種方法復仇。於是他向摩雷爾先生表達離開航海工作的願望，船主介紹了一個西班牙批發商的雇員工作，大約三月底供職。也就是在拿破崙回到杜樂麗宮之後的十到十二天，他動身前往馬德里，此後杳無音信。

費爾南則什麼事也不理會。唐泰斯不在，這就是他夢寐以求的。唐泰斯的情況如何，他根本不想知道。不過，唐泰斯不在的時間裡，他絞盡腦汁，一部分用來編造唐泰斯銷聲匿跡的原因，以欺騙梅爾塞苔絲，一部分用來思考移居和誘拐的計劃。這是他一生中愁慘的時刻，他不時坐在法羅海岬的尖端，從這裡可以同時望見馬賽和加泰隆尼亞人的村子。他宛如一隻猛禽那樣悲哀地、一動不動地凝望著，從這兩條道路的其中之一，是否能看到一個步態自由不羈、高昂著頭的漂亮年輕人返回，對他來說，這個年輕人變成了復仇的使者。於是，費爾南擬定了計劃：他要一槍打碎唐泰斯的腦袋，然後自盡。他思忖，這是為了掩飾他的謀殺。但費爾南想錯自己了，他決不會自殺，因為他一直抱著希望。

在這期間，國事蜩螗，帝國發出最後一次徵兵令，凡是能持武器的男子都聽從皇帝響徹雲霄的聲音，衝出法國去奮戰。費爾南像別人一樣啟程，離開他的簡陋小屋和梅爾塞苔絲，心裡被一個陰鬱而可怕的念頭齧咬著：或許他走後，他的情敵就會回來，娶走他所愛的女孩。

如果費爾南不得不自殺，他在離開梅爾塞苔絲時就會這樣做。

他對梅爾塞苔絲的關切，表面上對她的不幸表示同情，迎合她微小願望所表現的關心，終於產生了效果，就如忠誠對善良心靈所產生的效果：梅爾塞苔絲對費爾南始終懷著深厚的友情，她的友情由於一種新的感情——感激而增長了。

「哥哥，」她把新兵行囊掛上加泰隆尼亞青年的肩膀時說：「哥哥，我唯一的朋友，您別失去性命，不要讓我孤伶伶留在這個世界上，一旦您不在人世，我只能獨自哭泣。」

動身時說的這番話，給了費爾南一些希望。如果唐泰斯回不來，梅爾塞苔絲有朝一日會屬於他。

梅爾塞苔絲孑然一身留在這片光禿禿的土地上，天邊是一望無際的大海，這片土地於今顯得空前的冷漠。她淚水漣漣，就像那個流傳有段痛苦經歷的瘋女了，只見她不斷在加泰隆尼亞人的小村子周圍徘徊，時而站在南方的烈日之下，像尊雕像一樣一動不動，默默無言，凝望馬賽；時而坐在岸邊，傾聽大海像她的痛苦一樣永恆的呻吟。她不斷尋思，與其這樣忍受無望的等待，在希望與等待這兩種心情殘酷的輪番交替中受苦，還不如往前一躍，任憑自身重量往下墜，葬身深淵。

並非梅爾塞苔絲缺乏勇氣，而是宗教幫了忙，讓她斷了自殺的念頭。

卡德魯斯也像費爾南一樣應召入伍，不過，由於他比加泰隆尼亞青年大八歲，而且結了婚，他是應第三道命令之徵入伍的，被派去駐守海疆。

老唐泰斯本來尚存一線希望，皇帝一倒台，也就失去了希望。和兒子分離已有五個月之久，然而幾乎可以說在兒子被捕的那刻，他便在梅爾塞苔絲的懷裡嚥氣了。

摩雷爾先生提供了一切喪葬費用，而且還清了老人生病期間欠下的幾筆小債務。

他這樣做不只出於善心，更需要勇氣。此際南方仍在劍拔弩張之中，救助像唐泰斯這樣危險的拿破崙黨人的父親，即使他已躺在靈床上，也是一樁罪行。

14 憤怒囚徒與瘋癲囚徒

路易十八復位後大約一年，監獄督察先生做了一次視察。

唐泰斯在黑牢深處聽到準備工作正咿咿呀呀的進行著。在地牢裡，原是難以察覺這樣的聲響，除了習慣在靜謐黑夜中傾聽蜘蛛織網，和需要一小時才能凝聚水滴並滴落在黑牢頂上的囚犯，才能分辨出來。

他猜想人世間正發生不尋常的事，他長久住在墳墓裡，早已自認為是個死人。

督察果然來視察，一個房間接著一個房間，一個單身牢房接著一個單身牢房，一個黑牢接著一個黑牢。有幾個犯人受到詢問，正是出於平和或者愚蠢，才讓他們受到監獄當局的善意對待。督察問他們吃得怎樣，有什麼要求。

他們一致回答，伙食太糟，他們要求自由。

督察於是問有沒有別的話要說。

他們搖搖頭。除了自由，囚犯還能要求什麼恩惠呢？

督察微笑著轉過身，對典獄長說：「我不知道為什麼要讓我們做這些無用的巡視。見過一個囚犯就等於見到一百個，聽過一個囚犯說話就等於聽到一千個，總是千篇一律：吃得不好啦，清白無辜啦。還有別的囚犯嗎？」

「有的，我們有危險犯人或者瘋癲犯人，看守在黑牢裡。」

「好吧，」督察帶著厭倦至極的神態說：「盡職到底，我們下樓到黑牢去吧。」

「等等，」典獄長說：「至少去找兩個人來，出於厭世或想被判處死刑，囚犯有時會做出於事無補的絕望行動，您會因此受到傷害。」

「那麼您就小心防範吧。」督察說。

果然派人找來兩個士兵，大家開始下樓，樓梯臭氣熏天，污穢不堪，黴味衝鼻，僅僅經過這樣一個地方，視覺、味覺和呼吸都同時感到不快。

「哦！」督察半途站住說：「是什麼鬼東西住在這裡？」

「一個極其危險的謀反者，上頭特別交待我們是個什麼都幹得出來的人。」

「他是單獨關押？」

「當然囉。」

「他關了多久了？」

「差不多一年。」

「他一來就關進黑牢？」

「不，先生，是在他企圖殺死送飯的獄卒之後。」

「他企圖殺死獄卒？」

「是的，先生，就是為我們掌燈的這一個，沒錯吧，安托萬？」典獄長問。

「他的確企圖殺死我，」獄卒回答。

「啊！這個人是個瘋子？」

「比瘋子還糟，」獄卒說：「是個魔鬼。」

「要不要教訓他一頓?」督察問典獄長。

「用不著,先生,他已經受夠了懲罰。況且,現在他幾乎快瘋了,根據觀察所得的經驗,再過一年,他會完全瘋掉。」

「說實話,這樣對他更好,」督察說:「完全瘋掉,他會少受些苦。」

正如讀者所見,督察是個仁愛寬厚的人,他在施以仁政上是十分稱職的。

「您說得對,先生。」典獄長說:「證明您對這行素有研究。另外一個黑牢,跟這一個黑牢隔開二十來尺,由另外一條樓梯下到裡面。我們在那裡關著一個老神父,他以前是義大利的政黨領袖,從一八一一年起關在這裡,一八一三年底左右頭腦混亂,從那時起,他面目全非;以前老哭,現在老笑;以前越來越瘦,現在發胖。您更想看他而不是這一位吧?他的瘋癲逗人樂,決不會讓您難受。」

「我兩個都看,」督察回答:「要憑良心履行職責。」

督察正在做第一次巡視,想讓當局對他有良好的看法。

「我們先去看這一個。」他補充說。

「好呀,」典獄長回答。

他示意獄卒開門。

聽到巨大鐵鎖嘎吱嘎吱作響,聽到生鏽的鉸鏈在支軸上轉動的聲響,唐泰斯本來蹲在黑牢的角落裡,正懷著難以形容的快意接受透過狹窄的、裝有鐵柵的通風窗照射進來的微弱陽光,這時抬起了頭。看到兩個手持火把的獄卒為一個陌生人掌燈,典獄長手裡拿著帽子,由兩個士兵陪伴著,跟他說話,唐泰斯便猜到是怎麼一回事了。他向更高當局申訴的機會終於出現了,於是雙手合十,向前一躍。

兩個士兵馬上用刺刀交叉擋住，他們以為囚犯不懷好意地撲向督察。

督察本人也退後一步。

唐泰斯看到別人把他看作一個需要防範的犯人。

於是，他在目光中凝聚了人心所能包容的一切溫良和情感，並且用一種恭敬的、使在場的人震驚的雄辯口才訴說著，他力圖打動來訪者的心靈。

督察聆聽唐泰斯的申訴，直到末了。然後，轉身對著典獄長，他低聲說：「他會變得虔誠的，他已經準備接受更加溫馨的感情。您看，恐懼對他產生了效果，他面對刺刀時後退了，而瘋子是面對什麼都不後退的。我在沙朗通[79]對這一方面曾經做過很有意思的觀察。」

然後，再轉身對著犯人說：「概括地說，您要求什麼？」

「我要求知道我犯了什麼罪，我要求開庭審判，我要求我的案子進行預審。最後我要求，如果我有罪，就槍決我。同樣，如果我是冤枉的，就釋放我。」

「您的伙食好嗎？」督察問。

「可以，我想可以，但這不重要。不僅對我這個可憐的犯人，而且對所有主持公道的官員，對統治我們的國王，重要的應該是不要讓無辜的人成為被栽贓陷害的犧牲品，在對劊子手的咒罵中死於牢裡。」

「您今天非常謙恭有禮，」典獄長說：「您並非始終如此。您以前說話完全是另一副模樣，親愛的朋友，

79 指巴黎郊外沙朗通的精神病院。

那一天您想痛打獄卒。」

「沒錯，先生，」唐泰斯說：「我非常恭順地請他原諒，這個人一向待我很好。但是，我有什麼辦法呢？那時我氣瘋了，我狂怒至極。」

「您不再這樣了？」

「不了，先生，囚禁生活使我低頭屈膝，打垮了我，使我十分沮喪……我在這裡時間這麼久了！」

「這麼久？您什麼時候被捕的？」督察問。

「一八一五年二月二十八日，下午兩點鐘。」

督察在計算。

「今天是一八一六年七月三十日，您說什麼來著？您當囚犯只有十七個月。」

「只有十七個月！」唐泰斯又說：「啊！先生，您不知道十七個月的牢獄生活是什麼滋味，是十七年，十七個世紀。尤其對我這樣一個人，即將得到幸福，迎娶意中人，他看到錦繡前程已在面前展開，卻瞬間失去一切。他從最美好的白天墜入最深沉的黑夜，看到自己的前程毀於一旦，不知道愛他的女孩是否始終愛著他，不知道他的老父親是死是活。對一個習慣了大海的空氣、水手的自由生活，以及無邊無際空間的人來說，十七個月的牢獄生活是什麼樣的日子啊！先生，十七個月的牢獄，超過了人類語言能夠說出的最令人髮指的罪行所應得的懲罰。因此，可憐我吧，先生，您要替我要求的不是寬恕，而是嚴正法紀；不是開恩，而是審判。先生，我只要求見法官，您不能拒絕被告見法官。」

「很好，」督察說：「再看吧。」

然後，轉身對著典獄長說：「說實話，這個可憐蟲使我很難受。上去之後，您給我看看他的入獄登記簿。」

「一定給您看，」典獄長說：「但我相信您看到的會是不利於他的可怕紀錄。」

「先生，」唐泰斯繼續說：「我知道您不能做決定，放我出去，但您能將我的要求轉達當局，您能促成調查，最後，您能讓我受審。受審，就是我全部的要求。我要知道我犯了什麼罪，判了什麼刑。因為，您看，一切都莫名其妙，這是最難受的酷刑。」

「請為我解釋。」督察說。

「先生，」唐泰斯大聲說：「我從你的聲調明白您受了感動。先生，請告訴我還有希望。」

「我不能這樣說，」督察回答：「我只能答應查看您的案卷。」

「哦！那麼，先生，我自由了，我得救了。」

「誰下令逮捕您的？」督察問。

「德·維勒福先生，」唐泰斯回答：「請去拜訪他，與他取得一致意見。」

「一年前德·維勒福先生已經不在馬賽了，而是在土魯茲。」

「啊！我不再驚訝了。」唐泰斯喃喃地說：「我唯一的保護人已經離開了。」

「德·維勒福先生與您有什麼恩怨嗎？」總監問。

「那我能相信他留下來的關於您的紀錄，或者他給我的紀錄嗎？」

「決沒有，先生，他甚至對我很友好。」

「完全可以相信，先生。」

「好的，您等著吧。」

唐泰斯跪了下來，雙手舉向天空，小聲念著祈願，他求上帝保佑這個來到他的牢房的人，這個人就像救世主，前來解救地獄裡的靈魂。

牢門又關上了，伴隨督察而來的希望也一併關進唐泰斯的黑牢裡。

「您想馬上看看入獄登記簿嗎？」典獄長問：「還是先到神父的黑牢？」

「等了結了視察黑牢的事再說吧。」督察回答：「如果我上去再見到日光，或許就沒有勇氣繼續完成這苦差事了。」

「啊！這一個犯人決不像那一個，而他的瘋癲不像他的鄰居的理智那樣令人悲哀。」

「他的瘋癲是什麼性質？」

「哦！古怪的瘋癲，他自以為掌握了一個極大寶藏的祕密。入獄的第一年，他提出送給政府一百萬，如果政府肯釋放他的話；第二年，送二百萬，第三年送三百萬，這樣逐年增加。現在他入獄已第五年，他會要求您跟他私下說話，送給您五百萬。」

「啊！果然有意思，」督察說：「這個百萬富翁叫什麼名字？」

「法理亞神父。」

「二十七號！」督察說。

「就是這裡。開門，安托萬。」

獄卒遵命開門，督察的目光好奇地凝視著「瘋子神父」的黑牢。

大家都是這樣叫那個囚犯的。

房間中央，在用牆上落下來的泥灰塊畫地為牢的圓圈裡，睡著一個幾乎赤身裸體的人，他的衣服都成了碎片。他在圓圈裡畫出非常清晰的幾何線條，好像專心致志在解決他的問題，恰如阿基米德[80]被馬賽呂斯的一個士兵殺死時的情景。因此，聽到黑牢的門被打開，他動也不動一下，似乎只有當火把以他不習慣的光芒照亮了他工作的那塊潮濕土地時，他才如夢初醒。這時他轉過身來，吃驚地看到一大群人來到他的黑牢。

他趕緊站起來，拿起一條毯子蓋住他可憐兮兮的床腳，並且急忙裹住自己，以便在外人眼裡顯得得體一些。

「您有什麼要求？」督察一成不變地重複他的問題。

「我嗎，先生，」神父用驚訝的神態說：「我什麼也不要求。」

「您不明白我的意思，」督察又說：「我是當局的代理人，我的使命是視察監獄，傾聽囚犯的要求。」

「哦，那麼，先生，那就是另一回事了。」神父急忙叫道：「我希望我們會取得一致的意見。」

「瞧！」典獄長低聲說：「像我對您說過的那樣，這又開始了吧？」

「先生，」犯人繼續說：「我是法理亞神父，生在羅馬，我當過二十年紅衣主教羅斯皮格遼齊的祕書，大約在一八一一年初，我被捕了，原因不太清楚，從那時起，我就向義大利和法國當局要求自由。」

「為什麼向法國當局要求呢？」典獄長問。

「因為我在皮昂比諾被捕，而我推測，與米蘭和佛羅倫斯一樣[81]，皮昂比諾已成為法國某個省的首府。」

督察和典獄長相視而笑。

---

80 阿基米德（西元前二八七—二一二），古希臘數學家，因違拗羅馬執政官馬賽呂斯（西元前二六八—西元前二〇八）的命令而被士兵殺死。

81 一七九六年米蘭被拿破崙奪取，成為西薩爾平共和國的首都；一七九九年佛羅倫斯所屬的托斯卡尼地區被法軍奪取，一八〇一年成為埃特呂里王國，一八〇七年併入法國。

「見鬼，親愛的，」督察說：「您從義大利得來的消息不新鮮了。」

「這是我被捕時的消息，先生。」法理亞神父說：「由於皇上將羅馬王國讓給上天剛賜給他的兒子，我推測，隨著他的征服進展，他已實現了馬基維利[82]和凱撒．博爾賈[83]的夢想，就是把整個義大利變成統一的王國。」

「先生，」督察說：「幸虧上天改變了這個巨大的計劃，我看您是這個計劃的熱烈擁護者。」

「要把義大利變成一個強大、獨立而幸福的國家，這是唯一的方法。」神父回答。

「可能是這樣，」督察回答：「但我到這裡來不是為了與您上一堂關於教皇絕對權力主義的政治課，而是為了詢問您——正如我已經做過的那樣，在吃住方面，您有什麼要求。」

「伙食與所有監獄一樣，」神父回答：「就是說非常糟。至於住的方面，您已看到，潮濕和不衛生，不過對黑牢來說倒相當合適。現在，問題不在這方面，而是我要向政府透露一個極其重要、利益巨大的祕密。」

「談到正題了。」典獄長對督察說。

「因此我見到您非常高興，」神父繼續說：「儘管您打擾了我正在進行的一項非常重要的計算，這項計算如果成功，或許會改變牛頓定律。您能不吝和我私下交談一下嗎？」

「哼！我說過什麼來著！」典獄長對督察說。

「您瞭解您的犯人。」後者微笑地回答。

然後，轉身對著法理亞說：「先生，您對我提出的要求是辦不到的。」

「可是，先生，」神父又說：「如果這關係到能讓政府獲得一大筆錢，比如說五百萬呢？」

「沒錯，」督察回過身對典獄長說：「您連數目都估計到了。」

「好吧，」神父發覺督察準備退走，又說：「我們並非單獨，父談不可，典獄長先生可以參加我們的談話。」

「親愛的先生，」典獄長說：「不幸的是我們已經事先知道，並且背得出您要說的話。是關於您的寶藏，對嗎？」

法理亞望著這個冷嘲熱諷的人，一個無私的觀察家當然看得出他眼神裡發出理智和真誠的光芒。

「當然，」他說：「除了這個，您要我說什麼呢？」

「督察先生，」典獄長繼續說：「我能像神父一樣完整地告訴您這個故事，因為四、五年來我都聽膩了。」

「典獄長先生，」神父說：「這證明您是《聖經》裡所說的那種人，有眼不看，有耳不聽。」

「親愛的先生，」督察說：「政府有錢，上帝保佑，不需要您的錢。您留著等到出獄那一天吧。」

神父睜大眼睛，他抓住督察的手說：「如果我出不了獄，如果不講公道，硬把我留在這黑牢裡，如果我死在牢裡卻沒有將祕密傳給任何人，這個寶藏就喪失了！還不如政府得到好處，我也得到好處！我出六百萬，先生，是的，我放棄六百萬，如果肯釋放我，我對於僅剩的錢感到滿足。」

「說實話，」督察小聲說：「如果事先不知道這個人是瘋子，看他說話這樣自信，真要以為他說的是實話。」

「我不是瘋子，先生，我確實說實話。」法理亞又說，他有著囚犯特有的敏銳聽覺，沒有漏掉督察的任何一句話，「我說的這個寶藏確實存在，我提議簽約，根據這個約定，您押著我到我指定的地方，當著大家的

82 馬基維利（一四六九—一五二七），義大利政治思想家和歷史學家，著有《君主論》、《羅馬史論》等。

83 凱撒・博爾賈（一四七五—一五〇七），羅馬教皇亞歷山大六世的私生子，政治家。

面掘地，如果我說謊，如果什麼也找不到，如果我是個瘋子，那麼，就像您所說的那樣，再把我押回這個黑牢，我將永遠待下去，再不向您和任何人要求什麼，直至死去。」

典獄長笑了起來。「您的寶藏很遠嗎？」他問。

「離這裡將近一百法里。」法理亞說。

「事情倒想得不壞，」典獄長說：「如果囚犯個個都想讓獄卒奔波一百法里，如果獄卒也同意這樣長途跋涉，那麼一旦抓住機會，囚犯就會想方設法逃之夭夭。」

「這是眾所周知的方法，」督察說：「閣下甚至沒有發明之功。」

然後又轉向神父：「我剛才問您吃得好嗎？」

「先生，」法理亞回答：「如果我對您說出祕密，您要對基督發誓釋放我，我會向您指明寶藏埋藏的地方。」

「您吃得好嗎？」督察重複地問。

「先生，您這樣做絲毫不會冒險，您看得很清楚，這不是一個逃走的機會，因為你們跑這一趟時我仍然待在牢裡。」

「您沒有回答我的問題。」督察不耐煩地又說。

「您也沒有回答我的問題！」神父大聲說：「就像其他那些不願相信我的、不講道理的人那樣，您真該死！您既然不想要我的金銀財寶，我就留著。您拒絕給我自由，上帝會給我的。走吧，我沒有什麼話要說的了。」

神父甩開他的毯子，撿起泥灰塊，重新坐在圓圈當中，繼續畫線和計算。

「他在那裡幹什麼？」督察一邊退出一邊說。

「他在計算他的寶藏。」典獄長回答。

法理亞用不屑一顧的輕蔑眼光回答這種揶揄。

他們走了出去。獄卒關上了門。

「他可能確實擁有一些寶藏。」督察走上階梯時說。

「或者他做夢擁有那些寶藏。」典獄長回答：「第二天醒來他就成了瘋子。」

「沒錯，」督察天真地曲解了他的意思說：「如果他確實很富有，他就不會待在監獄裡。」

對法理亞神父來說，這一意外事件就這樣結束了。他仍然關在牢裡，這次視察之後，他瘋癲的名聲更加遠播了。

卡里古拉[84]或者尼祿[85]這些狂熱的尋寶者，這些對不可能存在的事物渴求者，會側耳傾聽這個可憐的人的話，給他所渴望的空氣，給他自願付出高昂代價所取得的自由。但當今的國王受限於現實，再沒有雄圖大略。他們害怕隔牆有耳，讓人聽到他們下令，害怕窺伺他們行動的眼睛。他們不再感到自己的神聖本質高人一等，他們是戴上王冠的人，如此而已。從前，他們自以為，或者至少自稱朱庇特[86]的兒子，還保留了天神父親的某些處事方式。天外事是不容易控制的，而今，國王們很容易讓人並駕齊驅。但是，專制政府總是

---

84 卡里古拉（西元一二—四一），羅馬帝國皇帝（三七—四一），自稱「新太陽」，患有遺傳的瘋狂疾病，後被暗殺。

85 尼祿（三七—六八），羅馬帝國皇帝（五四—六八），實行血腥的專制手段，後被逐，得到「人民公敵」的惡謚。

86 羅馬神話中的大神，等於希臘神話中的宙斯。

不願意把監獄和酷刑公諸於眾，酷刑的受害者能帶著遍體鱗傷出庭的例子是極少的。同樣，由於精神折磨而在黑牢泥淖中所形成的潰瘍——瘋狂，總是被細心隱藏在它產生的地方。或者，如果離開那裡，它就會深藏於某座陰森森的醫院，那裡的醫生從精疲力竭的獄卒送來的、不成形的殘骸身上，看不出一點人的模樣和思維能力。

在監獄裡成了瘋子的法理亞神父，就因發瘋，被判了無期徒刑。

至於唐泰斯，督察對他遵守約定。上樓到典獄長的辦公室後，他讓人呈上入獄登記簿。關於這個囚犯的評語是這樣寫的：

愛德蒙·唐泰斯

狂熱的拿破崙黨人，積極參與拿破崙從厄爾巴島捲土重來。需絕密關押，嚴加看守。

這個評語的筆跡和墨水與登記簿其他紀錄都不相同，這表明，是唐泰斯被監禁後添上去的。罪名確鑿無疑，無法抗辯。督察於是在括弧下面寫上：「以上紀錄已閱，無需覆議。」

這次視察可以說讓唐泰斯死灰復燃，入獄以來，他忘了計算日子，但督察給了他一個新的日期。他在身後的牆上，用屋頂上掉下來的一塊泥灰寫上一八一六年七月三十日，從這時起，他每天刻一道痕，不再漏記日子。

日復一日，然後一個星期接一個星期，再一個月接一個月過去，唐泰斯等待著，起初他確定釋放要半個月時間。如果督察用他表現出來的一半興趣去管這個案子，那花半個月大概足夠了。半個月過去了，他心想，若以為督察回到巴黎之前會管他的事是太荒唐了，但是，督察要在巡視結束之後才回到巴黎，巡視可能延續一兩個月。於是唐泰斯定下三個月，而不是半個月。三個月過去了，另一種論據又來支持他，以致他給自己定了半年，但這半年過去了，他把這些日子加在一起，算出他等了十個半月。在這十個多月裡，監獄制度沒有什麼變化，他得不到任何令人欣慰的消息。詢問獄卒，獄卒像往常一樣一言不發。唐泰斯開始懷疑他的感官，認為他產生的回憶只不過是腦子的幻覺，這個出現在他牢房裡的安撫天使，是乘著夢的翅膀降臨的。

一年後典獄長調任為阿姆[87]堡的典獄長，他帶走了幾個下屬，其中有看管唐泰斯的獄卒。新的典獄長上任了，他覺得要記住犯人的名字太麻煩，便只記住他們的牢房號碼。囚犯便用他們的牢房號碼來稱呼。不幸的年輕人於是不再叫愛德蒙·唐泰斯，他叫作三十四號。

87 巴黎盆地的舊省索姆的一個村子，其中的城堡改為監獄。

15 三十四號和二十七號

唐泰斯經歷了被遺忘在牢房裡的囚犯所忍受的各種不幸。

起初他很高傲，這是源自希望和對清白無辜的意識。隨後他終於懷疑自己的無辜，這多少證實了典獄長對他精神錯亂的看法。最後，他從高傲的頂點跌落下來，他祈求，還不是祈求上帝，而是祈求人。上帝是最後一步。不幸的人本該一開始就祈求上帝，但直到其他希望一一破滅之後，才終於把希望寄託在祂身上。

因此，唐泰斯祈求把他從這個黑牢轉到另一個黑牢，哪怕更黑暗更幽深。甚至不利的改變總是一個改變，會為唐泰斯帶來幾天的愉悅。他祈求允許他散步，給他空氣、書籍、工具，他們統統都沒有給他。但沒有關係，他仍一直要求。他已習慣跟新的獄卒說話，儘管這個獄卒比先前的那個更加沉默。但對人說話，即使那是個啞巴，仍然是一件樂事。唐泰斯之所以說話，是為了要聽到自己的聲音。他孤伶伶一個人的時候，便想說話，但這時他覺得恐怖。

入獄以前，唐泰斯想到那些同居一室的囚徒由流浪漢、強盜、殺人犯組成，他們可鄙的快樂是一起喝到酩酊大醉，結下可怕的友誼，他常常覺得這是非常恐怖的。如今他竟希望投入這樣一個污濁的場所，以便除了這個不肯說話的冷漠獄卒的面孔之外，還看得到別的面孔。他嚮往苦役監，帶侮辱性的服裝，腳上的鐵鐐，肩上的烙印。至少，苦役犯與同類的人相聚在一起，他們呼吸新鮮空氣，他們看得到天空。苦役犯真幸福。

有一天，他懇求獄卒為他找個伴，不管是誰，哪怕是他聽到說話聲的那個瘋子神父。無論獄卒的相貌多麼粗魯，總還有一點人性。縱使他的臉毫無表情，但他內心常為這個年輕人抱冤叫屈，這個年輕人的囚禁生活太嚴酷了。他把三十四號的要求轉達給典獄長，但典獄長就像是一個政治家那樣小心謹慎，以為唐泰斯想動員囚犯造反，策劃陰謀，企圖越獄，於是他拒絕了。

唐泰斯用盡了人間手段。正如上文所述，這一步勢必到來，於是他轉向上帝。

散落在世上，由被命運摧殘的不幸者拾取的、各種各樣虔誠的觀念，這時使他神清氣爽。他記起母親教給他的禱文，感到這些禱文具有他以前所不知曉的涵義。因為對幸福的人來說，祈禱只是單調的、毫無意義的詞句堆積；而痛苦向不幸者說明，這是崇高的語言，他可以用來向上帝訴說衷腸。

於是他祈禱，不只懷著熱誠，而是懷著狂熱。他大聲祈禱，不再害怕自己的話語聲音。於是他陷入心醉神迷的狀態，從每句說出的話中，他看到光彩奪目的上帝。他把自己卑微一生的所作所為歸於萬能上帝的意志，變為教訓，向自己提出任務。每次祈禱結束時，他都附上有關的心願，人們認為這種心願更多是對世人，而不是向上帝表白的。請原諒我們的冒犯，正如我們原諒那些冒犯過我們的人一樣。

儘管虔誠地祈禱，唐泰斯仍然關在牢裡。

於是，他的思想變得陰沉了，他眼前的雲翳越積越厚。唐泰斯是個單純的人，沒受過多少教育，對他來說，往昔被「學識」所拉起的深色帷幕遮住了。在黑牢的孤獨中，在他思想的荒漠中，他無法重建逝去的歲月，復活那些消失的民族，重建古代城邦。人的想像把它們變得雄偉壯麗，富有詩意，如同馬丁[88]筆下關於巴比倫的油畫，在人們眼前掠過時顯得十分宏偉，被天光照得通明。而他的過去是這樣短暫，現在是這樣

88 馬丁（一七八九—一八五四），英國畫家。

灰暗，未來是這樣未知，或許要在永恆的黑夜中去思索這十九年的光明。因此沒有任何消遣能讓他解悶，他強有力的思想，本來只愛在歲月中翱翔，如今只得像籠子裡的蒼鷹一樣成為囚徒。於是他只抓住一個想法，就是他的幸福被空前的厄運不明不白地毀掉了。他緊攫住這個想法，把它翻過來覆過去，從各個方面審視，就像在但丁的地獄裡，無情的烏哥利諾一口吞下羅吉埃利大主教的腦袋一樣[89]。唐泰斯只有過暫時的信心，這信心建立在權力的基礎之上。他失去了這個信心，就像別人在成功之後失去信心一樣。不過，他一無所獲。

暴怒取代了苦苦等待。愛德蒙吐出瀆神的咒罵，嚇得獄卒直往後退；他用身體撞牢房牆壁；他發狂地怨恨周圍的一切，尤其恨自己。一粒沙子、一根麥草、一股氣流讓他稍感不快，他就會暴跳如雷。那封告密信他以前見到過，維勒福給他看過，他手裡拿過，現在回到他腦子裡。每行字就像伯沙撒王的粉牆上出現的「彌尼、提客勒、唐勒斯」[90]一樣，在牆壁上閃閃發光。他心想，是別人的仇恨而不是上天的報應，把他投入這個深淵裡。他用熱烈的想像構思出各種酷刑去懲罰那些摸不清底細的傢伙，但最嚴厲的刑罰對於他們還是太輕了。尤其時間太短，因為酷刑之後，死亡便來臨。而一旦死去，即使不是安息，至少是與安息相似的毫無感覺。

他認為死亡就是寧靜，對於他想實施殘酷懲罰的仇敵來說，不能用折磨至死的方法。於是他想到自殺，陷於陰鬱的一動不動之中。在不幸的陡坡上，面對這種陰鬱想法止步不前的人是多麼痛苦啊！自殺念頭如同面對死亡之海，碧波萬頃，波平如鏡，但游泳的人雙腳陷入瀝青般的淤泥中，淤泥往下拉他，吸他，吞沒他。一旦陷入，要是沒有神靈的搭救，一切就完了，他越是掙扎便陷得越深，直至死亡。

可是，這種精神上的臨終狀態，還不如之前的痛苦，以及緊隨在後的懲罰那樣可怕。這是一種令人昏眩的慰藉，它顯示了巨大的深淵，而深淵底下是虛空。愛德蒙從這個念頭中得到某些安慰。正當死神要悄悄踏進他的牢房時，他的一切痛苦，拖在痛苦後面的一大群幽靈，都似乎從角落飛出去。唐泰斯平靜地回顧他過去的生活，恐懼地凝望未來的生活，選擇了看來是棲身之所的中間地帶。

「有時，」他心裡想，「在遠航中，當我還是個好漢時，當這個自由的、有權的好漢向別人下令，並得到執行的時候，我看到天空烏雲密佈，大海怒吼，波濤洶湧，風暴在天空的一角孕育而成，宛如一隻巨鷹，雙翅拍打著整個海面。這時我感到帆船只不過是不起作用的避身處所，因為我的帆船輕得彷彿是巨人手中的一根羽毛，震動著、顫抖著。不一會兒，在海浪可怕的轟響聲中，眼前尖利的危岩向我預示著死亡，而死亡使我恐懼。我竭盡全力要逃避，聚集了男子漢的全部力氣和水手的所有智慧跟上帝搏鬥！……因為當時我是幸福的，回到生活，也就是回到幸福中。因為我沒有召喚死神，我沒有選擇死。因為在鋪滿海藻和石子的床上長眠，我覺得太嚴酷了。因為我自認為是按上帝的設想造就的一個人，但我死後卻成為海鷗和禿鷲的食物，我感到憤憤不平。但今天是另一回事，我已失去能讓我熱愛生命的一切，死神向我微笑，就像一個奶媽向懷中搖晃的孩子微笑一樣。可是今天我是自願赴死的，我精疲力竭地入睡，就像那個絕望和發狂的夜晚，我在牢房裡轉了三千圈，也就是三萬步，差不多十法里路之後，沉沉入睡一樣。

一旦這個想法在年輕人的腦子裡孕育成熟，他變得更平和，更坦然了。他把硬幫幫的床和黑麵包都整理好，吃得很少，不再睡覺，感到僅剩的這點生存的時間幾乎能忍受了，他有把握能隨時撒手人寰，就像扔掉

89 見《神曲》的《地獄篇》第三十三歌，烏哥利諾原是比薩的皇帝派成員，他建立的恐怖政權被羅吉埃利大主教推翻，被關在饑餓塔中餓死。

90 見《舊約》的但以理書第五章，伯沙撒王設宴時，忽見一手在粉牆上寫下這三個詞。

一件舊衣服那樣。

有兩種死的方法：一種很簡單，就是把手帕繫在窗戶的鐵條上，然後上吊；另一種是假裝進食，讓自己餓死。第一種唐泰斯忍受不了。他自小厭惡海盜，水手就將海盜吊死在船的橫桁上。因此，對他來說，吊死是一種侮辱性的刑罰，他不願意採用這種方法。於是他採用第二種，當天就開始實行。

在做出選擇之前，時間已經過去了將近四年。在第二年的末尾，唐泰斯停止計算日子，督察讓他記起了時間，但他再次對時間一無所知。

唐泰斯說「我想死」，並且選擇了死的方法。他生怕自己反悔，便對自己發誓。他想，當獄卒送來早餐和晚餐時，我就把食物從窗口扔出去，裝出吃掉的樣子。

他按誓言去做。一天兩次，通過只讓他看到天空的、裝上鐵柵的小窗口，他扔掉食物。起初很愉快，隨後思索再三，繼而後悔不已。他需要想起誓言才能鼓起勇氣繼續執行這項可怕的計劃。他以前很厭惡這些食物，可是他現在餓得幾乎把牙齒都磨平了，一看到這些食物就覺得很開胃，一聞到味道就覺得很美味。有時，手裡拿著盛食物的碟子，眼睛注視著一塊腐肉或臭魚，還有發黴的黑麵包，長達一小時之久。生命最後的本能還在他身上搏鬥著，不時打垮他的決心。於是他不覺得黑牢那麼黑暗了，他不覺得處境那麼絕望了。他還很年輕，大約二十五、六歲，幾乎還可以活五十年，兩倍於他生活過的時間。在未來漫長的時間裡，有多少事會來撞開牢門，推倒紫杉堡的圍牆，還給他自由啊！於是，他的嘴湊近食物，但一想到自己自願做坦塔洛斯[91]，就又把食物從嘴邊挪開。這時，他想起了誓言，他純厚的天性就怕自輕自賤，所以不敢違背誓言。於是他又嚴格而無情地消磨剩下的一點生存時間。終於有一天：他再沒有力氣站起來，從天窗扔掉端來的晚飯。

第二天，他已看不清楚東西，勉強能聽見聲響。

獄卒以為他得了重病，愛德蒙則希望死亡已近。

一天就這樣過去了，愛德蒙感到一種模糊的麻木狀態占據他全身，這種狀態不乏舒適感。胃神經性的痙攣平息下來了，強烈的口渴也緩和下來，正當他閉上眼睛時，他看到火花亂舞，恰如夜晚在沼澤地裡流竄的鬼火一樣，這就是所謂死亡這陌生國度的曙光。突然，將近晚上九點鐘，他聽到他靠著躺下的那堵牆傳來輕微的聲響。

有那麼多污穢的動物爬到這個牢房裡，發出細細碎碎的聲音，因此，愛德蒙逐漸習慣了這樣睡覺，不會被這些微不足道的事擾亂。但這回，要嘛是他的感官由於絕食而興奮起來，要嘛這些聲音確實比平時更響，要嘛在這彌留之際，一切都別有意義，愛德蒙抬起頭來想聽個明白。

那是一種均勻的搔刮聲，似乎是一隻巨爪，或者一隻有力的牙齒，或者某種工具刮在石頭上的聲音。

年輕人的腦袋雖然很衰弱，卻被不斷閃現在許多囚犯腦子裡的想法——自由——振奮起來。這聲響正巧出現在一切聲音都將停息的時候，他覺得，上帝終於對他的痛苦表示憐憫，為他送來這聲響，讓他在墳墓邊緣停住，他的腳已經踉踉蹌蹌跨向那裡了。誰能知道他的一個朋友，一個他時常想念、費盡心思的摯友這時是否會關注著他，力圖靠近他呢？

不，無疑是愛德蒙搞錯了，這只是一個飄蕩在死神門口的夢。

---

91 宙斯之子，因將奧林匹斯山上的祕密盜給凡人等罪名，被罰至地獄，永遠喝不到水，吃不到水果。

但愛德蒙總是聽到這種聲響。這聲響持續了大約三小時，然後愛德蒙聽到一個坍塌聲，接著聲響停止了。

幾小時後，聲音又傳來了，且更響、更接近。愛德蒙開始產生興趣，因為這使他彷彿有了伴。突然，獄卒進來了。

自他決意要死的近一星期以來，自他開始實施計劃的四天以來，愛德蒙根本沒有對這個人說過話。當獄卒與他說話，問他感覺得了什麼病時，他一聲不吭。當他被對方死死盯著看時，他便轉向牆壁那一邊。但是今天，獄卒可能聽到了這輕微的聲響。愛德蒙驚慌起來，想設法中止聲響，這樣或許會擾亂那說不出道不明的希望。而一想起那希望，唐泰斯臨終的痛苦就減輕了些。

獄卒端來了早飯。

唐泰斯直起身體，放大嗓門，開始談論各式各樣的事，獄卒端來的食物太差，在這黑牢裡太冷，抱怨這個，又埋怨那個，以便有權叫得更響。獄卒被惹得很不耐煩，他這天剛巧為生病的犯人要了一點湯和新鮮麵包，並且為他端來。

幸虧他以為唐泰斯在說囈語，便按照習慣把食物放在不穩的破桌子上，轉身走了。

於是愛德蒙又自由自在了，愉快地傾聽起來。

聲響變得這樣清晰，現在年輕人可以毫不費力地聽到。

「毫無疑問，」他心想，「聲響持續，且不顧忌是白天，這是像我一樣的囚犯正設法取得自由。哦！如果我在他旁邊，我一定盡力幫忙！」

突然，在那習慣於遭到不幸，只能艱難地恢復人間歡樂的頭腦裡，一片烏雲掠過。馬上出現一個想法：這聲響是幾個工人在幹活，典獄長雇他們來修補隔壁房間的。

要確認這一點很容易，但怎能冒險問人呢？當然，最簡單的是等獄卒到來，讓他聽聽這聲響，看看他傾聽時的表情。但是，這樣做，難道不是為了一時的滿足，而出賣了非常寶貴的利益嗎？不幸的是，愛德蒙的腦袋像一個空心的鐘，被想法的嗡嗡聲吵得好不耐煩。他如此衰弱，以致思路像蒸氣一樣飄浮著，不能集中思考。愛德蒙知道有一個方法可以恢復思路清晰和判斷準確。他把目光轉向獄卒剛放在桌上、還在冒熱氣的那碗湯，他站起身來，搖搖晃晃向那碗湯走去，拿起了碗，端到嘴邊，帶著難以形容的舒服感受喝光了裡面的湯。

他的勇氣到此為止。他曾聽說，不幸的海上遇難者被打撈上來，餓得體虛力弱，卻由於貪吃，吞下了太豐富的食物而死去。愛德蒙把麵包放在桌上，他幾乎已經將麵包送到嘴邊。他走回去重新躺下，愛德蒙不再想死了。

不久，他覺得腦子開始明晰起來。所有模糊的、幾乎捕捉不住的思想又各得其所，在這美妙的棋盤上，或許再多一格就足以使人高於動物。他能思索，並且用推理來強化思索。

於是他想：「必須試一試，但不能連累別人。如果幹活的是一個普通工人，我只要敲敲我的牆壁，他就會停下手中的工作，盡力弄清楚是誰敲牆，為什麼敲牆。由於他的工作不僅是合法的，而且是雇來的，過一會兒他就會恢復工作。相反的，如果是一個囚犯，我發出的聲響會使他害怕，他害怕被人發現，會因此停止工作，直到晚上他以為大家都睡下了，再重新開始。」

愛德蒙馬上又站起來。這回，他的腿不再搖晃，他的眼睛不再冒金星。他走向牢房的角落，取下一塊因潮濕而鬆動的石頭，再回到聲響最清楚的地方，敲擊牆壁。

他敲了三下。

剛敲第一下，聲響就像變魔術似的停止了。

愛德蒙全神貫注地傾聽。一小時過去，兩小時過去，沒傳來任何新的聲響。愛德蒙讓牆的那邊變得一片死寂。

愛德蒙充滿希望，吃了幾口麵包，喝了幾口水，由於他天生具有強健的體魄，已幾乎恢復得像以前那樣。

白天過去，寂靜一直延續著。

黑夜來臨，聲響仍然沒有重新開始。

「這是一個囚犯。」愛德蒙懷著難以描述的快樂想道。

他的腦袋開始亢奮，由於精神昂揚，他的身體又恢復了蓬勃活力。

夜晚過去了，沒有傳來任何聲響。

愛德蒙這一夜沒有闔眼。

白日降臨，獄卒端來飯菜時，愛德蒙已經吃光了昨天的食物。他一邊狼吞虎嚥剛送來的飯菜，一邊傾聽聲響是否恢復，擔心將會永遠停息。他在牢房裡來回走了十到十二法里的路，搖撼氣窗的鐵柵數小時，他恢復久違的活動，讓四肢變得有彈性和精力充沛，最後，準備好迎接未來的命運，他就像即將站上舞台的鬥士那樣，伸展手臂，以油擦拭身體。然後，在積極活動的空檔，他傾聽聲響是否傳來，他開始對那名囚犯的謹慎感到不耐，那名囚犯完全沒有想到，打擾他爭取自由的另一個囚犯，和他一樣熱切盼望獲得自由。

三天過去了，難以忍受的七十二小時，是一分鐘一分鐘數過來的啊！

最後，一天晚上，獄卒剛做完最後巡查，唐泰斯第一百次將耳朵貼在牆上，他覺得有一種難以察覺的震動在他的腦袋裡引起無聲回響，他的腦袋與石頭貼得更近了。

唐泰斯後退幾步，想讓腦袋恢復平靜，他在牢房裡走了幾圈，又將耳朵貼在同一個地方。

毋庸置疑，牆壁那邊在做些什麼事。那個囚犯發現他的工作出現危險，採用了另一種辦法，以更安全無虞地繼續工作，他用撬棍代替了鑿子。

受到這個發現的鼓舞，愛德蒙決意要幫助這個堅持不懈的人。他開始搬動床，他覺得越獄工作是在床後完成的，他用目光尋找可以用來鑿牆，敲下潮濕水泥並撬開石頭的工具。

他什麼也看不到。他既沒有刀也沒有銳利的工具，只有窗柵是鐵的，而他早就深知，鐵柵非常牢固，用不著再嘗試去搖動它們。

全部家具是一張床、一把椅子、一張桌子、一個桶、一個瓦罐。

床上有許多鐵榫頭，但這些榫頭都用螺絲固定在木頭上。必須有螺絲起子才能取下螺絲和這些榫頭。

桌上和椅上什麼也沒有，桶上以前有把手，但已被拆掉。

唐泰斯只有一個辦法，就是打碎瓦罐，用一塊碎瓦片來挖牆縫。

他把瓦罐扔在地上，瓦罐碎片撒了一地。

唐泰斯選了兩三塊鋒利的碎片，藏在草褥裡，讓其餘的留在地上。打碎瓦罐是非常自然的意外事故，不會讓人不安。

愛德蒙有一整夜可以工作，但在黑暗中不好幹活，因為他只能摸黑進行，沒多久他就發覺不規則的工具碰上更堅硬的砂岩，被磨鈍了。於是他把床推回去，等待天明。有了希望，耐心也就恢復了。

他整夜都在傾聽，傾聽那個不相識的挖掘工繼續做地底下的工作。

白天來臨。獄卒走進來。唐泰斯對他說，昨夜就著瓦罐喝水，瓦罐從手裡滑落，摔成碎片。獄卒低聲抱怨著去找一個新瓦罐，甚至懶得帶走舊瓦罐的碎片。

過了一會兒他回來了，囑咐犯人要靈活些，然後走了。

唐泰斯帶著難以名狀的快樂，聽見上鎖的軋軋聲。以前，每次重新鎖門時，軋軋聲總令他揪心。他聽著腳步聲遠去，等那聲響消失時，他衝向自己的鋪位，把它挪開，在射進黑牢的微弱光線下，可以看到昨夜幹的活是徒勞的，他挖的是石頭本身，而不是四周的泥灰。

由於潮濕，泥灰一碰就碎。

唐泰斯懷著快樂的撲通心跳看到泥灰一團團地自動剝落，幾乎碎成粒狀。但半小時後，唐泰斯約莫只刮下一把灰泥。數學家能計算出，這樣大概需要兩年，而且必須不碰上岩石，才能挖出一條兩尺見方、長二十尺的通道。

犯人自怨自艾沒有利用不斷流逝的漫長光陰來做這項工作。時間過得越來越慢，都在期望、祈禱和絕望中流失了。

他關在這黑牢裡已近六年的時間，不管工作進程多麼緩慢，他怎麼會完成不了呢！

這個想法給了他新的熱情。

在三天中，他以罕見的謹慎，終於挖掉所有的水泥，使石頭懸空暴露出來。牆壁用碎石砌成，為了堅固起見，當中不時放上鑿好的石頭。他幾乎挖去底部泥灰的，就是這樣一塊鑿過的石頭，現在就等整個鬆動了。

唐泰斯用指甲去摳，但指甲不夠硬。

插進縫隙的瓦罐碎片在唐泰斯想用作槓桿時，卻碎裂了。

唐泰斯努力了整整一個小時，卻白費力氣，他站起身來，額上汗水涔涔，愁容滿面。

難道他一開始就這樣止步不前，難道他要死氣沉沉、徒勞無功地等待著他的鄰居在那邊把一切都完成？但也許這個人已精疲力竭了呢。

這時，一個想法閃過他的腦際，他站在那裡微笑，他汗淋淋的額頭也自然而然地乾了。

獄卒每天都用一只白鐵皮平底鍋盛著湯端來。這只平底鍋盛著他和另一個囚犯的湯。唐泰斯注意到，這只平底鍋要嘛裝滿，要嘛半滿，要看獄卒從他還是從他的鄰居開始分送食物而定。

這只平底鍋有支鐵柄，唐泰斯覬覦的就是這支鐵柄，如果拿十年生命來跟他交換這鐵柄，他願拍板成交。

獄卒把平底鍋裡的東西倒到唐泰斯的盆子裡。唐泰斯用木匙喝完湯，洗好盆子，每天就這樣用餐。

晚上，唐泰斯把盆子放在地上，就在門口與桌子的中間。獄卒進來時將腳踩在盆子上，把它踩成了碎片。

這次，他沒有什麼可抱怨唐泰斯的。沒錯，唐泰斯不該把盆子放在地上，但獄卒也不該不看看腳下。

獄卒埋怨幾聲就算了。

然後他環顧四周，看看能把湯倒在哪裡。唐泰斯的餐具只有這只盆子，別無選擇。

「留下平底鍋吧。」唐泰斯說：「明天您端來早飯時再拿走好了。」

這個建議正迎合獄卒的懶惰，這樣，他不需要上去、下來，再上去了。

他留下了平底鍋。

唐泰斯高興得發抖。

這次，他趕緊吃完湯和肉，按照監獄習慣，湯裡有肉。然後，再等一小時，確認獄卒沒有改變主意，他才移開床，拿起平底鍋，將柄尖插入挖去水泥的大石塊和周圍碎石之間，開始撬動。

輕微的搖動向唐泰斯表明，有譜了。

果然，過了一小時，石頭被從牆上取了出來，露出一個直徑不只一尺半的洞穴。

唐泰斯小心撿起所有的泥灰，堆到牢房角落，用陶片刮出一層灰白的泥土，蓋住泥灰。

偶然的機會，或者不如說他設想出來的巧妙手段，這樣寶貴的工具交到他的手中。他要好好利用這一夜，於是繼續拚命挖著。

黎明時分，他把石頭放回那個洞裡，把床推回去緊靠牆頭，然後睡下。

早飯只有一塊麵包，獄卒進來後，把這塊麵包放在桌上。

「怎麼，您沒有給我帶來另一只盆子？」唐泰斯問。

「沒有。」獄卒說：「您把什麼都打碎，先前您毀掉了瓦罐，這次我踩碎了您的盆子，起因也是您。如果所有囚犯都損壞那麼多東西，政府就不能維持了。這把平底鍋就留給您吧，以後就把您的湯倒在裡面。這樣，您也許就不會打碎您的器具了。」

唐泰斯舉目望天，在毯子下雙手合十。

留給他的這塊鐵器激起了他心中對上天感激的衝動，這比他這輩子突如其來的最大幸福所引起的衝動還要強烈。

不過，他已注意到，自從他開始工作，那個囚犯就不再工作了。

沒關係，這不是一個停止的理由。如果他的鄰居不向他靠攏，那麼他就去找他的鄰居。

整個白天他都在毫不懈怠地挖掘，晚上，由於有了新工具，他從牆上挖下十幾把碎石、泥灰和水泥。

等到獄卒要來時，他便盡力扳直平底鍋扭曲的柄，將鍋子放回原處。獄卒往裡倒進一成不變的肉湯，或者不如說魚湯，因為這一天是守齋日，每星期三次，監獄讓犯人守齋。這又是一個計算時間的方法，如果唐泰斯不是早就放棄計算日子的話。

湯一倒完，獄卒就轉身走了。

這一次，唐泰斯想確定他的鄰居是否真的停止挖掘。

他在傾聽。

萬籟俱寂，就像他一直不停挖掘的這三天一樣。

唐泰斯嘆了口氣，很明顯，他的鄰居不相信他。

可是，他一點也不洩氣，繼續整夜挖掘。但幹了兩三個小時之後，他遇到一個障礙，鐵器插不進去，它在一片平坦的表面上滑開了。

唐泰斯用手摸這障礙，發現碰到了一根樑木。

這根樑木橫穿而過，或者不如說完全堵住了唐泰斯挖開的那個洞口。

現在，必須往上挖或往下挖。

不幸的年輕人決沒想過會遇上這障礙。

「哦！我的上帝！我的上帝！」他叫道：「我曾經虔誠地祈求過祢，我希望祢聽到我的話。我的上帝！祢剝奪了我的生活自由，我的上帝！祢剝奪了我死的安息，我的上帝！祢把我喚回到生活中，我的上帝！可憐可憐我吧，別讓我在絕望中死去！」

「誰既說到上帝又說到絕望呢？」一個彷彿來自地底下的聲音說，這個聲音由於被阻隔而變弱了，傳到年輕人耳裡，像是從墳墓裡發出來似的。

愛德蒙感到頭髮直豎，他跪著往後退去。

「啊！」他喃喃地說：「我聽到一個人說話的聲音。」

四、五年來，愛德蒙一直只能聽到獄卒說話的聲音，對囚徒來說，獄卒不算是人，他是橡木房門上增加的一扇活門，是鐵柵上增加的一道肉柵。

「看在上天的分上！」唐泰斯嚷道：「您請再說話，雖然您的聲音令我害怕。您是誰？」

「您自己是誰？」那個聲音問。

「一個不幸的犯人。」唐泰斯毫不猶豫地回答。

「哪一國人？」

「法國人。」

「您的名字呢？」

「愛德蒙·唐泰斯。」

「您的職業呢？」

「海員。」

「您從什麼時候開始待在這裡？」

「從一八一五年二月二十八日開始。」

「什麼罪名？」

「我是冤枉的。」

「您被指控什麼罪行？」

「指控我參與密謀，讓皇帝捲土重來。」

「什麼！讓皇帝捲土重來！皇帝不在位了嗎？」

「他於一八一四年在楓丹白露退位，被押到厄爾巴島。而您呢，您從什麼時候開始待在這裡，這些事您怎麼統統不知道？」

「一八一一年入獄的。」

唐泰斯哆嗦了一下，這個人入獄時間比他多了四年。

「很好，別再挖了。」那個聲音說得很快：「不過請告訴我，您挖的洞有多少高度？」

「與地面平齊。」

「怎麼掩住的？」

「藏在我的床背後。」

「您入獄後，他們移動過您的床嗎？」

「從來沒有。」

「您的牢房朝向哪裡？」

「通向一條走廊。」

「走廊呢？」

「直通院子。」

「唉！」那個聲音輕輕說。

「哦！我的天！怎麼了？」唐泰斯嚷道。

「我搞錯了，我的計劃不夠完美，出了錯，一支有缺陷的圓規毀了我，我的圖上劃錯了一條線，實際上等於錯了十五尺，我把您所挖的這堵牆當作了城堡的外牆！」

「所以您是要通到大海嗎？」

「這正是我的願望。」

「如果您成功了呢？」

「我就跳到海裡，游到紫杉堡附近的島上，哪怕是多姆島、蒂布朗島，甚至是海岸，那我就得救了。」

「您能游得那麼遠嗎？」

「上帝會給我力氣的，而現在一切都完了。」

「一切？」

「是的。小心堵好您的洞，別再挖了，您什麼也不用管，靜候我的消息。」

「您是誰，至少……告訴我您是誰？」

「我是……我是……二十七號。」

「所以您不相信我囉？」唐泰斯問。

愛德蒙似乎聽到一陣苦笑穿過穹頂，傳到他的耳裡。

「哦！我是一個虔誠的基督徒。」他大聲說，本能地猜到這個人想棄他而去，「我以基督的名義向您發誓，我寧願被殺死也不會讓您的和我的劊子手發現真相。但是，看在上天的分上，別躲開不和我見面，別不和我說話，要不，我向您發誓，因為我的毅力已到了盡頭，我要將腦袋撞碎在牆上，那時，您要自責於我的死。」

「您多少歲數？您的聲音好像是年輕人的聲音。」

「我不知道自己的年齡，因為自從來到這裡，我就沒有計算時間。我只知道一八一五年二月二十八日我被捕時快要十九歲。」

「不滿二十六歲，」那個聲音輕輕說：「好，這個年齡還不會背信棄義。」

「哦！不會！不會！我向您發誓不會。」唐泰斯反覆地說：「我已經對您說過，現在再說一遍，我寧願被剁成碎塊也不會出賣您。」

「您這樣對我說算做對了，您這樣求我算做對了，否則我就要擬定另一個計劃，遠離您。但您的年齡讓我放下心來，我會找您的，等著吧。」

「什麼時候？」

「我必須盤算我們的機會，我會給您打信號。」

「您不會拋棄我，不會讓我單獨留下來，您會到我這裡來，或者讓我到您那裡去吧？我們一起逃跑，如果我們無法逃跑，我們就聊天，您談談您所愛的人，我談談我所愛的人。您大概愛著某個人吧？」

「我在世上孑然一身。」

「那麼您會喜歡我，如果您很年輕，我就是您的朋友；如果您已年老，我就做您的兒子。我有一個父親，如果他還健在，該有七十歲了。我只愛他和一個名叫梅爾塞苔絲的女孩。我的父親沒有忘記我，我很確信這一點。但她呢，天知道她是否還想著我。我會愛您就像一直愛我父親那樣。」

「很好。」那個囚犯說：「明天見。」

短短三言兩語，那語氣已讓唐泰斯折服。他別無所求，站起身來，仍然小心翼翼，收拾好從牆上挖下來的碎塊，再將床推回去緊靠牆壁。

從這時起，唐泰斯全身心沉浸在幸福裡。他不再孤獨，也許他將獲得自由。即使他還是囚徒，最糟的情況也還有一個同伴。跟別人分擔囚禁生活，只是半囚禁的生活。聚在一起抱怨，幾乎是祈禱了。兩人一起祈禱，幾乎是上天的恩賜了。

唐泰斯整天在黑牢裡踱來踱去，心裡樂開了花。這歡樂不時讓他喘不過氣來：他在床上坐下，用手按住胸口。一聽到走廊裡響起輕微聲音，他便衝向門邊。有一兩次，他腦子裡閃過一種恐懼，擔心獄卒把他跟這個他一點不認識的人分開，可是，他已經把這個人當作朋友來熱愛了。於是他決定：萬一獄卒挪開他的床，低下頭去觀察挖開的地方，他就用瓦罐底下那塊石頭砸碎獄卒的腦袋。

當局會判他死刑，他清楚地知道這一點。但是，正當那神奇的聲音救活他時，他不是正因為煩惱而即將絕望死去嗎？

傍晚時分獄卒來了，唐泰斯躺在床上，他覺得這樣更能看守住未挖成的出口。無疑的，他用古怪的眼神望著這個不速之客，因為獄卒對他說：「啊，您又快要瘋了嗎？」

唐泰斯一聲不響，他擔心激動的嗓音會洩露他的祕密。

獄卒搖搖頭，轉身走了。

黑夜來臨，唐泰斯以為他的鄰居會利用寂靜和黑暗與他繼續談下去，他錯了。黑夜過去，卻沒有任何聲響回應他焦灼的等待。但第二天，獄卒早上來過之後，正當唐泰斯要從牆邊移開床時，他聽到間隔規律的三下叩擊聲，他衝過去跪下：「是您嗎？」他說：「我在這裡！」

「您的獄卒走了嗎？」那個聲音問。

「走了。」唐泰斯回答：「他要到傍晚才回來，我們有十二個小時的自由。」

一個人靈活地從剛挖掘開的洞口探出來。

「那我可以行動囉？」那個聲音說。

「哦！是的，是的，趁早，馬上，我求您。」

唐泰斯半個身體鑽進洞裡，他雙手支撐的那塊地面正向下塌陷。他往後退，這時許多鬆軟的泥土和石頭突然掉落，出現了一個洞口，就在他剛剛挖掘的洞下方。此時，在那個陰暗的、無法目測深度的洞底，露出了一個腦袋，接著是肩膀，最後是一整個人，這個人相當靈活地從洞裡鑽了出來。

16 一位義大利學者

唐泰斯把這個翹首盼望許久的新朋友抱在懷裡，把他拉到窗前，讓射進黑牢的一點亮光照亮他全身。

這是一個身材矮小的人，有一頭因受苦而不是年齡關係而花白的頭髮，銳利的目光藏在灰白的濃眉下，依然烏黑的鬍子垂到胸前，臉上佈滿深陷的皺紋，清癯削瘦，富個性的面容線條堅毅，看得出是個習慣勞心而不是勞力的人。來者的額頭汗水淋漓。他的衣服已不能分辨出原來的模樣，因為已破成碎片。

他看來至少有六十五歲，儘管猶矯健的動作表明了他或許沒有因長期監禁而顯示出來的那麼老。

他懷著某種樂趣地接受年輕人的熱情，冰冷的心靈彷彿頓時重新溫熱起來。他相當感謝年輕人的誠摯情感，雖然他為找到的竟是另一個黑牢而深感失望，他原以為能得到自由的。

「我們先來看看，」他說：「是否有辦法不讓獄卒發現我來過的痕跡。我們以後的安寧就取決於他們對發生的事一無所知。」

於是，他俯身對著洞口，搬起石頭，儘管石頭很重，他卻輕而易舉地將石頭塞進洞裡。

「這塊石頭敲下來時太疏忽大意了，」他搖搖頭說：「您沒有工具嗎？」

「您呢？」唐泰斯驚奇地問：「您有工具嗎？」

「我自己製造了幾件。除了銼刀以外，我有一切必需的東西：鑿子、鉗子、橇棍。」

「哦！我很想看看您憑耐心和技巧製造出來的東西。」唐泰斯說。

「看，首先這是鑿子。」

他拿出一把堅硬鋒利的刀，套在一塊山毛櫸的木頭裡。

「您用什麼做成的？」唐泰斯問。

「用我床上的一塊鐵箍。我就用這件工具挖通來到這裡的路，大約五十尺。」

「五十尺！」唐泰斯驚叫起來。

「小聲點，年輕人，小聲點，常常有人在囚犯的門口偷聽。」

「他們知道我是單獨一人。」

「那也是會的。」

「您說挖了五十尺才通到這裡嗎？」

「是的，差不多是我的房間和您的房間相隔的距離。不過，由於缺少幾何儀器來制定比例尺寸，我計算錯了曲線，實際挖的不是四十尺的弧線，而是五十尺。正如我剛才說的，我以為可以通到外牆，跳進海裡。您的牢房靠著走廊，我沿著走廊挖，而不是從底下穿過您的牢房。我全都白費力氣了，因為這條走廊通向佈滿獄卒的院子。」

「沒錯，」唐泰斯說：「但這條走廊只靠著我的牢房的其中一邊，而牢房有四個方向呢。」

「當然，首先，有一面岩石砌的牆壁，要鑿穿岩石，得有十個工具齊全的礦工幹十年的活兒。另一面大概靠著典獄長套房的地基，我們會因此跌落到顯然上鎖的地下室裡，被人逮個正著。還有一面朝向——等一等，這另一面是朝什麼方向呢？」

這另一面是開著孔洞的牆壁，光線從孔洞射進來，這個孔洞越向外變得越小，只能讓光線射入，連孩子都爬不出去，況且裝著三排鐵柵，即使最多疑的獄卒也不用擔心發生越獄的事。

這不速之客一邊提出問題，一邊把桌子拖到窗戶底下。

「爬上這張桌子。」他對唐泰斯說。

唐泰斯聽從他的話，爬上了桌子。他揣測到同伴的意圖，用背倚著牆，伸出兩隻手掌。

只自報牢房號碼作為自己的名字，而唐泰斯還不知道他真實姓名的那個人，以超乎他年齡的靈敏，就像貓或蜥蜴一樣身手敏捷地爬上桌去，然後踏在唐泰斯的手掌上，再爬上他的肩膀。他彎著腰，因為黑牢的拱頂讓他無法站直，他把腦袋伸進第一排鐵柵之間，從上往下俯視。

過了一會兒，他趕忙把腦袋縮回來。

「哦！哦！」他說：「我早料到是這樣。」

他順著唐泰斯的身體滑到桌上，再從桌上跳到地上。

「您早料到什麼？」焦慮不安的年輕人問，一邊也從桌上跳到他旁邊。

老犯人沉吟了一下。

「是的，」他說：「是這樣，您的牢房的第四面朝向一條露天走廊，巡邏隊來回經過那裡，哨兵也在那裡監視動靜。」

「您真有把握嗎？」

「我看到了士兵的軍帽和槍管，我趕緊縮回來，生怕他看見我。」

「怎麼辦呢？」唐泰斯問。

「您看，從您的黑牢逃出去是不可能的。」

「那怎麼辦呢？」年輕人追問。

「那麼，」老犯人說：「只能聽天由命了。」

一種逆來順受的神色佈滿老人的臉上。

唐泰斯既驚異又讚賞地凝視著這個帶著深沉哲理意味，準備就此放棄孕育了多年希望的老人。

「現在，您願意告訴我，您是誰嗎？」唐泰斯問。

「哦！我的上帝，好的，如果這還讓您感興趣的話。況且，現在我已無力幫助您了。」

「您可以安慰我，鼓勵我，因為我覺得您是強者中的強者。」

神父苦笑了一下。

「我是法理亞神父。」他說：「正如您所知的，我從一八一一年起就被關在紫杉堡。不過，我在弗內斯特雷爾堡已坐牢三年。一八一一年，我從皮埃蒙[92]轉押到法國。那時我獲悉拿破崙萬事如意，老天給了他一個兒子，這個還在搖籃中的孩子被封為羅馬國王。我萬萬沒有料到您剛才告訴我的變化，就是四年以後這個巨人被推翻了。現今是誰統治法國呢？是拿破崙二世嗎？」

「不，是路易十八。」

「路易十八是路易十六[93]的弟弟，天意真是神祕難測。為什麼上天要貶黜祂曾經擢升過的人，又提拔祂曾經貶黜過的人呢？」

唐泰斯注視著這個老人，老人一時忘了自己的命運，卻這樣關注世界的命運。

92 義大利西北部地區。
93 路易十六（一七五四—一七九一），法國國王（一七七四—一七九一），在法國大革命時期因逃走未成，上了斷頭台。

「是的，是的，」老人繼續說：「英國也是如此。查理一世之後是克倫威爾，克倫威爾之後是查理二世，詹姆斯二世之後是某個女婿、親戚，或奧蘭治親王。一個自命為國王的荷蘭省總督，因此對人民做了一些讓步，而制訂了憲法，自由隨之而來。您會看到這個局面，年輕人。」他轉身對唐泰斯說，以預言家應有的、深沉的炯炯目光注視後者，「您還年輕，您會看到這些的。」

「是的，如果我出獄的話。」

「啊！沒錯，」法理亞神父說：「我們是囚犯，有時我忘了這點，因為我的目光洞穿了禁閉我的牆壁，我自以為獲得了自由。」

「您為什麼入獄呢？」

「我嗎？因為我在一八〇七年就幻想過拿破崙在一八一一年才想實現的計劃。那時義大利已分裂成許多施行暴政的虛弱小國，我就像馬基維利一樣，想建立起一個統一團結的強大帝國。我以為凱撒．博爾賈是一個戴上王冠的傻瓜，他假裝理解我的設想，為的是巧妙地出賣我。亞歷山大六世[94]和克雷門特十二世[95]也有過這種計劃。這個計劃一直未獲成功，他們徒勞無功，拿破崙也無法完成。義大利顯然受到了詛咒！」

說完，老人垂下了頭。

唐泰斯不明白一個人怎能為了這樣的事而甘冒生命危險。沒錯，即使他見過拿破崙，說過話，但他卻完全不知道克雷門特十二世和亞歷山大六世是何許人。

「難道您是，」唐泰斯說，他開始相信獄卒的意見，這是紫杉堡的普遍意見，「大家認為……有病的那個教士？」

「您想說大家認為發瘋的那個教士，是嗎？」

「豈敢。」唐泰斯微笑著說。

「是的，是的，」法理亞帶著苦笑繼續說：「是的，我被當作瘋子。多少年來我讓這個監獄的來賓得到消遣，讓小孩子們嘻笑開心，如果這個讓人悲痛絕望的地方有孩子來的話。」

唐泰斯一動也不動，默默無言。

「因此，您放棄逃走了嗎？」他問。

「我認為不可能逃走了，要嘗試上帝不允許實現的事，那是違逆上帝。」

「為什麼您洩氣了？想要一舉成功，那也是苛求上帝。難道您不能放棄原來挖掘的洞，換個方向重新開始嗎？」

「重新開始，說得這樣輕巧，您知道我花費多少心血嗎？您知道我花四年功夫才造出現今擁有的工具嗎？您知道兩年來我又刮又挖像花崗石一樣堅硬的土地，而在這之前，我以為是不可能鬆動那些石頭的嗎？您知道有多少個白天，我是在這異乎尋常的工作中度過？夜裡，當我挖出拇指大小、已變得像石頭一樣堅硬的水泥時，您知道我是多麼高興嗎？您知道為了存放這些泥土和石頭，把它們埋起來，我需要挖穿一道樓梯的拱頂，再把這些碎屑一點一滴地填進去，直到如今我再也找不到地方存放泥土了嗎？最後，您知道我本來終於達成目標，我感到自己的精力勉強能完成這項任務，而現在上帝不僅把實現目標的時間推遲了，而且不知把目標轉移到什麼地方嗎？啊！我再說一遍，今後我決不再花力氣試圖重獲自由，因為上帝的旨意是讓我永遠

94 亞歷山大六世（一四三一—一五〇三），羅馬教皇（一四九二—一五〇三）。
95 克雷門特十二世（一六五二—一七四〇），羅馬教皇（一七三〇—一七四〇）。

喪失自由。」

愛德蒙低下了頭，不願向這個人承認，有了同伴的快樂使他無法像本來應該表示的那樣，同情老犯人因不能越獄而感到的痛苦。

法理亞神父禁不住要躺在愛德蒙的床上，而愛德蒙仍然站著。

年輕人從來沒想過要逃走。有些事看起來根本不可能實現，因此不曾試圖嘗試，本能地加以迴避。挖掘五十尺的地道，這件工作要花上三年時間，即使成功，也只是來到臨海的懸崖峭壁上。就算沒有被哨兵的子彈擊斃，從五十尺、六十尺或一百尺的高處往下跳，頭撞上岩石，也可能粉身碎骨。即使逃過這些危險，還得游上一海里[96]才能上岸。這個過程太艱難了，根本無法承受。唐泰斯因此幾乎要聽天由命，直至死去。

但是，年輕人看到一個老人以無比的毅力尋求活路，做出了一個不屈不撓的示範，於是他開始思索和估量自己的勇氣。自己連想都沒想過的事，別人已經嘗試過了，這個人不像自己這樣年輕、強壯和靈巧，卻憑著敏銳和耐心，製作了這項叫人難以置信的工作所需的各種工具，只是由於測算錯了才導致失敗。既然這個人辦到了，對唐泰斯來說，就沒有不能辦到的事了。法理亞挖通了五十尺，他就能挖通一百尺，年已半百的法理亞花了三年時間，他的年紀只有法理亞的一半，他可以花上六年。法理亞是神父、學者、教會人士，不擔心冒險從紫杉堡游到多姆島，拉托諾島或勒梅爾島。他呢，水手愛德蒙，大膽的潛水員唐泰斯，以前常常潛到海底尋找珊瑚枝，竟會猶豫於游上一海里嗎？游一海里需要多長時間？一小時嗎？以前他曾經待在海裡幾個小時不上岸。不，不，唐泰斯只需要一個榜樣就受到了鼓舞。別人做到的或者可能做到的，唐泰斯也能做到。

年輕人沉吟了一會兒。

「我找到您要找的出路了。」他對老人說。

法理亞打了個哆嗦。「您？」他說，一邊抬起頭，那神態顯示，如果唐泰斯說的是實話，那他的喪氣會轉瞬即逝，「您，您找到了什麼出路？」

「您從您的牢房挖到這裡的通道，跟露天走廊是同一走向，是嗎？」

「是的。」

「通道與走廊相距不過十五步路吧？」

「最多不過如此。」

「那麼，我們在通道中間挖一條丁字形的路。這次您要好好計算，我們即能接通露天走廊。我們殺死哨兵，然後逃跑。要讓這個計劃成功，只需要勇氣，您有的是勇氣；還需要精力，這我並不缺乏；我不說耐心，因為您已經充分表現出來，我也會證實我的能耐。」

「等一下，」神父回答：「我親愛的同伴，您不知道我的勇氣是哪一類的，我打算把力氣用在何處。至於耐心，我認為我這樣每天日以繼夜、夜以繼日的工作，是足夠有耐心的了。但是，聽我說，年輕人，我覺得解救一個受冤枉的、不應該被定罪的人，是在為上帝效勞。」

「所以，」唐泰斯問：「現在事情起變化了嗎？自從您遇到我以來，您認為自己有罪了嗎？」

「不，我不願成為罪人。在此之前，我一直以為自己在和事物打交道，如今您建議我跟人打交道。我可以

---

96 指古海里，合五・五五六公里。

挖穿一堵牆，毀掉一座樓梯，但我不會刺穿一個人的胸膛，毀掉一個生命。」

唐泰斯因驚訝而略微顫動一下。他說：「當您可以獲得自由時，您怎麼會讓這樣的顧忌絆住了呢？」

「而您呢，」法理亞說：「為什麼您沒有在某個傍晚，以桌腳猛擊獄卒，換上他的衣服，設法逃走呢？」

「因為我從來沒有想到過。」唐泰斯說。

「這是因為您對犯罪本能的極度恐懼，以致您從來沒有想到過。因為對於一般被允許的事，我們天生的欲念會警告我們，不應偏離界線。老虎本性嗜血，牠只需要一件東西，就是嗅覺告訴牠，有隻獵物在撲殺範圍內。牠隨即撲向獵物，撕碎獵物。這是牠的本能，牠服從這種本能。但相反的，人類厭惡見血，這決非社會法則，而是自然法則厭惡殺戮。」

唐泰斯十分困窘，這番解釋確實是在他的腦海裡，或者說，是在他的心靈裡不知不覺發生的情景，因為有的想法來自頭腦，有些來自心靈。

「另外，」法理亞繼續說：「我入獄剛滿十二年，我把歷代那些著名的越獄案都想過一遍，只看到成功的越獄十分罕見。幸運成功的越獄都經過精心策畫和長期準備。德．博福爾公爵[97]就是這樣逃出萬森納堡，迪比庫瓦神父就是這樣逃出主教堡，拉蒂德就是這樣逃出巴士底獄。還有碰巧成功的越獄，那是最幸運。讓我們等待時機，請相信我，如果機會出現，我們就抓住它。」

「您擅長等待，」唐泰斯感嘆說：「這件長期工作占據了您所有的時間，當您沒有其他消遣的時候，您就用希望聊以自慰。」

「我絕不是把所有心思都放在這上面。」神父說。

「那麼您做什麼呢？」

「我寫東西或者做研究。」

「他們給您紙、筆和墨水嗎？」

「不，」神父回答：「我自己製造。」

「您自己製造紙、筆和墨水嗎？」唐泰斯大聲說。

「是的。」

唐泰斯欽佩地望著他，不過，他還很難相信神父所說的話。法理亞看出了這輕微的疑竇。

「等您到我的牢房的時候，」他對唐泰斯說：「我會給您看一部完整的著作，這是我一生思索、研究和省思的結果，是我在羅馬古競技場的陰影下，在威尼斯聖馬可圓柱腳下，在佛羅倫斯亞諾河邊推敲過的。我沒想到獄卒會給我空間，在紫杉堡的四堵牢牆內寫成書。書名是《論在義大利建立統一君主政體的可能性》。這會是一部四開本的大書。」

「您寫成了嗎？」

「就寫在兩件襯衫上面。我發明了一種藥劑，可以讓布像羊皮紙一樣光滑平坦。」

「您真是個化學家。」

「稍懂點化學。我認識拉瓦錫[98]，與卡巴尼斯[99]有來往。」

97 德．博福爾公爵（一六一六—一六六七），投石黨的首領之一。

98 拉瓦錫（一七四三—一七九四），法國化學家，證明了物質燃燒和動物呼吸都屬於空氣中氧所起的氧化作用。

99 卡巴尼斯（一七五七—一八〇八），法國醫生、哲學家。

「可是，完成這樣一部著作，您需要做歷史研究。您有許多書嗎？」

「在羅馬的書房裡，我有將近五千冊書。由於反覆閱讀，我發現，精選出其中一百五十本，即使不能說涵括了所有人類知識，至少具備了一切有用的材料。我花了三年時間反覆閱讀這一百五十本書，直至我幾乎背得出來，這時我被捕了。在監獄裡，我只要略微回憶，便能完全回想起來。因此我可以為您背誦修昔底德[100]、色諾芬[101]、普魯塔克、提圖斯、李維[102]、塔西陀[103]、斯特拉達、約南戴斯、但丁、蒙田[104]、莎士比亞、斯賓諾莎[105]、馬基維利和博須埃[106]的作品。我只向您舉出最重要的作家。」

「您懂好幾種語言囉？」

「我會講五種語言：德語、法語、義大利語、英語和西班牙語。我透過古希臘語，懂得了現代希臘語。不過這種語言我說得不好，我現在正在研究它。」

「您在研究現代希臘語？」唐泰斯問。

「是的，我把我所知道的詞彙編成了一部詞典，排列組合、翻來覆去，使這些詞足以表達我的思想。我大約知道一千個詞彙，這是嚴格說來我必須掌握的詞彙，儘管我相信現代希臘語詞典中有十萬個詞。不過，我雖然無法雄辯滔滔，但能讓人完全理解我的意思，這對我來說已經足夠了。」

愛德蒙越來越驚訝，開始感到這個怪人具有異乎尋常的才能。他想找到這個人的缺陷，便又說：「如果別人沒有給您筆，您又怎麼能寫出這部巨著呢？」

「我自己製造了上好的筆，用的是齋日時我們吃到的鱈魚頭部軟骨，如果這種材料公諸於世，大家會更喜歡這種筆，而不是平常使用的羽毛筆。因此，我總是滿心歡喜星期三、星期五和星期六到來，因為這些日子給了我希望，能增加我的筆的儲存，不瞞您說，我的歷史著作是我最美好的工作。當我深入往昔，就忘卻了現在，我自由而獨立地漫遊在歷史之中，不再記得自己是個囚徒了。」

「可是墨水呢？」唐泰斯問：「您用什麼造墨水？」

「我的黑牢以前有一個壁爐，」法理亞說：「在我關進來前不久，那個壁爐無疑被堵住了，但許多年來一直在裡面生火，內部因此蒙上了一層煙炱。我把煙炱溶解在每個星期天的那份酒裡，因此製成了上好的墨水。至於注釋，以及需要引人注意的詮釋，我就刺破手指，用血來寫。」

「我什麼時候能看到這一切呢？」唐泰斯問。

「隨時。」法理亞回答。

「哦！馬上去看！」年輕人嚷道。

「那麼跟我來。」神父說。

他鑽進地道，消失不見了。唐泰斯尾隨著他。

100 修昔底德（約西元前四六〇—四〇四），古希臘歷史家、作家，著有《伯羅奔尼撒戰爭史》等。

101 色諾芬（約西元前四三〇—三五〇），古希臘軍事家、歷史家、作家，著有《遠征記》、《希臘史》等。

102 李維（西元前五九—西元一七），古羅馬歷史家，著有《羅馬史》等。

103 塔西陀（約五五—一二〇），古羅馬歷史家。

104 蒙田（一五三三—一五九二），法國散文家，著有《隨筆集》等。

105 斯賓諾莎（一六三二—一六七七），荷蘭哲學家，著有《倫理學》等。

106 博須埃（一六二七—一七〇四），法國主教，神學家、作家，著有《諫詞》等。

17 神父的牢房

唐泰斯彎著腰，但相當輕鬆地走向地道的盡頭，來到神父的牢房。入口處縮小了，露出的空間僅夠一個人爬過去。神父的牢房鋪著石板，他在最幽暗的角落裡掀起一塊石板，開始這艱巨的工程，唐泰斯已經看到這件工程的結果了。

年輕人一進來便站直身體，極其仔細地審視這個牢房。乍看之下，這個牢房沒有什麼特殊的地方。

「好，」神父說：「現在才十二點一刻，我們還有好幾個小時呢。」

唐泰斯環顧四周，想知道神父靠什麼才能如此準確地知道時間。

「您看看從我的窗戶射進來的這縷陽光，」神父說：「再看看我刻在牆上的線條。這些線條與地球雙重的運動[107]以及地球繞太陽運行的橢圓形軌道一致，我比錶更能準確知道時間，因為錶會不準，而太陽和地球永遠不會出差錯。」

唐泰斯根本不懂這番解釋，他看到太陽從群山背後昇起，沉入地中海，便一直以為是太陽而不是地球在運行。他置身其中的地球正難以察覺的進行雙重運動，在他看來幾乎是不可能的事。在對方的每一句話中，他看到了科學的奧祕，這些奧祕就像他孩提時代的某次遠航中，探訪過的古紮拉特和戈爾貢德[108]的金礦和鑽石礦一樣，值得挖掘。

「啊，」他對神父說：「我急於想看看您的寶貝。」

神父走向壁爐，用一直拿在手裡的鑿子撬起用作爐床的那塊石頭，裡面隱藏著一個相當深的空洞，他剛才對唐泰斯提到的各種東西就藏在這個空洞裡。

「您想先看什麼？」他問。

「給我看看您關於義大利王國的那部巨著。」

法理亞從寶貴的櫥櫃裡掏出三、四卷像紙莎草紙的布，這些布片約寬四寸，長十八寸，編上號碼，寫滿唐泰斯看得懂的文字，因為用的是神父的母語，也就是義大利文，唐泰斯作為普羅旺斯人，完全理解這種民族語言。

「您看，」神父說：「全部在這裡了。大約一星期前，我在第六十八幅布片的底下寫上「完」這個字。我的兩件襯衫和所有手帕都變成了這些東西。有朝一日我重獲自由，在義大利又找到印刷廠敢印我的東西，我就會一舉成名。」

「是的，」唐泰斯回答：「我看得出來。現在請給我看看您寫出這部著作的筆。」

「看吧。」法理亞說。

他拿出一根細棒，這根細棒長六寸，像畫筆一樣粗細，頂端用一條線綁住一塊神父對唐泰斯說過的軟骨，上面讓墨水染黑了。頂端呈鳥嘴形狀，像普通的筆那樣裂開。

唐泰斯端詳細棒，用目光搜尋神父將它削得如此合用的工具。

「啊，是的。」法理亞說：「要找削筆刀吧？這是我的傑作，也像這把刀一樣，我是用一隻鐵製的舊燭台

---

107 指自轉和公轉。

108 印度古城，建於一五一八年，盛產鑽石。

做成的。」

削筆刀鋒利得像一把剃刀。至於另外那把刀，優點是可以兼作匕首。

唐泰斯仔細察看這些器具，就像他以前在馬賽的古玩店裡，細看遠洋船長從南大西洋帶回來的野蠻人製作的工具一樣。

「至於墨水，」法理亞說：「您知道我是怎樣製造的，我需要時才做。」

「現在有一件事我還驚詫莫名，」唐泰斯說：「就是您做這所有事，僅利用白天足夠嗎？」

「我還有晚上。」法理亞回答。

「晚上！您難道具備貓的習性。在夜裡看得清楚嗎？」

「不，但上帝給了人聰明才智，彌補感官的不足，我弄到了光。」

「這是怎麼回事？」

「我從給我的肉裡分出油脂，再融化開來，從中得到一種濃縮的油。看，這就是我的蠟燭。」

神父給唐泰斯看一盞小油燈，就像公共場所照明的那種燈。

「但哪裡來的火呢？」

「這是兩塊石頭和燒過的布。」

「但火柴呢？」

「我假裝得了皮膚病，要用硫磺，他們給了我。」

唐泰斯把這些東西放在桌上，低著頭，被這個人的堅忍和精力折服了。

「還不只這些，」法理亞又說：「因為不應該把所有寶貝都藏在同一個地方，我們把這裡蓋上吧。」

他們把石板放回原處，神父撒上一點塵土，用腳擦了擦，以消除斷裂的痕跡，再朝他的床走去，把床移開。

枕頭後面有一個洞，洞口被一塊石頭幾乎密密匝匝地封住，洞裡有一條繩梯，長二十五至三十尺。

唐泰斯察看這條繩梯，它極其結實，不會斷裂。

「誰給您足夠的繩子，做出這件神奇的作品？」唐泰斯問。

「先是用了我幾件襯衫，然後用了幾床被單，我關在弗內斯特雷爾的三年中把它們搓成一條條細繩。被轉押到紫杉堡時，我設法隨身帶來這些細布條，並在這裡繼續做完了這件工作。」

「難道沒有人發覺，您的床單沒有折邊了嗎？」

「我又縫上了邊。」

「用什麼縫？」

「用這根針。」

神父撩開他碎成片的衣服，讓唐泰斯看一根長長尖尖的、還穿著線的魚骨，他一直揣在身上。

「是的，」法理亞繼續說：「我起初想拆掉這些鐵柵，從這扇窗逃走，正像您所看到的，這扇窗比您的窗寬一點，而且我越獄時還可以擴大一點。但我發覺，這扇窗面臨內院，於是我放棄了這個計劃。然而，我保存著繩梯，留待意料之外的時機，我已經對您說過，因緣巧合遇到的那種越獄條件。」

唐泰斯的模樣像在察看繩梯，卻在想著別的事。一個念頭閃過他的腦際，他在想，這個人如此聰明，如此機智，如此深謀遠慮，也許能看清楚他不幸的迷霧，而他自己從來分辨不清。

「您在想什麼？」神父微笑著問，以為唐泰斯的出神是出於一種高度的欽佩。

「我首先在想一件事，就是您必須花費極大的智力才能達到今天這一步；如果您是自由人，會做出多少驚天動地的事呢？」

「也許一事無成，我充沛的腦力會變成無用的東西散發掉。必須遇到患難才能挖掘某些深藏在智力中的神祕礦藏，必須要有壓力才能使火藥爆炸。囚禁生活把我飄浮在四處的所有才能都集中在一點上，這些才能在一個狹窄的空間相碰撞。您知道，雲相觸產生電，電生火花，火花產生光。」

「不，我一無所知，」唐泰斯說，他的無知使他喪氣：「您說的話中有一部分對我來說毫無意義，您這樣博學真幸福。」

神父微微一笑。「剛才您說在想兩件事嗎？」

「是的。」

「您只告訴我第一件事，第二件事是什麼？」

「第二件事就是，您已經告訴我您的身世，但您還不知道我的身世。」

「年輕人，您的生活不長，包含不了具重要意義的大事。」

「我的身世包含一件極大的不幸，」唐泰斯說：「一件不該落在我身上的不幸。為了不至於像我有時所做的那樣褻瀆上帝，我願意只怨恨我的不幸的製造者。」

「所以您認為自己沒有做過別人歸罪於您的事囉？」

「我以我最珍視的兩個人的腦袋，我的父親和梅爾塞苔絲的腦袋發誓，我完全無辜。」

「好，」神父封好他藏東西的地方，把床推回原處說：「那麼說說您的故事。」

唐泰斯於是講述他的身世，也不過是一次遠航到印度，兩三次航行到地中海東岸地區。最後，他講到最後一次航行，勒克萊爾船長的故事，他要轉交給元帥的一包東西，元帥要轉交給努瓦蒂埃先生的一封信。後來他回到馬賽，與父親見面，和梅爾塞苔絲的愛情，訂婚喜宴，被捕，審問，在法院的臨時監獄，最後才來到紫杉堡的監獄。至此，唐泰斯便無言以對，甚至不知道被關在這裡多長時間了。

他講完後，神父陷入深深的沉思。過了一會兒他說：「有一句意味深長的法律格言，這句格言重複了剛才我對您所說的那個意思，就是：惡念是隨著人格變形而產生的，人的本性是厭惡犯罪的。但是，文明讓我們產生了需要、惡習、矯揉造作的欲念，它們有時影響很大，足以窒息我們的善良本性，把我們導向惡。由此產生這句格言：若要發現罪犯，必先尋找從犯罪中有利可圖的人！您的消失對誰有利呢？」

「我的天，沒有對誰有利！我是這樣微不足道。」

「不要這樣回答，因為這個回答既無邏輯又缺乏哲理。我的朋友，一切都有關連，從為難未來繼承者的國王到為難臨時雇員的職員，莫不如此。如果國王駕崩，繼位者會承襲了一頂王冠。如果職員死去，臨時雇員會接收一千二百利佛爾的薪水，這一千二百利佛爾的薪水對他的重要性，與國家元首年俸無異，他需要這筆錢維持生計。每個人，從社會底層到最高層，都在自己周圍匯聚成一個彼此利害攸關的小世界，就像笛卡兒[109]的世界一樣。不過，這些小世界越往上面就越大。這是一個倒立的金字塔，尖端靠平衡作用保持穩定。我們還是回到您的世界吧。您即將被任命為法老號船長嗎？」

「是的。」

109 笛卡兒（一五九六—一六五〇），法國哲學家，著有《方法論》等。

「您即將迎娶一個漂亮的女孩嗎？」

「是的。」

「有人很期望您當不成法老號的船長嗎？有人很期望您娶不了梅爾塞苔絲嗎？先回答第一個問題，順序是一切問題的關鍵。有人很期望您當不成法老號的船長嗎？」

「沒有，我在船上深受愛戴。如果水手們可以選出一個頭頭，我有把握他們會選我。只有一個人有怨恨我的動機，我曾經與他吵過一次，我提出決鬥，他拒絕了。」

「有這種事？這個人叫什麼名字？」

「唐格拉爾。」

「他在船上幹什麼？」

「會計。」

「如果您當上了船長，您會讓他留任嗎？」

「不，如果取決於我的話。因為我發現他的帳目有假。」

「好。有人參與您和勒克萊爾船長的最後一次談話嗎？」

「沒有，只有我們兩人。」

「有人可能聽到你們的談話嗎？」

「可能，因為門是打開的，甚至……等一下……是的，是的，正當勒克萊爾船長把那包要交給元帥的東西交給我的時候，唐格拉爾正好經過。」

「好，」神父說：「我們上軌道了。當您在厄爾巴島停泊時，您帶人一起上岸嗎？」

「沒帶人。」

「讓您轉交一封信？」

「是的，元帥給的。」

「那封信，您怎麼處理的？」

「我放在皮夾裡。」

「您身上揣著皮夾嗎？一個應能放得下一封公文信件的皮夾，怎放得進一個海員的口袋呢？」

「您說得對，我的皮夾留在船上。」

「所以您是在回到船上之後才把信放進皮夾裡的？」

「是的。」

「您從費拉約港回到船上時，是怎麼處理這封信的？」

「我拿在手裡。」

「當您登上法老號的時候，人人都能看到您拿著一封信囉？」

「是的。」

「唐格拉爾也像別人一樣看見了？」

「唐格拉爾也像別人一樣看見了。」

「您現在聽著，您盡量回想，您還記得告密信的措詞嗎？」

「哦！記得，我看了三遍，每個字都銘刻在我的記憶裡。」

「複誦給我聽。」

唐泰斯凝神靜思了一下。

「信的全文如下。」他說：

檢察官閣下，在下乃王室及教會之友，茲報告有一名為愛德蒙．唐泰斯者，係法老號帆船之大副，今晨自斯米爾納抵埠，中途曾停靠拿波里及費拉約港。此人受繆拉之託，送信予篡權者，旋又受命於篡權者，送信予巴黎拿破崙黨委員會。

罪證於將其擒獲時即可取得，該函若不在其身上，則必在其父寓中，或在法老號之船艙內。

神父聳聳肩。

「這昭然若揭。」他說：「您一定過於天真和善良，才沒有馬上猜透。」

「您以為是這樣？」唐泰斯大聲說：「啊！那就太卑鄙了！」

「唐格拉爾的筆跡是怎樣的？」

「一手漂亮的草書。」

「這封匿名信的筆跡是怎樣的？」

「是向左傾斜的字體。」

神父露出微笑。

「偽裝的，是嗎？」

「很瀟灑，所以是偽裝的。」

「等一下。」神父說。

他拿起筆，或者不如說他稱之為筆的東西，在墨水裡蘸了一下，用左手在一塊布片上寫出告密信的前兩三行。

唐泰斯退後一步，幾乎恐懼地望著神父。

「哦！真令人吃驚。」他高聲說：「這字體多麼像那封信的字體啊！」

「這是因為告密信是用左手寫的。我曾經觀察到一件事。」神父又說。

「什麼事？」

「用右手寫出的字體千變萬化，而用左手寫出的字體大同小異。」

「您難道什麼都見過，什麼都觀察過嗎？」

「我們繼續往下說吧。」

「哦！好的，好的。」

「我們轉到第二個問題。」

「我聽著。」

「有人很期望您娶不了梅爾塞苔絲嗎？」

「是的，那是一個愛著她的年輕人。」

「他的名字呢？」

「費爾南。」

「這是一個西班牙名字嗎？」

「他是加泰隆尼亞人。」

「您認為這個人寫得出這封信嗎？」

「不！這個人會捅我一刀，如此而已。」

「是的，這是西班牙人的天性：謀殺可以，表現怯懦不允許。」

「況且，」唐泰斯繼續說：「他不知道信裡提到的所有細節。」

「您沒有告訴過任何人嗎？」

「絕對沒有。」

「連您的意中人也沒有說過。」

「連我的未婚妻也沒有說過。」

「那是唐格拉爾的所做所為。」

「哦！現在我確信無疑了。」

「等一下，唐格拉爾認識費爾南嗎？」

「不認識……認識的……我想起來了……」

「想起什麼？」

「在我舉行婚禮的前兩天，我看到他們一起圍桌坐在龐菲勒老爹的涼棚下。唐格拉爾友好而詼諧，費爾南臉色蒼白，侷促不安。」

「只有他們兩個嗎？」

「不，與他們在一起的還有第三個夥伴，我的熟人，一個名叫卡德魯斯的裁縫，無疑是他介紹他們兩個認識的。但當時卡德魯斯已經喝醉酒。等一下……等一下……我以前怎麼沒有想起這件事？在他們喝酒的那張桌子旁邊，放著一支墨水瓶、紙和筆。（唐泰斯將手放在額頭上）哦！無恥之徒！無恥之徒！」

「您還想知道別的事嗎？」神父笑著問。

「是的，是的，既然您能看透一切，既然您能洞察一切，我想知道為什麼我只被提審一次，為什麼不讓我見法官，為什麼我會不經審判就被定罪。」

「哦！這個嘛，」神父說：「就更加嚴重了。司法機關的行為陰暗而神祕，很難弄清楚。至今，對於您的兩個朋友，我們所做的只是兒童遊戲。至於另外那方面，必須提供給我最準確的情況。」

「好，那就問我吧，因為您更看得清楚我的身世。」

「是誰審問您的？是檢察官、代理檢察官還是預審法官？」

「是代理檢察官。」

「年輕人還是老頭子？」

「年輕人，二十七、八歲。」

「好！還沒有腐化，但已經野心勃勃。」神父說：「他對您的態度怎樣？」

「與其說嚴厲，還不如說溫和。」

「您把一切都告訴了他？」

「是的。」

「他的態度在審問過程中改變過嗎？」

「他看過那封陷害我的信之後，態度一時產生了變化，顯得為我的不幸而難過。」

「為您的不幸而難過？」

「是的。」

「您確信他同情您的不幸？」

「至少他給了我一個表示同情的重大證明。」

「什麼證明？」

「他燒掉會損害我的唯一物證。」

「什麼物證？告密信嗎？」

「不，是我要轉交的那封信。」

「您確定燒掉了嗎？」

「當著我的面燒的。」

「事情非比尋常，這個人可能是一個您想像不到的、深藏不露的大壞蛋。」

「說實話，您讓我不寒而慄！」唐泰斯說：「難道世界上遍佈老虎和鱷魚嗎？」

「是的，不過，兩隻腳的老虎比四隻腳的鱷魚更危險。」

「言歸正傳吧。」

「好的，您說他燒掉了您要轉交的那封信？」

「是的，他一邊對我說：『您看，只有這個證據不利於您，我把它毀掉了。』」

「這個行動太崇高了，反倒顯得不自然。」

「您這樣認為？」

「我確定無疑。這封信是寫給誰的？」

「寫給巴黎雞鷺街十三號的努瓦蒂埃先生。」

「您能推測這個代理檢察長毀掉這封信會得到好處嗎？」

「或許有好處，因為有兩三次，據他說是為了我的利益著想，要我答應別對任何人提到這封信，他還讓我發誓不說出信封上所寫的名字。」

「努瓦蒂埃？」神父重複著：「努瓦蒂埃？我在舊日的伊特魯里亞王后的宮廷裡認識一個努瓦蒂埃，他在大革命時期曾經是吉倫特黨人。您那個代理檢察長叫什麼名字？」

「德．維勒福。」

神父哈哈大笑。

唐泰斯驚愕地注視他，說道：「您怎麼了？」

「您看到這縷陽光嗎？」神父問。

「看到的。」

「那麼，對我來說，一切都比這縷明亮澄澈的陽光更加明白無誤。可憐的孩子，可憐的年輕人！這個法官對您和顏悅色？」

「是的。」

「這個高尚的代理檢察官燒掉了、毀掉了那封信？」

「是的。」

「這個道貌岸然的劊子手，讓您發誓決不說出努瓦蒂埃的名字？」

「是的。」

「這個努瓦蒂埃。您這個可憐的瞎子，您可知道努瓦蒂埃是何許人嗎？努瓦蒂埃就是他的父親！」

即使一個霹靂打在唐泰斯腳下，擊開一個深淵，地獄就在深淵之底張著嘴，也不會像這幾個始料未及的字那樣，對唐泰斯產生迅捷電流一般、讓他目瞪口呆的效果。他站起來，用雙手捧住頭，彷彿不讓它爆裂似的。

「他的父親！他的父親！」他喊道。

「是他的父親，名叫努瓦蒂埃．德．維勒福，」神父又說。

於是一道閃光掠過囚犯的腦海，至今始終混沌不清的一切被耀眼光芒照亮了。在審問中維勒福的躊躇不決，那封燒毀的信，他要求的誓言，這個法官不是威脅，而是懇求一般的聲音，這一切都回到唐泰斯的記憶裡了。他叫了一聲，像醉漢一樣踉踉蹌蹌，然後，從那個連接神父的牢房與他的牢房的通道衝了過去。

「哦！」他說：「我要獨自想想這一切。」

回到他的黑牢，他倒在床上。傍晚，獄卒看到他坐在那裡，目光呆滯，面容抽搐，像一尊雕像那樣紋絲不動，緘口不語。

這幾小時的沉思默想如同幾秒鐘一樣逝去，在這期間，他下了一個可怕的決心，並且發了一個叫人生畏的誓言。

有個聲音把唐泰斯從沉思中喚醒過來，這是法理亞神父的聲音，他等獄卒來過之後，過來邀請唐泰斯共進晚餐。他被認定的瘋子身分，尤其是使人開心的瘋子身分，讓這個老囚犯得到某些特殊待遇，比如更白一點的麵包啦，星期天有一小瓶酒啦。今天正好是星期天，於是神父來邀請他年輕的同伴分享麵包和酒。

唐泰斯跟著他走，他的面容已經恢復常態，不過還帶著一點僵硬和堅毅，顯示他已下定決心。神父盯著他看，說道：「我很遺憾幫您研判個水落石出，對您說了剛才那番話。」

「為什麼這樣說？」唐泰斯問。

「因為我在您的心裡種下了一種您本來沒有的感情：復仇。」

唐泰斯微微一笑。「我們談別的事吧。」他說。

神父還注視了他一會兒，憂鬱地搖了搖頭，然後，就像唐泰斯所請求的那樣，談起別的事。

老囚犯屬於這樣一類人，他們的談話就像歷盡患難的人那樣，包含許多教訓，具有魅力。這種談話不是為自身著想的，這個不幸的人從不提他的傷心事。

唐泰斯欽佩地傾聽著他的每一句話，有的話符合他已有的想法和從水手生涯得來的知識，還有的話他聞所未聞，宛如為靠南緯度的航海者照亮航道的極光一樣，為年輕人顯示出光怪陸離光芒下的新景致和新天際。唐泰斯明白，一個聰明的頭腦如果能跟隨這個登上精神、哲學和社會高峰，在上面自由馳騁的人，是何等幸福。

「您得將您所知道的東西教給我一點，」唐泰斯說：「哪怕只是為了和我相處不感到厭煩。我覺得您會寧願孤獨，而不要一個像我這樣無知無識、智力低下的同伴。如果您同意我的請求，我保證不再向您提起逃走的事。」

神父露出微笑。

「唉！我的孩子，」他說：「人的知識是非常有限的，等我教會您數學、物理、歷史和三、四種我會講的現代語言，您就會掌握我所知的學問。我只要花兩年工大，便能將全部知識從我的腦子裡傾注到您的腦子裡。」

「兩年！」唐泰斯說：「您認為我能在兩年內學會這些東西嗎？」

「應用不行，掌握原理可以，學懂不等於瞭如指掌。一知半解的人和學者不可同日而語，記憶造就前者，哲學造就後者。」

「難道無法學會哲學嗎？」

「哲學無法學會，哲學是各個學科的天才所獲得知識的總和，哲學是基督升天時踩在腳下的彩雲。」

「哦，」唐泰斯說：「您先教我什麼呢？我迫不及待，想快點開始，我對知識如饑似渴。」

「我什麼都教！」神父說。

果然，從傍晚開始，兩個囚徒就擬定了一個學習計劃，第二天便開始執行。唐泰斯具有驚人的記憶力，領會起來也輕而易舉。他很有數學頭腦，能通過演算理解一切，而水手的詩意想像又緩和了數字公式的枯燥論證或呆板圖解可能產生的過分具體的形式。此外，他已經會說義大利語和一點現代希臘語，這是他航行到地中海東部沿岸時學會的。靠這兩種語言，他不久便理解了其他所有語言的結構，十個月後，他開始會說西班牙語、英語和德語。

正如他對法理亞神父說過的那樣，要嘛學習帶給他的樂趣取代了他對自由的要求，要嘛他像讀者已經看到的那樣，能嚴格遵守諾言，不再提起逃走的事。對他來說，光陰荏苒卻又饒富意義。一年後，他就像變了一個人。

至於法理亞神父，唐泰斯注意到，儘管他為神父的囚禁生活帶來了樂趣，神父卻日漸憂鬱。似乎有個永不停息的想法一直盤桓在他的腦海裡，他陷入了深深的遐想中，不由自主地長吁短嘆，有時陡然起身，手臂環抱胸前，神情黯然地繞著牢房踱步。

有一天，他在千百次繞圈當中突然站住，大聲說：「啊！如果沒有哨兵就好了！」

「可以像您所希望的那樣，一個哨兵也沒有。」唐泰斯說道，他像穿透一個水晶球般地看穿神父的想法。

「啊！我已經對您說過，」神父接著說：「我厭惡殺人。」

「可是這種殺人，即使是我們幹的，也是出於自衛的本能和需求。」

「無論如何，我不會這麼做。」

「可是您想越獄嗎？」

「不斷地想，不斷地想。」神父喃喃地說。

「您找到了一個辦法，是嗎？」唐泰斯急切地問。

「是的，只要露天走廊剛巧派的是一個又聾又瞎的哨兵。」

「這個哨兵會又聾又瞎的。」年輕人回答，那斬釘截鐵的口氣讓神父惶惶然。

「不，不！」他喊道：「不可能。」

唐泰斯想讓他繼續談下去，但神父搖搖頭，拒絕進一步回答。

三個月過去了。

「您身體強壯嗎？」一天，神父問唐泰斯。

唐泰斯沒有回答，拿起鑿子，把它彎成馬蹄形，再把它扳直。

「您能保證萬不得已時才殺死哨兵嗎？」

「能，以我的名譽保證。」

「那麼，」神父說：「我們可以執行我們的計劃。」

「我們執行這個計劃要花多少時間？」

「至少一年。」

「我們可以開始動手囉？」

「馬上開始。」

「哦！您看，我們白白浪費了一年。」唐泰斯大聲說。

「您覺得我們白白浪費了一年嗎？」神父問。

「哦！對不起，對不起。」唐泰斯紅著臉高聲說。

「噓！」神父說：「人畢竟是人，您仍然是我認識的人中的佼佼者之一。看，這是我的計劃。」

神父拿出一張畫好的圖，這是他的牢房、唐泰斯的牢房和連接兩者的通道的平面圖。在那條露天走廊的正中間，他畫了一條與礦區一樣的巷道。這條巷道能使兩個囚犯通到哨兵來回走動的露天走廊的底下。一旦挖到那裡，他們便再挖一個大洞，卸下一塊作為露天走廊地板的石板。在訂好的時間，石板受到某個士兵的重壓，便陷落下來，士兵因此跌落洞裡。正當他摔得迷迷糊糊，無法反抗時，唐泰斯向他撲去，捆住他，塞住他的嘴。於是他們倆越過這條走廊的一個窗戶，利用繩梯沿著外牆爬下去，逃之夭夭。

唐泰斯拍起手來，他的眼睛閃現快樂的光芒。這個計劃非常簡單，定會成功。

當天，兩個挖掘工開始動手，由於經過長期的休息，而且這項工作只不過是將他們內心的隱祕想法付諸實踐，所以他們的熱情格外高漲。

除了他們不得不各自返回牢房，迎接獄卒到來的時間，沒有什麼事打斷他們的工作。此外，他們早已能辨別獄卒下來時那難以察覺的細微聲響，所以從未被猝不及防地抓住。他們從新通道挖出來的泥土最終會塞滿舊通道，所以他們萬分小心地將泥土從唐泰斯的或法理亞的黑牢窗戶分別撒出去，他們仔細地將泥土碾成碎末，晚風把泥土帶到遠處，不致留下痕跡。

這項工作使用的工具是一把鑿子、一把刀和一根木頭撬棍，這樣過了一年多。在這一年裡，法理亞一邊工作，一邊繼續教育唐泰斯，有時對他講這種語言，有時講另一種語言，為他講述各國歷史，還有偉人的傳記，這些偉人相繼在身後留下所謂光榮的輝煌印記。神父閱歷豐富，曾出入上流社會，舉止間還帶有一種憂鬱意味的莊重，唐泰斯由於天生具有一個擅長汲取知識的頭腦，善於從中抽取出他所缺乏的典雅風度和貴族儀態，只有透過與上流社會接觸或出入有教養的人物圈子，久而久之，才能學會這種儀態。

十五個月之後，通道挖成了，洞口設在走廊底下，聽得到哨兵來往的腳步聲。兩個挖掘工不得不等待一個沒有月光的漆黑夜晚，好讓越獄行動更有把握。他們只擔心一件事，就是石板在士兵腳下過早坍塌。他們在地基中找到一根小櫟木作為支撐，以防不測。唐泰斯正忙於支撐這根櫟木，這時他突然聽到法理亞神父用一種痛苦的聲音呼喚他。神父待在年輕人的牢房裡，正全神貫注削尖一根用來固定繩梯的木釘。唐泰斯急忙返回，看到神父站在牢房中央，臉色慘白，額上佈滿汗珠，雙手痙攣。

「哦！我的天！」唐泰斯喊道：「怎麼回事，您怎麼了？」

「快，快！」神父說：「聽我說。」

唐泰斯注視著法理亞蒼白的臉，發青的眼睛，蒼白的嘴唇和豎起的頭髮。他驚恐萬分，手中的鑿子掉在地上。

「究竟怎麼回事？」愛德蒙大聲說。

「我完了！」神父說：「聽我說，一種可怕的病，或許是致命的病即將向我襲來。快要發作了，我已經感覺到，在被捕的前一年，我曾經發作過一次。治這種病只有一種藥，我這就告訴您：快到我的牢房裡，抬起床腳，有隻床腳是挖空的，您可以找到一個小瓶，裡面裝了半瓶的紅色液體，把瓶子拿來。或者不如，不，不，我在這裡可能被人撞見，請幫助我回到牢房，趁我還有點力氣。誰知道這病一發作，持續下去，會發生什麼事呢？」

雖然向唐泰斯襲來的災難十分巨大，但他並沒有暈頭轉向，他拖著不幸的同伴下到通道，費盡了九牛二虎之力才把神父帶到盡頭，來到法理亞的牢房，把他安置在床上。

「謝謝。」神父說，他彷彿從冰水中爬出來，四肢瑟縮發抖，「病已經發作了，我即將陷入蠟屈症。我可能一動也不動，一聲呻吟也沒有；也可能口冒白沫，四肢僵直，大喊大叫，盡量不要讓人聽到我的喊聲，這至關重要，因為那樣或許就會讓我換牢房，我們就永遠分開了。當您看到我一動不動，冰冷得像死去一樣時，可以說，只有到這種時候，請用刀撬開我的牙齒，將八至十滴液體倒進我的嘴裡，或許我會甦醒過來。」

「或許？」唐泰斯痛苦地喊道。

「救命！救命！」神父喊道：「我要……我要死……」

病發作得如此突然和劇烈，不幸的犯人連話都沒有說完，一道陰翳像海上的風暴一樣迅速而黑沉地掠過他的頭頂。他眼睛圓睜，嘴巴扭曲，臉頰通紅；他扭動著，口吐白沫，狂叫亂喊；但就像他親口吩咐過唐泰斯的那樣，愛德蒙把他的喊聲悶在毯子底下。這樣持續了兩小時，他變得比鐵鎚更沒有生氣，比大理石更蒼白、更冰冷，比踩在腳下的蘆葦更癱軟無力。他倒在床上，經過最後一次抽搐之後，更顯僵直，面如土色。

愛德蒙等待著這假死現象侵入神父的軀體，他拿起刀，將刀刃插入牙縫，好不容易才撬開痙攣的下顎，一滴接一滴，倒入十滴紅色液體，然後等待著。

一小時過去了，老人卻毫不動彈。唐泰斯擔心藥下得太遲了，他雙手插進頭髮，盯住老人。末了，淡淡的紅潤呈現在神父的臉頰上，他的眼睛始終張大卻十分遲鈍，但這時恢復了視力，從他嘴裡吐出了輕微的嘆息，他動了一下。

「活過來了！活過來了！」唐泰斯喊道。

病人還不能說話，但他帶著明顯的不安朝門伸出手。唐泰斯傾聽著，聽到了獄卒的腳步聲，快七點了，唐泰斯一直沒有閒工夫去計算時間。

年輕人向洞口衝去，鑽入洞內，又在頭頂放好石板，然後回到自己的牢房裡。

過了一會兒，輪到他的房門打開，獄卒像平常那樣，看到犯人坐在床上。

他一轉過身，腳步聲剛消失在走廊裡，惴惴不安的唐泰斯沒想到吃飯，便又鑽進剛才回來的那條通道，用頭頂起石板，回到神父的牢房。

神父已經恢復知覺，但他一直躺在床上，毫無生氣，軟弱無力。

「我以為再也看不到您了。」他對唐泰斯說。

「為什麼？」年輕人問：「您以為我會死嗎？」

「沒有，不過一切都準備好了，您可以逃走，我以為您會逃走。」

激動的紅暈出現在唐泰斯的雙頰上。

「丟下您！」他嚷道：「您真的認為我會這樣做嗎？」

「現在，我看出我是錯的，」病人說：「啊！我多麼虛弱，多麼精疲力竭，像骨頭都散了似的。」

「要鼓起勇氣，您的氣力會恢復的。」唐泰斯說，他坐在法理亞的床邊，握住神父的手。

神父搖搖頭。

「上一次，」他說：「發作持續了半小時，然後我感到餓，獨自爬了起來。今天，我既不能活動腿，又不能活動右臂，我的腦袋亂糟糟的，這表示腦溢血了。下一次，我就會完全癱瘓，或者當場死去。」

「不，不，請放心，您不會死。如果您第三次發病，那時您已經自由了。我們會像這次一樣救活您，而且比這次更好，因為我們會有一切必需的救護條件。」

「我的朋友，」老人說：「別搞錯了，這次發病已經判決了我無期徒刑，要逃走就必須能走路。」

「那麼，我們再等一星期，一個月，兩個月，要是非如此不可的話。這期間，您的氣力會恢復。我們一切都準備好了，可以自由選擇逃走的時間和機會。一旦您感到有足夠的氣力可以游泳時，我們就執行計劃。」

「我再也不能游泳了。」法理亞說：「這條手臂已經癱瘓，不是癱瘓一天，而是永遠癱瘓。請來抬一下它，您就會看到它沉甸甸的。」

年輕人抬起那條手臂，手臂麻木地落下來。他發出一聲嘆息。

「現在您相信了，是吧，愛德蒙？」法理亞說：「請相信我，我知道自己在說什麼，從我第一次遭到這種病的打擊以來，我就不斷思索。我一直等待發病，因為這是家族遺傳，我的父親在第三次發病時死去，我的祖父也是。為我配製這種藥水的醫生不是別人，而是有名的卡巴尼斯，他預言我有同樣的命運。」

「這個醫生搞錯了，」唐泰斯大聲說：「至於您的癱瘓，難不倒我，我會把您扛在肩上，我托住您游泳。」

「孩子，」神父說：「您是水手，您會游泳，因此應該知道，負載這樣重的人在海裡游不了五十嚀[110]。

別再胡思亂想了，您高尚的心靈也不會相信這種想法的。我就留在這裡，直至解脫那一刻的鐘聲敲響，如今，我的解脫只能是死亡之時。至於您，逃走吧，動身吧！您年輕、靈活、強壯，別擔心我，我取消您的諾言。」

「好吧，」唐泰斯說：「那麼，我呢，我也留下來。」

接著，他站起來，向老人慎重地伸出一隻手：「我以基督的血的名義發誓，直到您死去才會離開您！」

法理亞端詳著這個高尚、純樸、有教養的青年，看到他的面容被忠誠、真摯友情和誓言激勵著。

「好吧，」病人說：「我接受了，謝謝。」

然後，向他伸出手說：「您這樣無私忠誠，日後或許會有善報的。我不能走，您又不願意離開，現在重要的是必須堵住走廊下的地洞，士兵走動時若發現地下挖空發出聲響，會派人來檢查，那時我們就會事跡敗露而被迫分開。去做這件事吧，遺憾的是我無法幫您。如果需要，就連夜工作，明天早晨等獄卒來過之後再到我這裡來，我有件重要的事要告訴您。」

唐泰斯握住神父的手，神父微微一笑，讓他放心。唐泰斯懷著對年老朋友的順從和尊敬離開了。

110　舊水深單位，一噚約合一．六二四公尺。

18 寶藏

次日早晨，當唐泰斯回到難友的牢房裡時，他看到法理亞坐著，面容安詳。

在從狹窄的牢房窗口照射進來的光線下，他用左手（讀者記得，只有這隻手還能使用）捏住一張打開的紙，由於經常捲成一小卷，留下圓筒的形狀，難以攤平。

他一聲不吭，把紙遞給唐泰斯。

「這是什麼？」唐泰斯問。

「仔細瞧瞧。」神父微笑著說。

「我正細看，」唐泰斯說：「我只看到一張燒掉一半的紙，上面用一種奇特的墨水寫著一些哥德體的文字。」

「我的朋友，」法理亞說：「現在我可以對您和盤托出，因為我已經考驗過您。這張紙是我的寶藏，從今天開始，寶藏的一半屬於您。」

唐泰斯的額頭冒出冷汗。直到這一天，而且他們經過多麼長的時間啊，他始終避免向法理亞談起這個寶藏，這是他被說成發瘋的根源，這種瘋狂壓抑著可憐的神父。出於本性的體貼，愛德蒙不想觸動這根痛苦顫動的心弦，而法理亞也保持緘默。唐泰斯把老人的沉默看作理智恢復，而今，法理亞經過這一場死裡逃生的發病，吐出這幾個字，似乎預示精神錯亂又嚴重復發了。

「您的寶藏？」唐泰斯期期艾艾地說。

法理亞露出微笑。

「是的，」他說：「從各個方面來看，您的心地都很高尚，愛德蒙，從您的蒼白臉色和顫抖身體，我明白您此刻的想法。不，請放心，我不是瘋子。這個寶藏是存在的，唐泰斯，如果我不能擁有，就由您擁有它。以前沒有人願意聽我的話，也不願相信我的話，因為他們認為我是瘋子。而您呢，您應該相信我不是瘋子。聽我說，如果您願意聽完我說的話，便會相信我了。」

「唉！」愛德蒙心裡想：「他老毛病又犯了！我也差點就瘋了。」

然後他大聲對法理亞說：「我的朋友，您發病以後大概很疲倦了，難道您不想休息一下？明天，如果您願意，我會傾聽您的故事，但今天我只想照料您。況且，」他微笑著繼續說：「寶藏對我們來說很迫切嗎？」

「非常迫切，愛德蒙！」老人回答。「誰知道明天，也許後天，是否會第三次發作？到一切都完了！是的，確實如此，我時常苦中作樂地想著這些財富，這筆錢能使十戶人家富有，然而由於那些迫害我的人而白白失去了。這個想法讓我一心想復仇，我在牢房的黑夜中和囚禁生活的絕望中慢慢品嘗復仇的快意。但如今我由於愛您而寬恕了世界，我看到您年輕力壯、前程似錦，我想到一旦知曉這個祕密，您會大富大貴，我就因擔心延誤而發抖，我擔心無法確保像您這樣品格高尚的人，能夠擁有埋藏著的奇珍異寶而哆嗦。」

愛德蒙嘆息著別過頭去。

「您固執己見，不願相信，愛德蒙，」法理亞繼續說：「我的話根本說服不了您嗎？我看您需要證據。那麼，請看這張紙，我從來沒讓別人看過。」

「明天吧，我的朋友，」愛德蒙說，他不願意聽從老人的瘋狂舉動，「我認為還是等到明天再談這件事比較合適。」

「我們就等到明天再談，但今天請看這張紙。」

「絕不要激怒他。」愛德蒙心想。

這張紙已缺損了一半，顯然是由於某種意外而被燒掉的，他拿起紙端詳。

今天，一四九八年四月二十五日
亞歷山大六世之邀赴宴，
所獻之款，而欲繼承余之產業，
死克拉帕拉及班蒂伏格遼
余今向概括遺贈財產承受人
愛侄宣佈，在攜余同遊之處
島之岩洞中，埋藏余
石、鑽石、首飾；此處寶藏
約值二百萬羅馬埃居，僅需
首小港處第二十塊岩石，即可
設有洞口二處：寶藏位於第二
隅中，此寶藏余全部遺贈
凱撒
一四九八年四月二十五日

「怎麼樣？」法理亞在年輕人看完之後說。

「可是，」唐泰斯回答：「我只看到斷簡殘篇，一些不連貫的字句，字句被火燒掉了一些，難以理解。」

「我的朋友，對您是這樣，因您第一次看到，但對我不是，有多少夜晚我埋頭鑽研，重新組織每個句子，補全每個想法。」

「您認為您找到被中斷的語句了嗎？」

「我十拿九穩，您可以做出判斷。不過，請先聽聽這張紙的來歷。」

「別出聲！」唐泰斯大聲說：「腳步聲……有人來了……我走了……再見！」

唐泰斯很高興能避開對方的故事和解釋，因為這必然會向他證實朋友的不幸，他宛如水蛇一般鑽進狹窄的通道，而法理亞由於驚惶倒恢復了一點活力，他用腳把石板推上，再蓋上一張席子，為了不讓人看到來不及掩蓋的斷裂痕跡。

來的是典獄長，他從獄卒那裡得知法理亞出了事，要親自證實嚴重程度。

法理亞坐著接待他，避免做出任何引發猜疑的動作。他成功未讓典獄長看出他的癱瘓，而那其實已經讓他一腳踏進鬼門關。他生怕典獄長心生憐憫，將他安置在更乾淨的牢房，因此與他年輕的難友分離。幸好沒有發生這種事，典獄長離開時深信，這個可憐的瘋子只是略感不適，他對這瘋子感到同情。

這時愛德蒙坐在床上，雙手捧住頭，竭力集中思路，自從他認識法理亞以來，法理亞的一切都顯得這樣理智，這樣崇高，這樣富邏輯，以致他無法理解，在各方面具有高度智慧，卻只在一點上失去理智。究竟是法理亞在寶藏問題上變得迷亂，還是大家錯看了他呢？

唐泰斯整天待在自己的牢房裡，不敢返回朋友那裡。他想藉此推遲確信神父發瘋的時刻。對他來說，證實這一點是多麼可怕啊。

將近傍晚，獄卒照例來過之後，法理亞不見年輕人返回，便試圖穿過分隔兩人的那段通道。愛德蒙聽到老人痛苦掙扎拖著身體的聲音，哆嗦了一下。老人的腿麻痺了，手臂也幫不上忙。愛德蒙不得不把他拉出來，因為他根本無法獨力從通到唐泰斯牢房的狹窄洞口爬出來。

「瞧我對您窮追不捨，」他帶著散發出善意的微笑說：「您以為能躲避我慷慨的贈與，但這是白費力氣。因此聽我說。」

愛德蒙看出自己無路可退，便讓老人坐在床上，自己坐在旁邊的矮凳上。

「您知道，」神父說：「我是斯帕達紅衣主教的祕書、親信和朋友，他是最後一位斯帕達親王。我這輩子享有的幸福都是這位高貴的主公恩賜的。他並不富有，雖然他家族的財富人盡皆知，我時常聽人提及：富人斯帕達。但他正如流言蜚語所言，是在富豪的虛名下生活。他的宮邸是我的天堂。我教過他幾個侄子，他們如今都去世了。當他孑然一身時，我絕對忠於他的意願，報答他十年來對我的恩情。

「紅衣主教的邸宅對我而言已毫無祕密，我常常看到紅衣主教閣下孜孜不倦地查閱古籍，熱衷於在塵土中搜尋家族的手稿。有一天，我數落他為此熬夜是徒勞無功，還因此精疲力竭，他苦笑著注視我，為我打開一本書，那是一部關於羅馬城的歷史著作。在論述教皇亞歷山大六世生平的第二十章中，如下幾頁是我永遠不會忘記的：

「羅馬涅[111]的幾場大戰已告結束。凱撒．博爾賈完成了征服事業，需要籌款買下義大利全境。教皇也需要籌款擺脫法王路易十二[112]，儘管後者最近戰事失利，仍然十分強悍。所以需要從事有利的交易活動，但義大利國力衰竭，這件事難上加難。

「聖上覓得一策，決意冊封兩位紅衣主教。

「在羅馬的顯赫人物中選出兩位，尤其是兩個富人，聖父則能收取交易的漁利，他可先賣出兩位紅衣主教下的高官肥缺；其次，他可指望這兩個主教職位賣得好價錢。

「交易活動還有第三部分利益，這項利益即將顯示。

「教皇和凱撒．博爾賈先物色到兩位未來的紅衣主教，即約翰．羅斯皮格遼齊，他一人獨攬教廷高位中的四項，還有凱撒．斯帕達，最高貴、最富有的羅馬人之一。兩者都意識到教皇如此恩寵的殊榮，無不野心勃勃。凱撒確定主教人選後，不久即找到其他謀職的人。

「結果是羅斯皮格遼齊與斯帕達捐職謀得紅衣主教的位子，另有八人出資謀得這兩位新紅衣主教升遷之前的職位。八十萬埃居就此進了賣家的金庫。

「再來說說交易活動的最後一部分。教皇對羅斯皮格遼齊恩寵有加，授與紅衣主教徽章，深信他們為了報恩還債，一定會集中與變賣財產，定居羅馬。教皇和凱撒．博爾賈決定設宴招待兩位紅衣主教。

「聖父與兒子之間有過一場爭執：凱撒想採用兩種方法，他總是這樣對付密友。第一種是那把有名的鑰匙，請人拿著去開一個大櫃。那把鑰匙有一個小鐵刺，是當初粗枝大葉的工匠留下的。大櫃的鎖很難打開，開鎖者須用力扭轉，隨即會被小鐵刺所傷，第二天即嗚呼哀哉。另有一枚獅頭戒指，凱撒戴在手指上與人握手，獅頭會咬破對方的手，二十四小時後傷口會致人於死。

111 義大利舊省名，從一二〇一年至一八五九年屬於教皇國。

112 路易十二（一四六二—一五一五），法國國王（一四九八— 五一五）。

「凱撒向父親提議，要嘛讓兩位紅衣主教去開大櫃，要嘛分別與他們熱烈握手。但亞歷山大六世答道：『此事牽涉到兩位傑出的紅衣主教斯帕達與羅斯皮格遼齊，我們不必計較設宴的花費。我有預感，這筆開支可再撈回來。況且，凱撒，你忘了消化不良會馬上發作，而刺破或咬破需要一兩天才見效。』

「凱撒聽從了這番說法。因此兩位紅衣主教受到邀請。

「宴席設在利恩的聖彼得教堂附近，教皇的葡萄園內，兩位紅衣主教深諳這是名聞遐邇的勝地。

「羅斯皮格遼齊受寵若驚，腦袋陶然，空著肚子，笑容可掬。斯帕達則是個謹慎小心的人，他只喜歡他的侄兒，一個有錦繡前程的年輕上尉。於是他拿出紙和筆，寫下遺囑。

「然後他派人轉告侄子，在葡萄園附近等候他，但看來僕人沒有找到年輕上尉。

「斯帕達熟悉這類邀宴的慣例。自從高度文明化的基督教為羅馬帶來長足進步，不會再有百人隊長傳達暴君的命令：『凱撒賜你一死。』而會是一位教皇特使，嘴角含笑，傳達教皇的旨意：『聖上請您赴宴。』

「斯帕達在兩點鐘左右動身前往利恩聖彼得教堂的葡萄園，教皇在迎候他。讓斯帕達怵目驚心的第一張臉，便是他那穿著盛裝、滿面春風的侄兒的臉。凱撒．博爾賈十分寵愛這位年輕人。斯帕達臉色變得蒼白，凱撒則滿含譏誚地瞥了他一眼，流露出一切都在預料之中，陷阱已經設好了的神情。

「開始用餐。斯帕達只來得及乘隙問侄子：『您接到我的口信了嗎？』侄子回答沒有，而且完全明白這句問話的含義。但為時已晚，因為他剛喝下一杯教皇的膳食總管特意為他準備的美酒。與此同時，斯帕達看到又端上一瓶酒，主人為他斟了一杯又一杯。一小時後，醫生宣佈他們兩人吃了有毒的羊肚菌。斯帕達死在葡萄園的門口，他的侄子在家門口斷氣，死時做了一個手勢，但他的妻子不懂其意。

「凱撒與教皇隨即藉口尋找死者文件，急急忙忙侵占遺產。但遺產僅止於此：一份文件。斯帕達寫明：

「『余遺贈箱子及書籍予愛侄，內含金角精裝《日課經》一冊，望珍藏叔父之紀念品。』

「遺產占有者到處翻找，欣賞那本《日課經》後，強占了家具，他們訝異於這個富豪斯帕達竟是窮光蛋。沒有寶庫，唯有圖書室和實驗室存放科學寶藏。

「僅此而已。凱撒和他的父親尋找、搜索、勘察，一無所獲，或者說所獲無幾，僅大約一千埃居的金銀製品，外加同樣數目的現金。但那個侄子回家時還來得及對妻子說：『在我叔父的文件裡找一找，有一份真正的遺囑。』

「這家人也許比那些令人敬畏的繼承人更加積極，但是徒勞無功，斯帕達只留下兩座大宅和帕拉坦山[113]後面的一座葡萄園。但那時不動產價值甚微，兩座大宅和葡萄園不能滿足教皇和他兒子的貪婪胃口，便留給了家屬。

「日月荏苒，亞歷山大六世中毒而亡，這真是出於陰錯陽差。凱撒與他同時中毒，只不過像蛇蛻皮一樣換了一層皮膚，新皮膚上留下毒藥的斑點，宛若虎皮。他最終只得離開羅馬，無聲無息地死於一次夜間的小衝突，幾乎為史書所遺忘。

「在教皇去世、他的兒子流亡以後，人們普遍期待斯帕達家族恢復紅衣主教時代的親王排場，但事實並非如此。斯帕達家族仍然連過個舒適的生活都成問題。永久的謎團壓在這件無頭公案上，流言紛紛，說凱撒比他父親更有手腕，已從教皇那裡奪走兩位紅衣主教的財產。我會說兩位，是因為紅衣主教羅斯皮格遼齊一直

---

113 位於羅馬，在奧古斯都時代建造了幾幢宮殿，後已傾圮。

毫無防備，家產已被搶個精光。」

說到這裡，法理亞微笑著插入一句：「您不覺得太荒唐了嗎？」

「哦，我的朋友，」唐泰斯說：「相反的，我覺得我在讀一本饒有趣味的編年史。請您說下去。」

「那我接著說。斯帕達這族人習慣了安貧知命。年復一年，後代有的從軍，有的成了外交家，有的是教士，有的當了銀行家，有的發財致富，還有的終於破產。我要說的是這個家族的末代子孫斯帕達伯爵，我做了他的祕書。

「我時常聽到他抱怨財產與爵位太不相稱，因此，我建議他把微薄的財產轉成終身年金。他聽從了這個建議，這樣收入翻了一倍。

「那本精美的《日課經》留在家族中，歸斯帕達伯爵所有。這本《日課經》世代相傳，因為找到的那份唯一遺囑中的古怪的話，使這本書變成真正的遺物，家族後代懷著迷信般的崇敬加以保存。這本書有非常漂亮的哥德風格彩色插圖，由於裝幀含金量很高，每逢隆重儀式，僕人總是捧著它站在紅衣主教面前。

「我看到來自那位被毒死的紅衣主教的各種各樣文件：證書、契約、公文，這些都保存在家族的檔案裡。我也像之前的二十位侍從、二十位管家、二十位祕書那樣，開始查閱這一捆捆浩瀚資料，儘管我孜孜不倦、不屈不撓地研究，仍然一無所獲。我研讀甚至寫出一部詳實的、幾乎逐日編寫的博爾賈家族史，唯一的目的是要證實紅衣主教凱撒．斯帕達之死是否讓那些親王的財產增加。然而我發現他們所增加的，是斯帕達的難友、紅衣主教羅斯皮格遼齊的財產。

「因此，我幾乎確信，這筆遺產既沒有讓博爾賈家族也沒有讓斯帕達家族得益，仍然是無主之財，如同阿拉伯故事中的寶庫，沉睡在大地的懷抱裡，由惡魔看守著。我不斷搜索、計算、估量三百年來斯帕達家族的收入和支出，但一切都徒勞無功，我依然一無所知，斯帕達伯爵也仍舊一貧如洗。

「我的主公過世了。除了終身年金以外，他只有家族文件、五千冊藏書和那本精美的《日課經》。他遺贈給我這一切，外加一千羅馬埃居現金。條件是我每年為他做幾場彌撒，並編寫一本族譜與一部家史，這些我都一一辦到了……

「別著急，親愛的愛德蒙，快說到結局了。

「一八〇七年，就在我被捕的前一個月，斯帕達伯爵去世之後半個月，十二月二十五日，您待會兒就會明白，這個可茲紀念的日子怎麼會銘刻在我的記憶中。我上千次重看這些我整理過的文件，因為這座大宅今後將屬於一個外國人，而我就要離開羅馬，定居在佛羅倫斯，同時帶走我擁有的一萬兩千多利佛爾、藏書和那本精美的《日課經》。勤勉刻苦的研究使我感到十分疲憊，再加上午飯吃得過多而有些不適，我枕在手上睡著了。這時是下午三點鐘。

「掛鐘敲響六點時，我醒了過來。

「我抬起頭，四周一片漆黑。我拉鈴叫人拿燈來，但沒有人來，於是我決定自己點燈。再說，這是豁達者的一種習慣，我得這樣做。我一隻手拿起一支現成的蠟燭，由於盒子裡沒有火柴，另一隻手在摸索紙片，我打算利用壁爐的餘火點燃它。由於生怕在黑暗中錯拿寶貴的文件，而不是無用廢紙，正當我遲疑時，我回想起曾在身旁桌上那本精美的《日課經》裡，看過一張上端完全發黃的舊紙，好像是作為書籤使用，它已歷經了幾個世紀，繼承者們出於尊重仍保留著。我摸索著尋找那張廢紙，找到後，把它扭成一條並伸進餘火中，點燃了。

「但在我的手指下，像變魔術似的，隨著火焰上升，我看見白紙中跳出黃色的字母。我嚇了一跳，手裡緊攥這張紙，掐滅了火。我直接將蠟燭伸到壁爐裡點著，懷著難以描述的激動心情展開那張揉縐了的紙，發現這些字是用一種神祕的隱形墨水寫的，只要接觸到高溫便會顯現。三分之一以上的紙被火燒掉了，今天早上您看到的就是那張紙。重讀一遍吧，唐泰斯，等您看完我為您補齊中斷的句子和不完整的文意。」

法理亞停頓下來，把紙遞給唐泰斯，這一次，唐泰斯熱切地重讀一遍這些用鐵鏽一樣黃褐色的墨水寫出的字句：

今天，一四九八年四月二十五日，
亞歷山大六世之邀赴宴，
所獻之款，而欲繼承余之產業
死克拉帕拉及班蒂伏格遼
余今向概括遺贈財產承受人
愛侄宣佈，在攜余同遊之處
島之岩洞中，埋藏余
石、鑽石、首飾；此處寶藏
約值二百萬羅馬埃居，僅需
首小港處第二十塊岩石，即可
設有洞口二處：寶藏位於第二
隅中，此寶藏余全部遺贈

凱撒

一四九八年四月二十五日

「現在，」神父又說：「請看另外這一張紙。」

他遞給唐泰斯第二張字句殘缺不全的紙。

唐泰斯接過來看：

因應教皇陛下
恐其不滿於余捐職
為余設下毒
紅衣主教之命運，
吉多·斯帕達
亦即基度山小
所有金條、金幣、寶
僅余一人所知，
揭去自小島右
發現。此洞窟
洞口最深之

余之唯一繼承人。

斯帕達

法理亞用火熱的目光注視他。

「現在，」當他唐泰斯看完最後一行時，他說：「請把兩張紙拼湊起來，您自己判斷吧。」

唐泰斯照辦。拼湊起來的兩張紙構成下面的整體：

今天，一四九八年四月二十五日，　因應教皇陛下
亞歷山大六世之邀赴宴，　恐其不滿於余捐職
所獻之款，而欲繼承余之產業　為余設下毒
死克拉帕拉及班蒂伏格遼　紅衣主教之命運，
余今向概括遺贈財產承受人　吉多·斯帕達
愛侄宣佈，在攜余同遊之處　亦即基度山小
島[114]之岩洞中，埋藏余　所有金條、金幣、寶
石、鑽石、首飾；此處寶藏　僅余一人所知，
約值二百萬羅馬埃居，僅需　揭去自小島右
首小港處第二十塊岩石，即可　發現。此洞窟
設有洞口二處：寶藏位於第二　洞口最深之

隅中，此寶藏余全部遺贈余之唯一繼承人。

凱撒 斯帕達

一四九八年四月二十五日

「好，您終於明白了吧？」法理亞問。

「這就是紅衣主教斯帕達的聲明，即找了多年的那份遺囑嗎？」愛德蒙依然疑惑地說。

「是的，千真萬確。」

「誰把它重新組織成這樣？」

「是我，利用剩下的殘片，根據紙張的寬度估算出每行的長短，依靠明顯的含義推敲隱藏的文意，再猜出其餘部分，就像在地道中憑著頂部照射進來的餘光前進一樣。」

「當您獲得這個證據之後，又進行了什麼行動呢？」

「我想動身，馬上動身，隨身攜帶關於義大利王國統一的那部巨著的開頭部分。但帝國警署早就盯上我了，當時，拿破崙得子，而帝國警署跟拿破崙的願望相左，他們希望義大利各省分裂。我走得匆促，帝國警署揣度不出其中原因，這引起警署的懷疑，正當我在皮昂比諾上岸時，我被捕了。」

「現在，」法理亞帶著近乎慈父般的神情望著唐泰斯，繼續說：「現在，我的朋友，您與我一樣瞭解這個

114 義大利的小島嶼，多山，只有十平方公里，是個漁港，位於厄爾巴島西南方四十公里處。

神父拿一張只餘斷簡殘篇的紙給唐泰斯。

祕密，如果我們一起逃出去，寶藏的一半歸您；如果我死在這裡，只有您一個人逃出去，所有寶藏就歸您。」

「但是，」唐泰斯游移不定地問：「難道在這個世界上，沒有比我們更合法的寶藏主人嗎？」

「沒有，您放心吧，斯帕達家族已完全絕後了。況且，最後一位斯帕達伯爵讓我做他的繼承人，他把這本有象徵意義的《日課經》遺贈給我，也就把書裡包含的東西給了我。不，不，放心吧，如果獲得這筆財富，我們可以問心無愧地擁有。」

「您說這個寶藏價值……」

「二百萬羅馬埃居，大約等於一千三百萬法國埃居。」

「不可能的！」唐泰斯說，他被驚人數字嚇呆了。

「不可能的？為什麼？」老人接著說：「斯帕達家族是十五世紀最古老、最有勢力的家族之一。況且，在一切商業交易和工業還不存在的時代，囤積這麼多金銀財寶並不罕見，今日有些羅馬的家族都快餓死了，但是卻絲毫無法動用相傳下來的價值百萬的鑽石珠寶，因為那是由長子世襲繼承的財產。」

愛德蒙以為在做夢，他在懷疑和喜悅之間搖擺。

「我之所以一直對您保密，」法理亞繼續說：「首先是要考驗您，其次是要讓您大吃一驚。如果我們在我蠟屈症發作之前越獄成功，我就會帶您到基度山小島去。現在，」他嘆了口氣補充說：「要您帶我去了。喂，唐泰斯，您還沒有謝謝我呀？」

「這個寶藏是屬於您的，我的朋友，」唐泰斯說：「只屬於您一個人，我無權染指，我根本不是您的親屬。」

「您是我的兒子，唐泰斯！」老人高聲說：「您是我在囚禁生活中得到的兒子。我的職業注定只能獨身，上帝派您到我身邊，來安慰我這個不能做父親的人和不能獲得自由的囚徒。」

法理亞那隻還能活動的手臂伸向年輕人。後者哭泣著撲上去抱住他的脖子。

19 第三次發病

長期以來，這個寶藏是神父苦思冥想的對象，既然它能保證法理亞視如己出的唐泰斯的未來幸福，它的價值就倍增了。他每天喋喋不休地談論寶藏的數目，向唐泰斯解釋，在當今這個時代，一個人有了一千三四百萬，能怎樣為朋友做好事。於是唐泰斯的面孔變得陰沉起來，因為他早先發過誓要報仇，這個誓言從他腦海跳出。他在想，在當今這個時代，一個人有了一千三四百萬，能怎樣降禍於仇人。

神父不熟悉基度山島，但唐泰斯卻知道，他經常從那個島前面駛過，甚至還在那裡靠岸過。這個島距離皮亞諾扎二十五海里，在科西嘉島與厄爾巴島之間。這個島從古至今一直荒無人煙，它實際上是一大塊幾乎成圓錐形的大岩石，似乎是海底火山爆發後才升上海面的。

唐泰斯為法理亞畫出小島的平面圖，而法理亞建議唐泰斯如何找到寶藏。但是唐泰斯遠不如老人那樣興奮，尤其是那樣有信心。當然，如今他確信法理亞沒有發瘋，他發現的寶藏讓人以為他瘋了，卻讓唐泰斯對他更加崇敬。但同時，他仍無法相信，假使這筆寶藏真的存在過，如今就一定還在。即使他不認為寶藏是子虛烏有的，至少他認為它已不復存在。

可是，彷彿命運要剝奪這兩個囚徒的最後希望，讓他們明白他們注定被判無期徒刑。新的災禍降臨到他們頭上，海邊那條走廊早就搖搖欲墜，現在重建並加固了。工人修補地基，用大塊岩石填實唐泰斯已經填了一半的那個洞。讀者記得，要不是神父提醒年輕人小心行事，他們將遭遇更大的不幸。因為他們越獄的企圖會被發現，並毫不遲疑地把他們分隔開來。現在，他們被封閉在一道更加無情的牢門裡了。

「您看，」年輕人帶著淡淡的哀愁對法理亞說：「上帝連您稱之為『我對您的忠誠』的那種優秀品格都剝奪了。我答應過您，永遠與您待在一起，現在我也不能不遵守諾言了。我和您一樣得不到寶藏，我們倆都逃不出去。再說，您看嘛，我的朋友，我真正的寶藏並不是在基度山島陰森森的岩石下等待著我的那一份，而是與您會面。儘管有獄卒監視著，我們每天仍待在一起五、六個鐘頭。是您在我的頭腦裡灌注智慧之光，您將它植入我的記憶中，並在那裡長出各種語文學的分支。您對各種科學有深入的瞭解，並歸納成清晰易懂的原理，讓我很容易領會。它們才是我的寶藏，朋友，就憑這些，您使我變得富有和幸福。請相信我，放寬心吧，對我來說，這勝過成噸的金子和成箱的鑽石，即使這些金銀財寶確實存在，而不是像早上飄浮在海面，被認作陸地，一靠近就煙消雲散的浮雲。盡可能長久地待在您身旁，聆聽您雄辯的聲音，藉以豐富我的頭腦，磨練我的心靈，使我的體質能夠在獲得自由時，經得起可怕激烈的遭遇，讓我的身心變得充實，以致當初認識您時的那種自暴自棄再無一席之地，這就是我的財產。這筆財產決不是虛無縹緲的，因為您我才擁有它，世上的所有君王，哪怕是凱撒．博爾賈家的人，也無法從我這裡將它奪去。」

這樣，對這兩個受難者來說，即使稱不上幸福的日子，至少也覺得光陰似箭。法理亞多少年來對寶藏一事守口如瓶，現在一有機會就重新提起。不出他所料，他的右臂和左腿癱瘓了，幾乎失去親自享用寶藏的所有希望。但他一直為年輕難友構思脫身與越獄的辦法，並且為年輕人設想享受的快樂。他擔心那封信有一天會放錯地方或遺失，硬要唐泰斯背下來，唐泰斯一字不差地熟記在心。於是他把第二部分毀掉，如此即使有人得到第一部分也猜不出真正的含義。有時，法理亞連續數小時指點唐泰斯，這些指點在唐泰斯獲得自由之日定會有所助益。他一旦獲得自由，就在那一天、那一小時、那一刻，他只應有一個想法，就是千方百計到達基度山島，找一個不會引起任何懷疑的藉口，獨自上岸，一旦單獨待在島上，便盡力按指示找到那神奇的洞穴。讀者記得，這個指示就是第二個洞口最深的角落。

在這期間，時間即使過得不是飛快，至少可以忍受。正如上述，法理亞的右手和左腿雖然不能活動，但他的智力已完全恢復，而且除了上文說到的精神方面的知識以外，他還逐漸教會了年輕難友一個囚犯所應掌握的耐心，怎樣在無所事事中找事來做。因此他們總是有事可做，法理亞生怕自己衰朽，而唐泰斯擔心回想起幾乎淡忘了的過去，那過去彷彿一盞消失在黑夜中的遠燈那樣，在他記憶的最深處飄忽。時光就這樣流逝，又恰好沒有災禍打擾，他們在上天目光的注視下日復一日地寧靜生活。

但在表面的平靜下，年輕人的心裡，或許也在老人的心裡，卻有著許多壓抑著的衝動、忍住了的嘆息。當法理亞獨自一人，以及愛德蒙回到自己牢房的時候，便都發洩出來。

一天夜裡，愛德蒙以為聽到有人叫他，驚醒過來。

他睜開眼睛，竭力穿透黑暗厚重的帷幕。

他聽到有人叫他的名字，或者說有個淒慘的聲音在竭力呼喊他的名字。

他從床上坐起，額上冒出不安的冷汗，傾聽著。不用說，淒慘的聲音來自難友的黑牢。

「天哪！」唐泰斯喃喃地：「難道……」

他移動床，搬走石頭，衝進通道，來到盡頭，頂開石板。

藉著上文提到的那盞難看的燈搖曳不定的燭光，愛德蒙看到老人臉色慘白，他坐在那裡，手攀床架。老人面容大變，出現他已經熟悉的可怕症狀，這些症狀第一次顯現時，曾經使他驚恐。

「唉，我的朋友，」法理亞無可奈何地說：「您明白了，是嗎？我用不著對您多說了！」

愛德蒙發出痛苦的叫喊，他完全昏了頭，衝到門口喊道：「救命啊！救命啊！」

法理亞還有力氣拉住他的手臂。

「住口！」他說：「否則您就完了。我的朋友，我們要顧及您，要讓您的囚牢生活還能忍受，或者讓您逃走。您還要花幾年功夫獨力完成我所做的一切，萬一獄卒知道我們暗中來往，就會前功盡棄。再說，請放心，我的朋友，我即將離開的這間黑牢不會長期空著，另一個不幸的人會來接替我的位置。對於這個人來說，您會像救命天使一樣出現。這個人或許像您一樣年輕、強壯和堅忍不拔，他能幫助您逃跑，而我只會妨礙您。不會再有一個半死不活的人縛在您身上，讓您一切行動陷於癱瘓。很明顯，上帝終於施恩於您了。祂對您的賜予大於對您的剝奪，我該是時候死去了。」

愛德蒙禁不住握起雙手叫道：「哦！我的朋友，我的朋友，別說了！」然後，他恢復了被這意外打擊撼動和被老人的話衝擊的勇氣，說道：「哦！我曾經救活過您一次，我會救活您第二次！」

他抬起床腳，掏出那個剩下三分之一紅色液體的小瓶。

「看！」他說：「這種救命藥劑還有一點。快，快，這次我該怎樣做？有新的吩咐嗎？說呀，我的朋友，我聽著呢！」

「沒有希望了。」法理亞搖搖頭回答：「不過無所謂。上帝創造人，在他心中深深植入對生命的熱愛，他當然希望人竭盡所能保有偶爾非常痛苦，卻總是可愛的生命。」

「哦！是的，是的，」唐泰斯大聲說：「我會救活您，我就是這樣說的嘛！」

「那麼試試看吧！寒冷已侵襲我的身體，我感到血液湧向腦袋，牙齒格格作響，顫抖使我骨頭快要散了似的，再過五分鐘，病就要發作了，再過一刻鐘，我就會是一具屍體了。」

「哦！」唐泰斯大喊，痛苦欲絕。

「您就照上次那樣做，不過，不要等太長時間。我的生命力已經耗盡，而死亡，」他指指癱瘓的右臂和左腿，繼續說：「也只剩一半的事要做。如果您在我嘴裡倒進十二滴而不是十滴藥水，而我仍然未甦醒，就把其餘的都倒進去。現在，把我抱到床上，我已經支撐不住了。」

愛德蒙把老人抱起來，放到床上。

「現在，朋友，」法理亞說：「您是我悲慘生活中唯一的安慰，上天太晚把您賜給我了，但畢竟還是給了我，您是無價的贈予，我為此感謝上天。在此訣別之際，我祝願您幸福成功，得到應有的錦繡前程。我的兒子，我祝福您！」

年輕人跪倒在地，將頭靠在老人的床上。

「臨終時刻，仔細聆聽我對您說的話：斯帕達的寶藏確實存在。憑著上帝的賜予，距離和障礙對我來說已不再存在。我看到寶藏就在第二個岩洞的深處，我的眼睛穿透泥土，那麼多珍寶讓我眼花撩亂。如果您逃了出去，請記住那個人人都以為他發瘋的可憐神父並沒有發瘋。趕到基度山島，好好享有我們的財富吧，您受的苦夠多了。」

一陣劇烈的顫抖讓老人止住談話，唐泰斯抬起頭來，他看到一雙充血的眼睛，宛如一股血液甫從他的胸腔湧上他的臉部。

「別了！永別了！」老人痙攣地抓住年輕人的手，咕噥著說：「永別了！」

「哦！還不會，還不會！」年輕人嚷道：「別拋棄我們，哦，上帝！救救他……幫幫忙……幫幫我……」

「別喊！別喊！」奄奄一息的病人低聲說：「如果您救活我，不要讓他們分開我們！」

「您說得對。哦！是的，是的，放心吧，我會救活您的！再說，雖然您非常痛苦，但您看來沒有上次那樣難受。」

「哦！別看錯了！我沒有那麼難受是因為我身上沒有那麼多精力忍受痛苦。在您這種年齡，對生命有信心，自信和希望是青年人的特權，但老年人對死看得更清楚。哦！死神來了……它來了……完了……我看不見了……我的理智消失了……您的手呢，唐泰斯……永別了……永別了……」

他集中所有力氣，做了最後一次努力，他掙扎著直起身體。

「基度山！」他說：「別忘了基度山！」

他又倒在床上。

發作來勢洶洶，他四肢扭曲，眼皮腫脹，嘴冒帶血的唾沫，軀體卻紋絲不動，剛才躺在那裡的智力超群的一個人，如今只剩下病床上的一堆東西。

唐泰斯拿起燈，放在床頭一塊突起的石頭上，搖曳的燈光在變形的臉和毫無生氣的僵直軀體上投射出變幻不定的異樣光影。

他定睛看著，無畏地等待用藥時刻的到來。

待他以為時機已到，他拿起刀，撬開牙齒，牙根不像上次咬得那樣緊，他一滴一滴地數滿十滴，然後等待著。小瓶裡還有將近剛倒出的一倍的藥水。

他等了十分鐘、一刻鐘、半小時，神父一動不動。唐泰斯渾身哆嗦，頭髮倒豎，額頭佈滿冷汗，按自己心跳來計算時間。

他想到該是孤注一擲的時候了。他將小瓶湊到法理亞發紫的嘴唇上，他不需要撬開張大的牙關，把瓶裡的液體全倒了進去。

藥水產生通電似的效果，老人的四肢劇烈地抖動起來，他的眼睛睜開了，看了讓人害怕，他發出一聲宛如叫喊的嘆息，然後抖動的身體又漸漸歸於平靜。

只有眼睛仍然睜著。

半小時、一小時、一個半小時過去了。在這焦慮不安的一個半小時中，愛德蒙俯身對著他的朋友，手按在老人的心房上，感到老人的軀體慢慢冷卻，心臟的跳動越來越微弱和偏遠，而終於停止了。

心臟的顫動一停止，臉變成鉛青色，雙目圓睜，但目光死氣沉沉。

這時是早上六點鐘，天色微明，蒼白的亮光射入黑牢，使油燈快要熄滅的光變得慘澹。古怪的反光掠過屍體的臉部，讓它不時顯出生命的假象。只要光明與黑暗的搏鬥還持續著，唐泰斯便還存著懷疑。但是，一旦光明戰勝，他明白只有他自己和一具屍體待在一起。

一種深度的、難以克服的恐懼襲來，他不敢再按著那隻吊在床外的手，他不敢再凝視那雙呆滯泛白的眼睛，他多次試圖闔上老人的眼睛，可是徒然，那雙眼睛始終張著。他熄了燈，仔細藏好，然後離開，盡量把頭頂上的石板蓋好。

正是時候，獄卒快要來了。

這一次他先到唐泰斯的牢房，之後才到法理亞的牢房，送去早飯和衣物。在獄卒身上，沒有什麼跡象表明他已知道發生的事。他走了出去了。

於是唐泰斯心急地想知道，他不幸的朋友的黑牢裡會發生什麼事，他便又鑽進地道，恰巧聽到獄卒的驚叫，叫人前來幫忙。

不一會兒，其他獄卒趕來了，然後可以聽到士兵平常那種沉重而均勻的腳步聲，即使不值班時他們也是這樣走路。最後，典獄長來了。

愛德蒙聽到在床上翻動屍體的聲響，他聽到典獄長吩咐朝屍體臉上潑水的聲音。典獄長看到，即使這樣潑水，囚犯還是沒有甦醒，便派人去叫醫生。

典獄長走了，幾句憐憫的話夾雜著諷刺的哄笑，傳到唐泰斯的耳朵裡。

「好啊，好啊，」有個人說：「瘋子去找他的寶藏了，一路順風！」

「他有幾百萬，卻沒有錢付裹屍布。」另一個說。

「哦！」第三個聲音接上去：「紫杉堡的裹屍布並不貴。」

「或許是，」前面說過話的兩個人當中的一個說：「由於他是個教士，說不定會為他破費一些。」

「那麼他就有幸能裝進麻布袋了。」

愛德蒙傾聽著，隻字不漏，但不太明白這場對話。不久，話聲沉寂了，他覺得牢房裡的人都離開了。

可是他不敢進去，可能還留下幾個獄卒守屍。

因此他一聲不吭，動也不動，屏氣凝神。

過了一小時左右，一陣微弱的聲響越來越擴大，打破了寂靜。

是典獄長回來了，後面跟著醫生和好幾個公務人員。

安靜了一會兒，顯然，醫生走近床邊，檢查屍體。

不久，開始提問題。

醫生分析犯人所得的病，宣佈他已經死了。

一問一答漫不經心，惹怒了唐泰斯，他覺得人人都應該像他一樣，對可憐的神父表示摯愛之情。

「聽了您的話，我覺得很遺憾。」典獄長回答醫生確認老人死亡的斷言：「這個犯人很溫和，從不張牙舞爪，他的發瘋帶給人樂趣，特別容易看管。」

「哦！」獄卒接著說：「幾乎不用看管他。我擔保，這個人能在這裡安安分分待上五十年，也不會設法越獄一次。」

「不過，」典獄長又說：「儘管您確信無疑，並非我懷疑您的學識，而是出於責任心，我認為當務之急還是弄清楚犯人是不是真的死了。」

牢房裡又鴉雀無聲，這時醫生第二次檢查屍體，進行觸診。

「您可以放心，」醫生終於說：「他死了，我向您擔保。」

「您知道，先生。」典獄長堅持道：「由於這個犯人的特殊情況，我們不能滿足於一次簡單的檢驗，不管表面情況如何，還是請您完成法律規定的手續，徹底了結這件事。」

「叫人把烙鐵燒紅吧，」醫生說：「但說實話，這種小心毫無必要。」

燒紅烙鐵的吩咐使唐泰斯哆嗦起來。

只聽到急促的腳步聲、開門的咿呀聲、牢房裡的踱步聲，一會兒之後，一個獄卒進來說：「這是炭火盆和烙鐵。」

接著靜默了一會兒，然後聽到皮肉燒焦的吱吱聲，濃烈的、令人作嘔的氣味甚至穿過牆壁，唐泰斯就在後面恐懼地偷聽著。

嗅到這種人肉的燒焦氣味，年輕人額上冒出冷汗，他覺得自己快要昏厥過去。

「您看，先生，他確實死了。」醫生說：「燒腳跟能做最後決斷，可憐的瘋子治好了瘋病，擺脫鐵窗生活了。」

「他不是叫法理亞嗎？」陪同典獄長進來的一個公務人員問。

「是的，先生，根據他的說法，這是一個古老的姓氏。另外，他非常博學，只要不觸及他的寶藏，他在各方面甚至相當理智。但關於寶藏，必須承認，他非常固執。」

「這種病我們稱之為偏執狂。」醫生說。

「你對他沒有什麼可埋怨的吧？」典獄長問負責為神父送飯的獄卒。

「從來沒有，典獄長先生。」獄卒回答：「從來沒有，絕對沒有！相反的，以前他給我講過故事，非常有趣。有一天，我的妻子病了，他甚至給過我一個藥方，治好了她的病。」

「啊！」醫生說：「我不知道我在跟一個同行打交道，我希望，典獄長先生，」他笑著補充說：「您能妥善的對待他。」

「好的，好的，放心吧，他會體面地裝進能夠找到的最新麻布袋裡。您滿意了吧？」

「我們要當著您的面辦好這道最後手續嗎，先生？」獄卒問。

「當然，不過要快點，我不能整天待在這個牢房裡。」

又傳來進進出出的聲音，過了一會兒，麻布磨擦的聲響傳到唐泰斯的耳裡，床發出反彈的咯吱聲，仿如抬起重物的人的沉重腳步落在石板上，然後床又在重壓下啪地響了一聲。

「就在今天晚上。」典獄長說。

「做彌撒嗎？」有個公務人員問。

「做不了了，」典獄長回答：「堡裡小教堂的神父昨天來向我請假，要到耶爾[115]一趟，離開一星期。這段時間，我代替他負責犯人的後事。可憐的神父不是這樣匆忙走掉的話，是可以做追思彌撒的。」

「嗨！嗨！」醫生帶著他這一行的人習以為常的不信宗教的態度說：「他是教士，上帝會注意到他的職業，不會惡作劇，把他送到地獄去的。」

這種嘲弄引起了一陣哈哈大笑。

這時，裹屍體的工作繼續進行。

「就在今天晚上。」典獄長在裹完屍體後這樣說。

「幾點鐘？」獄卒問。

「大約十點到十一點鐘。」

「要看守屍體嗎？」

「何必呢？把黑牢關上，就像他還活著，不就得了。」

腳步聲遠去，聲響逐漸減弱，傳來關門、上鎖和鐵門的吱呀聲，比孤獨更加陰森的死寂瀰漫開來，直達年輕人冰冷的心靈。

他慢慢地用頭頂起石板，以探索的目光掃視牢房。

牢房空空蕩蕩，唐泰斯從地道鑽了出來。

20 紫杉堡的墓地

可以看到一只粗麻布袋，長線條的縐褶下隱約顯出修長的、僵直的形狀，順著較寬那邊的方向放在床上，被透過窗口照射進來的霧濛濛的日光微弱地照亮著。這是法理亞的裹屍袋，這個麻袋按獄卒的說法，花不了幾個錢。因此，一切都已結束。在唐泰斯和他年老朋友之間，已有一層物質的間隔，他再也無法看到那一對睜開著、彷彿越過死亡凝望著的眼睛，他再也無法緊握那隻為他揭開事物帷幕的巧手了。法理亞，這個他曾經傾心與之相處、視為良師益友的好夥伴，只存在於他的記憶之中了。於是他坐在這張可怕的床的邊上，陷入淒苦惆悵之中。

孑然一身！他再度孑然一身！他又陷入孤寂，重新面對虛無！

孑然一身，再也看不到、聽不到唯一讓他還留戀世間的人了！不如像法理亞那樣，冒險越過陰森的痛苦之門，前去詢問上帝，什麼是人生之謎，豈非更好！

自殺的念頭，曾被他的朋友趕走，有這位朋友，也曾讓他不再去想這樣的事，如今這念頭卻像幽靈一樣又站立在法理亞的屍體旁。

「如果我可以離開人世，」他說：「我就到他那裡去，我一定會找到他。但怎麼死呢？這很容易，」他笑

115 離地中海四公里處的小鎮。

著補充說：「我就留在這裡，撲向第一個進來的人，把他掐死，我就會上斷頭台。」

但悲慟欲絕就像身處海上的狂風暴雨裡一樣，深淵是夾在兩個浪峰之間的，一想到這種卑污的死，唐泰斯後退了，迅速從絕望中清醒，熱烈渴望生命與自由。

「死！哦，不！」他大聲說：「我活到現在，受盡折磨，不能就這樣死去！幾年前，我下決心去死，那時對我而言，死是好事；但如今，這真是給我悲慘的命運幫了大忙。不，我願意活下去，我要鬥爭到底。不，我要重新獲得被剝奪的幸福！我曾忽略了要懲罰幾個陷害我的劊子手，誰知道呢，或許還有幾個朋友要報答。可是，現在我被扔在這裡，我只能像法理亞一樣離開黑牢。」

說出這句話以後，愛德蒙仿若木雞，雙眼癡呆，彷彿被一個突如其來的想法嚇壞了，這個想法使他惶悚不安。他突然站起來，用手摸摸腦袋，彷彿有點昏眩，他在牢房裡走了兩三圈，在床前站住腳步……

「哦！哦！」他喃喃地說：「是誰提供我這個想法？是您嗎，上帝？既然只有死人才能自由地離開這裡，我們就占據死人的位置吧。」

他不能浪費時間去思索這個決定，不能讓腦袋有時間推翻這個孤注一擲的決心，他向不堪入目的麻袋俯下身去，用法理亞製造的刀割開它，從麻袋裡拖出屍體，運到他的牢房，讓屍體睡在他的床上，用平時裹住頭的那塊破布包住屍體的頭，用毯子蓋住屍體，他最後一次親吻那冰冷的額頭，試圖闔上那雙仍圓睜著、由於不再思考而顯得可怖的眼睛，可是徒勞無功。他把屍體的頭轉向靠牆那邊，以便獄卒傍晚送飯時以為他睡著了，就像他往常的習慣那樣。然後他回到另一個牢房，從儲藏處取出針、線，脫掉自己的破爛衣衫，以讓人感到麻布裝著的肉體是光溜溜的。他鑽進麻袋裡，躺在原來的屍體位置上，再從裡面把袋口縫上。

如果這時不巧有人進來，或許會聽到他撲通撲通的心跳聲。

唐泰斯本來可以等到傍晚獄卒來過之後再動作，但是他生怕典獄長突然改變主意，搬走屍體。那時，他最後的希望就破滅了。無論如何，他計劃已定。

如果在運屍的過程中，掘墓人發覺扛的是一個活人，而不是死人，唐泰斯不會讓他們有時間反應。他會使勁從上至下劃開麻袋，趁他們驚慌失措之際，拔腿就逃。如果他們想抓住他，他就用刀對付。

倘若他們把他送到墳場，放進墓穴裡，他就任人覆蓋泥土。由於是黑夜，只要掘墓人一轉過背，他便從鬆軟的土中挖開一條路，然後逃走，他希望泥土不要太重，讓他能翻身爬起來。

如果他估計錯了，泥土太重，他將會窒息而死，那樣也好，一了百了。

從昨晚起，唐泰斯就沒有吃過東西，但他不感到餓。他的處境太不安全，以致他沒有時間想到別的事。唐泰斯將面臨的第一個危險，是獄卒七點鐘送晚飯時，會發現掉包計。幸虧有許多時候，出於陰鬱孤僻或疲倦，唐泰斯是躺著迎接獄卒的，在這種情況下，獄卒通常把麵包和湯放在桌子上，不對他說話便退出。

可是，要是這次獄卒一反平時的沉默，對唐泰斯說話，發現他一聲不響，走近床邊，便會發現一切。

接近傍晚七點鐘了，唐泰斯的焦慮不安也開始白熱化。他的手按在心上，試圖壓住心跳，另一隻手抹去額頭上沿著雙鬢往下淌的冷汗。顫抖不時掠過他全身，彷彿用一支冰冷的老虎鉗夾住他的心似的。於是，他以為自己快要死了。幾個小時過去，堡裡卻毫無動靜，唐泰斯明白，他擺脫了第一個危險，這是一個好預兆。末了，靠近典獄長指定的時間，樓梯響起了腳步聲。愛德蒙知道關鍵時刻已到，他鼓足所有勇氣，屏息凝神，如果他能同時抑制住動脈的急促搏動，那就太好了。

來人在門口停住，是兩個人的腳步聲。唐泰斯揣度，是掘墓人來了。當聽到他們放下擔架的時候，猜測變成了確信。

門打開了，一片朦朦朧朧的光照射到唐泰斯的眼睛上。透過裹住他的麻布，他看到兩個身影走近床。第三個身影待在門口，手裡拿著風燈。走近床邊的那兩個人各自抓住麻袋的一角。

「這個乾瘦的老頭，還很沉哪！」搬起腦袋的那一個說。

「聽說骨頭每年要增加半斤重呢。」搬腳的那一個說。

「你綁結了嗎？」頭一個講話的人問。

「那樣會增加多餘的重量，不是太蠢了嗎？」第二個人回答：「我到那邊再綁。」

「你說得對，走吧。」

「為什麼要綁結呢？」唐泰斯心裡納悶。

來人把假死人從床上搬到擔架上。愛德蒙挺直身體，裝得更像死人。來人把他放到擔架上，然後由手拿風燈、走在前面的那個人照明，這一隊人登上樓梯。

驟然間，黑夜新鮮而寒冷的空氣浴滿他全身。唐泰斯感覺出這是密斯特哈風。這種突然的感受，使他悲喜交集。

抬擔架的人走了二十幾步，然後停下來，把擔架放在地上。

其中有一個走開了，唐泰斯聽到他踩踏在石板上的聲音。

「我到哪裡了呢？」他心裡想。

「你信不信，他可是一點兒都不輕啊！」那個靠近唐泰斯的人坐在擔架邊上說。

唐泰斯第一直覺是要逃走，幸虧他克制住了自己。

「為我照明，畜生，」那個走開的抬擔架的人說：「否則找不到要找的東西啦。」

拿風燈的人服從命令，儘管這個命令用詞明顯不太禮貌。

「他究竟在找什麼呢？」唐泰斯心想：「想必是一把鐵鏟吧。」

一聲滿意的感嘆顯示掘墓人已經找到了要找的東西。

「好了，」另外一個人說：「真費勁。」

「是的，」那個人回答：「不過他再等也不會失去什麼。」

說完，他又走近愛德蒙，愛德蒙聽到一件沉重的東西放在他身旁，發出轟的一聲。與此同時，一條繩子緊緊地捆住他的腳，捆得他都痛了。

「喂，綁緊了嗎？」一直袖手旁觀的那個掘墓人問。

「綁緊了，」另外一個說：「我向你擔保。」

「那麼，上路吧。」

抬起了擔架，又走了起來。

約莫走了五十步路，然後停下來開門，接著又往前走。隨著一步步向前，海浪拍濺在聳立古堡的岩石上的聲響，更清晰地傳到唐泰斯的耳裡。

「天氣真壞！」一個抬擔架的說：「今夜泡在海裡可不好受。」

「是的，神父可要裡外濕透了。」另一個說道，他們爆出一陣哈哈大笑。

唐泰斯不太明白揶揄的意思，但他仍然覺得毛骨悚然。

「好，我們到了！」第一個人說。

「再遠一點，再遠一點，」另一個說：「你明明知道，上次那個撞在岩石上，第二天典獄長訓斥我們是懶

麻袋裡的唐泰斯感覺自己被抬起並搖晃著。

鬼。」

又往上走了四、五步，唐泰斯感到他們抬起他的頭和腳，搖晃起來。

「一！」掘墓人一齊喊道。

「二！」

「三！」

這時，唐泰斯感到自己被拋到廣闊的空中，像隻受傷的鳥兒穿過空氣，他懷著心都變涼了的恐怖往下掉，一直往下掉。儘管下面有件沉重的東西墜著他，加快落下的速度，他還是覺得像一個世紀那麼長。最後，帶著可怕的巨響，他像一支箭一樣落入冰冷的水裡，他不由得發出一聲喊叫，叫聲馬上被水淹沒了。

唐泰斯被拋入海裡之後，綁在腳上的三十六斤重的鐵球將他墜往海底。

大海就是紫杉堡的墓地。

21 蒂布朗島

唐泰斯雖然頭昏目眩，幾乎要窒息，但還意識到要屏住呼吸。正如上述，他的右手握著一把打開的小刀，這是他準備好應付各種情況的。他迅速劃破麻袋，伸出手臂，然後是腦袋。可是，即使他竭力要提起鐵球，卻仍然往下沉。於是他彎下腰，尋找綁住腳的繩子，使出渾身解數，正當他即將窒息之際，他剛好割斷了繩子。於是他用力一蹬，自然地升上海面，鐵球則把那只差點成為他的裹屍布的粗麻袋帶到不見天日的海底。

唐泰斯只來得及呼吸一下，又再次沉下去，因為他要採取的第一個防範措施，就是不被人看見。

等他第二次浮上水面時，已經距離他落水的地方五十尺了。他只見天空墨黑，暴風雨即將來臨，勁風席捲匆匆而過的烏雲，時而露出一小塊點綴著一顆星星的藍天。他面前延展著陰沉沉的、怒吼著的海面，就像暴風雨來臨前那樣，浪濤開始翻騰。而在他身後，如同咄咄逼人的幽靈似的，屹立著比海洋與天空更黑的、巨人一般的花崗岩，它黑沉沉的尖端好似一條伸出去的手臂，要再抓住它的獵物。在最高的岩石上，一盞風燈照亮了兩個身影。

他覺得那兩個身影在不安地俯視海面，那兩個古怪的掘墓人大概聽到他在空中發出的喊聲。於是唐泰斯重新沉入海面，潛泳了很長一段距離。過去他潛泳慣了，在法羅小海灣，他常常吸引許多圍觀的人，他們總是稱他為馬賽最出色的游泳好手。

等他又浮上海面時，風燈已經消失不見。

他必須確定方向，在紫杉堡周圍的所有海島中，拉托諾島和波梅格島距離最近，但這兩個島有人居住。多姆小島也是如此。最安全可靠的島嶼是蒂布朗島或勒梅爾島，這兩個島離紫杉堡有一海里遠。

唐泰斯決定游到這兩個島當中的一個，但在每時每刻不斷加深的黑夜中，怎能找到這兩個島呢？

就在這當下，他看到普拉尼埃燈塔像一顆星星在閃耀。

他逕直向那座燈塔游去，蒂布朗島略靠左側，他只要往左游一點，就會到達那個島。

但正如上述，從紫杉堡到那個島至少有一海里遠。

在監獄裡，法理亞看到年輕人萎靡不振時，常常對他說：「唐泰斯，不要總是懈怠，無精打采。如果您想逃走，會淹死的，因為您的體力維持不住。」

在苦澀的、洶湧的浪濤下，這句話在唐泰斯的耳畔響了起來。他趕緊浮出水面，破浪向前，想看看究竟有沒有喪失體力。他高興地發現，被迫停止活動絲毫沒有奪走他的精力和靈敏，他兒時就在海裡嬉戲，他還是能主宰海水。

再者，恐懼窮追不捨，使唐泰斯力量倍增。他俯在浪尖上，傾聽有沒有嘈雜聲傳來。每當他升上浪峰時，便迅速向可以望見的天際橫掃一眼，竭力瞭望黑茫茫的海面。每個稍高一點的浪頭在他看來都是一艘追趕他的小船，於是他更加使勁，這當然使他游得更遠了，但反覆幾次勢必迅速耗盡他的力氣。

他仍然向前游去，可怕的古堡逐漸消溶在夜晚的霧氣中，他已分辨不出它，但始終感到它的存在。

一小時過去了，在這期間，唐泰斯被占據全身的自由渴望激奮起來，一直朝他選定的方向破浪前進。

「啊！」他心裡想：「我游了快一小時，由於逆風的關係，速度減慢了四分之一。不過，除非我看錯路線，現在大概離蒂布朗島不遠了……但是，如果我搞錯方向就糟了！」

一陣顫慄傳過他全身，他想仰浮在海面上，歇息一會兒，可是大海變得越來越波浪洶湧，他隨即明白，他本來指望鬆弛一下，是行不通的。

「那麼，」他說：「好吧，我繼續游，直到雙臂精疲力竭，全身痙攣，那時我就會沉入海底！」

他帶著絕望產生的力氣和衝動游起來。

突然，他覺得本來已經非常幽暗的天空越發陰沉了，一塊又厚、又重、又濃的烏雲朝他壓下來。同時，他感到膝蓋一陣劇痛，他的想像力以無法計算的速度告訴他，他中彈了，他馬上會聽到一記槍響。但是他聽不到槍聲。唐泰斯伸手觸摸，碰到一樣東西，他收縮另一條腿，觸到了地面。於是他看到，原來認為是一片烏雲的究竟是什麼東西。

離他二十步遠，一大塊古怪的岩石矗立著，活像是一個正熊熊燃燒的巨大火爐瞬間變成了石頭：這是蒂布朗島。

唐泰斯站起身來，向前走了幾步，躺在花崗岩的尖端感謝上帝，此時此刻，他覺得這些尖銳岩石比最柔軟的床還要舒服。

儘管開始狂風暴雨，由於精疲力竭，他還是沉沉入睡，因為他的身體已經麻木，不過還清醒地意識到獲得了意外的幸福。

一小時後，愛德蒙被轟然雷聲震醒。暴風雨來臨了，天空雷鳴電閃，不時有猶如火蛇般的電光從天而降，照亮浪濤和烏雲，烏雲如同無邊混沌中的浪潮，前呼後擁地滾滾向前。

唐泰斯用海員的眼力環顧四周，他沒有搞錯，他來到兩個島中的第一個，這確實是蒂布朗島。他知道這個島光禿禿的，毫無遮蔽，無處藏身。只要暴風雨停息，他可以重新下海，游到勒梅爾島，那個島同樣貧瘠，不過大一些，因此更容易躲藏。

一塊懸空的岩石提供唐泰斯臨時的藏身之處，他躲到底下，幾乎與此同時，暴風雨以摧枯拉朽之勢席捲而來。

愛德蒙感到躲藏處上面那塊岩石在震動，浪濤撞擊在巨大的金字塔形的岩石底部，浪花濺到他身上。雖然他安然無恙，但在悶雷聲和耀眼的閃電中頭昏目眩。他覺得腳下的小島在震顫，像一艘拋錨的船隨時會掙斷纜索，捲入無邊的漩渦之中。

這時他才想起，二十四個小時以來，他沒有吃過東西，他餓腸轆轆，口渴難熬。

唐泰斯伸出雙手和頭，喝著岩石凹洞裡儲存的雨水。

他起身的時候，一道閃電照亮了天空，彷彿劈開了天穹，露出上帝光華四射的寶位基座。藉著電光，在勒梅爾島和克羅瓦齊爾海岬之間、離他四分之一海里的地方，唐泰斯看到一艘小漁船被風浪席捲而去，幽靈一般從浪尖上滑落到谷底。過了一會兒，那幽靈又出現在另一個浪尖上，以可怕的速度衝過來。唐泰斯想喊叫，用破衫在空中揮舞，警告他們有滅頂之災，他們確實看到了他。藉著另一道電光，年輕人看到四個男人攀住桅杆和繩索，第五個男人握住破碎的舵柄。他看到的這些人無疑也看到了他，因為絕望的喊聲被狂風捲到他的耳裡。在扭曲成蘆葦的桅杆上，一面撕成碎片的帆在空中劈啪作響。突然，一直繫住帆的繩索斷了，船帆消失在黑沉沉的天空中，宛如白色的大鳥襯托在黑雲之上。

與此同時，傳來可怕的爆裂聲，臨死的掙扎喊叫也傳到唐泰斯的耳裡。他像獅身人面獸攀住岩石那樣，從高處俯瞰海的深淵，又一道閃電照出那艘破碎的小船，殘骸中有幾個面容絕望的腦袋和伸向天空的手臂。

然後一切回復黑暗，可怕的景象如同閃電一樣短暫。

唐泰斯冒著滑到海裡的危險，衝向濕滑的岩石斜坡。他瞭望、傾聽，但他什麼也聽不到、什麼也看不見。

再沒有喊聲，再沒有人的掙扎。唯有暴風雨，這一上帝的偉大創造，仍然在繼續，狂風呼嘯，浪捲白沫。風漸漸減弱，天空中彷彿被暴風雨褪了色的人塊烏雲向西掠去，藍天又顯露出來，星光格外燦爛。一會兒，東方的天際有一道淡紅色的長帶照出起伏的暗藍色波浪。浪濤奔騰向前。突然，一道光線掠過浪尖，把冒著白沫的浪峰變幻成金光閃閃的鬣毛。

黎明來臨了。

唐泰斯面對這幅壯麗的景象一動不動，默默無言，彷彿他是首次看到。事實上，自從被關到紫杉堡，他已忘卻了這種景色。他轉身對著堡壘，久久地環視陸地與大海。

那座陰森森的建築從浪濤之中冒了出來，帶著像在監視和俯瞰一切的、莊嚴崇高的氣勢。

這時大約早上五點鐘，海面越來越平靜。

「再過兩三個小時，」愛德蒙心想：「獄卒就要走進我的牢房，看到我可憐的朋友的屍體，認出是他，找不到我，便去報警。接著他們會發現洞口和地道，追問那幾個把我抛到海裡去的人，他們一定聽到我發出的喊聲。載滿武裝士兵的小船立刻去追蹤不幸的逃犯，他們知道不會逃遠的。大砲會向整條海岸線發出警告，決不可庇護一個赤身裸體、饑腸轆轆的人。馬賽的密探和警官會得到通知，巡視海岸，而紫杉堡的典獄長會派人在海上搜索。那時，海上陸地都受到追擊，我怎麼辦呢？我又餓又冷，那救命的小刀妨礙我游泳，我已經扔了。我遇到的第一個農民為了獲得二十法郎，會出賣我，我會受到他的擺佈。我既沒有力氣，又沒有主意和決心。喔，上帝！上帝！請看看我真是受夠了苦，我已經無技可施了，救救我吧。」

正當愛德蒙由於精疲力竭和一籌莫展，處於囈語狀態，惴惴不安地面對紫杉堡熱切祈禱時，他看到在波梅格島尖角的天際出現一面三角帆，恰如一隻海鷗掠過海面，唯有海員的眼睛才能認出那是一艘熱那亞的單桅三角帆船，它正航行天色猶暗的航道上。這艘帆船從馬賽港出發，來到外海，削尖的船頭為圓鼓鼓的船身開路，翻起閃光的浪花。

「哦！」唐泰斯嚷道：「如果我不怕受到盤問，不怕被認出是逃犯而被帶回馬賽，我半小時後就可以登上那艘船。可是我該怎麼辦呢？該編出什麼故事讓他們上當呢？這些人都是走私客，等於半個海盜。他們藉口在沿海貿易，卻在海岸一帶掠奪。他們寧願出賣我，而不願做一件毫無益處的好事。

「再等等吧。不過，我等不了了，我餓得要命。再過幾小時，我剩下的這點力氣就耗光了。再說，送飯的時候快到了，還沒有發出警報，或許他們還沒有發覺。我可以偽裝成夜裡失事帆船上的水手。這個故事倒也逼真，決不會有人揭穿我，他們都淹死了。就這樣。」

唐泰斯一面說著，一面朝小帆船沉沒的地方望去，嚇得哆嗦起來。在一塊岩石頂端，掛著一個遇難水手的弗里吉亞帽[116]，附近還漂蕩著船體的碎片，那是殘骸樑木，被海水沖上小島的邊緣，不斷撞擊著岩岸。

當下，唐泰斯下定了決心。他又下到海裡，朝那頂帽子游去，把帽子戴在頭上，抓住一根小樑木，筆直游向前去，試圖在小帆船通過的航道攔住它。

「現在，我有救了。」他喃喃地說。

這個信念使他恢復了力氣。

不久，他瞥見了單桅三角帆船。由於幾乎遇到逆風，那艘船在紫杉堡和普拉尼埃燈塔之間搶風航行。唐泰斯開始擔心小帆船不沿岸航行，駛到外海，若它的目的地是科西嘉島或撒丁島。但不久，唐泰斯從帆船航行的路線來看，正如駛往義大利的慣例，這艘船想通過雅羅斯島和卡拉茲雷涅島之間。

帆船和游泳者彼此不知不覺接近了，小帆船拐過來的時候，甚至距離唐泰斯只有將近四分之一海里。唐泰斯於是在水中起身，揮動帽子求救，但船上沒有人看見他。帆船又掉過頭，重新拐彎航行。唐泰斯想呼喊，但他目測距離，明白他的聲音絕對傳不到船上，會像剛才那樣被海風吹跑，被浪濤聲淹沒。

這時，他慶幸自己未雨綢繆，躺在一根櫟木上面。像他這樣渾身無力，或許在海上無法支撐到登上那艘單桅三角帆船。如果那艘帆船沒有看到他就駛過去了，若是如此，那他再也無法回頭游上岸。

儘管唐泰斯幾乎確信帆船的航道，但他仍然不安地注視著帆船，直至看到帆船偏航，向他駛來。於是他迎上前去，但是沒等相會，帆船又掉過頭去。

唐泰斯使出渾身力氣，幾乎直立在海面上，揮動帽子，像遇難的水手那樣，發出一聲慘叫，這種慘叫活像海怪的嗚咽。

這回，船上的人看到他了，聽到了他的喊聲。單桅三角帆船停止向前，又轉過船身。這時，他看到船上的人正準備將一隻小艇放到海裡。

過了一會兒，有兩個人登上小艇，朝他這邊划過來。唐泰斯讓櫟木漂走，他覺得再也用不著了，他有力地游起來，以便讓迎他而來的人節省一半路程。

可是，他的力氣已幾乎用盡，他幾乎沒指望了。這時他才感到那根已經漂走、離他有百尺之遠的殘木多麼有用了。他的雙臂開始僵硬，他的腿已失去彈性，他的動作變得生硬而短促，他氣喘吁吁。

他大叫一聲，兩名水手加倍使勁，其中一個用義大利語向他喊道：「撐著點！」

116 一種紅色錐形高帽，帽尖向前傾折，流行於法國資產階級革命時期。

這句話傳到他耳邊時，一個浪頭越過他的腦袋，浪花把他淹沒了，他再也沒有力氣搏擊。

他再度露出水面，用即將溺斃者那種不規律的、絕望的動作拍擊海水，發出第三次慘叫。他感到自己沉到海裡，彷彿腳下還綁著那要命的鐵球。

海水淹沒他的頭頂，透過海水，他看到蒼白的天空帶著一個個黑點。

一陣劇烈的掙扎又使他浮上海面。他覺得有人抓住他的頭髮，隨後他什麼也看不見了，什麼也聽不見了。

他昏厥過去。

待唐泰斯重新睜開眼睛時，他已躺在單桅三角帆船的甲板上，帆船在繼續航行。他第一眼是看看帆船朝哪個方向行駛，是否遠離紫杉堡。

唐泰斯精疲力竭，以致他發出的快樂感嘆聲被當作是痛苦的呻吟。

正如上述，他躺在甲板上，一個水手用一條羊毛毯揉搓他的四肢；另一個水手，他認出就是向他高喊「撐著點」的那個，將一隻葫蘆的嘴塞入他的口中；第三個是老水手，他既是領航員又是船老大，帶著發自內心的憐憫望著唐泰斯，一般人對於昨天倖免於難、第二天可能難逃劫難的不幸，都會有這種憐憫感。

葫蘆裡的幾滴蘭姆酒讓年輕人衰弱的身體又活躍起來，而那個水手跪在他面前，持續用羊毛毯做按摩，讓他的四肢恢復活力。

「您是什麼人？」船老大用蹩腳的法語問。

「我是一個馬耳他島水手，」唐泰斯用蹩腳的義大利語回答：「我們從錫拉庫薩[117]啟程，裝載著酒和巴諾利納菸。夜裡這場暴風雨在摩爾吉烏岬襲擊了我們，我們就是撞在那邊的岩石上沉沒的。」

「您剛才從哪裡過來的？」

「從岩石那邊，幸虧我攀住了那些岩石，而我們可憐的船長卻撞破了腦袋。另外三個夥伴也淹死了，我相信我是唯一活著的人。我看到了你們的船，我擔心在這個荒無人煙的孤島等上很長時間，便大膽抱住我們船上的殘木，想游到你們船上。謝謝，」唐泰斯繼續說：「你們救了我的命。當你們一個水手抓住我的頭髮時，我失去了知覺。」

「那是我呀，」一個面容坦率，留著烏黑長鬍鬚的水手說：「好險啊，您已經往下沉了。」

「是的，」唐泰斯說，向他伸出手去：「是的，我的朋友，我再一次感謝您。」

「真的，」水手說：「我幾乎猶豫不決。您的鬍子有六寸長，頭髮有一尺長，模樣更像一個強盜，而不是一個好人。」

唐泰斯才想起他被關入紫杉堡後就沒有理過頭髮和刮過鬍子。

「是的，」他說：「我曾向寶洞聖母許過願，十年不理髮不刮鬍子，求聖母在危難時救我。今天我的許願到期了，我在這個紀念的日子差點淹死。」

「現在我們拿您怎麼辦？」船老大問。

「唉！」唐泰斯回答：「隨您的便，我所在的那條斜桅小帆船完蛋了，船長死了。正像您所看到的，我孤身撿回一命，幸虧我是一個優秀的水手。在第一個靠岸的港口扔下我好了，我總會在某條商船上找到工作的。」

117 義大利西西里島東部港口。

「您熟悉地中海嗎？」

「從童年起我就在地中海航行。」

「您熟悉哪些港口可以下錨嗎？」

「沒有哪個港口，即使是最難駛進，是我不能閉著眼睛駛進駛出的。」

「那麼，船老大，您說，」那個朝唐泰斯高喊撐著點的水手問，「如果這小子說的是真話，不妨把他留下來呢？」

「是的，如果他說的是真話。」船老大帶著疑惑的神態說：「但他置身在這可憐的境況裡，恐怕會說得天花亂墜，卻無法兌現。」

「我兌現的會超過我的承諾。」唐泰斯說。

「哦！哦！」船老大笑著說：「走著瞧吧。」

唐泰斯爬起來說：「你們到哪兒去？」

「到里沃那[118]。」

「那麼，不必拐來拐去，浪費寶貴時間，為什麼不乾脆盡量貼近前側風行駛呢？」

「因為那樣我們就會直撞里榮島。」

「你們會在離岸二十多噚的地方通過。」

「那您來掌舵，」船老大說：「讓我們看看您的本事。」

年輕人走去坐在舵旁，輕輕使力就確信帆船聽從他的使喚了。他看出帆船雖然不是非常靈敏，但也不是無法操縱。

「準備使勁拉緊帆角索！」他說。

船上四名水手奔到各自的崗位上，而船老大看著他們幹活。

「拉緊繩索！」唐泰斯又說。

水手們相當準確地服從。

「現在繫好繩索！」

這個命令像前面兩個命令一樣執行了，小帆船不再繼續拐來拐去，開始向里榮島駛去，正像唐泰斯所預料的那樣，帆船的右舷在離岸二十多噚的地方通過。

「好極了！」船老大說。

「好極了！」水手們跟著喊。

大家都驚奇地望著這個人，他的眼神充滿機敏，身體也恢復了活力，大家對此是決不會懷疑的。

「您看，」唐泰斯離開舵把說：「我對您還有點用處，至少在這次航行中。如果到里沃那後您不需要我了，就將我留在那裡好了。我拿到頭幾個月的工錢之後，會還給您這段時間的伙食費和您借給我的衣服的錢。」

「好的，好的，」船老大說：「如果您的要求合理，我們會妥善安排的。」

唐泰斯說：「您給船員們多少錢，也給我多少就行了。」

118 義大利西部港口。

「這不公平，」那個把唐泰斯從海裡拖出來的水手說：「因為您比我們有本事。」

「你插手做什麼？這關你的事嗎，雅科波？」船老大說：「要多要少，這是每個人的自由。」

「沒錯，」雅科波說：「我只不過表示一點想法而已。」

「那麼，你最好還是借給這個赤身裸體的小伙子一條長褲和一件粗布短工作服，如果你有替換衣服的話。」

「沒有，」雅科波說：「不過我有一件襯衫和一條長褲。」

「我只需要這些，」唐泰斯說：「謝謝，我的朋友。」

雅科波從艙口鑽下去，過了一會兒，拿著兩件衣服上來，唐泰斯喜孜孜地穿上。

「現在，您還需要別的東西嗎？」船老大問。

「要一塊麵包，再來一口我已經嘗過的蘭姆美酒，因為我很長時間沒吃過東西。」

實際上，已經隔了大約四十八小時。

麵包為唐泰斯端來了，雅科波把葫蘆遞給他。

「舵往左！」船老大轉身對著舵手喊。

唐泰斯把葫蘆舉到嘴邊，一邊也朝那邊瞥了一眼，但葫蘆在半空中停住了。

「看！」船老大問：「紫杉堡究竟出了什麼事？」

果然，一小朵白雲，吸引了唐泰斯注意力的白雲，剛出現在空中，籠罩著紫杉堡南面棱堡的雉堞。

過了一會兒，遠處的爆炸聲傳來。

水手們抬起頭來，面面相覷。

「怎麼回事？」船老大問。

「夜裡有個囚犯逃走了，」唐泰斯說：「他們在放炮示警。」

船老大瞥了一眼年輕人，後者一邊說著話，一邊把葫蘆送到嘴邊。船老大看著他泰然自若和心滿意足地品嘗葫蘆裡的酒，即使有過一絲疑惑，也只是一閃而過，隨即消失了。

「這種蘭姆酒後勁真強。」唐泰斯說，一邊用襯衫袖子擦拭冷汗涔涔的額頭。

「無論如何，」船老大望著他心中喃喃：「即使是他，那更好，因為我得到一個大膽的傢伙。」

唐泰斯推說疲憊了，要求坐在舵旁。舵手很高興讓人接替他的職務，用目光徵詢船老大，船老大向他點點頭，示意他可以將舵把交給新夥伴。

唐泰斯這樣坐著，雙眼緊盯著往馬賽的方向。

「今天是幾號？」唐泰斯問雅科波，後者過來坐在他旁邊。唐泰斯已看不見紫杉堡。

「二月二十八日。」雅科波回答。

「哪一年？」唐泰斯又問。

「什麼，哪一年？您問哪一年？」

「是的，」年輕人回答：「我問您哪一年。」

「您忘了今年是哪一年？」

「有什麼辦法呢，夜裡我心驚膽顫，」唐泰斯笑著說：「我險些失去理智，我的記憶力也因此紊亂了，因此我問您，現在是哪一年的二月二十八日？」

「是一八二九年。」雅科波說。

不多不少，十四年前的今天，唐泰斯被捕了。

他關進紫杉堡時是十九歲，出來時是三十三歲。

他的嘴唇閃過一絲悲愴的笑意，他在尋思，在這期間，梅爾塞苔絲大概以為他死了，她的境況如何呢？

然後，想到害他忍受這麼漫長、這麼殘酷的鐵窗生活的那三個傢伙，他的眼裡閃射出仇恨的光芒。

他在監獄裡已經發過無情復仇的誓言，如今他重新發誓要向唐格拉爾、費爾南和維勒福復仇。

這個誓言不再是空泛的威脅，因為此時，地中海上最好的帆船也趕不上這艘揚帆迎風，駛向里沃那的單桅三角小帆船。

22 走私客

唐泰斯在船上還沒待滿一天，已經發現自己在跟什麼人打交道。這艘熱那亞的單桅三角帆船的船名是「年輕的阿美莉」，正直的船老大雖然不曾就教於法理亞神父，卻幾乎會講地中海沿岸使用的各種語言，從阿拉伯語到普羅旺斯方言。翻譯總是使人厭煩，有時也欠謹慎。他可以不用翻譯，與人交往非常方便，無論是在海上遇到的帆船，自海岸救起的小艇，還是與無名無姓、沒有國籍、身分不明的人接觸。在海港碼頭的石板上總是有這類人，他們靠神祕的、隱密的收入生活，只能視為是老天爺的恩賜，因為他們沒有任何肉眼可見的謀生方式，讀者可以猜到，唐泰斯是在一條走私船上。

因此，船老大帶著一點懷疑收留唐泰斯，沿岸所有海關人員都非常熟悉他。由於這些官員和他交手時一次比一次狡猾，他首先想到唐泰斯是海關派來的密探，他們用這種巧妙的方法刺探走私的祕密。但是，唐泰斯駕駛帆船迎風航行，出色地通過了考驗，這一招使船老大心悅誠服。後來，他看到那縷輕煙像羽毛似的飄浮在紫杉堡的棱堡上空，並且聽到遠處的爆炸聲，他一時之間想到，他收留了一個人，他就像國王的歸來和離宮那樣，受到鳴炮的禮遇。應該說，如果來者是個海關人員，將讓他更加不安，但看到新收留的水手安之若素，第二個懷疑馬上像第一個懷疑那樣煙消雲散了。

因此，愛德蒙占了上風，他知道船老大是何許人，船老大卻不知道他是什麼人。無論這位老水手或者他的船員從哪方面向他進攻，他仍然固若金湯，滴水不漏，他詳細講述拿波里和馬耳他的風情，他對這兩個地方像對馬賽一樣熟悉，而且，雖然是第一次向人講述，卻顯出超凡記憶力的堅定自信。因此，無論那個熱那亞人多麼靈巧，他仍然被愛德蒙的和藹、航海經驗、尤其是精明透頂的障眼法都起了作用。

另外，或許那個熱那亞人也像其他機智的人那樣，他們只知道應該知道的事，而且只相信樂意相信的事。

就在這種互相利用的情況下，他們到達了里沃那。

愛德蒙又要在那裡接受一次考驗：十四年來他未曾見過自己的容貌，他是否還認得自己的長相。他還準確記得自己年輕時代的模樣，他要看看自己變成怎樣的人。在他的夥伴們看來，他的願望已經實現。他曾在里沃那上岸過許多次，他認識聖斐迪南街的一個理髮師。他走進那家理髮店，要理髮和刮鬍子。

理髮師吃驚地望著這個一頭長髮、鬍子又密又黑的人，活像提香[119]筆下俊美的頭像。那時根本不流行留著這樣濃密的鬍子和長髮，只有今天的理髮師才會驚訝，一個美髯公竟同意割捨。

里沃那的理髮師也不細看，便動手工作。

待工作結束，愛德蒙感到下巴鬍子完全刮光，頭髮理到一般的長度，他要了一面鏡子，端詳起來。

當時他三十三歲，正如上述，這十四年牢獄生活為他的臉帶來了巨大的、精神上的變化。

唐泰斯關進紫杉堡時有著幸福青年人那種圓圓的、笑盈盈的、開朗喜氣的臉，他早年一帆風順，認為未來是過去的自然推演，然而這一切已完全改變了。

他橢圓形的臉已拉長，含笑的嘴角有著表明意志堅定的線條；他的眉毛在一道顯示多思慮的皺紋下彎成弧形；他的目光染上深沉的憂傷，不時露出憤世嫉俗和仇恨的陰沉幽光；他的臉色由於長期遠離光線和太陽，顯得沒有光澤，配上一頭黑髮，便襯托出北部人的、貴族氣質的美；他掌握的精深學問也在臉上反映出機智而坦然的光芒；此外，儘管他天生身材修長，由於體內一直積聚著精力，他還是擁有矮而壯的人的那種活力。

渾圓而肌肉發達的精壯代替了神經質而脆弱的那種優雅。至於他的聲音，禱告、嗚咽和詛咒已經改變了它，變成一種時而柔和得古怪，時而粗野得近乎嘶啞的嗓音。

另外，由於終日待在半明半暗和黑暗中，他的眼睛擁有可以在黑夜裡辨識東西的特殊能力，如同鬣狗和狼的眼睛。

愛德蒙對著鏡中的自己微笑，即使他現在還有朋友，這個最好的朋友也不可能認出他。他連自己都認不出了。

「年輕的阿美莉號」的船老大，很看重在自己的手下，保有像愛德蒙這樣具有能耐的人，於是提出預支將來分紅的部分，愛德蒙接受了。理髮師剛在他身上做了第一次易容手術，從理髮店出來後，他做的第一件事就是走進一家商店，買一套水手服裝，這套服裝非常簡單，只包括一條白長褲、一件條紋襯衫和一頂弗里吉亞帽。

愛德蒙穿上這套服裝，將借來的襯衫和長褲還給雅科波，然後出現在「年輕的阿美莉號」的船老大面前，他不得不向船老大述說經過。船老大認不出這個風流倜儻的水手，竟是那個留著濃密鬍子、頭髮掛著海藻、泡在海水裡、赤身露體、奄奄一息躺在帆船甲板上的人。

受到唐泰斯白淨面容的吸引，他提出延長合約。但唐泰斯自有打算，只願接受三個月。

「年輕的阿美莉號」的全體船員非常賣力，而且服從船老大的命令。船老大不喜歡浪費時間，在里沃那只

119 提香（一四九〇——一五七六），義大利大畫家，作品有《懺悔的瑪格達林》、《馬上的查理五世》等。

停留了一個星期，圓鼓鼓的船身就裝滿了印花平紋細布、禁運的棉花、英國香粉和專賣局忘記蓋上印章的菸草。他們想把這一切從免稅港里沃那運出去，停靠在科西嘉島沿岸，有些投機商負責把貨物運進法國。

啟程了，愛德蒙又在蔚藍色的海上破浪前行，青年時代大海第一次打開了他的眼界，他在牢獄中常常夢到它。他把戈爾戈納島拋在右邊，把皮亞諾扎島拋在左邊，向帕奧利[120]和拿破崙的故鄉前進。

第二天，船老大總是來得那麼巧，他登上甲板時，看到唐泰斯倚在船舷上，帶著古怪的神情凝望著灑滿旭日玫瑰紅光芒的、重重疊疊的花崗岩礁，這是基度山島。

「年輕的阿美莉號」把這個島拋在右舷大約四分之三海里的後邊，繼續向科西嘉島駛去。

這個島對唐泰斯而言大名鼎鼎，經過它的時候，他心想，只要跳進海裡，再過半小時，他就會抵達那片樂土。可是，沒有工具發掘寶藏，沒有武器保衛自己，他到那裡幹什麼呢？況且，水手們會說什麼？船老大會怎麼想呢？必須等待。

幸虧，唐泰斯是能等待的，他等了十四年才獲得自由。現在既然自由了，他能為了財富再等上一年半載。如果當初向他提出只給自由不給財富，他不是也會接受嗎？

再說，這筆財富難道不是虛無縹緲的嗎？它存在在可憐的法理亞神父腦中，不是已隨他一起逝去了嗎？斯帕達紅衣主教的那封信說得清清楚楚，那倒是真的。

唐泰斯從頭到尾又背了一遍那封信，他隻字未忘。

黃昏來臨，愛德蒙看到那個島染上薄暮帶來的顏色，然後消失在黑暗中。但他的眼睛習於牢獄中的黑暗，他還能繼續看到這個島。此刻，只剩下他一人留在甲板上。

第二天，大家醒來時，已到了阿萊里亞島附近的海面。整個白天在搶風航行，傍晚，只見岸上燃起了火光。根據這些火光，他們知道可以靠岸了，因為一隻風燈代替了旗幟，升上小帆船的斜桁，他們駛到岸邊步槍射程之內的地方。

唐泰斯早就注意到，每當遇到這種嚴肅情境，在接近岸邊時，「年輕的阿美莉號」的船老大便架起兩管像城防步槍的輕型長砲，這兩管砲能把四斤重的炮彈射出一千尺而不會發出很大聲響。

但這天傍晚，小心謹慎是多餘的，一切都進行得極其靜悄和順利。四艘小艇聲音很輕地接近帆船，不用說，帆船以禮相待，也把一艘小艇放到海裡。五艘小艇同心協力，到凌晨兩點，全部貨物已從「年輕的阿美莉號」運到岸上。

「年輕的阿美莉號」的船老大是個辦事很有條理的人，當天夜裡就分紅，每個人分到一百托斯卡尼的利佛爾，即大約八十法郎。

但是航程並未結束，帆船向撒丁島駛去。要去裝載剛從一艘帆船卸下來的貨物。

第二次行動像第一次那樣順利，「年輕的阿美莉號」真是走運。

新裝載的貨物要運到呂卡公國[121]，幾乎都是哈瓦那的雪茄菸、赫雷斯[122]和瑪拉加[123]的酒。

在那裡，他們與「年輕的阿美莉號」船老大的死對頭——海關人員交上了手。一個海關人員倒在地上，兩個水手受了傷。唐泰斯是其中一個，一顆子彈穿過他左肩。

120 帕奧利（一七二五—一八〇七），科西嘉島的愛國志士，一七九〇年曾任該島總督，反對國民公會，後客死英國。
121 位於義大利中部。
122 西班牙南部城市，所產的酒具有世界聲譽。
123 西班牙南部港口，盛產葡萄酒。

唐泰斯甚至很高興遇上這次小衝突，並且慶幸受了傷。他受到嚴峻的教導，從而學會如何看待危險和怎樣忍受疼痛。他微笑面對危險，挨了一槍以後，他像希臘的哲學家那樣說：「痛苦呀，你不是一件壞事。」

此外，他望著那個傷重而亡的海關人員，也許是由於戰鬥中熱血沸騰，也許是由於人道情感的減退，他心中只產生了輕微的波動。唐泰斯正踏上他決意前往的道路，奔向他決意抵達的目標，他的心正在胸膛裡化為鐵石。

而當雅科波看到他倒下，以為他死了，立刻撲到他身上，將他扶起來，之後又盡心盡力照料他。這個世界並不像邦葛羅斯博士[124]認為的那麼好，但也不像唐泰斯認為的那麼壞。因為這名水手除了能繼承那一份紅利，從同伴身上再也得不到什麼了。當他看到同伴倒下去時，不是感到非常難過嗎？

正如上述，幸虧愛德蒙只受了傷。靠著斷斷續續收集到的一些草藥，以及撒丁島的老婆婆賣給走私客的草藥，傷口癒合得很快。愛德蒙於是想試探一下雅科波，為了報答雅科波對他的照顧，他把自己那份紅利送給雅科波，但被憤然地拒絕了。

雅科波在初遇時，便對愛德蒙產生了出於好感的忠誠，而愛德蒙也給予雅科波某種真摯的感情。但雅科波沒過多要求，他在愛德蒙身上直覺地揣度到一種遠遠高出於目前身分的氣質，而這種高貴氣質，愛德蒙成功地瞞過了別人。對於愛德蒙給予他的友善，這名正直的水手已經心滿意足了。

因此，在漫長的航行日子裡，當順風鼓滿了船帆，帆船平安地行駛在蔚藍大海上，只需要舵手穩穩掌舵的時候，愛德蒙會手拿海圖，當起雅科波的老師，就像當初可憐的法理亞神父擔任他的老師那樣。他向雅科波指點海岸位置，解釋羅盤磁偏角，教會雅科波閱讀頭頂之上，稱之為天、上帝用鑽石字母書寫的那本大書。

雅科波問他：「何必把這些東西教給一個像我這樣的可憐水手呢？」

愛德蒙回答：「誰知道呢？或許有朝一日你會成為船長，你的同鄉拿破崙即做了皇帝啊！」

我們忘了提一句，雅科波是科西嘉人。

兩個半月在持續航行中過去了。愛德蒙以前是個大膽的水手，如今變成一個熟練的沿海航行海員。他跟沿岸的走私客都搭上關係，他學會了這些與海盜無異的人互相聯絡的暗號。

有幾次他從基度山島前面經過，但沒有上岸的機會。

於是他下了一個決心：一旦他跟「年輕的阿美莉號」船老大訂下的合約期滿，他會租一艘小船（唐泰斯已有能力，因為他在數次航行中已經積存下一百多皮阿斯特[125]），只要找一個藉口，便去基度山島。

到了那裡，他可以隨心所欲地尋找。

不能說隨心所欲，因為不用說，他會受到帶他到島上的人的監視。

但在世界上總得冒點險。

牢獄生活已讓愛德蒙變得謹慎小心，他希望萬無一失。

可是，無論他的想像力如何豐富，他絞盡腦汁也找不到任何辦法，可以不用別人帶領便到達他所渴望的小島。

唐泰斯遲疑不決，左右為難。這時，非常信任他、很想把他留下來的船老大，有天傍晚挽起他的手臂，把他拉到奧格利奧河邊的一間小酒館，那裡經常聚集著里沃那的走私客老手。

---

124 伏爾泰哲理小說《老實人》中的人物，他認為世界是十全十美的。

125 地中海某些國家的貨幣。

通常就在那裡商談沿海的買賣。唐泰斯已到過這個海洋交易所兩三次，看到這些在將近兩千海里的海岸圈出沒的大膽海盜，他曾尋思，只要動點腦筋，掌握這些集中或分散的線索，那該有多大的力量啊。

這次談的是一樁大買賣，有一艘帆船滿載土耳其地毯、地中海東部沿岸地區和喀什米爾的布匹，必須找到一個中立的地方完成交易，然後設法把這些貨物卸在法國海岸。

如果成功，獲利豐厚，每人可以分到五、六十個皮阿斯特。

「年輕的阿美莉號」的船老大提議基度山島為靠岸地點，因為這個島荒無人煙，既沒有士兵，也沒有海關人員，彷彿在奧林匹亞諸神時代，由商人和盜賊的神靈墨丘利[126]置於海中。我們如今已經區分開商人和盜賊這兩個階層，而在古代，這兩者似乎列在同一類別裡。

聽到基度山的名字，唐泰斯高興得哆嗦。他站起身來，以掩飾自己的激動，在菸霧瀰漫的小酒店裡轉了一圈。那裡，已知世界的各種方言融匯成地中海東岸的混合語。

等他回到那兩個談判者的身邊時，已經商定在基度山島停泊，而且明晚就啟程前往。

他們徵求愛德蒙的意見，他認為這個島極其安全，而且要做成大買賣就必須速戰速決。

如此一來，商定的計劃無需變動。大家約定，第二天傍晚出航，如果風平浪靜，盡可能第三天傍晚抵達中立小島的海面。

23 基度山島

那些長期時乖運蹇的人，有時會遇到始料不及的好運，唐泰斯就終於遇上了。他即將藉由既簡單又自然的辦法達到目的，踏上那個島，而不引起任何人的懷疑。

如今離他企盼已久的動身時間只隔了一個夜晚。

唐泰斯度過興奮不安的一晚。整夜，各種好壞運氣連番出現在他的腦海裡，他一閉上眼睛，就看到斯帕達紅衣主教以光閃閃的字母寫在牆上的信。他剛睡著一會兒，荒誕離奇的夢便在腦海裡翻騰：他下到碧玉鋪地、紅寶石砌牆、鑽石呈鐘乳石狀裝飾的岩洞裡，珍珠像地下水滲透而出，一滴滴落下來。

愛德蒙驚喜交集，將寶石塞滿口袋，然後走出洞外，寶石卻變成普通的石子。於是他試圖返回那粗略一瞥的神奇洞穴，但是道路曲折，沒有盡頭，再也找不到入口了。他在疲乏的記憶中徒勞地搜索那個神祕的、有魔法的口訣，那個阿拉伯漁夫就靠那口訣打開阿里巴巴光華四射的寶窟。他白費力氣，消失的寶藏已變成大地之神的所有物，他剛才是有希望奪走那寶藏的。

白天來臨，但幾乎像夜晚一樣叫人焦躁。不過，白天帶給人理性邏輯，彌補想像力的缺陷。唐泰斯終於能釐清一個在此之前猶模糊遲疑的計劃。

126 羅馬神話中的貿易神和使者神。

黃昏來臨，隨即準備動身。對唐泰斯來說，從事準備工作是掩飾激動的方法。他已逐漸在同伴中建立起威信，像船主一樣發號施令。由於他的命令總是明白準確、容易執行，所以他的同伴不僅迅速，而且樂意服從。

老水手讓他這樣做，他也承認唐泰斯比其他水手和他自己略勝一籌。他在年輕人身上看到一個理所當然的接班人，他很遺憾沒有女兒，可以藉由聯姻拴住愛德蒙。

晚上七點鐘，一切都已準備好。七點十分，正當燈塔點亮時，帆船就要從旁繞過去。

大海波平如鏡，從東南方吹來涼爽的風。船航行在藍天之下，彷彿上帝逐一在蒼穹中點燃燈塔，每一座燈塔都是一個世界。唐泰斯表示，大家可以去睡覺，由他掌舵。

只要馬耳他人（大家都這樣稱呼唐泰斯）這樣表示，人人都可以安心去睡覺。

這是常有的事，唐泰斯孤單地在這個世界上，不時感到獨自煢煢的迫切需要。在黑沉沉的夜裡，在浩瀚無邊的寂靜中，在上帝的注視下，還有什麼比單獨置身於無邊大海中的帆船，更孤獨、更富有詩意的呢？

此時，他的思索擾亂了孤獨，他的幻想照亮了夜空，他的承諾打破了寂靜。

船老大醒來時，帆船正滿帆前進，帆面上都飽孕著風，每小時航速兩海里半。

基度山島在地平線上變得越來越大。

愛德蒙把船交給船老大照看，走去躺在吊床上，儘管昨夜未眠，他還是一刻都無法闔眼。

兩小時後，他又登上甲板。船正繞過厄爾巴島，來到馬雷恰納附近的海面，還不到平坦翠綠的皮亞諾扎島。從這裡可以看到基度山閃亮的頂峰直刺藍天。

唐泰斯吩咐舵手將舵擺向左舷，為了讓船從左邊通過皮亞諾扎島。他計算過，這樣操縱大約可縮短兩三節[127]的航程。

傍晚五點鐘左右，全島盡在眼前了。由於落日餘暉，空氣格外明淨，島上的一切歷歷在目。

愛德蒙凝視著層疊的山岩，它們染上各種夕陽顏色，從豔紅到深藍。他的臉一陣陣發熱，變得緋紅，一片紅雲掠過他的眼睛。

任何以全部家當孤注一擲的賭徒，也不像愛德蒙極度快樂時那樣焦灼不安。

黑夜降臨，晚上十點鐘靠岸。「年輕的阿美莉號」首先到達約定地點。

唐泰斯雖然一向能控制自己，這時卻抑制不住了，他第一個跳到岸上。如果他像布魯圖斯那樣膽大妄為的話，他會親吻土地。

天完全黑下來了，十一點鐘，月亮從海中升起，月光使粼粼波光幻化成銀色。隨著月亮升高，月光宛如瀑布白練，開始在這另一座佩利翁[128]層疊的岩石上變幻不定。

「年輕的阿美莉號」船員對這個島十分熟悉，這是他們平時的停靠站之一。至於唐泰斯，每次他航行到地中海東部沿岸，都看到它，不過從來沒有上岸。

他問雅科波：「我們在哪裡過夜？」

「在船上。」水手回答。

「在岩洞裡豈不更好？」

---

127 航速單位，等於每小時一海里。

128 希臘東北部的山脈，風景秀麗，為宙斯及阿波羅蒞臨的聖地。

「在哪個岩洞?」

「島上的岩洞呀。」

「我不知道有什麼岩洞。」雅科波說。

唐泰斯的額頭冒出冷汗。

「基度山沒有岩洞嗎?」他問。

「沒有。」

唐泰斯一時頭昏目眩,後來他想,這些岩洞可能由於某次事故而被填沒了,或者因為謹慎起見被斯帕達紅衣主教堵死了。

這樣的話,必須找到失去蹤跡的洞口。夜裡進行是白費氣力。於是唐泰斯把勘察工作延遲到第二天。而且,半海里遠的海面上升起了一個信號,「年輕的阿美莉號」立刻用同樣信號回答,這表示工作的時候到了。遲到的帆船看到信號後放心了,因為那個信號通知剛到的船,一切無虞。不久那艘帆船像幽靈一樣,白濛濛、靜悄悄地出現了,在離岸邊一鏈[129]的地方拋了錨。

搬運工作旋即開始。

唐泰斯一邊工作一邊心想,如果他大聲說出在他耳畔和心裡不斷喃喃低語的想法,一開口,就會引起一陣歡呼聲。然而,他不僅沒有透露這個天大的祕密,反而擔心自己說得太多,而且這樣走來走去,重複提問,仔細觀察和心事重重,已引起懷疑。幸好,至少在這種情境下,慘痛往事在他臉上反映出一種難以磨滅的哀愁,在這層烏雲下閃現的喜悅之光,轉瞬即逝。

沒有人懷疑。第二天,唐泰斯拿了一支槍、鉛彈和火藥,表示想去打幾隻可以見到、在岩石間跳躍的野山羊，這時大家只把唐泰斯的登山看作對狩獵的愛好和孤僻的表現。只有雅科波堅持跟著他。唐泰斯不想反對，生怕要是拒絕陪伴，會引起猜疑。他剛走了四分之一法里，便找到機會射殺一隻小山羊，他支使雅科波把山羊送到同伴們那裡，讓他們料理，一煮好便向他鳴槍發信號。再來一些乾果和一瓶長頸大肚的普爾恰諾峰葡萄酒，就是很像樣的一頓飯了。

唐泰斯繼續往前走，不時回過頭來。到達一塊岩石的頂端時，他看到腳下一千尺的地方，雅科波剛回到同伴那裡，他們已經積極準備午餐。多虧唐泰斯的好槍法，午餐多了一隻射殺的野獸。

愛德蒙帶著自覺優越超群的那種人的柔和微笑，眺望他們一會兒。

「再過兩小時，」他說：「這些人就會分到五十個皮阿斯特，然後啟程，再冒著生命冒險，試圖再賺五十個皮阿斯特。他們會帶著六百利佛爾回來，帶著蘇丹的自豪和大富翁的自信，在某個城市揮霍這筆財富。今天，希望讓我鄙視他們這筆財富，在我看來這筆錢實在可憐兮兮；明天，也許失望會讓我不得不把這種可憐兮兮看作是無上的幸福。哦！不，」愛德蒙嚷道：「不會這樣，博學的、從不出錯的法理亞不會僅僅在這件事上搞錯了。而且，與其繼續過這種卑賤可憐的生活，還不如死了好。」

唐泰斯在三個月前一心渴求自由，現在自由已經不夠了，還渴望財富。過錯不在於唐泰斯，而在於上帝，上帝既限制了人的能力，卻又給了他無窮盡的欲望。

通過一條消失在兩排岩石之間的路，沿著一條急流沖刷成的、幾乎人跡未至的小徑，唐泰斯走近一個可能

129 舊日計量單位，約合二百米。

存在岩洞的地方。他沿著海岸走，認真仔細地觀察一個個細小的東西，覺得在某些岩石上看到了人工挖成的槽口。

歲月為一切物體披上了一件苔蘚外衣，正如為一切精神事物披上了一件遺忘的外衣，可是時間又似乎尊重這些帶著某種規律的人工記號，它們存在的目的也許在表明痕跡。不過，這些記號逐漸消失在一簇簇花朵盛開的愛神木下，或者消失在寄生的地衣下面。於是愛德蒙必須撥開枝葉，或者剷除苔蘚，才能看到把他帶往另一個迷宮的指路記號。同時，這些記號給了愛德蒙希望。難道這些是紅衣主教留下的記號？以備萬一橫禍飛來，這些記號可以給他的侄兒指路？這個偏僻的地方很適合埋藏寶藏。不過，這些洩露祕密的記號，除了畫記號的人之外，難道沒有吸引過別人的注意嗎？這個外表陰森詭奇的小島忠實地守住巨大的祕密嗎？

由於地面崎嶇不平，愛德蒙的同伴們始終看不到他。在離港口約莫六十步的地方，他發覺槽口中止了。不過，槽口並沒有通到什麼岩洞。一塊大圓石放在穩固的基礎上，似乎是槽口指向的唯一目標。愛德蒙尋思，或許他走到的不是終點，恰恰相反，只是到達起點。因此他轉過身，按原路回去。

這時，他的同伴們正在準備午飯，到泉水處汲水，將麵包和水果放在地上，烤起小山羊。正當他們從臨時製作的鐵叉取下小山羊時，他們看到愛德蒙像一隻羚羊那樣輕盈而大膽，在岩石上跳躍前進，他們開了一槍，發個信號給他。這名獵手馬上改變方向，向他們跑過來。正當大家注視著他的跳躍，認為他的靈活過於大膽，彷彿為了證明為他擔憂是有道理的時候，愛德蒙腳下一滑，大家看到他在一塊岩石的頂端搖搖晃晃，叫了一聲，隨即消失不見了。

所有人一躍而起，因為他們都喜歡愛德蒙，儘管他技術高明，首先趕到的是雅科波。

他看到愛德蒙血淋淋躺在那裡，幾乎失去知覺，他大概從十二至十五尺的高處滾下來。有人在他嘴裡倒了幾滴蘭姆酒，這種藥曾經對他非常有效，如今與第一次一樣產生了相同的效果。

愛德蒙睜開眼睛，說是膝蓋痛得厲害，腦袋沉重，腰部陣陣劇痛難以忍受。大家想把他抬到岸邊，可是一碰到他，哪怕是雅科波在指揮行動，他還是呻吟著，說他沒有任何力量可以忍受移動。

大家明白，對唐泰斯來說，現在談不上吃飯這件事，他要夥伴們回去用餐，他們沒有理由像他一樣餓一頓。至於他，他表示只需要休息一下，等他們吃完飯回來，他會好一點的。

水手們用不著三推四請，他們餓了，小山羊的香味一直飄到鼻子裡，而且老水手之間根本不講客套。一小時後，他們回來了。愛德蒙所能做的，只是拖了十來步，靠在一塊長滿苔蘚的岩石上。

但是，唐泰斯的疼痛非但沒有平息下來，反而好像更厲害了。年長的船老大要在上午動身，將貨物卸在皮埃蒙和法國的邊境，就在尼斯[130]和弗黑居斯[131]之間。他堅持要唐泰斯試著站起來。唐泰斯做了極大的努力，想聽從他的敦促，但一使勁，他又呻吟起來，臉色慘白。

「他的腰扭傷了，」船老大低聲說：「沒關係，他是一個好夥伴，不該扔下他，我們設法把他抬到單桅三角帆船上去吧。」

但唐泰斯表示，他寧願死在這裡，也不願忍受劇痛，因為一動的話，不管多麼輕微，都會引起疼痛。

「那麼，」船老大說：「只好順其自然了，但不能讓人說我們見死不救，丟下一個像您這樣的好夥伴。我們等到黃昏再動身。」

130 法國地中海沿岸的城市，靠近義大利。
131 阿爾卑斯山的西部隘口，將法國與義大利（皮埃蒙）分開。

這個提議令水手們非常驚訝，雖然沒有人提出異議。船老大是一個非常嚴厲的人，大家頭一回看到他放棄一筆生意，或者推遲實踐計劃。

為此，唐泰斯不願別人為他破例，嚴重違犯船上的規章紀律。

「不，」他對船老大說：「我笨手笨腳，因此理應由我來承擔笨手笨腳的後果。為我留下一些餅乾、一支槍、一點火藥和子彈，好打小山羊，或者自衛，再留下一把十字鎬，如果你們遲遲不來接我，我就自己蓋一間屋。」

「但您會餓死的。」船老大說。

「我寧願這樣，」愛德蒙回答：「而不願忍受稍稍一動便要引起的揪心的痛。」

船老大轉身對著帆船那邊，帆船在小港中準備開航而左右搖晃著，只要安排妥當，就馬上出海。

「你叫我們怎麼辦呢，馬耳他人？」船老大說：「我們不能這樣扔下你，但又不能乾等。」

「你們啟程吧，動身吧！」唐泰斯高聲說。

「我們至少要離開一星期。」船老大說：「另外，我們還得中途彎到這裡來接你。」

「聽我說，」唐泰斯說：「如果兩三天內你們遇到漁船或別的船要經過附近海域，讓他們照顧我一下，我會付二十五個皮阿斯特，以便回到里沃那。要是你們碰不上，那就再來接我。」

船老大搖搖頭。

「聽我說，巴爾迪船老大，有一個兩全其美的辦法。」雅科波說：「你們動身，我呢，我跟受傷的這位留下，好照料他。」

「你放棄你那份紅利，」愛德蒙說：「與我一起留下？」

「是的。」雅科波說：「而且毫不遺憾。」

「啊，你是一個好傢伙，雅科波，」愛德蒙說：「上帝會獎賞你的好意。但我不需要任何人，謝謝。經過一兩天休息，我就會恢復，我希望在這些岩石中間找到一些能治療外傷的草藥。」

一個古怪的笑容閃過唐泰斯的嘴唇，他熱切地握住雅科波的手，但是他堅持單獨留下的決心毫不動搖。

走私客們為愛德蒙留下他所要求的東西，然後依依惜別，愛德蒙僅僅揮手致意，彷彿他不能轉動身體的其他部位。

他們消失不見後，唐泰斯笑著說：「真是怪事，只有在這種人之間才能找到真正的友誼和忠誠的行為。」

於是他小心翼翼拖著身子，爬上擋住他眺望大海的岩石頂端，從那裡他看到單桅三角帆船已做好開船準備，起了錨，像一隻即將展翼的海鷗那樣輕悠悠地搖晃，然後啟程了。

一小時後，單桅三角帆船完全隱沒了，至少從受傷者所在的地方不能再看到它。

於是唐泰斯站起身，就像在這荒山野地的愛神木和乳香黃連木中間跳躍的小山羊一樣靈活快捷，一手拿起他的槍，另一手拿著十字鎬，跑向他在岩石上發現的槽口直達的那塊圓石。

「現在，」他想起法理亞講給他聽的那個阿拉伯漁夫的故事，大聲說：「現在，芝麻，開門！」

24 奇珍異寶

太陽幾乎昇到半空了，五月的陽光熱辣辣地、生氣盎然地照射在岩石上，似乎連岩石也對這種熱力很敏感。幾千隻蟬隱沒在灌木叢中，發出單調而持續的鳴聲。愛神木和橄欖樹的葉子微微顫動，發出金屬磨擦一般的聲音。愛德蒙在曬熱的花崗岩石上每走一步，都要驚動宛如碧玉的蜥蜴。只見野山羊在遠處的斜坡上跳躍，這些野山羊有時吸引獵人來到島上。總之，小島上有生物，生氣勃勃，十分熱鬧，但愛德蒙感到隻身一人處在上帝的手掌之下。

他感到一種與恐懼十分相似的、說不出的激動，這是在光天化日之下的那種狐疑，甚至在荒漠中，也總以為有雙窺伺的眼睛正對著我們。

這種情緒非常強烈，以致在動手工作時，愛德蒙停了下來，放下十字鎬，又拿起他的槍，再一次爬上小島最高處的岩石，從那裡掃視周圍的一切。

但吸引他注意力的，既不是他看得清楚房屋的、富有詩意的科西嘉島，不是在他身後、幾乎一無所知的撒丁島，不是他保有瑰麗回憶的厄爾巴島，最後，也不是展現在天際的、模糊不清的線條，只有水手訓練有素的眼睛才看得出那是壯美的熱那亞和商城里沃那。不是的，他關心的是天色微暗就啟程的雙桅橫帆船和剛剛啟程的單桅三角帆船。

第一艘船即將消失在博尼法喬海峽，另一艘船沿著相反的航道，傍著科西嘉島航行，準備繞過去。

這次瞭望讓愛德蒙放下心來。

於是他又注視周圍的景物，他看到自己站在這座圓錐形小島的最高處，像是巨大底座之上的一尊脆弱的雕像。在他腳下，不見人影，四周也不見一艘小船，只有蔚藍的大海拍擊著岸邊，這永恆的拍濺為小島鑲上一條銀邊。

於是他快步下山，同時小心翼翼。此時此刻，他生怕會發生像剛才那樣，非常巧妙而又成功扮演的事故。

正如上述，唐泰斯剛才沿著留在岩石上的槽口的相反方向走，他看到這條路線通到一個小海灣，海灣就像一個古代神話的仙女浴池那樣掩蔽起來。這個小海灣入口相當寬，中間相當深，可以讓一艘像古代簡易平底的小帆船駛進來，躲藏在那裡。唐泰斯曾經看到法理亞神父將手中的絲線進行歸納，非常巧妙地指引思路穿越各種可能性組成的迷宮。現在，他沿著這條線索走下去，心想，斯帕達紅衣主教為了不讓人看見，停泊在這個小海灣裡，藏起他的小帆船，沿著槽口指引的路線走，路線的盡頭掩埋著他的寶藏。

這個假設把唐泰斯帶回圓石附近。

不過，有一件事讓愛德蒙惴惴不安，並且攪亂他異常活躍的各種思路：如何不需運用巨大力氣，抬起這塊重達五、六千斤、巍然不動的岩石呢？

突然，一個想法閃過唐泰斯的腦海。「不必抬起石頭，」他心想，「而是使石頭掉下來。」

他衝到岩石的上方，要尋找它原先所在的位置。

果然，他很快看到那兒有一條緩緩傾斜的斜坡，岩石就這樣滑下來，停在現在的地方。另一塊普通大小的石頭穩住了大圓石，再用碎石和石子仔細填塞，蓋住縫隙。在這種水泥匠的工程上，蓋上腐殖土，從中長出野草，苔蘚也蔓延開來，幾棵愛神木和乳香黃連木的種子生了根，這塊年代久遠的岩石彷彿跟泥土連成一片。

唐泰斯小心地去掉泥土，看透或者自以為看透了這套巧妙的騙人把戲。

於是他開始用十字鎬去挖那堵由歲月加固的隔牆。

挖了十分鐘以後，牆挖掉了，露出一個可以伸進手臂的洞。

唐泰斯砍斷一棵所能找到的、最結實的橄欖樹，砍去樹枝，插到洞裡，當作槓桿。

但圓石太重，而且底下那塊石頭也墊得太穩固，所以藉由人力，哪怕是像赫丘力士[132]那樣的大力士，也動搖不了。

於是唐泰斯考慮，必須去掉那塊墊石。

但用什麼方法呢？

唐泰斯環顧四周，就像束手無策的人那樣。他的目光落在他的朋友雅科波留下的、裝滿火藥的岩羊角上。

他微笑了，這種具有強烈破壞性的發明要發揮功能了。

唐泰斯用十字鎬在圓石和石頭之間挖出一條炸藥管道，就像工兵常做的那樣，為的是減省臂力。然後他塞進火藥，又把手帕撕成碎布條，在硝石裡滾一滾，作為導火線。

點著導火線之後，唐泰斯馬上走遠。

很快就爆炸了，圓石在剎那間被難以計算的力量掀起，而石頭炸得碎石橫飛。從唐泰斯炸開的小洞口，一大群顫動著翅膀的昆蟲飛了出來，一條大蛇，這條神祕之路的守衛者，青色身體轉了幾個彎，消失不見了。

唐泰斯走了過來，圓石失去支撐，向深洞傾斜，這個大膽的尋寶者繞了一圈，選擇搖搖欲墜的地方，用槓桿頂住突出的一角，像薛西弗斯[133]那樣，用盡全力，繃緊身體，撬動圓石。

已經被震鬆的圓石晃動起來，唐泰斯加倍用力，甚至可以說，就像泰坦諸神[134]其中一位，這些天神把大山連根拔起，向眾神的主宰宣戰。圓石終於倒下去，滾動著、騰跳著，向下衝去，落入大海，消失不見了。

露出一塊圓形地方，只見一塊方形石板的中央連著一隻鐵環。

唐泰斯發出又驚又喜的喊聲，想不到第一次嘗試就獲得了十全十美的成功。

他想繼續探索，但他的腿瑟縮發抖，他的心撲通亂跳，一片灼熱的雲彩在他眼前掠過，他不得不停住不動。

猶豫只持續了片刻。愛德蒙將槓桿穿進環裡，用力一撬，石板掀開，露出一道像樓梯一樣的急坡，一直深入越來越暗的岩洞深處。

換了一個人會撲進去，發出快樂的感嘆聲。唐泰斯卻停下腳步，臉色發白，疑慮重重。

「嗨，」他在想：「要做個男子漢大丈夫！我已經習慣厄運，不能被失望壓垮，否則，我豈不是白吃了那麼多苦！心臟由於滿懷希望而過度擴張，接著在溫熱的呼吸中回復，最後卻限在冷酷現實裡，它幾乎破碎了。法理亞只是做了一個夢，斯帕達紅衣主教根本沒有在這個岩洞裡埋過東西，甚至從來沒有進去過。或者，如果他來過，凱撒・博爾賈是個大膽的冒險家，百折不撓和鬼鬼祟祟的竊賊，隨後也來過，像我一樣掀起這塊石頭，早我一步進入洞穴，什麼都沒留下。」

有一會兒他一動不動，沉思默想，眼睛盯住那個陰森森的、深不可測的洞口。

---

132 羅馬神話中的大力士，原為希臘傳說中的英雄，名為海克力斯，曾完成十二項英雄事蹟。

133 據希臘神話，薛西弗斯受罰，要永不停止地推一巨石上山，石頭剛推到山頂就又滾落下來，於是又要重新開始。

134 天神和地神的子女總稱，泰坦共十二個，六男六女。

「但是，既然我不指望得到什麼，既然我尋思保存希望是不理智的，那麼對我來說繼續冒險只是為了滿足好奇心而已。」

他仍然一動不動，沉思默想。

「是的，是的，在那個強盜與國王交織著光明與黑暗的一生中，在這塊由絢麗多采的古怪事件編織而成的生命布匹中，這樣的冒險應占有一席之地。這個神奇的事件大概不可避免地與別的事相牽連。是的，博爾賈在某個夜晚來過這裡，一手舉著火把，另一隻手拿著一把劍，而在離他二十步遠的地方，或許就在這塊岩石腳下，站著兩個臉色陰沉、氣勢十足的警察，他們監視著陸地、天空和海洋，而他們的主人就像我現在要做的那樣，用他可怕的、舉著火把的手臂驅除黑暗。

「是的。但他這樣便向警察洩露了祕密，凱撒會怎麼樣處置他們呢？」唐泰斯問自己。

「就像對待，」他微笑著回答自己：「阿拉里克[135]的埋葬者一樣，連同被埋的人一起被埋葬。」

「但是，如果他來過這裡，」唐泰斯又說：「他會找到並奪走寶藏。博爾賈把義大利比作一棵朝鮮薊，他要一片葉子、一片葉子地吃掉，他太清楚怎麼利用時間，決不會浪費時間再把圓石放回原處。

「下去吧。」

於是，他嘴唇上掛著懷疑的笑容，走進洞裡，一邊喃喃地說著人類智慧結晶的一個詞：「或許……」

唐泰斯原以為洞裡一片黑暗，空氣混濁，能見度低。但相反的，他看到的是柔和的淡藍色光線，空氣和亮光不僅從剛打開的洞口照進來，而且從地面看不見的岩石裂縫滲透進來。透過岩石，可以看到藍天，綠葉扶疏的橡樹枝和荊棘多刺的攀爬枝葉在空中隨風飄動。

這個岩洞的空氣是溫潤的，而不是潮濕的；是芬芳的，而不是平淡無奇的。與洞外的溫度相比，就像在太陽下戴上墨鏡一樣。在洞裡待一會兒，唐泰斯的目光本來已習慣黑暗，能觀察岩洞最深的角落。岩洞是由花崗岩構成的，用閃光片裝飾的岩石表面像鑽石一樣閃爍發光。

「唉！」愛德蒙微笑著心想，「不用說，這就是紅衣主教留下的寶藏，而那個好神父在夢裡看到這閃光的牆壁，便滿懷希望。」

但唐泰斯想起遺囑中的話，他熟記在心：「在第二個洞口最深之隅中。」遺囑是這樣寫的。

唐泰斯只走進第一個岩洞，現在必須尋找第二個洞的入口。

唐泰斯繼續勘查，第二個洞應該再深入島中。他觀察每塊石頭的底部，敲打看來像是洞口的岩壁，這個洞口被掩藏得更加小心謹慎。

用十字鎬敲了一陣，岩石傳出沉濁的聲音，那種悶聲悶氣讓唐泰斯的額頭冒出冷汗。這個堅持不懈的挖掘工終於聽見，有一片花崗岩的岩壁在敲擊下發出分外沉濁深邃的回聲。他灼熱的目光湊近岩壁，憑著囚徒的直覺，發現了別人發現不了的東西，這裡應該有一個洞口。

但是，唐泰斯也像凱撒．博爾賈一樣，曾經研究過光陰的價值。為了不致徒勞無功，他用十字鎬探測其他岩壁，用槍托探問地面，在可疑之處撥開泥沙，可什麼也沒有找到，什麼也沒有發現，於是回到剛才發出叫人快慰的聲音的那片岩壁前。

他更加使勁地敲打。

---

135 阿拉里克父子為西元四世紀末至六世紀初西哥德人的國王。

於是他看到一件怪事，在工具的敲擊下，有一種像塗抹壁畫那樣的塗料翹了起來，如同鱗片一樣剝落，露出一塊發白的石頭表面。封洞用的是另一種質地的石頭，然後再在石頭表面抹上塗料，又在塗料上面刷上花崗岩一樣的透明顏彩。

唐泰斯用十字鎬的尖端敲打，十字鎬嵌進這道門牆達一寸深。

應該在這裡搜索。

出於人體一種奇怪的奧祕，越是證實法理亞沒有搞錯。證據的增加本應使唐泰斯安心，但他虛弱的心卻越加懷疑，幾乎洩氣。這新的探索本應給他新的力量，卻奪走了他剩下的力氣，十字鎬垂落下來，幾乎滑出他的手。他將十字鎬放在地上，擦拭額頭，朝亮光爬去，給自己一個藉口，去看看是否有人在窺伺他，而實際上，是因為他需要呼吸外面的空氣，他感到快要昏厥過去。

島上毫無人跡，行至中天的太陽好似用火的眼睛注視著他。遠處，小漁船在藍寶石般的大海上展開翅膀。

唐泰斯沒有吃東西，但在此刻，吃東西會花去太多時間。他啜了一口蘭姆酒，心裡踏實多了，又回到岩洞裡。

十字鎬剛才顯得十分沉重，現在變得很輕，舉起時彷彿揚起一片羽毛，於是重新幹勁十足地工作著。

挖了幾下，他發覺石頭沒有封住，而僅僅是拼在一起，再抹上上文提到的塗料。他把十字鎬尖端插進一條縫隙，用力一按鎬柄，欣喜地看到石頭落在腳下。

從這時起，唐泰斯只需用十字鎬的鐵齒勾出每塊石頭，這些石頭落在第一塊的旁邊。

唐泰斯本來可以立刻進入剛打開的洞口，但延遲了一會兒，如此就可以延緩確證的時刻，繼續攀住希望不放。

最後，他又猶豫了片刻，才從第一個岩洞進入了第二個岩洞。

第二個岩洞比第一個更低、更暗、更加可怕。空氣立刻從打開的洞口湧進，有一種惡臭氣味，唐泰斯十分詫異為何在第一個岩洞沒有聞到這種氣味。

唐泰斯等了一會兒，讓外界空氣沖淡那死濁的空氣。

洞口左邊，有一個角落深邃幽暗。

但是，上文說過，對唐泰斯的眼睛而言，是沒有黑暗的。

他觀察第二個岩洞，它像第一個那樣空蕩蕩。

寶藏如果存在，是埋在那個幽暗角落裡的。

憂慮不安的時刻來臨了，只要再挖掘兩尺之內的地面，唐泰斯要嘛會無比歡樂，要嘛將無比絕望，就看最後的結果了。

他朝那個角落走去，彷彿突然下定決心似的，勇氣十足地挖起地面。

用十字鎬挖了五、六下，發出鐵碰上鐵的聲音。

對於聽到這聲響的人，任何警鐘或喪鐘都產生不了同樣的效果。唐泰斯還不曾有過比此刻臉色更加慘白的時候。

他在那個地方的旁邊再挖了一下，遇到了同樣的抗拒，但不是同樣的聲音。

「這是一只用鐵箍住的木箱。」他說。

這時候，一個影子迅速閃過，遮住了亮光。

唐泰斯扔下十字鎬，抓起槍，越出洞口，朝洞外撲去。

一隻野山羊從第一個岩洞口跳過去，在幾步遠的地方吃草。

這是一個好機會，他的晚餐有了保障，但唐泰斯擔心槍響會引人注意。

他思索一下，砍下一棵含樹脂的樹，走到走私客們剛才準備午飯、還在冒煙的火堆旁點燃，再帶著火把回來。

他不願漏掉一絲一毫將要看到的東西。

他將火把湊近還沒挖好、齜牙咧嘴的洞口，確證自己沒有搞錯，剛才挖掘時是輪流敲在鐵器和木頭上。

他將火把插在地上，又開始挖起來。

頃刻之間，一塊三尺長、兩尺寬的地方被清理出來了，唐泰斯可以看出一個用鏤刻鐵箍箍住的橡木箱。蓋子中央，是斯帕達的家徽，也就是一柄長劍豎放在橢圓形的盾徽中，鐫刻在一塊銀牌上，泥土沒有讓它褪色。這枚盾形紋章就像義大利的紋章，上面掛著一頂紅衣主教的帽子。

唐泰斯輕易就認出來，法理亞神父為他畫過多次這種盾形紋章！

從這時起，不再有懷疑了，寶藏就在這裡。沒有人會費盡心機在這個地方儲藏一個空箱子。

轉眼間，箱子四周都清理出來，唐泰斯逐步看到兩把掛鎖之間有一把大鎖，以及兩側的提環。這些都像當時的工藝那樣，上面有鐫刻圖案，那時，藝術把最低級的金屬品都變成寶貝。

唐泰斯抓住提環要提起箱子，根本辦不到。

唐泰斯試圖打開箱子，大鎖和掛鎖都緊扣著。這些忠實的守衛者宛如不願獻出寶藏。

唐泰斯將十字鎬尖利的一端插進箱蓋的縫隙，用力一壓十字鎬木柄，箱蓋吱呀一陣，被撬開了。木板露出一個很大的缺口，鐵器再也無法附在箱子上，掉了下來，但堅固的鉸鏈還攀住鐵器往下掉時裂開的木板，箱子被打開了。

讓人頭暈目眩的狂熱攫住了唐泰斯，他抓起槍，子彈上膛，再放在自己身旁。他先閉上眼睛，就像孩子們那樣，為了在想像的星光閃爍的夜空中看到比滿天繁星更多的星星，他們就是這樣做的。然後他睜開眼睛，目眩神迷了。

箱子隔成三部分。

在第一格中，光彩奪目的、發出淺黃色光輝的金幣閃閃爍爍。

在第二格中，沒有磨光的、排列整齊的金塊從重量和價值來看都很可觀。

第三格只裝了一半，唐泰斯滿把抓起鑽石、珍珠、紅寶石，它們落下時像閃光的瀑布，互相撞擊，發出像冰雹打在窗玻璃上的聲音。

愛德蒙用顫抖的雙手探觸、撫摸、伸入這些金銀首飾中，然後立起身來，帶著終於發瘋的人那種全身顫慄的狂熱，跑出岩洞。他跳上一塊岩石，從那裡能眺望大海，除此之外什麼也看不到，只有他獨自一人擁有這些難以計算、聞所未聞、神乎其神的財富。不過，他是在做夢還是清醒的呢？

他需要再看看他的金子，然而，此刻他沒有力量再看一次。他用雙手按住頭頂，彷彿藉以不讓理智逃遁。然後他在島上狂奔，也不看哪條路，基度山島本來就沒有路，也沒有一定的路線，他發出叫喊，手舞足蹈，嚇得野山羊到處跑，海鳥四處飛。然後，他拐了個彎回來了，心裡還疑惑不定，從第一個岩洞衝到第二個岩洞，又面對著那堆金子和鑽石。

這次他跪了下來，用痙攣般的雙手按住撲通亂跳的心，低聲念出只有上帝才理解的一篇禱告。

過了一會兒，他平靜下來，因此也更加快樂，因為正是從這時起，他開始相信自己無比的幸福。

他開始清點自己的財富，有一千塊各重兩三斤的黃金。然後，他堆起兩萬五千枚金幣，每一枚金埃居相當於時下的八十法郎，所有的金埃居都鐫刻著教皇亞歷山大六世和前任們的頭像，這樣也只掏空了半格。最後，他雙手捧出珍珠、寶石、鑽石，其中有許多是當時最出色的金銀匠鑲嵌的，它們本身的價值姑且不論，單是造工的價值就非常名貴了。

天色逐漸暗下來，一直到光線全部消失。他生怕留在岩洞內會遭到襲擊，便拿了槍走出洞外。一塊餅乾和幾口酒就是他的晚餐。然後他又放好石頭，躺在上面，用身體堵住洞口，只睡了幾個小時。

這一夜肯定是最甜蜜的一夜，也是最恐怖的一夜，這個處在激動和驚恐中的人，平生已經歷過兩三次這種夜晚了。

25 陌生人

白天來臨。唐泰斯望眼欲穿。一看到曙光，他便爬起來，像昨天一樣，登上小島最高處的岩石，觀察周圍動靜。像昨天一樣，毫無人跡。

愛德蒙從山上下來，掀起石頭，在口袋裡裝滿寶石，再盡量放好木板和鐵箍，蓋上泥土，踏平地面，撒上一些沙土，使翻動過的地方跟周圍泥土一模一樣。他走出岩洞，放上石板，撿了一些大小不同的石子堆在石板上。在縫隙中塞進泥土，栽上愛神木和歐石南，幫這些新栽的植物澆水，讓它們看來像原本即在那裡。他擦去周圍的腳印，焦急地等待同伴們回來。他確實不想望著這些金子和鑽石，像一條龍守衛著沒用的寶藏那樣，待在基度山島消磨時間。現在必須回到生活和人群當中，在社會上取得地位、勢力和權力，在這個世界上，財富是人類能夠擁有的、第一的、最大的力量，有了它就能擁有一切。

走私客們在第六天返回。唐泰斯老遠就認出了「年輕的阿美莉號」的外形和航速，他像受傷的菲洛克忒忒斯[136]一樣拖著身子，來到港口。他的同伴們靠岸時，他一面繼續抱怨不舒服，一面對他們說明顯好多了，然後聽他們述說冒險故事。他們已成功卸了貨，但剛卸完貨，就發覺有一艘在土倫監視著的雙桅橫帆船已駛出港口，正朝著他們開過來。於是他們趕快逃跑，一面後悔不已，因為唐泰斯可以使帆船駛得飛快，但他卻

136 據希臘神話，菲洛克忒忒斯是墨利玻亞之王，赫丘力士的侍從和摯友，在征討特洛伊時，途經克律塞島，被毒蛇咬傷，長期不癒。

不在船上指揮。不久，他們果然看到那艘追逐的帆船，但藉助黑夜，他們繞過科西嘉島的海岬，躲過了追逐。

總之，這次航行還算不錯。大家，尤其是雅科波，惋惜唐泰斯沒有參加，分不到紅利，他已經帶來了這筆錢，一共五十個皮阿斯特。

愛德蒙仍舊不動聲色，對於他如果離島就可以分到的紅利，他聽了甚至連笑都不笑。由於「年輕的阿美莉號」開到基度山島只是為了接走他，他當晚就上船，隨著船老大到里沃那。

在里沃那，他找到一家猶太人的鋪子，賣掉最小鑽石當中的四顆，每顆五千法郎。猶太人本來可以問一下，一個水手如何會擁有這樣的東西，但他忍住了，每顆鑽石他賺了一千法郎。

第二天，唐泰斯買了一艘嶄新的小帆船送給雅科波，外加一百皮阿斯特，讓他能招聘船員，條件是，雅科波要到馬賽去，打聽一個名叫路易．唐泰斯的老人的消息，老人住在梅朗巷。還要打聽一個住在加泰隆尼亞人的村子裡，名叫梅爾塞苔絲的女孩的消息。

雅科波以為在做夢，愛德蒙於是告訴雅科波，自己出於一時衝動當了水手，因為他的家庭拒絕給他必需的生活費。但到了里沃那以後，他得到了一個叔叔的遺產，他是唯一的繼承人。唐泰斯受到的高等教育讓這番敘述十分逼真，雅科波毫不懷疑老夥伴對他說的話。

另一方面，由於愛德蒙在「年輕的阿美莉號」上服務的合約已經期滿，他便向船老大告辭，船老大先是竭力挽留他，但像雅科波一樣知道了那個繼承遺產的故事後，就放棄了讓這個水手回心轉意的希望。

第二天，雅科波揚帆出港駛往馬賽，他要在基度山島與愛德蒙相會。

同一天，唐泰斯用厚禮酬謝「年輕的阿美莉號」的船員，與他們告別，也向船老大告辭，答應會給他消息。他也不說到哪裡去，便動身走了。

唐泰斯是到熱那亞。

他到達的時候，一艘由英國人訂購的遊艇正在試航。那個英國人聽說熱那亞人是地中海最出色的造船者，便想在熱那亞建造一艘遊艇。英國人出的價錢是四萬法郎，唐泰斯給了六萬法郎，條件是遊艇須當天交貨。英國人到瑞士旅行了。他要過三星期甚至一個月才回來，船商盤算，他來得及在造船廠再造一艘。唐泰斯把造船商帶到猶太人的店鋪裡，與猶太人到後間商議，猶太人數了六萬法郎給船商。

船商要為唐泰斯效勞，為他召募幾個船員，但唐泰斯謝絕了，說他習慣單獨航行，他唯一的願望是在船艙的床頭安一只暗櫃，裡面又分三個暗格。他給了這些暗格的尺寸，第二天就安裝好了。兩個鐘頭後，唐泰斯離開了熱那亞港，一群看熱鬧的人目送他，他們想看看這個習慣單獨航行的西班牙闊佬。

唐泰斯操縱起來得心應手，掌好舵就夠了，不需要離開舵去幹別的。他隨心所欲地操縱遊艇，它真是一個聰明的東西，只要輕輕一按就會服從。唐泰斯心裡承認，熱那亞人確實堪稱世上第一流的造船家。

看熱鬧的人目送小帆船，直到看不見為止，接著展開一場議論，想知道他駛到哪裡去。有人傾向於駛到科西嘉島，有人傾向於厄爾巴島，有些人打賭，他準是到西班牙，還有些人堅持他到非洲。誰也想不到基度山島。

然而，唐泰斯正是到基度山。

他在第二天傍晚到達那裡，這是一條出色的帆船，這段路程花了三十五個小時。唐泰斯完全認得海岸的位置，他不在昔日那個港口靠岸，而是在小海灣下錨。

島上空無一人，自從唐泰斯離開之後，看來沒有人靠過岸。他來到寶藏埋藏的地方，一切跟他離開時一模一樣。

第二天，他的龐大財產便轉移到了遊艇上，藏在暗櫃的三個格裡。

唐泰斯等了一星期。在這段時間，他駕駛遊艇繞島轉圈，研究這個島嶼，就像騎士研究坐騎一樣。一星期後，他已瞭解這個島的一切優缺點，唐泰斯決心增加其優點，彌補其缺點。

第八天，唐泰斯看到一艘小帆船扯滿了帆向島上駛來，他認出是雅科波的小帆船後發出一個信號，雅科波做了回應，兩小時後，小帆船接近遊艇。

對於愛德蒙提出的兩個要求，回應都是令人哀傷的。

老唐泰斯過世了。

梅爾塞苔絲失蹤了。

愛德蒙平靜地聽著這兩個消息。他馬上上岸，不許任何人跟隨他。

兩小時後，他回來了。雅科波的小帆船上有兩個人轉到遊艇上，幫助唐泰斯駕駛，他下令駛向馬賽。父親去世，是他預料中的事；但梅爾塞苔絲，她究竟怎麼樣了呢？

愛德蒙不透露自己的祕密，就不能給出足夠的指示。而且，他還想獲知其他情況，只能親自出馬了。他在里沃那照過鏡子，知道不會有被認出的危險，況且現在他掌握了喬裝打扮的技巧。一天早上，遊艇在一艘小船的尾隨下，果斷地駛進了馬賽港，正好停在那個畢生難忘的、當年被帶上船送往紫杉堡的地方。

唐泰斯在船上看到一個憲兵朝他走來時，不由得有些哆嗦。但唐泰斯已經具有堅定的自信心，他遞給憲兵一份英國護照，這是他在里沃那買來的。這份外國通行證在法國比法國人的護照更受到尊敬，因為它，唐泰斯毫無麻煩地上了岸。

唐泰斯踏上卡納比埃爾街時，第一眼看見的就是法老號的一個水手。這個水手在他手下工作過，水手的出現倒是一個機會，讓唐泰斯因此放心，他確實已經變得判若兩人。他逕直走向水手，提了幾個問題，水手回答了，無論從他的話語，還是他的面容，都不曾表露出他曾經見過這個與他說話的人。

唐泰斯給了水手一個錢幣，謝謝他提供訊息。過了片刻，他聽見這個正直的人追上來。

唐泰斯轉過身。

「對不起，先生，」水手說：「您一定搞錯了。您以為給我一枚四十個蘇的錢幣，可您給了我一枚拿破崙雙金幣[137]。」

「確實，我的朋友，」唐泰斯說：「我搞錯了。但是，由於您的正直值得獎賞，我請您接受第二枚拿破崙雙金幣，讓您與夥伴們為我的健康乾杯。」

水手目瞪口呆地望著唐泰斯，他竟然沒想到要感謝他，一直看著唐泰斯走遠，口中說道：「這是從印度來的大富翁。」

唐泰斯繼續走路，他每走一步心裡就增加一份激動，他所有童年時代的往事不可磨滅，始終迴盪在他腦海，在每一個廣場角落，每一個轉角，每一個十字路口顯現出來。來到諾阿伊街的盡頭，他看到梅朗巷，感到膝蓋發軟，差點跌在一輛車的輪下。最後，他來到他父親以前的住處。馬兜鈴和旱金蓮已從閣樓消失，從

137 拿破崙雙金幣鑄有拿破崙頭像，值四十法郎，而二十蘇只等於一法郎。

前，老人親手在閣樓裝上護花的格柵。

他靠在一棵樹上，沉思默想半晌，望著這可憐小樓的最高幾層。末了，他向門口走去，越過大門，詢問有沒有空房間。雖然六樓已有人住著，他還是堅持去參觀一下，看門女人上樓詢問房客，說是有個外國人想看看這間房子的兩個房間。房客是一對年輕男女，剛結婚一星期。

看到這兩個年輕男女，唐泰斯發出一聲長嘆。

再說，沒有一樣東西讓唐泰斯想起是他父親的房間，不再是那樣的壁紙，所有的舊家具原是愛德蒙童年時代的朋友，如今他還歷歷在目，可是都已消失不見。只有牆壁依舊。

唐泰斯轉向床，床還在原來的位置。唐泰斯不由得熱淚盈眶，老人臨終時大概就在那裡呼喚著他的兒子。兩個年輕男女驚奇地望著這個神情嚴峻的人，他的臉頰流下兩顆碩大的淚水，可是他連眉頭也沒皺一下。由於一切痛苦都自有原因，年輕男女沒有追問陌生人。不過，他們往後退去，讓他哭個痛快，而他出來時，他們又陪著他，對他說，他什麼時候再來都可以，他們的屋子總是歡迎他的。

來到樓下一層。愛德蒙在另一扇門前站住，問裁縫卡德魯斯是不是一直住在這裡。但看門人回答他，他所提的那個人做了虧本買賣，如今在貝勒加爾德[138]到博凱爾[139]的大路上經營一家小旅店。

唐泰斯下了樓，問到梅朗巷這幢房子的房東地址，到他家去，用威爾莫爵士的名義（這是他護照使用的名字和頭銜）讓僕人通報，並用二萬五千法郎買下這幢小樓。這比房子的實際價格高出至少一萬法郎。如果房東要他五十萬，唐泰斯也會照付。

當天，六樓那對年輕男女接到辦理契約的公證人的通知，新房東讓他們選擇這幢樓裡的一戶，決不提高租金，但他們要讓出目前所住的兩個房間。

這件怪事成了梅朗巷住戶這星期的話題，讓人做出千百種猜測，但沒有一個猜對。

尤其讓人摸不著頭腦和越想越糊塗的是，當天晚上，看到曾走進梅朗巷那幢房子的人，漫步在加泰隆尼亞人的小村裡，他走進一戶貧苦的漁家，待了一個多小時，探問好幾個已經故世或者已銷聲匿跡十五、六年以上的人的消息。

第二天，凡是他進屋探問的人家，都收到一份禮物：一艘嶄新的加泰隆尼亞小船，船上有兩張大拉網和一張拖網。

那些老實人很想謝謝那個慷慨的、提問的人，但人們看到他對一個水手下了幾個命令，騎上馬，從埃克斯門離開馬賽。

138 法國南部村鎮，位於馬賽西北方。

139 法國南部村鎮，在隆河與通往賽特的運河的匯合處。

26 噶赫水道橋[140]的旅店

凡是像我一樣，徒步周遊過法國南方的人，都會注意到，在貝勒加爾德和博凱爾之間，大約在從村子到城裡的半途，更接近博凱爾而不是貝勒加爾德處，有一家小旅店，掛著一塊迎風嘎吱作響的鐵皮招牌，上面有一幅滑稽可笑的噶赫水道橋畫作。這個小旅店如果以隆河的流向做基準，是位於大路的左邊，背對河流，旅店附設隆格多克一帶的人所謂的花園，也就是，開門迎賓那道牆的反面，朝向一塊被圍起的地方，裡面有幾棵枯萎的橄欖樹和葉片蒙塵的無花果樹，像趴在那裡似的。樹木之間種了一些蔬菜，大蒜、辣椒、分蔥。最後，在角落裡，就像一個被遺忘的哨兵，一棵高大的義大利五針松憂愁地挺著樹幹，張開成扇形的樹冠在三十度的陽光下嗶剝作響。

這些大大小小的樹，自然而然都朝密斯特哈風吹過的方向傾斜，密斯特哈風是普羅旺斯地區三大天災之一。其餘兩大災，眾所周知或者鮮為人知，就是杜朗斯河[141]和議會。

在周圍一個酷似塵土大湖的平原上，東一處西一處長著幾棵小麥，當地的園藝家也許出於好奇，加以培植，每一棵都為一隻蟬提供棲息地，刺耳而單調的鳴聲追逐著迷失在這片荒僻隱居地的遊客。

七、八年來，這家小旅店由一男一女經營，他們的僕人只有一個名叫特麗內特的女傭和一個聽到帕科這名字就應聲而來的馬廄夥計。再說，這雙重的合作已充分滿足工作的需要，因為一條從博凱爾挖到埃格莫特的運河已成功地讓船運代替快速的車運，讓大型旅行馬車代替驛車。

這條運河在養育它的隆河和被它癱瘓的大路之間通過，彷彿使被它毀掉的、不幸的旅店老闆更加悔恨似的，離上文簡略而忠實地描繪過的那家旅店約有百步之遙。

經營這家小旅店的主人，約莫四十至四十五歲，高大、乾瘦、神經質，眼眶凹陷卻炯炯有神，鷹勾鼻，像食肉動物一樣雪白的牙齒，是個典型的南方人。他的頭髮似乎不顧年事漸高，還未決心變白，像他的絡腮鬍一樣，又密又捲曲，僅僅有幾根稀疏的白髮。他的天生膚色黧黑，由於這可憐的傢伙長年累月習慣從早到晚站在門口，留意是否有徒步或者乘車的旅客來投宿，因此皮膚又新增了一層茶褐色。這樣的等候幾乎都是失望的，而他只是學西班牙的騾夫，將一條紅手帕纏在頭上，保護面孔不受陽光的曝曬。這個人就是我們的舊相識加斯帕爾·卡德魯斯。

他的妻子婚前的名字叫瑪德萊娜·拉戴爾，與丈夫相反的，她是一個蒼白、瘦削、病懨懨的女人。她出生在阿爾勒附近，雖然還保持著家鄉女孩慣有的美貌線條，但由於一種在埃格莫特的泥潭和卡馬格[142]的沼澤流行的熱病，她因為持續的發作，臉龐日漸憔悴。因此，她幾乎總是瑟縮發抖地坐在二樓臥房的最裡頭，要嘛躺在扶手椅中，要嘛倚在床上，而她的丈夫照例在門口站崗。因為他一旦跟尖酸刻薄的妻子待在一起，妻子便沒完沒了抱怨命不好，所以他盡可能拖長站崗的時間。他這個做丈夫的通常只用以下帶著哲理的話來對付她的抱怨：「住口，卡爾孔特女人！這是上帝的安排。」

這個綽號的由來，要從瑪德萊娜·拉戴爾出生的卡爾孔特村談起，這個村子位於薩龍[143]和朗布斯克[144]之

140 噶赫水道橋是尼姆地區的古羅馬引水道，長二百七十三公尺，高四十九公尺，有三個拱孔。
141 發源於南阿爾卑斯山的一條河流，長二百八十公里。
142 法國南部地區，多草原和沼澤，位於隆河三角洲。
143 隆河口的村鎮，產肥皂和油。

站在旅店門口的卡德魯斯流露陰鬱目光。

間。根據當地習慣，不直呼姓名，而總是叫喚綽號，她的丈夫便用這個稱呼來代替瑪德萊娜的名字，對他粗俗的談吐來說，這個名字或許太溫柔、太和諧了。

然而，儘管他嘴上說要聽天由命，人們切不要認為這個旅店主人從未深切體會到這條可惡的博凱爾運河讓他落到如此貧困的境地，也不要以為他受得了妻子喋喋不休的嘮叨。像所有南方人一樣，這是一個沒有嗜好、需求不多、但是愛做表面文章、十分貪慕虛榮的人，因此，在他事業昌盛的時代，他從不錯過火印節，也不錯過塔拉斯各龍[145]的隊伍，他與卡爾孔特女人一起現身，一個身著南方人那種，由加泰隆尼亞人和安達露西亞人服裝搭配而成的別致服飾。一個穿上阿爾勒婦女那種彷彿仿自希臘和阿拉伯款式的俏麗服裝。但逐漸地，錶鏈、項鍊、彩色腰帶、繡花胸帶、絲絨上衣、做工考究的襪子、花俏的長襪、銀釦的鞋，都消失不見了。加斯帕爾·卡德魯斯再不能像他輝煌過往那樣現身，他和妻子告別了所有浮華的排場。每當那種場合歡樂的喧鬧聲傳到這間寒酸的旅店時，他心裡總是暗自絞痛。他繼續守著這間旅店，更多是為了棲身，而不是生意。

卡德魯斯像往常一樣，上午在門口站上一段時間，以憂鬱的目光掃視著光禿禿的小草坪，那裡有幾隻母雞正在啄食，接著遠望不見人影的大路兩端。這條路一端通往南邊，另一端通往北邊，突然，他妻子尖厲叫起來，他離開崗位，嘀嘀咕咕地回屋，登上二樓。但他讓門敞開著，彷彿為了邀請路過的旅客上門。

上文提到的、他極目眺望的那條大路，像南方的荒漠一樣空曠寂寥，在兩排細瘦的樹木間延展，沒有盡頭。可以想像，任何旅客，只要有自由選擇別的時辰，是不會在此刻踏上這片可怕的撒哈拉沙漠的。

卡德魯斯已經進屋了。如果他還留在崗位上，他應該會看到在貝勒加爾德那邊出現了一個人和一匹馬，那姿態穩健悠然，顯示坐騎和騎士之間關係融洽。這是一匹好馬，邁著讓人賞心悅目的側對步，騎士是一個身穿黑衣的教士，頭戴一頂三角帽，儘管烈日當空，人和馬依舊平穩地奔馳而來。

人和馬在門口停住了，很難揣度究竟是馬制止了人，還是人制止了馬。總之騎士跳下馬，拉著馬的轡頭，拴在一扇只連著一條鉸鏈的破損百葉窗的一根鉤釘上。然後用一條紅色手帕擦拭汗水淋漓的額頭，這個教士朝門口走去，用手杖包鐵的那端在門上敲了三下。

一隻大黑狗馬上站起來，吠叫著往前走了幾步，露出雪白尖利的牙齒，牠表現出雙重的敵意，證明牠不習慣有人到來。

沉重的腳步旋即震動著沿牆而上的木造樓梯，這幢可憐房子的主人彎著腰倒退下來，門口站著那個教士。

「我來了！」卡德魯斯吃驚地說：「我來了！你別叫好嗎，馬戈坦！別害怕，先生，牠只會叫，不咬人。您想喝酒，是嗎？天氣熱死人！啊！對不起，」卡德魯斯看清楚旅客的身分，便轉移話題：「我不知道有幸接待的是什麼人，您想要什麼，您要點什麼，神父先生？我聽候吩咐。」

教士帶著古怪的專注神情凝視著這個人，足足有兩三秒鐘之久，他甚至似乎努力想把旅店主人的注意力引

144 隆河口的村鎮。
145 普羅旺斯傳奇中的怪獸，在宗教節日中抬著牠的圖像遊行。

到自己身上。接著，看到旅店主人的面容只露出得不到回答的驚訝時，他認為該中止驚訝了，他帶著濃厚的義大利口音說：「您是卡德魯斯先生嗎？」

「是的，先生，」旅店主人似乎對來客的問題比剛才對他的沉默更感到驚愕：「就是，加斯帕爾．卡德魯斯，願為您效勞。」

「加斯帕爾．卡德魯斯……是的，我相信就是這個姓和名。您從前住在梅朗巷是嗎？住在四樓？」

「正是。」

「您在那裡當裁縫？」

「是的，但那一行生意不好做了，馬賽實在太熱了，衣服幾乎都穿不住了。說到天熱，您不想喝點什麼解渴嗎，神父先生？」

「想呀，請給我您最好的一瓶酒，我們先說到這裡，待會兒再接下去說。」

「悉聽尊便，神父先生。」卡德魯斯說。

為了不錯過機會，推銷他剩下最後幾瓶的卡歐荷[146]酒，卡德魯斯趕緊打開一扇地窖門，這扇門就設在兼做大廳和廚房的底層房間地板上。

五分鐘後他重新出現時，看到神父坐在一把板凳上，手肘擱在一張長桌上，而馬戈坦彷彿跟他談和了，因為聽到這個古怪旅客與尋常情況不同，他要吃點東西。牠伸長瘦削的脖子，擱在腿上，目光無精打采。

「您是單身？」神父問旅店主人，而後者把一瓶酒和一隻杯子放在他面前。

「哦！是的，單身一人，或者差不多是這樣，神父先生。我雖然有妻子，但她根本幫不了我，因為她一直生病，這個可憐的卡爾孔特女人。」

「啊！您結了婚！」神父感興趣地說，一邊環顧四周，好像在估量這對可憐夫婦簡陋的家具值多少錢。

「您察覺我沒有錢，是嗎，神父先生？」卡德魯斯嘆氣說：「但我有什麼辦法呢！要在這個世界上發達，老老實實做人是不行的。」

神父用洞察入微的目光注視他。

「是的，老老實實做人，這方面我可以誇口，先生，」旅店主人迎向神父的注視說，他一隻手按住胸膛，同時點點頭：「當今不是人人都能這樣說的。」

「如果您自豪的話屬實，那就好極了，」神父說：「因為我遲早會得到證實。善有善報，惡有惡報。」

「您從事這行才這麼說，神父先生，您理應這麼說。」卡德魯斯帶著一種尖刻的表情回答：「別人就未必相信您說的話。」

「您這麼說就錯了，先生。」神父說：「或許待會兒我就可以證明，證明我剛才提出的原則。」

「您這話是什麼意思？」卡德魯斯驚訝地問。

「我是說，我首先必須確認您是不是我要找的那個人。」

「您要怎麼證實？」

「一八一四年或一八一五年，您認識一個名叫唐泰斯的水手嗎？」

「唐泰斯！我是否認識那個可憐的愛德蒙？我想我很熟悉他！他甚至是我的摯友！」卡德魯斯大聲說，他

146 位於法國南部的市鎮，盛產葡萄酒、菸草等。

的面孔漲紅了，而神父明亮自信的眼睛似乎睜大了，像是要以目光罩住他盤問的那個人的全身。

「是的，我確信他叫愛德蒙。」

「小傢伙可不是叫愛德蒙嘛！我相信是的，千真萬確，就像我叫加斯帕爾．卡德魯斯一樣。那個可憐的愛德蒙怎麼了，先生？」旅店主人的又說：「您認識他嗎？他還活著嗎？他自由了嗎？他幸福嗎？」

「他坐牢時死了，比在土倫監獄拖著鐵球的苦役犯更加絕望，更加悲慘。」

在卡德魯斯的臉上，慘白代替了剛才泛起的緋紅。他轉過身去，神父看到他用包頭的紅色手帕一角拭去一滴眼淚。

「可憐的小傢伙！」卡德魯斯喃喃地說：「神父先生，剛才我對您說的話，又是一個證明，上帝只對惡人好！」卡德魯斯用南方人豐富多采的語言繼續說：「世界越來越糟，但願老天連續下兩天火藥，再劈下一小時的火焰，那麼一切盡在不言中了！」

「您看來真心誠意愛那個小伙子，先生？」神父問。

「是的，我很愛他。」卡德魯斯說：「儘管我要責備自己一度嫉妒過他的好運。但後來，我向您發誓，以卡德魯斯的名譽擔保，我為他的厄運打抱不平。」

他沉默了一會兒，這時，神父目不轉睛地觀察旅店主人表情的變化。

「您認識可憐的小傢伙嗎？」卡德魯斯繼續問。

「我被叫到他嚥氣的床邊，給他宗教上最後的幫助。」神父回答。

「他死於什麼病？」卡德魯斯用哽咽的聲音問。

「三十歲左右就死在牢裡，如果不是被監獄折磨而死，還能怎麼死呢？」

卡德魯斯擦去額頭流下的汗水。

「這件事有點古怪的是，」神父又說：「唐泰斯在臨終時吻著基督的腳，以基督的名義向我發誓，說他不知道自己坐牢的真正原因。」

「沒錯，沒錯，」卡德魯斯小聲說：「他不可能知道，神父先生，可憐的小傢伙沒有撒謊。」

「因此，他委託我查清楚他永遠不能自己知曉的厄運，並且恢復他的名譽，如果他的名譽受到玷污的話。」

神父的目光變得越來越專注，凝視著卡德魯斯臉上出現的、幾乎是陰沉的表情。

「一個富有的英國人，」神父繼續說：「是唐泰斯的患難朋友，在第二次王政復辟時期出獄，他擁有一顆非常值錢的鑽石。這個英國人曾經生病，唐泰斯像對待兄弟一樣照料他。他出獄時，留給唐泰斯那顆鑽石，以表示感激。唐泰斯沒有用那顆鑽石買通獄卒，因為獄卒會收下鑽石，同時出賣他。他一直珍藏著鑽石，等待將來出獄用得上。如果他出獄，光賣掉這顆鑽石，就能發一筆財。」

「像您所說的那樣，」卡德魯斯帶著熾烈的目光問：「這是一顆非常值錢的鑽石囉？」

「什麼事都是相對而言，」神父又說：「在愛德蒙看來非常值錢，這顆鑽石值五萬法郎。」

「五萬法郎呀！」卡德魯斯說：「那麼像胡桃一樣大囉？」

「不，沒有那樣大，」神父說：「不過您自己判斷一下，因為我帶在身上。」

卡德魯斯似乎可以在神父的衣服下，以目光搜尋到他提及的那個東西。

神父從口袋裡掏出一個黑色皮面小盒，打開來，讓鑲嵌在做工精美的戒台上、光彩奪目的鑽石對著卡德魯斯那看花了的眼睛閃爍。

「這值五萬法郎？」

「還不算戒台，戒台本身也有價錢。」神父說。

他闔上盒子，放回口袋，鑽石繼續在卡德魯斯的腦海裡閃閃發光。

「可是，這顆鑽石怎麼會在您手裡呢，神父先生？」卡德魯斯問，「愛德蒙讓您做他的繼承人嗎？」

「不，是做了他的遺囑執行人。『我有三個好朋友和一個未婚妻，』他對我說，『我有把握，這四個人都深切地懷念我，其中一個好友叫卡德魯斯。』」

卡德魯斯不寒而慄。

「『另一個，』」神父繼續說，裝作沒有發覺卡德魯斯的激動，「『另一個叫唐格拉爾。第三個，』」他補充說：「『雖然是我的情敵，但也很愛我。』」

一個猙獰的笑容使卡德魯斯的臉煥發出光彩，他做了一個動作打斷神父。

「等等，」神父說：「讓我說完，如果您有什麼想法要告訴我的話，等一會兒再說。『另一個雖然是我的情敵，但也很愛我，名叫費爾南。至於我的未婚妻，她的名字是……』我記不起他未婚妻的名字了。」神父說。

「梅爾塞苔絲。」卡德魯斯說。

「啊！是的，正是這個名字，」神父輕嘆一聲，又說：「叫梅爾塞苔絲。」

「然後呢？」卡德魯斯問。

「請給我一瓶水。」神父說。

卡德魯斯趕緊照辦。

神父斟滿杯子，喝了幾口。

「我們說到哪裡？」他問，一邊將杯子放在桌上。

「未婚妻叫梅爾塞苔絲。」

「是的，正是這個名字。『您到馬賽去……』說話的人始終是唐泰斯，您聽懂嗎？」

「完全聽懂。」

「『您賣掉這顆鑽石，分成五份，平分給這些好朋友，世上只有他們愛我！』」

「怎麼是五份？」卡德魯斯問：「您只說出四個人的名字。」

「因為第五個人，據我所知，已經死了……第五個人是唐泰斯的父親。」

「唉！是的，」卡德魯斯說，他心中不斷撞擊的激情使他激動不已，「唉！是的，可憐的人，他死了。」

「我在馬賽知道這件事，」神父竭力顯得淡漠，「但是，他早就死了，詳情我無法得知……您知道這位老人臨終的情況嗎？」

「唉！」卡德魯斯說：「有誰比我知道得更清楚呢？我與老人比鄰而居。唉，我的天！是的，他的兒子銷聲匿跡不到一年，可憐的老人就死了。」

「他死於什麼病？」

「醫生說了他的病，我想是腸胃炎。認識他的人說他悲傷而死，而我呢，我幾乎是看著他死的，我說他死於……」

卡德魯斯住了口。

「死於什麼？」教士不安地問。

「啊，餓死的！」

「餓死的？」神父從板凳上跳起來，嚷道：「餓死的！最卑賤的畜生也不會餓死！在街上徘徊的狗總會遇到一隻憐憫的手扔給牠一塊麵包。一個人，一個基督徒，卻餓死在像他一樣自稱基督徒的人們當中！不可能！哦！這不可能！」

「我說的話算數。」卡德魯斯又說。

「你錯了。」樓梯上有個聲音說：「你管什麼閒事呢？」

兩個人轉過身來，越過扶梯欄杆看到卡爾孔特女人病懨懨的腦袋。她一直拖著身體，傾聽談話。她坐在最後一級階梯上，頭靠在膝蓋上。

「你自己管什麼閒事呢，女人？」卡德魯斯說：「這位先生要瞭解情況，禮尚往來，我就告訴他。」

「沒錯，但出於謹慎，你要拒絕他。誰知道別人是出於什麼意圖呢，傻瓜！」

「出於良好的意圖，太太，我向您保證，」神父說：「您的丈夫只要坦率地回答，絲毫不用擔心。」

「絲毫不用擔心，是的！一開始說得天花亂墜，然後隨口說絲毫不用擔心。接著說話不算話，逕自走掉，說不定哪天可憐蟲就禍事臨頭，還不知道是怎麼發生的。」

「放心吧，好女人，禍事不會由我引起的，我向您擔保。」

卡爾孔特女人咕噥了幾句無法聽清楚的話，又把剛剛抬起一會兒的頭垂在膝蓋上，繼續因發燒而顫抖，任憑她的丈夫繼續談話。她仍坐在那裡，不漏掉任何一句話。

這時，神父已喝過幾口水，恢復了精神。

「可是，」他又問：「那個不幸的老人被大家拋棄了，他才死得那樣慘嗎？」

「啊，先生，」卡德魯斯又說：「並不是加泰隆尼亞女孩梅爾塞苔絲和摩雷爾先生扔下他不管，而是可憐的老人對費爾南非常反感，就是那個人，」卡德魯斯帶著譏諷的笑容繼續說：「唐泰斯對您說是他的朋友。」

「他不配稱作朋友嗎？」神父問。

「加斯帕爾！加斯帕爾！」女人在樓梯上面輕聲埋怨說：「小心別亂說話。」

卡德魯斯做了一個不耐煩的動作，不理會打斷他說話的妻子：「覬覦別人的老婆，還能成為他的朋友嗎？唐泰斯有一顆金子般的心，將這種人稱作他的朋友……可憐的愛德蒙！事實上，他什麼都沒看到，這反倒好，否則，他臨死前要原諒他們就太痛苦了。無論如何，」卡德魯斯用帶著某種粗俗卻詩意的語言繼續說：「我更怕死人的詛咒，而不是活人的仇恨。」

「傻瓜！」卡爾孔特女人說。

「那麼，」神父又說：「您知道費爾南怎樣陷害唐泰斯的囉？」

「我知道，而且我相信是這樣。」

「那麼您說說吧。」

「加斯帕爾，你是一家之主，你愛做什麼都可以，」那個女人說：「但如果你相信我的話，就什麼也別說。」

「這回，我相信你說得對，女人。」卡德魯斯說。

「所以，您什麼也不想說囉？」神父問。

「何必說呢！」卡德魯斯說：「即使小傢伙活著，他來找我，要知道究竟誰是朋友誰是仇敵，我也不說。如今他埋在地下，照您告訴我的，他再也不會有仇恨，再也不能報仇了。我們把這一切都抹除掉吧。」

「所以，」神父說：「您願意我把忠誠應得的報償，分給您認為是邪惡的假朋友的人？」

「沒錯，您說得對，」卡德魯斯說：「只是現在對他們來說，可憐的愛德蒙的遺產又算得了什麼呢？只是落在大海裡的一滴水而已！」

「還不如說這些人只要動一下手指就能把你掐死。」他的女人說。

「怎麼回事？那些人變得有錢有勢了嗎？」

「所以，您不知道他們的經歷嗎？」

「不知道，說給我聽聽吧。」

卡德魯斯看來在沉吟。

「說真的，」他說：「這話說來可就太長了。」

「保持沉默是您的自由，我的朋友，」神父用淡漠的口氣說：「我尊重您的謹小慎微。再說，您的所作所為也足夠稱為謙謙君子，我們就不提這件事。我不過受人之託，履行簡單的手續而已。我把這顆鑽石賣掉吧。」

他從口袋裡掏出盒子，打開來，讓鑽石在卡德魯斯看花了的眼睛面前閃爍。

「來看看吧，女人！」卡德魯斯用喑啞的聲音說。

「一顆鑽石！」卡爾孔特女人說，站起身來，用相當穩當的步伐走下樓梯，「這顆鑽石怎麼回事？」

「難道你沒聽到嗎，女人？」卡德魯斯說：「這顆鑽石是小傢伙留給我們的遺產，首先給他的父親，再來給他的三個朋友費爾南、唐格拉爾和我，還有他的未婚妻梅爾塞苔絲。這顆鑽石值五萬法郎。」

「哦！多漂亮的首飾啊！」她說。

「那麼，這筆款的五分之一屬於我們囉？」卡德魯斯問。

「是的，先生，」神父回答：「另外還有唐泰斯父親那一份，我認為可以自作主張，分給你們四個人。」

「為什麼分給我們四個人？」卡爾孔特女人問。

「因為你們是愛德蒙的四個朋友。」

「出賣背叛的人不是朋友！」輪到那個女人低聲喃喃地說。

「是的，是的，」卡德魯斯說：「剛才我就是這樣說的，獎賞出賣甚至犯罪的人，幾乎是褻瀆的行為。」

「那是您願意這樣做，」神父平靜地說，他把鑽石放回教士長袍的口袋裡：「現在請把愛德蒙的朋友們的地址告訴我吧，讓我能執行他的遺願。」

碩大汗珠從卡德魯斯的額頭淌下來，他看到神父站起身，朝門口走去，彷彿要看看他的馬歇息得如何，然後又走了回來。

卡德魯斯和他的妻子帶著難以形容的神情對視。

「這顆鑽石會全部屬於我們。」卡德魯斯說。

「你認為會這樣？」女人反問。

「一個神職人員不會欺騙我們。」

「隨你的意，」女人說：「至於我，我不過問。」

她又顫抖地爬上樓，儘管天氣燠熱，她的牙齒還是格格作響。

在最後一級樓梯上，她坐了一會兒。

「好好考慮一下，加斯帕爾！」她說。

「我已經決定了。」卡德魯斯說。

卡爾孔特女人嘆了一口氣，回到自己房裡。可以聽到天花板在她的腳步下嘎吱作響，直至她走到扶手椅，重重地跌坐進去。

「您決定什麼？」神父問。

「決定對您和盤托出。」卡德魯斯回答。

「說真的，我相信這樣做最好不過。」神父說：「並非我堅持要知道您本來想隱瞞的事，但無論如何，如果您能讓我按照立遺囑者的意願去分配遺產，那就太好了。」

「我希望是這樣。」卡德魯斯回答，雙頰被希望和貪婪燒得通紅。

「我側耳傾聽。」神父說。

「等等，」卡德魯斯又說：「說不定我說到最有趣的地方，會有人打斷我們，那就掃興了。況且，不需讓人知道您來過這裡。」

他走到旅店門口，關上大門，小心起見，他還插上了夜裡才使用的門閂。

這時，神父選好了位置，要舒舒服服地聆聽。他坐在一個角落，好讓自己待在暗影裡，而光線直射在對方臉上。他低垂著頭，雙手拼攏，或者不如說用力絞在一起，他準備洗耳恭聽。

卡德魯斯將一把板凳移過來，坐在他的對面。

「要記住，我可絲毫沒有慫恿你。」卡爾孔特女人用發著抖的聲音說，彷彿透過地板，她能看到那個正準備好的場面似的。

「好的，好的，」卡德魯斯說：「不必多說了，一切包在我身上。」

他說了起來。

27 卡德魯斯的敘述

「首先，」卡德魯斯說：「先生，我要請您答應我一件事。」

「什麼事？」神父問。

「就是，如果您引用到我即將陳述的詳細情況，決不要讓人知道這些詳情來自於我，因為我要談起的人有錢有勢，他們只要用手指戳我一下，就會讓我像玻璃一樣粉身碎骨。」

「放心吧，我的朋友，」神父說：「我是教士，懺悔的話消失在我的心中。請記住，我們沒有別的目的，僅僅要如實地完成我們朋友的遺願。說的時候既不必採取婉轉的方式，也不要懷著怨恨。說出真相、全部真相，我不認識、也許永遠都不會認識您談起的人。況且我是義大利人，不是法國人。我屬於上帝，而不屬於世人，我就要回到修道院，我出門只是為了履行一個人的遺願。」

這說一不二的諾言看來給了卡德魯斯一點信心。

「既然如此，」卡德魯斯說：「我願意，我願意說得更多，我應該讓您看清楚可憐的愛德蒙以為真摯和忠誠的友誼到底是什麼。」

「請從他的父親開始吧，」神父說：「愛德蒙多次向我談起那個老人，他對老人懷有深沉的愛。」

「這個故事是令人憂傷的，先生，」卡德魯斯搖搖頭說：「也許您知道開頭的事。」

「是的，」神父回答：「愛德蒙對我談過他在馬賽附近一個小酒館被捕之前的情況。」

「在『儲備』酒店！哦，天哪！是的，我依然歷歷在目，彷彿我待在那裡似的。」

「不就是在他的訂婚喜宴上嗎？」

「是的，宴會開始時和樂融融，結束時淒淒慘慘，一個警察分局局長，後面跟著四個持槍的士兵闖了進來，唐泰斯被抓走了。」

「我知道的情況到此為止，先生，」神父說：「唐泰斯除了純粹關於他個人的事，什麼也不知道，因為他再也沒有見到我對您提起的那五個人，也沒有聽人說起過他們。」

「唐泰斯一被捕，摩雷爾先生就跑去打聽消息，消息令人沮喪。老唐泰斯獨自回到家裡，流著淚折起他那套參加婚禮的服裝，整天在房裡踱來踱去，晚上也不睡覺，因為我在他樓下，聽見他整晚都在踱步。我呢，應該說，我也睡不著，因為這個可憐父親的痛苦讓我很難過，他的每一步都踩碎我的心，好像他真的把腳踏在我的胸膛上。

「第二天，梅爾塞苔絲到馬賽去，懇求德．維勒福先生高抬貴手，她一無所獲。同時她去看望老人。當她看到老人傷心欲絕、沮喪無力，整夜沒有上床，而且從昨天起都沒有吃東西的時候，她想把他帶走，以便照顧他，但老人怎麼也不同意。

「『不，』他說：『我不離開家，因為我那可憐的孩子最愛我，如果他出獄了，首先會跑來看我。我要是不在家等他，他會怎麼說呢？』」

「這些話我是從樓梯間聽來的，因為我希望梅爾塞苔絲說服老人跟她走。每天在我頭頂響起的腳步聲，讓我得不到一刻安寧。」

「您沒有親自上樓安慰老人嗎？」教士問。

「啊！先生！」卡德魯斯回答：「只能安慰那些想得到安慰的人，而他不想得到安慰。何況我不知道為什麼，我覺得他看到我有點反感。但有一夜聽到他嗚咽，我忍不住了，便上樓去。當我走到他門口時，他不再哭泣，他在祈禱。他說出雄辯有力的話，以及做出一些哀憐動人的懇求，我無法向您複述，先生，那超過了虔誠，那超過了憂傷。我不是偽君子，也不喜歡虛偽的人，那一天我自言自語，說真的，我單身一人，上帝沒有給我兒女，真是很幸運。因為我要是做了父親，感受到像可憐老人那樣的憂傷，但在腦中和心裡找不到他對上帝訴說的那些話，我會直接投海自盡，免得繼續受苦。」

「可憐的父親！」教士喃喃地說。

「他越來越孤獨地生活著，與世隔絕，摩雷爾先生和梅爾塞苔絲時常來看他，但他的門緊閉著。儘管我確信他在家，他還是不應門。有一天，他一反常態，接待了梅爾塞苔絲，可憐的女孩儘管也處於絕望之中，仍然竭力安慰他。

「『請相信我，我的孩子，』他對她說：『他已經死了。不是我們在等他，而是他在等我們，我很幸運，我年紀最大，因此能最先看到他。』

「您看，不管多善良，人最終不會再去看讓你悲傷的人。老唐泰斯最終完全孤苦伶仃一個人。我不時看到一些陌生人上樓，他們帶著一些沒有包好的東西下樓。後來我才明白那是些什麼東西。他慢慢變賣掉家裡的東西，以維持生計。最後，老人到了山窮水盡的地步。他拖欠了三季的房租，房東威脅要趕他走。他請求再寬限一星期，房東答應了。我知道這個細節是因為房東從他那裡出來，就進了我家。

「頭三天，我聽到他像往常一樣踱步，但第四天，我聽不到任何聲響。我大膽上樓，房門緊閉，但透過鎖孔，我看到他面色慘白，虛弱無力。我認為他病倒了，便派人去叫摩雷爾先生，並且趕到梅爾塞苔絲家裡。他們兩人急急忙忙趕來。摩雷爾先生帶來一個醫生，醫生診斷為腸胃炎，吩咐禁食。當時我在場，先生，我永遠不會忘記老人聽到這個處方時露出的笑容。

「從那時起，他打開房門，他有了藉口不再進食。醫生吩咐禁食的。」

神父發出一聲呻吟般的嘆息。

「這個故事讓您感興趣，是嗎，先生？」卡德魯斯問。

「是的，」神父回答：「它催人淚下。」

「梅爾塞苔絲又來看他，發現他幾乎不成人形。她像第一次那樣，要把他轉移到她家裡。摩雷爾先生也是這個想法，他想硬把老人轉移出去，但老人呼天搶地，他們害怕了。梅爾塞苔絲留在他床邊。摩雷爾先生臨走時對加泰隆尼亞女孩做了個手勢，他在壁爐上留下一個錢包。但老人自恃有醫生吩咐，根本不想吃東西。最後，在絕望和絕食中過了九天，老人臨終時詛咒著那些造成他不幸的人，並對梅爾塞苔絲說：『如果您再見到我的愛德蒙，告訴他，我死時為他祝福。』」

神父站起身來，用顫抖的手按在發乾的喉嚨，在屋裡踱了兩圈。

「您認為他死於……」

「餓死的，先生，餓死的，」卡德魯斯說：「我敢擔保是真的，就像我們是基督徒一樣。」

神父用顫抖的手抓起那半杯水，一飲而盡，重新坐下，雙眼發紅，雙頰發白。

「應該說，真是慘絕人寰！」他用沙啞的聲音說。

「先生，尤其這並非天意，而僅僅是人為的，所以更慘。」

「那就談談那些人吧，」神父說：「但要記住，」他用幾乎咄咄逼人的神態又說：「您答應對我和盤托出，唔，那些使兒子絕望而死，使父親絕食而終的是什麼樣的人？」

「兩個嫉妒他的人，先生，一個出於愛情，另一個出於野心，費爾南和唐格拉爾。」
「您說，這種嫉妒透過什麼方式表現出來？」
「他們去告密，說唐泰斯是拿破崙黨的支持者。」
「究竟是哪一個告的密，誰是真正的罪魁禍首？」
「兩個都是，先生，一個寫信，另一個投到郵筒裡。」
「那封信在哪裡寫的？」
「在『儲備』酒店，訂婚宴的前一晚。」
「果然如此，果然如此，」神父喃喃地說：「哦，法理亞，法理亞，你對人和事瞭如指掌。」
「您說什麼，先生？」卡德魯斯問。
「沒什麼，」教士回答：「請繼續說。」
「是唐格拉爾用左手寫告密信，為了不讓人認出他的字跡。是費爾南投遞出去。」
「那麼，」神父突然大聲說：「您在場囉？」
「我！」卡德魯斯驚訝地說：「誰說我在場？」
神父發現自己說過頭了。
「沒有人，」他說：「不過您如此瞭解細節，一定是親眼目睹了那個場面。」
「沒錯，」卡德魯斯用低抑的聲音說：「我在場。」
「您沒有阻止這個無恥勾當？」神父說：「所以您是他們的同謀？」
「先生，」卡德魯斯說：「他們倆直灌我酒，我喝得迷迷糊糊，像透過雲霧看東西。一個人在那種情況下所能說的話我都說了，但他們倆回答我，他們想開一個玩笑，而且這個玩笑到此為止。」

「第二天，先生，第二天，您看到這個玩笑有了下文，您卻絕口不說。他被捕時您也在場。」

「是的，先生，我在場，我想說話，我想統統說出來，但唐格拉爾攔住了我。

「『萬一他真的有罪，』他對我說：『如果他真的在厄爾巴島靠過岸，如果他真的要帶一封信給巴黎的拿破崙黨委員會，如果在他身上搜到這封信，那些為他說情的人就會被視作他的同謀。』

「我承認，我害怕當時那一套政治，我保持沉默，這是怯懦的行為，我承認，但這不是犯罪。」

「我明白了，您聽任事情發展，如此而已。」

「是的，先生，」卡德魯斯回答：「我日夜悔恨。我經常懇求上帝寬恕，我向您發誓，這是我這輩子唯一需要認真自責的一件事，這大概也是我命運不濟的原因。我在為一時的自私贖罪。因此，卡爾孔特女人抱怨時，我總是對她說：『住嘴，女人，這是上帝的安排。』」

卡德魯斯低下頭，表現出真心悔恨的樣子。

「好，先生，」神父說：「您說話坦率，這樣的自責值得原諒。」

「不幸的是，」卡德魯斯說：「愛德蒙死了，沒有原諒我！」

「他不知道。」神父說。

「現在他或許知道了，」卡德魯斯說：「據說死人什麼事都知道。」

沉默了一會兒，神父站起來，沉思地踱來踱去，他又回到原地坐下。

「您已經兩三次對我提起一位摩雷爾先生，」他說：「這個人是誰？」

「他是法老號的船主，唐泰斯的雇主。」

「在這個讓人憂傷的故事中，這個人扮演了什麼角色？」神父問。

「扮演了一個正直、勇敢、講義氣的角色，先生。他多次為唐泰斯說情，當皇帝復位時，他寫信、懇求、威脅，以致第二次王朝復辟時期，他被視作拿破崙的支持者，受到嚴重迫害。我已經對您說過，他先後十幾次探望唐泰斯老爹，要把他拖到自己家。在老爹去世的前一天或前兩天，我對您說過了，他在壁爐留下一個錢包，後來大家用它來償付老人的債和喪葬費。可憐的老人至少能像生前那樣，沒有讓別人受累。我保留了這個錢包，是一個用紅色絲線織成的大錢包。」

「這個摩雷爾先生還活著嗎？」神父問。

「活著。」卡德魯斯說。

「這樣的話，」神父又問：「這個人應該受到上帝的祝福，他應該很富有、很幸福囉？」

卡德魯斯苦笑著。

「是的，像我一樣幸福。」他說。

「摩雷爾先生不幸嗎！」神父嚷道。

「他落到了窮困的境地，先生，甚至，就差名譽掃地了。」

「怎麼回事？」

「是的，」卡德魯斯回答：「就是這樣。他辛苦了二十五年，在馬賽的商界獲得了最顯赫的地位，然後摩雷爾先生徹底破產了。兩年內他損失了五條船，遭到三次嚴重倒閉的牽連。他最後唯一的寄望就是那艘可憐的唐泰斯曾指揮過的法老號了。那艘帆船將滿載胭脂紅和靛藍的原料從印度駛回來。如果那艘船像其他船一樣失蹤，他就完蛋了。」

「這個不幸的人，」神父說：「有妻子兒女嗎？」

「是的，他有妻子，面對這一切，她的行為像個聖女。他有一個女兒，她就要和自己所愛的人結婚，但對方的家庭不願讓他娶一個破產人家的女兒。他還有一個兒子是陸軍中尉。您明白，這一切非但不能讓這個可憐的人減輕痛苦，反而加深了他的痛苦。如果他單身一人，他會開槍自盡，一了百了。」

「真可怕！」教士喃喃地說。

「上帝就是這樣獎賞善的，先生。」卡德魯斯說：「看，除了我對您說過的那件事，我從來沒有做過一件壞事，我卻窮困潦倒。我看著可憐的妻子得了熱病奄奄一息，卻毫無辦法救她，我會像唐泰斯老爹那樣餓死，而費爾南和唐格拉爾卻在錢堆裡打滾。」

「怎麼回事呢？」

「因為他們總是走運，而老實人事事倒楣。」

「唐格拉爾後來怎麼了？他是罪魁禍首，對嗎，是教唆犯？」

「他後來怎麼了？他離開了馬賽，摩雷爾先生不知道他的罪行，推薦了他，他在一個西班牙銀行家那裡當了職員。西班牙戰爭時期，他負責供應法軍的部分軍需，發了一筆財。他用這筆錢投資公債，錢財翻了三、四倍。他先是娶了那位銀行家的女兒，成為鰥夫以後，他又娶了一個寡婦德·納爾戈納夫人，她是當今國王的侍從塞爾維厄先生的女兒，塞爾維厄先生現在很得寵。唐格拉爾成了百萬富翁，受封為男爵，所以現在他是唐格拉爾男爵，他在勃朗峰街有一幢公館，馬廄裡有十匹馬，候見室有六個僕人，我不知道他的錢櫃裡有幾百萬。」

「啊！」神父用古怪的嗓音說：「他幸福嗎？」

「啊！幸福？誰能這樣說呢？不幸或者幸福，那是圍牆裡的祕密。牆壁有耳朵，但沒有舌頭。如果有一大筆財產是幸福的，那麼唐格拉爾就是幸福的。」

「費爾南呢？」

「費爾南，他的經歷又不同了。」

「一個沒有才能，沒受過教育的加泰隆尼亞窮漁夫怎能發跡呢？不瞞您說，我想不通。」

「人人都想不通，他平生一定有別人不知道的、不可思議的祕密。」

「他究竟通過哪些明顯可見的階梯，一步步往上爬，擁有這麼多財富或權勢地位的呢？」

「他兩者兼而有之，先生，他兩者兼而有之！他有錢有勢。」

「那真是海外奇譚。」

「事實是，看來確實是海外奇譚，聽我細說，您就會明白的。」

「費爾南在皇帝復位的前幾天已被列入徵兵名冊。波旁王室讓他安安靜靜待在加泰隆尼亞人的村子裡，而拿破崙返回後，頒發了一道特殊徵兵令，費爾南被迫動身。我呢，也入伍出發。由於我年紀比費爾南大，而且剛娶了我可憐的妻子，所以只被派到海岸線。

「費爾南被編入常備軍，跟隨團隊來到邊境，參加了利尼戰役[147]。

「戰役第二天晚上，他在將軍門口值勤，這個將軍是通敵的。這一夜，將軍要與英國人相會。他要求費爾

147 利尼是比利時的村鎮，一八一五年六月十六日，拿破崙在此打敗普魯士軍隊。

南陪他一起去，費爾南接受了，他離開崗位，跟隨著將軍。

「如果拿破崙還留在皇位上，費爾南是要被送上軍事法庭的，但這個卻成了他接近波旁王室的推薦書。他戴著少尉的臂章回到法國，那個將軍受到寵信，並沒有拋棄他。在將軍的保護下，他在一八二三年西班牙戰爭期間當了上尉，也就是唐格拉爾開始進行投資買賣的時候。費爾南原籍西班牙，他被派到馬德里調查他同胞的思路與情緒。他在那裡又見到了唐格拉爾，兩個人相互勾結。他答應將軍，在首都和外省的保王黨人中為他爭取支援。他獲得同意，由他採取行動，帶領團隊通過只有他知道的道路，穿過保王黨人把守的峽谷，終於在這次短促的戰役中立了大功，因此在奪取特羅卡戴洛[148]之後，他被任命為上校，獲得榮譽勳位團的軍官十字勳章，還得到伯爵頭銜。」

「這是命！這是命！」神父低聲說。

「是的，聽我說，還沒有完。西班牙戰爭結束以後，歐洲大有希望得到長期的和平，而費爾南的仕途卻因此受到影響。這時只有希臘起身反抗土耳其，開啟一場獨立戰爭。人人的目光都轉向雅典，同情和支援希臘人是一種時勢。法國政府雖然不公開保護希臘人，卻正如您所知道的，容忍部分移居者。費爾南提出申請，並獲准到希臘效勞，同時始終在軍隊中掛名。

「不久，據知德．莫爾賽夫伯爵——這是他的新名字——已在阿里帕夏[149]手下效勞，軍階是准將。

「正如您所知的，阿里帕夏被殺害了，他死前留給費爾南一筆鉅款，犒賞他的效勞，費爾南帶著這筆錢回到法國，在法國，他的少將軍銜被正式確認。」

「所以，現在呢？」神父問。

「所以，現在，」卡德魯斯繼續說：「他在巴黎赫爾德街二十七號擁有一幢華麗的府邸。」

神父張開嘴，欲言又止，停頓了一會兒，但他控制住自己。

「梅爾塞苔絲呢，」他說：「有人告訴我，她銷聲匿跡了。」

「銷聲匿跡。」卡德魯斯說：「是的，正像太陽消失以後，在第二天昇起時更加光輝燦爛。」

「所以她也發跡了嗎？」神父帶著譏諷的微笑問。

「梅爾塞苔絲現在是巴黎最顯赫的貴婦之一。」卡德魯斯說。

「說下去，」神父說：「我覺得我在聽人說夢話似的。但我自己也看過非比尋常的事，所以您說的事並不讓我驚訝。」

「首先，梅爾塞苔絲因為愛德蒙被捕，受到打擊，悲觀絕望。我已對您說過她去懇求德．維勒福先生，她對唐泰斯的父親也是十分忠貞。她在絕望之中又遭逢另一悲哀，那就是費爾南的出征，她不知道費爾南的罪行，視他為哥哥。

「費爾南走了，梅爾塞苔絲孤孤單單一個人。

「整整三個月，她以淚洗面。沒有愛德蒙的消息，沒有費爾南的消息，她眼前只有一個絕望得奄奄一息的老人。

「一日傍晚，她像往常一樣，整天坐在馬賽通往加泰隆尼亞人村子的兩條路的轉角之後，比平時更加衰頹消沉地回到家裡，她的情人和朋友都沒有從這條路或那條路回來，她沒有愛德蒙或費爾南的消息。

148 西班牙地名，一八二三年八月三十一日，法軍在此奪取了西班牙起義者的陣地。

149 帕夏是鄂圖曼帝國的各省總督。

「突然，她似乎聽到熟悉的腳步聲，她焦慮不安地轉過身，門打開了，她看到費爾南身穿少尉軍服出現了。

「雖然不是她哭泣渴望的婚姻伴侶[150]，但也代表著她生活的一部分回到她身邊了。

「梅爾塞苔絲抓住費爾南的雙手，費爾南把那種激動視作愛情，但其實只是快樂。那是度過了悲傷孤獨的漫長歲月後，她不再孤伶伶地待在這個世界上，終於又看到一個朋友的快樂。另外，必須說，費爾南從來沒讓她厭惡，他只是沒有得到愛，如此而已。另外一個人占據了梅爾塞苔絲全部的心，這另外一個人如今不在……失蹤不見……也許死了。想到這裡，梅爾塞苔絲號啕大哭，痛苦得抓著手臂。唐泰斯已死，以前每當別人提起這個可能，她就竭力推拒，如今這想法充滿了她的腦海。況且，老唐泰斯也不斷對她說：『我們的唐泰斯已經死了，因為他如果沒死，他會回到我們身邊。』

「正如我告訴您的那樣，老人死了，如果他還活著，梅爾塞苔絲可能永遠不會變成另一個人的妻子，因為他會責備她的不忠。費爾南明白這點。當他知道老人去世時，他回來了。現在他是中尉。第一次回來時，他沒有向梅爾塞苔絲提起愛情這個字眼。第二次回來時，他提醒她，他一直愛著她。

「梅爾塞苔絲要求再過半年，為了等待和哀哭愛德蒙。」

「也就是，」神父苦笑著說：「前後整整一年半的時間。一個備受寵愛的人，還能要求比這更多的情意嗎？」

然後他低聲念出英國詩人的一句詩：Frailty, thy name is woman！[151]

「半年之後，」卡德魯斯又說：「婚禮在阿庫勒教堂舉行。」

「她本應在這個教堂嫁給愛德蒙，」教士喃喃地說：「只不過換了未婚夫，如此而已。」

「梅爾塞苔絲結婚了，」卡德魯斯繼續說：「儘管在大家眼裡她十分平靜，但她經過『儲備』酒店時仍然差點昏了過去。一年半前，她與那個只要她勇於直視內心，就會發現還深愛著的人在那裡慶祝訂婚。

「費爾南雖然快樂多了，但並非安之若素，我那時見到他，他總是擔心愛德蒙回來。於是費爾南馬上計劃與妻子一起遠走高飛，浪跡天涯，因為繼續留在加泰隆尼亞人的村子，危險重重，太容易勾起回憶。

「婚禮之後一星期，他們動身上路。」

「您後來見過梅爾塞苔絲嗎？」教士問。

「見過，西班牙戰爭期間，在佩爾皮尼昂，費爾南把她安頓在那裡，她當時正專心教育兒子。」

神父顫抖起來。

「她的兒子？」他問。

「是的，」卡德魯斯回答：「小阿爾貝。」

「要教育她的兒子，」神父又說：「她自己得先受過教育才行呀！我似乎聽愛德蒙說過，她是一個普通漁民的女兒，很漂亮，但未受過教育。」

「哦！」卡德魯斯說：「他太不瞭解自己的未婚妻了！如果王冠只能戴在最美麗、最聰明的人的頭上，那麼梅爾塞苔絲就能成為王后，先生。她的財富已經增長，而她也跟著成長。她學會繪畫，學會音樂，她什麼都學會了。而且，私下說，我認為她那麼做只是為了消遣，為了忘卻往事，她把那麼多東西裝進腦裡，只是

150 指愛德蒙．唐泰斯。

151 莎士比亞《哈姆雷特》第一幕哈姆雷特的話：脆弱啊，你的名字就是女人！

為了與心裡的感情搏鬥。但現在一切都無需多說了，」卡德魯斯繼續說：「財富和名譽應已讓她得到寬慰。她很富有，她是伯爵夫人，但是……」

卡德魯斯住了口。

「但是什麼？」神父問。

「但是，我確信她並不幸福。」卡德魯斯說。

「您為什麼這麼認為？」

「當我落難時，我想過，老朋友們會幫助我的。我去拜訪唐格拉爾，他甚至不接待我。我去見費爾南，他讓貼身男僕交給我一百法郎。」

「所以您見不到他們兩位？」

「沒見到。但德．莫爾賽夫太太見了我。」

「怎麼回事？」

「正當我離開時，一個錢包落在我的腳邊，裡頭有二十五路易，我立即抬頭，看見梅爾塞苔絲正關上百葉窗。」

「德．維勒福先生呢？」神父問。

「哦！他不是我的朋友，我不認識他，我沒有向他提出過什麼要求。」

「您完全不知道他後來怎麼了嗎？不知道他對愛德蒙的不幸該負出多大的責任嗎？」

「不知道。我只知道他逮捕愛德蒙後不久，娶了德．聖梅朗小姐，並且很快離開馬賽。毫無疑問，就像別人那樣，幸福會對他微笑。毫無疑問，他像唐格拉爾一樣富有，像費爾南一樣受人尊敬。您看，只有我仍然窮愁潦倒，被上帝遺忘。」

「您錯了，我的朋友，」神父說：「當上帝的正義感歇息的時候，祂只是一時健忘。但是，一旦祂想起來了，總是會趕赴及時。這就是證明。」

說完這句話，神父從口袋裡掏出鑽石，遞給卡德魯斯：「瞧，我的朋友，」他說：「拿著這顆鑽石，因為它是屬於您的。」

「怎麼，屬於我一個人！」卡德魯斯喊道：「啊！先生，您不是在捉弄人吧？」

「這顆鑽石本應平分給他的朋友，但愛德蒙只有一個朋友，用不著平分了。拿著這顆鑽石，賣掉它，鑽石值五萬法郎，我再說一遍，我希望，這筆錢足以讓您擺脫貧困。」

「哦！先生，」卡德魯斯膽怯地伸出一隻手說，用另一隻手抹去在額頭沁出的汗珠，「哦！先生，不要拿一個人的幸福或絕望開玩笑！」

「我知道什麼是幸福，什麼是絕望，我從來不會無緣無故玩弄感情。拿著吧，但有交換條件……」

卡德魯斯已經碰觸到鑽石，馬上縮手。

神父露出微笑。

「作為交換。」他繼續說：「把摩雷爾先生放在老唐泰斯壁爐上的那個紅緞錢包給我。您剛才說過，錢包還在您手裡。」

卡德魯斯越來越驚訝，他朝一個橡木大櫃走去，打開櫃了，將一個長長的、乾癟的紅緞錢包交給神父，錢包四周有鍍過金的銅環。

神父接過錢包，將鑽石交到卡德魯斯手裡。

「哦！您是上帝派來的人，先生！」卡德魯斯嚷道：「因為說實在的，沒有人知道愛德蒙把這顆鑽石交給您，您可以自己留下的。」

「嗯，」神父低聲自言自語：「看來你會這樣做。」

神父起身，拿起帽子和手套。

「啊，」他說：「您告訴我的事全是真的，是嗎？我能完全相信嗎？」

「看，神父先生，」卡德魯斯說：「牆角有一個祝聖過的木造基督受難像，碗櫥上放著我妻子的《聖經》，請打開這本書，我伸手對著基督受難像向您發誓，我以我靈魂的得救，以我基督徒的信仰向您發誓，我告訴您的事都是真實發生過的，就像人類的天使在最後審判那天對著上帝耳朵所說的那樣！」

「很好，」神父說，這種聲調讓他深信卡德魯斯說的是實話，「很好，但願這筆錢能幫助您！再見，我要回去了，遠離那些狼狽為奸的人。」

神父好不容易才擺脫了卡德魯斯的盛情挽留，自己抽掉門閂，走出門外，騎上了馬，最後一次向旅店主人致意，主人迭聲喊著再見。神父沿著來時的方向走遠了。

待卡德魯斯轉過身，他看到身後站著卡爾孔特女人，她比以前更加臉色蒼白、瑟縮顫抖。

「我聽到的話都是真的嗎？」她問。

「什麼？是說他把鑽石都給了我們嗎？」卡德魯斯說，欣喜若狂。

「是的。」

「千真萬確，因為鑽石就在這裡。」

女人凝視了鑽石一會兒，然後輕聲說：「如果是假的呢？」

卡德魯斯臉色刷白，搖搖晃晃。

「假的？」他喃喃地說：「假的？為什麼這個人要給我一顆假鑽石呢？」

「為了不花錢就得到你的祕密呀，傻瓜！」

卡德魯斯在這個假設的打擊下，一時頭暈目眩。

「哦！」過了一會兒他說，同時將帽子戴在纏著紅手帕的頭上，「我們馬上就能確認。」

「怎麼確認？」

「博凱爾有市集，那裡有從巴黎來的珠寶商，我拿去給他們看。你守著家，女人，兩小時後我就回來。」

卡德魯斯衝了出去，朝陌生人剛踏上的那條路的相反方向飛奔而去。

「五萬法郎！」卡爾孔特女人獨自喃喃地說：「不少錢，但還算不上發財。」

28 入獄登記簿

從貝勒加爾德到博凱爾的大路上，上文敘述的場面發生之後的第二天，一個三十至三十二歲的男子，身穿淡藍色禮服、紫花布長褲和白背心，舉止和口音都像英國人，來拜見馬賽市長。

「閣下，」他對市長說：「我是羅馬的湯姆遜－弗倫銀行的高級職員。十年來我們與馬賽的摩雷爾父子公司有往來。我們投入大約十萬法郎到彼此的商務往來之中，我們目前很不放心，因為據說這家公司瀕臨破產，因此我特地從羅馬趕來，向您打聽情況。」

「先生，」市長回答：「我確實知道，近四、五年來，厄運好像纏住了摩雷爾先生，他接連損失了四、五艘船，受到三、四次倒閉的牽連。雖然我自己也是一萬多法郎的債權人，但關於他的財產狀況，我不能提供任何訊息。如果您問我，作為市長，我對摩雷爾先生有什麼看法，我可以回答您，這是誠實到古板的一個人，迄今為止，他都是準確無誤地履行契約。我言盡於此，先生，如果您想瞭解得更多，可以去問諾阿伊路十五號的監獄督察德．博維勒先生，我想，他有二十萬法郎放在摩雷爾公司，由於那筆錢比我的多得多，如果真有什麼事需要擔心，他或許會比我瞭解得更清楚。」

英國人似乎很欣賞這一番極其委婉的話，鞠躬致意就出去了。他邁著大不列顛子孫特有的腳步，走向市長告訴他的那條街。

德．博維勒先生在書房裡。英國人看見他時大吃一驚，彷彿表明他不是第一次面對這位拜見的人。至於德．博維勒先生，他正束手無策，顯然，他全部的心力都集中在眼前的思索中，他的記憶力和想像力都無暇分神於追憶往事。

英國人帶著該民族的淡漠態度，向他提出剛才詢問過馬賽市長的同樣問題。

「哦！先生，」德．博維勒先生大聲說：「您的擔心很不幸地是有根據的，您面前是一個絕望的人。我有二十萬法郎放在摩雷爾公司，這二十萬法郎是我女兒的嫁妝，我本來打算半個月後讓她出嫁。這二十萬法郎是該歸還的，十萬在本月十五日歸還，另外十萬在下個月十五日歸還。我已經通知摩雷爾先生，我希望這筆款項能準時歸還，先生，半小時前他剛好來過這裡，他對我說，如果他的帆船法老號在十五日以前回不來，他就無法支付這筆款項。」

「可是，」英國人說：「這聽來是要延期付款了。」

「先生，不如說這像是一次倒閉！」德．博維勒絕望地嚷道。

英國人似乎沉吟了一下，然後說：「這麼說來，先生，這筆債令您擔心囉？」

「我認為這筆錢已經泡湯了。」

「那麼，我把您這筆債券買下來。」

「您要買？」

「是的，是的。」

「想必是要大打折扣吧？」

「不，二十萬法郎照付。我們的公司，」英國人笑著又說：「不做這種買賣。」

「您怎麼付款？」

「現金。」

英國人從口袋裡掏出一疊鈔票，總數可能是德．博維勒先生擔心失去的那筆數目的一倍。欣喜之情閃過德．博維勒先生的面孔，但他竭力克制自己，說道：「先生，我要事先告訴您，您最多只能拿回這筆款項的百分之六。」

「這與我無關，」英國人回答：「這是湯姆遜—弗倫銀行的事，我只是奉命行事。或許這家銀行意圖加速讓某家競爭銀行破產。但先生，我知道的是，我已準備好以現金支付這筆款項，您給我一份債權轉讓文件，我只要求一點傭金。」

「當然可以，先生，這再合理不過！」德．博維勒先生大聲說：「傭金通常是一厘半，您要兩厘嗎？三厘嗎？五厘嗎？您要更多嗎？」

「先生，」英國人笑著說：「我像我的公司一樣，不做這種買賣。我要的傭金完全是另一種性質的。」

「說吧，先生，我聽著呢。」

「您是監獄督察嗎？」

「當了十四年多了。」

「您掌管監獄的進出獄登記簿嗎？」

「當然。」

「有關犯人的紀錄都寫在那些登記簿上囉？」

「每個犯人都有自己的檔案資料。」

「那麼，先生，我是由羅馬一個苦命的神父養育長大的，他突然失蹤了。後來我獲悉，他被關在紫杉堡，我想瞭解他死時的一些情況。」

「您怎麼稱呼他？」

「法理亞神父。」

「哦！我記得他！」德．博維勒先生高聲說：「他發瘋了。」

「據說如此。」

「哦！他確實發瘋了。」

「可能的，他發的是哪一種瘋？」

「他以為發現一個極大的寶藏，如果政府願意釋放他，他會捐獻一大筆錢。」

「可憐的傢伙！他死了嗎？」

「是的，先生，大約五、六個月以前，是在二月裡。」

「您的記憶力很強，先生，能這樣清楚記得日期。」

「我記得日期是因為這個可憐蟲死時還接連發生了一件怪事。」

「可以請問是什麼怪事嗎？」英國人帶著好奇的神情問，一個洞察入微的人在他淡漠無情的臉上看到這種神情是會詫異的。

「哦！天哪！可以，先生。神父的牢房距離一個拿破崙黨支持者的牢房約有四十五至五十尺遠，那個人對篡權者一八一五年捲土重來貢獻很多，他非常果敢，也非常危險。」

「真的嗎？」英國人問。

「是的，」德．博維勒先生回答：「我有機會在一八一六年或一八一七年親自看到這個人，下到他的牢房必須帶一分隊士兵，那個人給了我深刻的印象，我永遠忘不了他的面孔。」

英國人難以察覺地微笑一下。

「先生，您說，」他又說：「兩個牢房……」

「相距有五十尺，但看來這個愛德蒙．唐泰斯……」

「這個危險人物叫……」

「愛德蒙．唐泰斯。是的，先生，看來這個愛德蒙．唐泰斯弄到了工具，或者製造出工具，因為我們發現一條地道，兩個囚犯可以藉由地道來往。」

「挖掘這條地道無疑是為了逃走囉？」

「正是。對這兩個囚犯而言。不幸的是，法理亞神父被蠟屈症襲擊，一命嗚呼。」

「我明白了。這因此中斷了越獄計劃。」

「對死人而言是的，」德．博維勒先生回答：「但對活著的那個卻不是。相反的，這個唐泰斯因此找到一個加速逃跑的方法。他應是以為在紫杉堡死去的囚犯都埋在一個普通墓地裡，他把屍體搬到自己的牢房，自己鑽進麻袋，然後縫上袋口，等待埋葬時刻到來。」

「這個手段很大膽，表示他不乏勇氣。」英國人說。

「哦！先生，我已經對您說過，這個人非常危險，幸虧他自己讓政府省卻對他的擔心了。」

「怎麼說呢？」

「怎麼？您不明白？」

「不明白。」

「紫杉堡沒有墓地，都是在死人的腳上綁上三十六斤重的鐵球，扔進海裡。」

「怎麼回事？」英國人說，彷彿他很難領會似的。

「是啊，在他腳上綁上三十六斤重的鐵球，然後扔進海裡了。」

「真的嗎？」英國人大聲地說。

「是的，先生，」督察繼續說。「您想，那個越獄的人感覺到自己正從懸崖高處墜下時，會多麼吃驚啊。

我真想看看他當時的面孔。」

「那是很難辦到的。」

「沒關係！」德．博維勒先生說，確定能收回二十萬法郎讓他談笑風生，「沒關係，我想像得出。」

他哈哈大笑。

「我也想像得出。」英國人說。他也笑了起來，像一般英國人那樣，抿著嘴笑。

「因此，」英國人首先收斂笑容，繼續說：「因此，逃跑者淹死了？」

「沒錯。」

「所以典獄長既擺脫了瘋子，又擺脫了狂人囉？」

「正是如此。」

「這件事總該記錄有案吧？」英國人問。

「是的，是的，有死亡證明。您明白，如果唐泰斯有家屬，他們會關心他是死是活。」

「所以現在他們可以放心了，如果他們能繼承一點什麼的話。他確實死了嗎？」

「哦！天哪，是的。只要他們需要，我們可以出示證明。」

「但願如此，」英國人說：「我們還是回頭談談登記簿吧。」

「沒錯。這個故事讓我們扯遠了。對不起。」

「對不起什麼？為了這個故事？決不，我覺得這個故事饒有興味。」

「確實如此。因此，先生，您想看看可憐神父的所有相關文件嗎？他倒是很文雅的。」

「我很樂意看看。」

「請到我的工作室，我拿出來讓您看看。」

兩人來到德．博維勒先生的工作室。

果然一切都井然有序，每個登記簿都編上號碼，每份檔案都放在格子裡。督察請英國人坐在扶手椅裡，將有關紫杉堡的登記簿和檔案擺在他面前，讓他隨意翻閱，而督察自己則坐在角落看報。

英國人輕而易舉就找到了關於法理亞神父的檔案，但看來德．博維勒先生說給他聽的那個故事強烈地吸引了他，因為他看過開頭那些文件以後，一直翻閱到愛德蒙．唐泰斯那卷文件。他看到一切都原封不動：告密信、審問紀錄、摩雷爾的陳情書、德．維勒福先生的批示。他悄悄地折起告密信，放到自己的口袋裡。又看了審問紀錄，上面沒有努瓦蒂埃的名字。又瀏覽了一八一五年四月十日的陳情書。在這份陳情書裡，摩雷爾聽從代理檢察官的建議，出於善意，誇大了唐泰斯對帝國事業的效力，因為當時拿破崙執掌大權。而維勒福的佐證文字又讓這份陳情書的效力不容懷疑。

於是他完全明白了，這份寫給拿破崙的陳情書，被維勒福扣留下來，在第二次王朝復辟時期變成了檢察官手中一件可怕的武器。

他翻閱登記簿時，對他名字旁邊加上的括弧注釋也就不感到奇怪了：

狂熱的拿破崙黨人，積極參與拿破崙從厄爾巴島捲土重來。需絕密關押，嚴加看守。

愛德蒙・唐泰斯

在這幾行字下面，用另一種筆跡寫著：

以上紀錄已閱，無需覆議。

不過，他對比了括弧注釋的筆跡和摩雷爾陳情書中那個證明的筆跡，確認出自同一人，也就是說，括弧中的批示是維勒福寫下的。

至於批示底下的一行字，英國人明白，大概是某位督察後來寫上去的，他對唐泰斯的境況產生了興趣，但上述檔案讓他無法繼續關心下去。

正如上述，督察出於謹慎，不想妨礙法理亞神父的學生查閱，遠遠坐在一邊，閱讀《白旗報》。

因此，他沒有看到英國人把唐格拉爾在「儲備」酒店涼棚下所寫的告密信折好，藏在口袋裡。這封告密信打上了二月二十七日傍晚六點鐘馬賽郵局的郵戳。

不過，必須說，即使他看到了，由於他毫不看重這封信，又過於看重他的二十萬法郎，所以不會對英國人的所作所為提出異議，即使這種作法多麼不對。

「謝謝，」英國人啪的一聲闔上登記簿，說道：「我要知道的都知道了。現在，該我來兌現承諾，寫一份一般的債權轉讓書給我吧，在轉讓書上寫明收到了這筆款項，我馬上付現給您。」

他把辦公桌的位子讓給德·博維勒先生，後者毫不拘禮地坐好，立刻寫好那份轉讓書，而英國人在犯罪紀錄檔案櫃上點數鈔票。

29 摩雷爾公司

幾年前離開馬賽，並且熟悉摩雷爾公司內部的人，如果現在回來，會發現一切大不相同。

再也沒有那種從蒸蒸日上的公司散發出來的，活躍、舒適和快樂的氣息；再也沒有在窗簾旁顯露出來的歡快面孔；再也沒有忙碌穿越走廊、一支筆插在耳背上的雇員；再也沒有堆滿貨物、響起送貨人叫聲和笑聲的院子。他第一眼就感到難以形容的淒慘氣息和死氣沉沉。

在冷冷清清的走廊和空空蕩蕩的院子裡，從前坐滿職員的辦公室中，只剩下兩個：一個是二十三、四歲的年輕人，名叫愛馬紐埃爾．雷蒙，他愛上了摩雷爾先生的女兒，儘管他的父母想方設法勸他離開，他還是留在公司裡。另一個是年老的出納，獨眼，名叫柯克萊斯[152]，這是從前聚集在這個喧鬧大蜂巢裡的年輕人給他起的綽號，已經完全代替了他的真名，如果今天有人叫他的真名，他多半連頭也不回的。

柯克萊斯留下來為摩雷爾先生服務，這個好人的地位起了古怪的變化。他既升為出納，又降至僕人的身分。

他依舊是柯克萊斯，善良、耐心、忠誠，但在數字計算方面是毫不留情的，只有在這一點上，他會與全世界對抗，甚至與摩雷爾先生對抗。他通曉乘法表，爛熟於心，不管別人如何攪亂，設下什麼圈套，都不會影

152 西元前六世紀羅馬傳奇英雄，在戰鬥中失去一隻眼睛，綽號獨眼龍。

響他的計算。

當摩雷爾公司籠罩在淒慘氣氛中時，柯克萊斯是唯一無動於衷的。但千萬不要誤會，無動於衷不是因為缺乏感情，相反的，是來自不可動搖的信心。據說，老鼠會漸漸離開一艘注定沉入大海的船，起錨的時候，自私自利的客人會完全拋棄了船隻。正如上述，所有靠船主這家公司為生的職員，也像老鼠一樣，漸漸從辦公室和倉庫跑光了。但是，柯克萊斯看到他們一個個走掉，卻不曾為自己考慮，探究他們走掉的原因。正如上述，對柯克萊斯來說，一切都歸結於數字問題，他在摩雷爾公司工作二十多年，總是看到辦公室敞開，如期付款，因此，他決不容許這種局面中斷，就像一個磨坊老闆，擁有一座由水力充沛的河流推動的磨坊，是不容許這條河流停止流動的。而確實，至今不曾發生什麼事，動搖柯克萊斯的信心。上個月底的工作也是一絲不苟地進行。柯克萊斯查出一筆摩雷爾先生犯下的、讓他損失七十生丁[153]的錯誤，同一天，他把多出來的十四個蘇交給摩雷爾先生，後者苦笑了一下，收下後扔在差不多空了的抽屜內，說道：「很好，柯克萊斯，您是出納當中的明珠。」

柯克萊斯退下時有說不出的滿意，因為馬賽正派人裡的明珠摩雷爾先生的讚揚，對柯克萊斯來說，比五十埃居的謝禮更能讓他滿足。

但是，月底順利結帳之後，摩雷爾先生度過了難熬的日子。為了支付月底的款項，他匯集了所有財源，生怕人們看到他這樣窮於應付，關於他陷入困境的傳聞會在馬賽不脛而走。於是他去了一趟博凱爾的市集，賣掉幾件屬於他妻子和女兒的首飾和一部分銀製餐具。靠這筆錢，摩雷爾公司這次保住了聲譽，但資金已經完全空了。由於流言盛行，借款的人心存疑懼，他們一般都是自私自利的，便打了退堂鼓。面對須在本月十五日歸還德·博維勒先生的十萬法郎，還有在下月十五日到期的十萬法郎，摩雷爾先生把希望寄託在法老號的歸來，跟法老號同時起錨的一艘帆船已經安全到港，並告知法老號已經啟程返航。但這艘帆船與法老號一樣從加爾各答出發，已經回來半個月，法老號卻杳無音訊。

湯姆遜─弗倫銀行的特派代表，在與德·博維勒先生了結上文所說的那樁事務之後的第二天，他前來拜見摩雷爾先生。

愛馬紐埃爾接待了他。每個新面孔都讓年輕人膽顫心驚，因為都預示著一個惴惴不安的新債主前來公司了解情況。年輕人想免去老闆接待這次來訪的煩惱，他詢問來者，但訪客聲稱，他對愛馬紐埃爾先生沒有什麼可說的，想直接跟摩雷爾先生本人說話。愛馬紐埃爾只好嘆了口氣，叫喊柯克萊斯。柯克萊斯出現了，年輕人吩咐他把陌生訪客帶到摩雷爾先生那裡。

柯克萊斯走在前面，陌生訪客尾隨在後。

在樓梯上遇到一個十六、七歲的漂亮女孩，她不安地注視陌生訪客。

柯克萊斯沒有注意她的表情，但絲毫逃不出陌生訪客的眼睛。

「摩雷爾先生在他的工作室是嗎，朱麗小姐？」出納問。

「是的，我想是的，」女孩遲疑一下說：「您先看看。柯克萊斯，如果我父親在裡面，就通報這位先生來了。」

「不用通報我的名字，」英國人回答：「摩雷爾先生不知道我的名字。這位正直的先生只要說，我是羅馬

153 法國輔幣，一法郎為一百生丁。

的湯姆遜─弗倫銀行的高級職員，您父親的公司與敝銀行有往來。」

女孩臉色泛白，繼續下樓，而柯克萊斯和陌生訪客繼續上樓。

她走進愛馬紐埃爾所在的辦公室，而柯克萊斯用他帶在身上的一把鑰匙──表示他有要事來見老闆，打開三樓樓梯平台上的一道門，將陌生訪客帶到一間接待室，再打開第二道門，然後在身後關上，讓湯姆遜─弗倫銀行的特派代表獨自待著，他重新出現時示意陌生訪客可以進去。

英國人走進房裡，他看到摩雷爾先生坐在桌前，臉色蒼白地面對著帳簿上一條條可怕的債務紀錄。看到陌生訪客，摩雷爾先生闔上帳簿，站起身來，推過去一把椅子。看到外國人坐下，他也坐下。十四年的歲月讓這位可敬的商人今非昔比，在本書開始時他三十六歲，現在快五十歲了，他的頭髮變白，額頭刻上了憂慮形成的皺紋。他的目光從前非常堅定而不可動搖，如今變得游移不定和茫然無措，彷彿總是擔心被迫停留在一個念頭或一個人身上。

英國人以明顯關心而好奇的神情注視著他。

「先生，」摩雷爾說，這種凝視彷彿更加深他的侷促不安：「您想找我談話嗎？」

「是的，先生。您知道我代表哪個公司，是嗎？」

「根據我的出納告訴我的，您代表湯姆遜─弗倫銀行。」

「他說得沒錯，先生。湯姆遜─弗倫銀行將於本月和下月在法國支付三、四十萬法郎，由於知道您嚴守信用，所以收齊了所有能找到的、由您簽署的票據，隨著這些票據到期，委派我來這裡收款，以備使用這幾筆資金。」

摩雷爾深深嘆了一口氣，用手抹去額頭上的淋漓汗水。

「這麼說，先生，」摩雷爾問：「您有我簽字的票據？」

「是的，先生，數目相當龐大。」

「有哪幾筆？」摩雷爾竭力維持平穩地問。

「首先是，」英國人從口袋裡掏出一疊票據說：「監獄督察德．博維勒先生轉讓給本銀行的二十萬法郎。您承認欠德．博維勒先生這筆錢嗎？」

「我承認，先生，這是他存在我這裡的一筆款項，四厘半利息，快五年了。」

「您應該歸還了……」

「一半在本月十五日，另一半在下月十五日。」

「沒錯。然後這是三萬二千五百法郎，月底歸還，這是您簽過字的票據，由第三者轉讓給我們的。」

「我承認這筆借款，」摩雷爾說，羞赧的紅潮湧上他的臉部，他想到或許生平第一次他將無法兌現自己簽署過的票據，「就這些？」

「不，先生，我還有下個月底到期的票據，是由帕斯卡爾銀行、馬賽的懷爾德—特納銀行轉讓給我們的，大約五萬五千法郎，一共二十八萬七千五百法郎。」

在提舉這一筆款項時，不幸的摩雷爾所感到的痛苦是難以形容的。

「二十八萬七千五百法郎。」他機械性地複述。

「是的，先生，」英國人回答：「不過，」停了片刻，他繼續說：「摩雷爾先生，不瞞您說，雖然注意到您至今無可指責的信用，但馬賽紛紛傳說，您已無法應付您的債務了。」

聽到這突如其來、直言不諱的話，摩雷爾的臉慘白得可怕。

「先生，」他說：「我從父親手中接管公司已有二十四多年，我父親經營這個公司也有三十五年，迄今為止，沒有一張簽署摩雷爾父子名字的票據，是在櫃檯無法兌現的。」

「是的，我知道這個情況，」英國人回答：「不過，我們都是講信用的人，說話應坦率點，先生，您仍能按期支付這些票據嗎？」

摩雷爾顫抖起來，望著這個用剛才所沒有的果斷語氣說話的人。

「對於這樣坦率的提問，」他說：「必須坦率的回答，是的，先生，如同我所希望的那樣，若我的帆船安全抵港，我就能支付，因為我遭遇接二連三意外事件的打擊，欠下了債務，但一旦帆船順利抵港，我就能還清，要是不幸的，我最後的指望——法老號也出事的話……」

可憐的船主熱淚盈眶。

「那麼，」對方問：「如果這最後一個指望也失去了呢？」

「那麼，」摩雷爾繼續說：「說這真是太殘忍了，但是，我已經習慣遭逢不幸，我也必須習慣羞恥，那麼，我想我不得不暫停支付。」

「在這種情況下，您難道沒有朋友可以幫忙嗎？」

摩雷爾苦笑著。

「在生意中，先生，」他說：「您也知道，是沒有朋友的，只有往來客戶。」

「沒錯，」英國人低聲說：「因此，您只有一個希望了？」

「只有一個。」

「最後一個？」

「最後一個。」

「所以，要是您失去這個希望……」

「我就完了，先生，徹底完了。」

「我到您這裡時，有一艘船正在進港。」

「我知道，先生。有一個在我身處逆境時仍然對我忠心耿耿的年輕人，他每天有一段時間待在屋頂平台上，希望能第一個向我報告好消息。透過他，我知道這艘船進港了。」

「這不是您的那艘船嗎？」

「不是，那是一艘波爾多商船『吉隆特號』，也是從印度回來的，但不是我那艘船。」

「或許這艘船知道法老號的情況，為您帶來一些消息。」

「我要如實以對，先生！我生怕知道我的三桅帆船的消息，就像在毫無把握中抱有希望。」

然後，摩雷爾先生用低沉的聲音補充說：「這次延誤不合情理，法老號二月五日從加爾各答啟航，它本應在一個多月前到達馬賽。」

「怎麼回事，」英國人側耳傾聽說：「這嘈雜聲是怎麼回事？」

「哦，我的天！我的天！」摩雷爾臉色蒼白地喊道：「又有什麼事？」

樓梯上果然發出喧鬧聲響，人來人往，甚至聽到一聲痛苦的叫喊。

摩雷爾起身去開門，但他渾身無力，又跌坐在扶手椅裡。

兩人面面相覷，摩雷爾全身顫抖，陌生訪客萬分同情地望著他。嘈雜聲停息了，摩雷爾似乎在等待著什麼東西，那嘈雜聲是起因，應該有一個結果。

陌生訪客察覺有人悄悄地上樓，好幾個人的腳步聲停在樓梯平台上。

一把鑰匙插入第一道門的鎖孔裡，傳來那扇門鉸鏈的吱呀聲。

「只有兩個人有這道門的鑰匙，」摩雷爾低聲說：「就是柯克萊斯和朱麗。」

這時，第二道門打開了，只見臉色蒼白、腮邊掛著淚水的女孩出現了。

摩雷爾渾身顫抖，站起身來，手臂支在扶手椅上，因為他無法站穩。他想問話，但發不出聲音。

「哦，父親！」女孩合起雙手說：「請原諒您的孩子帶來了壞消息！」

摩雷爾臉色白得嚇人，朱麗過來撲在他的懷裡。

「哦，父親！父親！」她說：「勇敢點！」

「這麼說，法老號遇難了？」摩雷爾用哽咽的聲音問。

女孩一聲不吭，但點了點頭，靠在她父親的胸膛上。

「船員呢？」摩雷爾問。

「救起來了，」女孩說：「被剛進港的波爾多商船救起來的。」

摩雷爾帶著逆來順受和高度感激的神情向天空舉起雙手。

「謝謝，我的上帝！」摩雷爾說：「至少只有我一個人受到打擊。」

不管英國人多麼淡漠無情，一滴眼淚還是濡濕了他的眼皮。

「你們進來吧，」摩雷爾說：「進來吧，我已料到你們都在門口。」

果然，他剛說出這句話，摩雷爾太太就嗚咽著走進來，愛馬紐埃爾跟在她身後，在接待室的盡頭，可以看見七、八個衣不蔽體的水手哭喪著臉。英國人一看到這些人，便顫抖了一下。他邁了一步，想向他們走去，

臉龐黝黑的老水手珀納龍揉著一頂破帽走向摩雷爾。

但他抑制住了，隨即隱沒在工作室最幽暗、最遠的角落裡。

摩雷爾太太走過去坐在扶手椅中，手裡握著丈夫的一隻手，而朱麗倚在父親胸前。愛馬紐埃爾站在房間中，彷彿充當摩雷爾一家和站在門邊的水手的聯繫人。

「事情是怎麼發生的？」摩雷爾問。

「走近一點，珀納龍，」年輕人說：「說說事情經過。」

一個被赤道太陽曬得黧黑的老水手，手裡揉著一頂破帽，走向前來。

「您好，摩雷爾先生。」他說，彷彿他昨天離開馬賽，剛從埃克斯或土倫回來似的。

「您好，我的朋友，」船主說，禁不住破涕為笑：「船長在哪裡？」

「至於船長的情況，摩雷爾先生，他因為生病留在帕爾馬[154]。上帝保佑，這不要緊，過幾天他回來時，您會看到他的身體像您和我一樣好。」

「很好……現在您說一說事情的經過吧，珀納龍。」摩雷爾先生說。

154 義大利中部城市。

珀納龍把他嚼著的菸草從右臉頰，頂到左臉頰，用手遮住嘴巴，掉過頭去，將一口長長的、發黑的唾沫啐到接待室，邁出一隻腳，扭著腰晃動起來：「那時，摩雷爾先生，」他說：「我們在布郎岬和博亞多爾岬之間航行時，遇到多好的一陣西南風，一個星期之後，我們遇到了風浪，戈馬爾船長走近我，我得說我在掌舵，他對我說：『珀納龍老爹，您怎麼看天際升起的那片烏雲？』

「我那時也正好望著那片烏雲。

「『我是這樣看的，船長。這片烏雲升得太快了點，超過應有的限度，而且黑得可怕，不像有好兆頭。』

「『我也這樣看，』船長說：『我得採取措施，小心提防。待會兒要起風了，我們張的帆太多了。喂！準備收起頂帆，降下第一斜帆！』

「這時，命令還沒有執行完，狂風已經趕上我們，帆船傾側起來。

「『咦！』船長說：『扯的帆還是太多了，收起大帆！』

「五分鐘後，收起了大帆，我們只扯著前桅帆、第二層帆和第三層帆航行。

「『喂，珀納龍老爹，』船長對我說：『您為何還搖頭呢？』

「『您看，從您的位置上，我看前面的航道不太妙呢。』

「『我想您說得對，老夥計，』他說：『我們要遇到大風了。』

「『啊！啊！船長，』我回答他說：『想打賭那邊起大風的人是穩贏的。這是一場排山倒海的暴風雨，要不就是我對此一竅不通！』

「即將颳來的大風，就像從蒙特爾東颳過來的風沙一樣，幸虧這陣風是跟一個內行人打交道。

「『收起兩張第二層帆！』船長喊道：『解開帆角索，迎風轉動帆桁，降下第二層帆，壓住橫桁上的滑車槓！』」

「在那個海域，這樣做是不夠的。」英國人說：「我會收起兩張第二層帆，不要前桅帆。」

這堅定響亮、出人意表的話語聲讓大家震驚。珀納龍把手遮在眼睛上，凝視那個鎮定自若地批評他船長指揮能力的人。

「我們做得更好，先生，」老水手懷著一點敬意說：「因為我們收下後桅帆，把舵對準風，讓風暴吹著走。十分鐘後，我們收下第二層帆，我們光著桅杆向前漂去。」

「帆船太舊了，經不起這樣冒險。」英國人說。

「您說得對！就是這樣我們完蛋了。在魔鬼的捉弄下，我們經過十二小時的顛簸，船上開始進水。『珀納龍，』船長對我說：『我想我們在往下沉，我的老夥計，讓我掌舵，你下到艙底看看。』

「我讓他掌舵，下到艙底，已經有三尺深的水。我上來呼叫：『抽水！抽水！』啊！是的，已經太晚了！大家開始抽水，可是，我想，抽得越多，進的水也越多。

「『啊！說實話，』工作了四個鐘頭後，我說：『既然船往下沉，就讓它沉下去吧，人只能死一次！』

「『你是這樣做榜樣的嗎，珀納龍師傅？』船長說：『好吧，你等等，等等！』

「他到船艙裡拿了兩把手槍。

「『第一個離開抽水機的人，』他說：『我就轟了他的腦袋！』」

「說得好。」英國人說。

「沒有什麼比理智更能給人勇氣，」水手繼續說：「尤其這會兒天放晴了，風也停息了，但是水仍然不斷漲上來。不算快，也許每小時上漲兩寸，但畢竟在往上漲。每小時兩寸，看來不算什麼，但在十二小時內，總共不到二十四寸，二十四寸等於兩尺。兩尺加上原先的三尺，就是五尺。一隻帆船艙裡裝了五尺深的水，可以視為患了水腫。

「『啊，』船長說：『這樣還差不多，摩雷爾先生不能責備我們了，為了救這艘帆船，我們已盡力而為，現在，必須盡力救人。放下舢板，孩子們，越快越好！』

「聽著，摩雷爾先生，」珀納龍繼續說：「我們熱愛法老號，但不管水手如何愛他的船，他更愛他那條命。因此，我們不等他說第二遍就行動了。這時，帆船在抱怨了，好像對我們說：『你們走吧，你們走吧！』可憐的法老號沒有胡說，我們感到它完全浸沒到我們腳底下。轉眼之間舢板就放到海上，我們八個人都在裡面。

「船長最後一個下來，或者不如說，不是他自己下來的，因為他不願意離開帆船，是我把他攔腰抱住，扔給夥伴們，然後我跳進舢板。此時。我剛跳下去，甲板就轟的一聲爆裂，簡直可以說一艘四十八門炮的軍艦炮齊發。

「十分鐘後，帆船船首下沉，然後尾部下沉，接著像狗咬尾巴似的翻了幾個身。於是，晚安，老夥計，噗嚕嚕……沒什麼可說的了，再沒有法老號了！

「至於我們，我們三天沒吃沒喝，以致我們談到要抽籤，決定誰給其他人充饑，這時我們看到吉隆特號，我們向它發出信號，它看到我們，向我們開來，投下舢板，把我們接過去。這就是全部經過，摩雷爾先生，這些話我以名譽擔保，以水手的名譽擔保，你們其他人說是不是？」

一片贊同聲，這個敘述者以其真實內容和生動細節贏得了所有票數。

「好，我的朋友們，」摩雷爾先生說：「你們個個都是好漢，我早就知道，在我遇到的厄運中，有罪的只是我的命。這是天意，而不是人的過錯。讓我們讚美天意吧。我欠你們多少工錢？」

「哦！不談這個了，摩雷爾先生。」

「正好相反，我們來談談。」船士帶著苦笑說。

「那麼，欠我們三個月的工錢……」珀納龍說。

「柯克萊斯，付給這些好漢每人二百三十法郎。換了別的時候，我的朋友們，」摩雷爾又說：「我會加上一句：『再給他們每人二百法郎的獎賞』，但時運不濟，我的朋友們，我剩下的一點錢也不再屬於我了。請多多包涵，不要因此而不敬愛我。」

珀納龍做了一個感動的怪臉，轉身對著他的夥伴們，與他們交換了幾句話，又走了回來。

「至於這個，摩雷爾先生，」他說，一邊把那塊菸草頂到嘴的另一邊，向接待室吐出第二口唾沫，與第一口形成一對，「至於這個……」

「至於什麼？」

「錢哪……」

「怎麼？」

「摩雷爾先生，夥伴們說，目前他們每人有五十法郎就足夠了，其餘的以後再說。」

「謝謝，我的朋友們，謝謝！」摩雷爾先生高聲說，萬分感動，「你們都有好心腸。不過，拿走吧，拿走吧，如果你們找到好差事，就去吧，你們是自由的。」

這後半段話對那些可敬可佩的水手產生了神奇的效果。他們惶惑地面面相覷。珀納龍停止呼吸，差點把那塊菸草吞了下去，幸虧他及時用手掐住喉嚨。

「怎麼，摩雷爾先生，」他結結巴巴地說：「您要辭退我們？！您對我們不滿意？」

「不，我的孩子們，」船主說：「不，我不是對你們不滿意，恰恰相反。不，我沒有辭退你們。但我有什麼辦法呢？我一艘帆船也沒有了，我不再需要水手。」

「您怎麼沒有帆船了！」珀納龍說：「您可以請人建造別的帆船呀，我們可以等待。上帝保佑，我們知道遇到風浪會怎麼樣。」

「我沒有錢請人造船了，珀納龍，」船主苦笑說：「不管您的提議多好，我也無法接受了。」

「那麼，如果您沒有錢，就不該付工錢給我們。我們會像可憐的法老號一樣，不張帆，光著身子航行，就是這樣！」

「夠了，夠了，我的朋友們，」摩雷爾說，激動得喘不過氣來，「請你們走吧。時來運轉時我們再相會吧。愛馬紐埃爾，」船主又說：「您陪他們出去，照顧一下，按我的期望去做。」

「至少會再見，是嗎，摩雷爾先生？」珀納龍說。

「是的，我的朋友們，我希望這樣。走吧。」

他示意柯克萊斯，後者走在前面。水手跟在出納身後，而愛馬紐埃爾跟在水手們後頭。

「現在，」船主對妻子和女兒說：「讓我單獨待一會兒，我要跟這位先生談話。」

他用眼神示意，那邊有個湯姆遜—弗倫銀行的代理人，在這整個場面中，代理人始終一動不動地站著，只插嘴過幾句話。兩個女人抬頭望著這個她們完全忘卻的陌生訪客，然後轉身退出，但女孩在退出去時，向這個人投了苦苦懇求的一瞥，他報以微笑，一個冷峻的觀察家會驚訝地看到那冷若冰霜的臉上竟綻放出一個微笑。屋裡只剩下兩個男人。

「啊，先生，」摩雷爾又跌坐在扶手椅裡，說道：「您都看到了，聽到了，我沒有什麼要告訴您的了。」

「先生，我看到了，」英國人說：「就像前幾次那樣，您又大禍臨頭，您不應遭逢這些的。這更加證實，我應該讓您開心些。」

「哦，先生！」摩雷爾說。

「唔，」外國人又說：「我是您最主要的債權人之一，是吧？」

「至少您擁有要立即兌現的票據。」

「您想延期支付嗎？」

「延期可以挽救我的名譽，因此也可以挽救我的生命。」

「您想延長多少時間？」

摩雷爾躊躇不決。

「兩個月，」他說。

「好。」外國人說：「我給您三個月。」

「但是，您認為湯姆遜—弗倫銀行……」

「放心吧，先生，一切由我來負責。今天是六月五日。」

「是的。」

「那麼，請將這些票據更改為九月五日到期。九月五日上午十一點鐘（掛鐘這時指著十一點整），我會再來見您。」

「我一定恭候大駕，先生，」摩雷爾說：「要嘛我付清票據，要嘛我棄絕人世。」

最後那幾個字說得那樣低沉，陌生訪客無法聽清楚。

票據都重新開出，把舊的撕掉，可憐的船主至少有三個月的時間籌措他所有的資金。

英國人帶著該民族特有的淡漠神情接受謝意，向摩雷爾告辭，後者一邊獻上祝福，一邊送他到門口。

在樓梯上，他遇到朱麗。女孩假裝下樓，但實際上是在等他。

「哦！先生！」她合起雙手說。

「小姐，」陌生訪客說：「有一天您會收到一封署名『水手辛巴達』的信，您要一步步按這封信所說的去做，不管您覺得信中的吩咐有多麼古怪。」

「好的，先生。」朱麗回答。

「您答應這麼做嗎？」

「我向您發誓。」

「很好！再見，小姐。像您現在這樣，始終做一個善良的、聖潔的女孩吧，我祝願上帝會獎賞您，讓愛馬紐埃爾成為您的丈夫。」

朱麗輕輕喊了一聲，臉上變得像櫻桃那樣紅，她抓住欄杆，免得倒下。

陌生訪客繼續往前走，一邊向她揮手再見。

在院子裡，他遇到珀納龍，珀納龍每隻手拿著一卷一百法郎的鈔票，好像決定不了是否應該拿走。

「來，我的朋友，」他對珀納龍說：「我要跟您談談。」

30 九月五日

湯姆遜—弗倫銀行的代理人同意延期，是摩雷爾萬萬料想不到的。這在可憐的船主看來，他似乎又要時來運轉了，這種機遇在向人諭示，命運終於厭倦了對他的苦苦糾纏。當天，他把發生的事告訴女兒、妻子和愛馬紐埃爾，這個家庭即使不能說恢復了平靜，至少擁有了一點希望。但不幸的是，摩雷爾不僅僅跟湯姆遜—弗倫銀行有往來，這家銀行對待他非常隨和。正如他所說的，在商場上只有往來客戶，而沒有朋友。他深入思索之後，甚至不明白湯姆遜—弗倫先生為什麼對他這樣寬宏大度，他只能這樣解釋，就是這家公司出於私心而又非常巧妙的考慮：最好支持一個欠我們近三十萬法郎，過三個月便能湊齊這筆款項的人，而不要加速他的破產，最終只得到本金的百分之六。

不幸的是，要嘛出於仇恨，要嘛出於盲目，摩雷爾的往來客戶都不是這樣考慮，有幾個甚至做出相反的考慮。摩雷爾簽署過的票據都極其嚴格地按時送到出納處，由於英國人同意延期付款，柯克萊斯都一一如期支付了。因此，柯克萊斯繼續保持與生俱來的那種泰然自若。唯有摩雷爾先生惶恐地看到，如果他要在十五日歸還德．博維勒的十萬法郎，在三十日歸還三萬二千五百法郎的票據，他這個月就破產了，幸虧他能延期償付監獄督察的債券。

整個馬賽商界都認為，在接踵而來的厄運打擊下，摩雷爾無法支撐。當大家看到他到月底還能照常付款，不免十分詫異。但是大家仍沒有恢復對他的信任，都不約而同地將不幸船主破產前向法院遞交資產負債概況的日期，訂在下月底。

整個月摩雷爾花費了九牛二虎之力，要把自己所有的資金匯聚起來。從前，他開出去的票據，不管是什麼日期，都被信任地接受，甚至還有人想得到這些票據。現在，摩雷爾想轉讓一些三個月的票據，卻被每家銀行拒絕。幸虧摩雷爾收回了幾筆款項，因此有了依靠。由於這幾筆款項，摩雷爾還能履行諾行，直到七月底。

此外，他在馬賽沒有再見到湯姆遜－弗倫的代理人。他拜訪摩雷爾先生的第二天或第三天，就銷聲匿跡了。由於他在馬賽只跟市長、監獄督察和摩雷爾先生有過往來，他到此一遊，除了這三個人保留了不同回憶之外，沒留下任何痕跡。至於法老號的那些水手，看來他們找到了某些差事，因為也消失不見了。

戈馬爾船長因身體不適留在帕爾馬，復元後也回來了。他猶豫不決是否去見摩雷爾先生，但摩雷爾知道他回來後，親自去找他。可敬可佩的船主透過珀納龍的敘述，早已知道船長在遇難時英勇無畏的行動，他力圖安慰船長。他給船長捎來薪水，但戈馬爾船長沒有勇氣去領這筆錢。

正當摩雷爾先生下樓時，他遇見了上樓的珀納龍。從外表看來，珀納龍的錢倒花得恰到好處，因為他全身上下一套嶄新衣服。可敬的舵手看到船主，顯得非常尷尬，他站在樓梯平台最遠的角落，輪流把嘴裡那塊嚼菸從左邊頂到右邊，又從右邊頂到左邊，睜動著驚惶的大眼睛，面對摩雷爾先生一向熱情的握手，僅僅膽怯地手中一緊。摩雷爾先生把珀納龍的尷尬歸之於他光鮮的服裝，很明顯，這個正直的人還沒有這樣豪氣地花過錢，不用說，他已經在別的船上找到差事，而他的羞愧來自於沒有為法老號哀悼得久一些，如果可以這樣表達的話。或許他是來向戈馬爾船長報告他的好運的，並向船長轉達他新雇主的提議。

「都是些好漢啊，」摩雷爾走遠之後說：「但願你們的新主人像我一樣熱愛你們，而且比我更加幸運！」

八月過去了，摩雷爾持續不斷地努力，兌現舊有的債券，又開出新的。八月二十日，在馬賽，據悉他坐上了一輛郵車，於是盛傳本月底他要在破產前向法院遞交資產負債概況，摩雷爾提前離開是為了避免目睹這個殘酷無情的行動，他應是委派了他的高級職員愛馬紐埃爾和出納柯克萊斯去應付。但與預料相反，八月三十一日來臨了，出納處照常工作。柯克萊斯出現在帳台柵欄後面，就像賀拉斯筆下的正義者一樣鎮定如常，同樣聚精會神地審視別人遞過來的票據，從第一張到最後一張，都同樣準確無誤地付款。如同摩雷爾所預知的，有兩筆款項要償還，柯克萊斯準確支付，就像票據是船主個人開出的。大家對此不得其解，於是又以預言災禍的人特有的執拗，將船主的破產推遲到九月底。

九月一日，摩雷爾回來了，全家焦慮不安地等待著他，他最終的得救之道大概是來自於這次巴黎行。摩雷爾想到了唐格拉爾，他現在是百萬富翁。唐格拉爾過去受過船主的恩惠，他是在摩雷爾的推薦下才得以為西班牙銀行家辦事，而他的龐大財產是從這家銀行起步的。據說，唐格拉爾現在擁有六百到八百萬，擁有無上限的信貸能力。唐格拉爾不用從口袋裡掏一個埃居，便可以挽救摩雷爾，他只需保證借貸，摩雷爾就得救了。摩雷爾早就想到唐格拉爾，但總有一種不由自主的本能反感，摩雷爾盡可能延緩採取這最後一招。他是對的，由於遭到拒絕而丟盡了臉，他回來時心力交瘁。

摩雷爾回來後沒有一聲怨言，沒有一句指責，他流著淚擁抱妻子和女兒，向愛馬紐埃爾友好地伸出手，繼而獨自關在他三樓的工作室內，只叫柯克萊斯過來。

「這一次，」兩個女人對愛馬紐埃爾說：「我們完了。」

她們經過短暫的密談，決定由朱麗寫信給她駐守在尼姆[155]的哥哥，叫他馬上回家。

這兩個可憐的女人直覺地感覺到，她們需要竭盡全力來抵擋威脅著她們的打擊。

再者，馬克西米利安·摩雷爾雖然只有二十二歲，但已經對他父親有巨大影響力。

這是一個堅毅直率的年輕人。到了要選定職業的時候，做父親的不願強加給他一個未來的出路，而是問年輕的馬克西米利安有何興趣。馬克西米利安當時宣稱，他想過軍人的生涯。與此相應，他學習成績優異，考入了綜合工科學校，畢業後成為第五十三團的少尉。他擔任這個軍階已有一年，一有機會就能被任命為中尉。在團隊裡，馬克西米利安．摩雷爾被視為最嚴守紀律的人，不但遵守一個軍人應負的責任，而且擔負一個人應盡的所有責任，大家稱他為「斯多葛主義者」[156]。不用說，許多這樣稱呼他的人，是從旁聽來的，他們甚至不知道那是什麼意思。

他的母親和妹妹面臨關鍵時刻，於是召喚這個年輕人回來共度難關。

她們並沒有低估情況的嚴重性，因為摩雷爾先生與柯克萊斯進入工作室不久，朱麗就看到柯克萊斯臉色蒼白，渾身顫抖，容貌大變地走了出來。

當他從她身邊經過時，她想問問他，但這個老實人繼續下樓，那種匆忙是平常沒有的，他僅僅舉起雙臂，喊道：「哦，小姐！小姐！多麼可怕的厄運啊！簡直讓人難以相信！」

過了一會兒，朱麗看到他捧著三、四本厚厚的帳簿、一個文件夾和一袋錢又跑上來。

摩雷爾查看帳簿，打開文件夾，數了數錢。

他所有的錢總共是六千至八千法郎，至五日為止，他能收回的款項是四、五千法郎，加起來最多不過一萬四千法郎，卻要應付一筆二十八萬七千五百法郎的票據。甚至無法分期付款。

但是，當摩雷爾下樓吃晚飯時，他卻顯得相當平靜。這種平靜比頹喪洩氣更讓兩個女人心驚膽顫。午飯後，摩雷爾習慣出門，他會到福賽[157]人俱樂部喝咖啡，看《信號台報》，但這一天他根本不出門，而是上樓回到辦公室。

至於柯克萊斯，他完全呆若木雞。白天有一段時間他待在院子裡，光著頭，頂著三十度的日陽，坐在一塊石頭上。

愛馬紐埃爾竭力讓兩個女人放心，但他笨嘴拙舌。年輕人對公司的事務非常清楚，不會不知道摩雷爾家大難臨頭了。

黑夜降臨，兩個女人守著，希望摩雷爾從工作室下來，走進她們房裡。但她們聽到他經過她們的門口，放輕腳步，生怕被她們叫進去。

她們側耳細聽，他走進自己房間，從裡面把門鎖上。

摩雷爾太太叫女兒去睡覺，朱麗走後半小時，她站起身，脫下鞋子，躡手躡腳來到走廊，想從鎖眼裡看看丈夫在做什麼。

在走廊裡，她看到一個影子退走，那是朱麗，她也忐忑不安，比母親先來一步。

女孩終於向摩雷爾夫人走來。

「他在寫東西。」她說。

兩個女人雖然沒有互相道出，卻已摸透了對方的心思。

摩雷爾太太彎腰對準鎖孔。摩雷爾當真在寫東西，但是，她女兒沒有注意到的，她卻注意到了，那就是她

155 法國南部城市，靠近地中海。
156 斯多葛主義是西元前四世紀古希臘發展起來的哲學流派，主張堅忍、禁欲。
157 中亞古城，約存在於西元前十世紀。

的丈夫在印有標記的紙上寫東西。

她的腦海閃過這個可怕的念頭：他在寫遺囑！她渾身顫抖，但她仍有力量隻字不提。

第二天，摩雷爾先生顯得泰然自若，他像平日一樣待在辦公室裡，像平日一樣下樓吃早餐，只不過午飯後他讓女兒坐在身邊，把孩子的頭抱在懷裡，久久靠在自己胸膛上。

傍晚，朱麗告訴母親，她已注意到，儘管表面泰然自若，父親的心劇烈地跳動。

之後兩天也幾乎這樣過去了。九月四日傍晚，摩雷爾先生向女兒要他的工作室鑰匙。

聽到這個要求，朱麗打了個寒噤。她覺得這個要求是不祥之兆。為什麼父親向她要這把鑰匙呢？這把鑰匙一直由她保管，只有她孩提時代為了懲罰她才要回去！

女孩望著摩雷爾先生。

「我做錯了什麼，父親，」她說：「您要向我討回這把鑰匙？」

「什麼也沒做錯。我的孩子，」不幸的摩雷爾回答，這個簡單的要求讓他熱淚盈眶，「什麼也沒做錯，只不過我需要用一下。」

朱麗佯裝尋找鑰匙。

「我把鑰匙落在我房裡了。」她說。

她走了出去，但她不僅沒有回房裡，反而下樓去問愛馬紐埃爾。

「不要把這把鑰匙還給您的父親，」愛馬紐埃爾說：「明天早上，要盡可能不離開他。」

她竭力盤問愛馬紐埃爾，但他不知道其他情況，或者不願說出其他情況。

九月四日至五日的整個夜裡，摩雷爾太太將耳朵貼在壁板上。直至凌晨三點鐘，她聽到丈夫激動地在房間裡走動。

直至三點鐘他才倒在床上。

兩個女人一起過了一夜。從昨天傍晚起，她們等待著馬克西米利安到來。

早上八點鐘，摩雷爾先生走進她們的房間。他很平靜，但一夜的激動在他蒼白憔悴的臉上表現出來。

兩個女人不敢問他是否睡得好。

摩雷爾不曾對妻子如此溫柔，對女兒如此慈愛，他凝視和擁抱著可憐的孩子，但仍然感到不滿足。

朱麗回想起愛馬紐埃爾的囑咐，她父親出去時，她想跟著，但他委婉地阻擋她：「留在你媽媽身邊吧。」他對她說。

朱麗想堅持。

「你照我的話去做！」摩雷爾說。

摩雷爾頭一次對他女兒說：你照我的話去做！但他這麼說時聲音中帶著慈父的溫柔，以致朱麗不敢向前邁一步。

她留在原地，默默無言，一動不動地站著。過了一會兒，門又打開了，她感到兩條手臂抱住她，一張嘴貼在她的腦袋上。

她抬起眼睛，發出一聲快樂的感嘆。

「馬克西米利安，哥哥！」她喊道。

聽到這叫聲，摩雷爾太太跑了過來，投到兒子的懷抱裡。

「媽媽，」年輕人說，輪流看著摩雷爾太太和她的女兒，「怎麼了，出了什麼事？你們的信嚇了我一大跳，我就趕回來了。」

「朱麗，」摩雷爾太太說，同時向年輕人使了個眼色，「去告訴你父親，馬克西米利安回來了。」

少女衝出房間，但在第一級樓梯上，她遇到一個人，手裡拿著一封信。

「您是朱麗・摩雷爾小姐嗎？」這個人用極其濃重的義大利口音說。

「是的，先生，」朱麗期期艾艾地回答：「您找我有什麼事？我不認識您。」

「請看這封信。」那人說，遞給她一封短箋。

朱麗遲疑不定。

「信裡關係到怎樣拯救您的父親。」送信的人說。

少女從他手裡奪過短箋。

她急忙打開來：

立即到梅朗巷，走進十五號，向門房女人要六樓房間的鑰匙，走進那個房間，在壁爐上拿走一個紅緞錢包，把這個錢包交給你的父親。

他要在十一點鐘以前拿到這個錢包，事關重大。

您答應過要無條件聽從我，我在此向您提醒您的諾言。

水手辛巴達

少女發出快樂的喊聲，抬頭尋找，想請問交給她這封短箋的人，但來人已經沒了蹤影。

於是她又把目光投向短箋，再讀一遍，發覺還有附言。

她讀道：

至關重要的是，您要親自單獨完成這項使命。如果有人陪著您，或者不是您，換了另一個人前往，門房會回答，她不知道來人在胡說些什麼。

這個附言潑了這個女孩一頭冷水。她不需要擔心什麼嗎？這不是為她設下的陷阱嗎？她的天真無知讓她不知道，自己這年紀的女孩會遇到什麼樣的危險，但恐懼心理是不需要知道危險的。還有一點要指出的：最茫然無知的危險，引起最強烈的恐懼。

朱麗猶豫不決，她決定跟別人商量。

但出自一種古怪的感情，她求助的既不是她的母親，也不是她的哥哥，而是愛馬紐埃爾。

她下樓，把那天湯姆遜—弗倫銀行代理人到她父親那裡發生的事，說了一遍。她告訴他樓梯上的場景，向他重複她的諾言，然後把信遞給他。

「一定要去，小姐。」愛馬紐埃爾說。

「要去嗎？」朱麗小聲問。

「是的，我陪您去。」

「您沒看到我應該單獨前往嗎？」朱麗說。

「您會單獨一個人。」年輕人回答：「我呢，我在博物館街等您。如果您遲遲不下來，讓我不安，我就會去找您。我為您負責，若有誰找您麻煩，那就是他活該倒楣！」

「這樣的話，愛馬紐埃爾，」女孩猶豫著又說：「您的意見是，我去赴約囉？」

「是的。送信人不是對您說過，信裡關係到怎麼拯救您的父親嗎？」

「究竟，愛馬紐埃爾，他究竟遇到什麼危險啊？」女孩問。

愛馬紐埃爾躊躇了一下，但為了讓女孩趕快下定決心。

「聽著，」他對她說：「今天是九月五日，是嗎？」

「是的。」

「今天十一點鐘，您的父親要支付將近三十萬法郎。」

「是的，我們知道這件事。」

「咦？」愛馬紐埃爾說：「他的錢櫃裡還不到一萬五千法郎。」

「那麼他會出什麼事？」

「如果今天十一點鐘以前，您的父親找不到人幫忙，中午時，您父親就不得不宣告破產。」

「哦！走吧！走吧，」女孩喊道，拉著年輕人就走。

這時，摩雷爾太太已把一切向兒子和盤托出。

年輕人早已知道，隨著父親接二連三遭到災禍，家裡的開支已大大改變了，但他不知道事情如此嚴重。

他垂頭喪氣。

突然，他衝出房間，快步踏上樓梯，因為他相信父親在他的工作室，但他敲不開門。

他站在門口，聽到套房的門打開了，他轉過身來，看到了父親。摩雷爾先生沒有逕直上樓到工作室，而是回到自己的臥室，直到現在才出來。

摩雷爾先生看到馬克西米利安，驚叫了一聲，他不知道年輕人回來了。他站在原地一動不動，左手握住藏在禮服底下的一樣東西。

馬克西米利安趕快下樓，撲上去抱住父親的脖子，但他突然後退一步，只有右手頂住父親的胸部。

「父親，」他說，臉色慘白，「為什麼您在禮服底下藏著一對手槍？」

「哦！我就擔心會節外生枝！」摩雷爾說。

「父親！父親！看在老天爺的分上！」年輕人嚷道：「為什麼要帶上這些武器？」

「馬克西米利安，」摩雷爾盯著他的兒子，回答說：「你是一個男子漢，而且是一個愛惜名譽的男子漢，來吧，我跟你說清楚。」

摩雷爾邁著穩健的步伐上樓到他的工作室，馬克西米利安踉蹌地尾隨在後。

摩雷爾打開門，又在兒子身後關上門。他穿過接待室，走近辦公桌，把一對手槍放在桌上一角，用手對兒子指了指一本打開的帳簿。

帳簿上記載著目前的實際境況。

摩雷爾再過半小時就必須支付二十八萬七千五百法郎。

他所有資金只有一萬五千二百五十七法郎。

「看吧。」摩雷爾說。

年輕人看過之後，有一會兒像被打垮了一樣。

摩雷爾一言不發，對這數字的無情判決，他還能說什麼呢？

「父親，您已經竭盡所能，」年輕人過了一會兒說：「去應付這不幸的到來嗎？」

「是的。」摩雷爾回答。

「您沒有什麼進帳可以指望了嗎？」

「沒有什麼進帳了。」

「您用盡一切財源了嗎？」

「用盡了。」

「再過半小時，」馬克西米利安用陰沉的聲音說：「我們的名字就要受到玷辱嗎？」

「鮮血可以洗刷恥辱。」摩雷爾說。

「您說得對，父親，我理解您。」

然後，他的手伸向手槍：「一支是您的，一支是我的，」他說：「謝謝！」

摩雷爾拉住他的手。

「你的母親呢？你的妹妹呢？誰來養活她們呢？」

一陣顫抖掠過年輕人全身。

「父親，」他說：「您認為您在對我說要活下去嗎？」

「是的，我的意思是這樣，」摩雷爾回答：「因為這是你的責任。馬克西米利安，你冷靜、堅強，克西米利安，你不是一個平庸的人，我決不是吩咐你，決不是命令你，我只對你說：你要像局外人一樣審視你的處境，再下判斷。」

年輕人沉吟了一下，隨後一種崇高的、逆來順受的神情閃過他的眼睛。只見他慢慢地、憂鬱地解下代表他軍階和沒有流蘇的兩個臂章。

「很好，」他把手伸向摩雷爾說：「父親，您安心死吧！我活下去。」

摩雷爾做了一個動作，想撲到兒子膝下。馬克西米利安把他拉到自己身邊，這兩顆高尚的心有一會兒緊靠著一起搏動。

「你知道這不是我的錯嗎？」摩雷爾說。

馬克西米利安微微一笑。

「父親，我知道您是我認識的人中最正直的。」

「很好，話已說盡了，現在回到你母親和妹妹身邊去吧。」

「父親，」年輕人跪下一條腿說：「祝福我吧！」

摩雷爾雙手捧住兒子的頭，湊到自己嘴上，吻了好幾次：「哦！是的，是的，」他說：「我以我的名義和無可指責的三代人的名義祝福你。聆聽他們透過我的聲音所說的話：災禍所摧毀的大樓，上天會重建起來。看到我這樣自盡，鐵石心腸的人也會憐憫你。他們拒絕寬限我的時間，或許會給你的。盡量不要口出穢言，動手工作，年輕人，要熱烈而勇敢地奮鬥。你、你母親和你妹妹，要克勤克儉地活下去，以便你們的財產在你手裡一天天增加、擴大。我留給你們的這點財產是有負於你們的。要設想有朝一日，等到恢復名譽的那天，會是多麼輝煌壯麗。你就在這間辦公室說：我的父親死了，是因為我今天做到的事他做不到。但他是平靜安心地死的，因為他死時知道我做得到。」

「哦！父親，父親，」年輕人嚷道：「如果您能活下去該有多好！」

「如果我活下去，一切都會改變；如果我活下去，關心會變成懷疑，憐憫會變成挑釁；如果我活下去，我只不過是一個言而無信、不能守約的人，我只是一個破產者。相反地，如果我死了，請想一想，馬克西米利安，我的屍體就是一個不幸的、正人君子的屍體。我活著，我最好的朋友都避開我家；我死了，全馬賽的人會流著淚送我到墓地；我活著，我的姓名會使你蒙羞；我死了，你會抬起頭來說：『我的父親是自殺的，因為他第一次不得不食言。』」

年輕人呻吟了一聲，但他看來聽天由命。這是第二次，不是他的心，而是他的理智被說服了。

「現在，」摩雷爾說：「讓我獨自待在這裡，盡量把她們兩個支開。」

「您難道不想再見一次妹妹嗎？」馬克西米利安問。

這次見面，年輕人還存著最後一絲微弱的希望，因此他提起了她。摩雷爾先生搖搖頭。

「早上我見過她了，」他說：「而且和她告別了。」

「您難道對我沒有特別的囑咐嗎，父親？」馬克西米利安用變了調的聲音問。

「有的，我的孩子，一個神聖的囑咐。」

「說吧，父親。」

「雖然我不能看到人心所思，但只有湯姆遜—弗倫銀行出於人道，或者出於自私，同情過我。它的代理人再過十分鐘就要來訪，收取一張二十八萬七千五百法郎的票據款項，我不是說他給了我，而是他寬限了三個月。這家公司要首先償還，我的孩子，這個人對你來說是神聖的。」

「是的，父親。」馬克西米利安說。

「現在再說一次永別了，」摩雷爾說：「走吧，走吧，我需要獨自一人。你可以在我臥室的書桌裡找到我的遺囑。」

年輕人站在那裡，如同槁木死灰，心裡雖願服從，但沒有力量實行。

「聽著，馬克西米利安，」他父親說：「請設想我跟你一樣是軍人，我接獲命令去攻占一個棱堡，而你知道我在攻占時會喪命，難道你不會對我說這樣的話：『去吧，父親，若您留下來會身敗名裂，寧死也不能受辱！』」

「是的，是的，」年輕人說：「是的。」

他顫抖著把摩雷爾抱在懷裡：「好吧，父親。」他說。

他衝出了工作室。

兒子走後，摩雷爾站了一會兒，雙眼盯住房門。然後，他伸出手，找到拉鈴的繩，拉響了鈴。

過了片刻，柯克萊斯出現了。

這不再是原來那個人，三天來有個想法毀了他。這個想法是：摩雷爾公司即將停止付款，這個想法比二十年歲月更為沉重地把他的身體壓得佝僂了。

「我的好柯克萊斯，」摩雷爾用難以形容的聲調說：「你就待在接待室裡。等三個月前來過的那位先生，你知道，就是湯姆遜—弗倫銀行的代理人到達時，你通知我一下。」

柯克萊斯一聲不吭，他點了點頭，走去坐在接待室等待。

摩雷爾又跌坐在椅子裡，他的目光轉向掛鐘，他只剩下七分鐘。指針的移動快得讓人難以置信，他覺得看得見指針在行走。

這個人年紀還不大，經過一番或許紊亂的，但至少是似是而非的思考，就要與他在人世間熱愛的一切分離，離開有著天倫之樂的生活。在這最後一刻，他腦海裡出現的想法是無法描述的，如果想知道他的想法，只要看看他佈滿汗珠但顯得聽天由命的臉，以及熱淚盈眶、朝天仰望的眼睛就行了。

指針始終走著，手槍裝上了子彈，他伸出手，拿起一支槍，喃喃念出女兒的名字。

然後他放下致命的武器，拿起筆，寫了幾個字。

這時他覺得他對心愛的女兒道別得還不夠。

他回頭看看掛鐘，他不再以分計算，而是以秒計算時間。

他又拿起槍，嘴巴半開，目光盯住指針。一聽到自己扣動扳機的聲響，他不寒而慄。

這時，他的額頭冒出冷汗，更加要命的焦慮不安揪緊他的心。

他聽到靠樓梯那扇門的鉸鏈發出聲響。

他工作室的門打開了。

掛鐘即將敲響十一點鐘。

摩雷爾沒有轉過身，他等待著柯克萊斯的這句話：「湯姆遜—弗倫銀行的代理人到了。」

他把武器湊到嘴邊……

突然，他聽到一聲叫喊，是他女兒的聲音。

他轉過身，看到朱麗，手槍從他手中滑落。

「父親！」女孩氣喘吁吁，快樂得要命，喊道：「得救了！您得救了！」

她手裡舉著一個紅緞錢包，撲到他懷裡。

「得救了！我的孩子！」摩雷爾說：「你這是什麼意思？」

「是的，得救了！您看！您看！」女孩說。

摩雷爾拿起錢包，微微發抖，因為他隱約記得這個東西曾經屬於他。裡頭一邊放著二十八萬七千五百法郎的票據。票據已經付清。另一邊放著一顆大如榛子的鑽石，以及寫在一小塊羊皮紙上的幾個字：

朱麗的嫁妝。

摩雷爾用手撫著額頭。他以為在做夢。

這時，掛鐘敲響了十一點鐘。

對他來說，鐘聲的震顫彷彿鋼鎚一般，每一下都敲在他的心上。

「啊，我的孩子，」他說：「你解釋一下。你在哪裡找到這個錢包的？」

「在梅朗巷十五號的一幢房子裡，六樓一個寒傖小房間的壁爐上。」

「可是，」摩雷爾大聲說：「這個錢包不是你的。」

朱麗將早上收到的那封信遞給父親。

「你獨自到這幢樓裡去的嗎？」摩雷爾看完信後問。

「愛馬紐埃爾陪著我去，父親。他在博物館街的轉角等我。但奇怪的是，我回來時，他不在那裡了。」

「摩雷爾先生！」樓梯上有個聲音喊道：「摩雷爾先生！」

「是他的聲音。」朱麗說。

與此同時，愛馬紐埃爾走了進來，面容因為快樂和激動而變了樣。

「法老號！」他喊道：「法老號！」

「什麼？法老號！您瘋了嗎，愛馬紐埃爾？您明明知道它已經報銷了。」

「法老號！先生，打信號的是法老號，法老號進港了。」

摩雷爾又跌坐在椅子裡，他渾身癱軟無力，他的腦力無法把這一連串難以置信的、聞所未聞的神奇事件釐清。

他的兒子也進來了。

「父親，」馬克西米利安叫道：「您怎麼說法老號完蛋了呢？瞭望台打信號報告是這艘船，它進港了。」

「我的朋友們，」摩雷爾說：「如果這是事實，那就要相信是上帝顯靈！不可能！不可能！」

不過，真實而又難以相信的是他捏在手裡的這個錢包，是這張已經付訖的票據，是這顆光彩奪目的鑽石。

「啊！先生，」輪到柯克萊斯說話：「法老號，這是怎麼回事？」

「啊，孩子們，」摩雷爾站起身說：「我們去看看，但願上帝憐憫我們，如果這是假消息的話。」

他們一起下樓。摩雷爾太太等在樓梯中間，可憐的女人不敢上樓。

轉眼間他們來到卡納比埃爾街。

港口上擠滿了人。

人群為摩雷爾讓開一條路。

「法老號！法老號！」大家異口同聲地說。

果然，真是神奇的、聞所未聞的事，在聖約翰瞭望台對面，有一艘帆船，船尾漆上這幾個白色的字：「法老號」（馬賽摩雷爾父子公司），大小跟另一艘法老號一樣，也同樣載滿了胭脂紅和靛藍原料，已經拋錨和收下船帆。在甲板上，戈馬爾船長正在發號施令，珀納龍師傅向摩雷爾先生打著手勢。再無需懷疑了，親眼所見，親耳所聞就是證明，而且又有上萬人做見證。

正當摩雷爾父子在海堤上，接受全城目睹這個奇蹟的人的掌聲擁抱時，有一個人，他的臉被黑鬍子遮掉大半，躲在一個哨兵崗亭後面，動情地欣賞著這個場面，喃喃道出這幾句話：「高尚的心靈，歡樂吧，因為你做過和即將要做的善事而得到祝福。願我的感謝就像你的善事一樣不為人知。」

他帶著快樂和幸福的微笑離開了隱身之處，沒有人注意到他，因為人人都專注於這天發生的事。他走下碼頭的小扶梯，連叫三聲：「雅科波！雅科波！雅科波！」

於是，一隻舢板向他駛來，把他接上船，送到一艘設備華麗的遊艇旁。他以水手的矯捷跳到遊艇的甲板上，從那裡再一次遙望摩雷爾，摩雷爾快樂得流淚，與人群熱情地握手，似乎向天上尋找那個不露面的施主，用茫然一瞥表示感謝。

「現在，」那個不露面的人說：「再見了，仁慈、人道、感激……永別了，讓人心花怒放的所有情感！我已替天行道，獎賞了好人，但願復仇之神讓位，讓我去懲罰惡人！」

說完這些話，他發出一個信號，似乎就等著這個出發的信號，遊艇立即向大海駛去。

（未完待續）

——對談——池田大作×金庸

《基度山恩仇記》的最大魅力

池田大作：一九二八——。生於日本東京都。國際創價學會會長、日本創價學會名譽會長，亦為著名宗教家、作家。著有《人間革命》、《面向廿一世紀的對話》、《探求一個燦爛的世紀》（與金庸合著）等。

金庸：一九二四——二〇一八。原名查良鏞。著名武俠小說家，亦為政論家、報業家。著有《射鵰英雄傳》、《鹿鼎記》、《天龍八部》、《笑傲江湖》、《書劍恩仇錄》等。並有政論文集、文史研究著作等。

池田大作（以下簡稱「池田」）：我們來談談文學的話題吧！今天就來談談與您同樣喜讀的書——大仲馬的《基度山恩仇記》，您看如何？此書在日本的譯名為《巖窟王》。

金庸：好，《基度山恩仇記》是我最喜愛的小說之一。

池田：關於這部作品，我們首次在香港見面時就曾談過，且談得十分起勁。我的恩師戶田城聖在談到這部小說的主人公愛德蒙．唐泰斯時，曾一針見血地指出：他之所以在社交界取得成功，並非由於財力和智慧，而是因為有「信用」。對於恩師的這個見解，您曾評價說戶田先生所言十分正確，我作為他的弟子，當然感到高興。

金庸：以此書作為話題，不只因為池田先生抱有同感，更是以追蹤令師戶田先生怎樣去讀解此書作為契機，我認為這是真正寓有深意的。

池田：《基度山恩仇記》之所以為現代的人們所喜愛，理由有各種各樣。例如時代背景，以十九世紀初，亦即從王政復辟到拿破崙復出的百日政權——這個法國的動盪時代為背景，唐泰斯的人物性格，另外對於當時貴族階級的生活予以精心的描寫……這些都是值得指出的特點。

金庸：您認為此書最大的魅力是什麼？

池田：怎麼說好呢？我想應是情節的展開吧！處於幸福巔峰的愛德蒙．唐泰斯，卻因受到妒忌他的朋友的陷害而跌入地獄的深層。這個急轉直下的轉折，還有在獄中與法理亞神父的相遇。受了良好教養的唐泰斯萌起復仇的念頭而越獄，且為之奮鬥與忍耐了十四年。然後以「基度山伯爵」的名字踏入巴黎社交界，以從法理亞神父繼承來的祕密與智慧為本錢，對那些背叛者窮追猛打。

金庸：全書環環相扣，令人想一究結果而緊緊跟隨。

池田：而且，在重要之處，人生貴重的經驗和智慧就如閃耀的星星一樣迸發出光芒。這部作品不只是單純的娛樂作品，而是放散著雄壯的世界文學的不朽之光，有著千變萬幻的情節性。

法理亞神父的「哲人風貌」

池田：在大仲馬的系列作品中，《基度山恩仇記》應是寫得最好的吧！

金庸：最好的恐怕是《三劍客》。《基度山恩仇記》的最大魅力，確如先生您所說，主要在於它的情節引人入勝，往往在意料之外，但細思之卻又在情理之中。我寫完小說《連城訣》後，忽然驚覺，狄雲在獄中得丁典授以《神照經》一事，和《基度山恩仇記》太接近了，不免有抄襲之嫌。當時故意抄襲是不至於的，但多多少少是無意中順了這條思路。

池田：先生是被稱為「東方的大仲馬」的文豪，果然也與大仲馬的許多思路不謀而合呢！

金庸：豈敢，豈敢。若要避開其近似處本來也不為難，但全書已經寫好，再做重大修改未免辛苦，何況丁典的愛情既高尚又深刻，自具風格，非《基度山恩仇記》的法理亞神父所能有。

池田：《連城訣》的日譯本一旦問世，我想將它與《基度山恩仇記》比較來讀，法理亞神父的身上有「哲人風貌」啊！例如，他對唐泰斯曾說過下面一段話：「一知半解的人和學者不可同日而語，記憶造就前者，哲學造就後者。」

再者，這種「哲人風貌」是以深厚的學識所支持的，他還這樣說道：「人的知識是非常有限的，等我教會您數學、物理、歷史和三、四種我會講的現代語言，您就會掌握我所知的學問。我只要花兩年工夫，便能將全部知識從我的腦子裡傾注到您的腦子裡。」

「我所知的全部就是這些。」這真的是一個了不起的知識人吧！因為是大學問家，才可以判斷該知或不必知的。

金庸：我想是這樣的。以「偉大文學」而論，大仲馬與雨果的作品正是實至名歸。大仲馬能在世界文學史中占一席地，自然並非由於他的小說中情節的離奇，而是由於書中人物的生動。能創造一個活生生的人物，是小說家極高的文學才能。

池田：要緊的不僅僅是故事的情節，而是怎樣描寫塑造人物吧！

唐泰斯戲劇性的復仇故事

池田：就我個人而言，我喜歡《基度山恩仇記》比《三劍客》更多，跟您這位「大作家」唱反調，失敬，失敬。

金庸：豈敢。《基度山恩仇記》中，基度山伯爵的報恩報仇固然大快人心，但更重要的是他慷慨大度的人格和君子風度。

池田：這是說不止於「一味要報仇」，而是懷著人的深度。

金庸：一個人要報仇，把仇人千刀萬剮，只取快於一時，但如千方百計的圖謀報復而終於大仇得報之時，能合情合理地寬恕了仇人，那是更加令人感動。

池田：我也贊同這個觀點，確是高見。「復仇鬼」唐泰斯，終於漸漸向「寬恕」的方向轉變。例如以「妻子之死」的方式來向仇敵維勒福復仇，他這樣喃喃自語：「上帝希望我不要做得太過分！」然後復仇劇的下場以他放過唐格拉爾一命為結局。

金庸：對，寬恕了最可惡的人。唐泰斯的戰鬥，超越「以眼還眼，以牙還牙」的簡單復仇，那種拯救的行為，令唐泰斯的人生觀深處顯出了大度。

唐泰斯的復仇，一部分是痛快淋漓，在另一場景中，他本可殺了仇人的愛子，令仇人終生傷心，但終於答允了舊情人梅爾塞苔絲（仇人之妻、青年之母）的懇求，饒了這青年。這並非只是饒恕對方而已，而是準備賠上自己的性命。

池田：的確是令人感動的一幕。梅爾塞苔絲押上自己的性命站在唐泰斯面前，唐泰斯也為梅爾塞苔絲強烈的一念所包圍，最後終於讓步。一言以蔽之，這是母親的偉大——愛的象徵，是母性的勝利。這種母性的偉大，不僅折服了唐泰斯，也折服了阿爾貝，他在決鬥的途中表示要中止這場決鬥，這在當時是一種非常可恥的事。

等待，但要懷著希望

池田：大仲馬在這部大著作的最後寫下這樣一句話：「等待，但要懷著希望！」「等待」，然後「希望」，這句話不是單純的警世之言，話語雖簡單，卻應當想到，實際上，為了跨越現代文明的課題，其中蘊藏著一個答案。

金庸：請道出其原因，我願洗耳恭聽。

池田：現代文明的一個顯著特徵是，不願等待必須經過的「時間」，即執著於「只追求結果」。總之無論做什麼，不是一步一步，地地道道，按照順序而堆積起來。首先是「結果」，不著重途中的經過或過程。總言之，是不知道努力去「等待」。

做什麼事都急著下結論，「結局怎麼樣？」正如「一加一等於二」一樣，什麼都要依自己的意欲，只是以算盤盤算結果。在這裡，這是科學文明所內含的一大缺陷。在某種意義上，這不就是人的驕傲自滿嗎？容易達成之事不能長久。而且，事物會有不能預期的事態發展，不一定是「一加一等於二」那樣數學公式般簡單。要達到預期的目標，只有在認真、熱誠、努力，敢於面對，誓死克服一切困難中才會有人生，那種奮鬥也才可以結出果實來。知道要等待，又不忘抱著希望——這裡有現代社會已快看不見的健康的樂觀主義智慧在搏動。

金庸：原來「等待」這個字中包含有這樣的意義。

池田：無論如何，《基度山恩仇記》結尾這句話，是一句引起無限聯想的語句。

◎本文摘錄自《探求一個燦爛的世紀》金庸與池田大作的對談〈漫談世界名著〉。

國家圖書館出版品預行編目（CIP）資料

基度山恩仇記／大仲馬（Alexandre Dumas）作；鄭克魯譯. --
三版. -- 臺北市：遠流, 2019.08

冊；　公分. --（世界不朽傳家經典；PR00A ,PR012-PR015）

譯自：Le comte de Monte-Cristo

ISBN 978-957-32-8601-1（全套：平裝）. --
ISBN 978-957-32-8597-7（第 1 冊：平裝）. --
ISBN 978-957-32-8598-4（第 2 冊：平裝）. --
ISBN 978-957-32-8599-1（第 3 冊：平裝）. --
ISBN 978-957-32-8600-4（第 4 冊：平裝）

876.57　　　108010331

世界不朽傳家經典 PR012

基度山恩仇記 1

Le Comte De Monte-Cristo Vol.1

作者／大仲馬（Alexandre Dumas）
譯者／鄭克魯

總 編 輯／黃靜宜
執行主編／蔡昀臻
視覺設計／張士勇
美術編輯／丘銳致
行銷企劃／沈嘉悅

發 行 人／王榮文
出版發行／遠流出版事業股份有限公司
地址：104005 台北市中山北路一段 11 號 13 樓
電話：（02）2571-0297
傳真：（02）2571-0197
郵政劃撥：0189456-1
著作權顧問／蕭雄淋律師
2019 年 8 月 1 日 新版一刷
2023 年 3 月 10 日 新版三刷
定價 330 元

ISBN 978-957-32-8597-7

◎本書譯文由南京譯林出版社授權使用
◎本書譯自：Le Comte De Monte-Cristo
Librairie Générale Française, 1973

YLib 遠流博識網 http://www.ylib.com　E-mail: ylib @ ylib.com